Rose Snow

Acht Sinne
Band 4 der Gefühle

Impressum

Besuchen Sie uns im Internet:
www.rosesnow.de

3. Auflage

Umschlaggestaltung und Satz: Rose Snow, Hamburg
Umschlagsmotiv: © Irina Propokeva/shutterstock;
© Anna Tyukhmeneva/shutterstock: © Pavels Arsenjans/shutterstock

Kapitel 1

Der Nachhall des Bösen war allgegenwärtig. Ich spürte einen kalten Hauch auf meinem Nacken und zog unwillkürlich die Schultern hoch, während ich mich langsam durch die Finsternis bewegte. Die modrige Luft des Erdtunnels war durchdrungen von dem Gestank nach Fäulnis, und obwohl ich erst vor wenigen Minuten hier heruntergeklettert war, fühlte es sich schon jetzt nach einer Ewigkeit an.

Angespannt blickte ich mich um. Das gelbe Licht meiner Wachsamkeitslinien schimmerte auf den feucht glänzenden Höhlenwänden und ich fühlte eine Gänsehaut über meine Arme kriechen. Alles hier erinnerte an ein Grab. Die kalte Luft, der Geruch nach Tod und die unheilvolle Stille, die in den Gängen lauerte.

„Hütet euch davor, magische Hilfsmittel einzusetzen", erklang Gabriels tiefe Stimme und ich wandte mich zu dem riesenhaften Vertrauenswächter um. Seine weiße Zeichnung, die einer Feder glich, hatte schon vor unserem Abstieg aufgehört zu leuchten, was ich gut verstehen konnte. Dies war beileibe kein vertrauenserweckender Ort.

„Als Ben und ich durch den Schacht gestürzt sind, hörten wir aus dieser Richtung Schreie", erklärte ich flüsternd und zeigte nach links. „Wir haben uns daraufhin entschieden, dem rechten Tunnel zu folgen. Sofern noch alle Stollen passierbar sind, kann ich euch den Weg zu Ruwens Höhle zeigen. Allerdings könnte uns der linke Gang schneller zum Ziel führen. Ich fürchte, ich bin damals mit Ben im Kreis gelaufen."

Gabriel wog seinen riesigen Schädel nachdenklich von einer Seite zur anderen. „Ich bin dafür, den bekannten Weg zu nehmen, Wächterin Lee", sagte er schließlich langsam.

„Ich sehe das so wie Gabriel", erklärte Morris und strich sich bedächtig über den weißen Ziegenbart. „Da wir keine Magie einsetzen dürfen, sollten wir besondere Vorsicht walten lassen. Was meinst du, Marcus?"

Der schöne Wächter mit dem Sinn der Trauer, der still neben mir stand, ließ seinen Blick prüfend durch den Tunnel schweifen. „Ich schließe mich Eurer Meinung an, Mentor", sagte er leise. Seine melodische Stimme schien nicht in diese düstere Umgebung zu passen.

„Gut." Ich nickte entschlossen. „Dann los."

Mit mehr Selbstvertrauen als ich tatsächlich empfand, wandte ich mich nach rechts. Seit meinem letzten Aufenthalt in dem Erdlabyrinth waren nun fünf Wochen vergangen, doch meine Erinnerungen waren so lebendig, als hätten sich die Ereignisse erst vor wenigen Stunden zugetragen. Jeder Schritt tiefer in die Höhle saugte mich auch tiefer in die Vergangenheit und ich fühlte, wie meine rechte Wange immer heißer wurde, während meine gelb leuchtende Zeichnung zitternde Schatten an die Höhlenwände warf.

Hier waren Ben und ich gefoltert worden, hier hatte Jakob sich selbst geopfert, um uns die Flucht zu ermöglichen, hier hatten wir uns mit gestohlenen weißen Kapuzenumhängen unter die mordlüsternen Totaa gemischt, die fieberhaft nach uns suchten. Ich spürte, wie sich meine Erinnerungen an die beiden Male, die ich hier gewesen war, zu einem einzigen grauenvollen Gedankenknäuel vermischten. Beim ersten Mal war es die Wutgestalterin Sinja selbst gewesen, die Ben und mir einen Weg aus dem Labyrinth gezeigt hatte. Ich dachte bis heute oft über ihre damaligen Beweggründe nach und meine einzige Erklärung war, dass sie einfach nur von sich ablenken wollte und keine Bedrohung in uns sah.

Als sich der Tunnel vor mir gabelte, blieb ich stehen.

„Hast du den Weg verloren, Wächterin Lee?“, dröhnte Gabriels tiefe Stimme durch die Dunkelheit und ich wünschte, er würde leiser sprechen. Obwohl die Gänge verlassen wirkten, war nicht auszuschließen, dass sich noch immer Totaa in diesen Höhlen aufhielten.

„Einen Moment, Gabriel“, murmelte ich, während ich versuchte, mich zu orientieren. Es war absurd, denn auch wenn ich das Gefühl hatte, jeden Atemzug meiner Folter noch im Gedächtnis zu haben, wusste ich nicht mehr, ob Ben und ich an dieser Abzweigung vorbeigekommen waren. Konnte es sein, dass die Totaa ihr Labyrinth mithilfe von Magie verändert hatten? Oder hatte mich meine Sorge um Ben, der damals den Schneckenparasiten in sich trug und mich andauernd ‚Fledi‘ nannte, so unachtsam werden lassen, dass ich mich einfach nicht erinnern konnte?

„Ich bin mir nicht zu hundert Prozent sicher, welcher Weg der richtige ist“, sagte ich zögernd und atmete tief durch. „Aber ich glaube, wir müssen hier lang.“ Ich deutete nach rechts, da der linke Gang in die kalte Erde hinab zu führen schien.

Ein kaum wahrnehmbares Flüstern wehte aus den Tiefen des Tunnels zu uns heran und ich fuhr herum. „Habt ihr das gehört?“

Gabriel und Marcus schüttelten die Köpfe.

„Ich habe nichts gehört. Vielleicht spielt dir dein Sinn einen Streich“, erwiderte Morris auf seine bedachtsame

Art, die mich jedes Mal ungeduldig werden ließ. „Das soll bei Trägern der Wachsamkeit schon mal vorkommen, wenn sie unter großem Stress stehen."

„Wir sollten uns beeilen", presste ich hervor und wandte mich nach rechts. Mein Herz klopfte schnell und ich fühlte eine diffuse Angst in mir, die mit jedem Schritt größer wurde. Ich hatte mir das Flüstern nicht eingebildet und die Totaa hatten ihren Unterschlupf sicher nicht aufgegeben, ohne ein paar tödliche Abschiedsgeschenke zu hinterlassen. Dass wir keine Magie benutzen konnten, machte die Sache nicht einfacher. Bei dem ersten Versuch der Wächter, durch die Tunnel der Schwarzweißen Stadt in das Versteck der Totaa vorzustoßen, waren drei von ihnen qualvoll ums Leben gekommen; der Einsatz ihrer Wächterstäbe hatte die Stollen zum Einsturz gebracht. Daher mussten wir auf Quirins Anweisung den Zugang im Ekelland öffnen, der von den Totaa mit einem Schutzmechanismus verschlossen worden war – und ohne die Zuhilfenahme magischer Instrumente hatte die Freilegung deutlich länger gedauert.

„Alles in Ordnung?", erkundigte sich Marcus mit gedämpfter Stimme. Er schloss mit zwei raschen Schritten zu mir auf, um an meiner Seite zu gehen.

Ich nickte automatisch, schüttelte dann jedoch den Kopf. „Ich habe kein gutes Gefühl bei diesem Einsatz", antwortete ich leise und blickte mich angestrengt um. Der Widerschein meiner leuchtenden Gesichtslinien reichte nur etwa eine Armlänge weit in den Tunnel hinein und ich wünschte, wir hätten unsere Wächterstäbe verwenden können, um die Dunkelheit zu vertreiben. „Hoffentlich liegt Quirin mit seiner Vermutung richtig, dass wir in Ruwens Höhle Anhaltspunkte für die weiteren

Pläne der Totaa finden."

„Das hoffe ich ebenfalls", sagte Marcus und seine blaue Zeichnung begann zu glimmen. „Ich spüre das Leid, das hier verübt wurde. Wir müssen die Totaa um jeden Preis daran hindern, weiteren Kummer über die Welt zu bringen." Er sah mich intensiv an und in seinem Blick lag so viel Trauer, dass ich für einen kurzen Moment nicht auf unsere Umgebung achtete.

„Vorsicht!", keuchte ich, als ich den unscheinbaren flachen Stein entdeckte, der direkt vor uns in der Mitte des Tunnels lag. Doch es war zu spät. Noch während ich meine Warnung ausstieß, trat Marcus mit dem Fuß darauf. Ein leises Klicken ertönte. Entsetzt hielt ich den Atem an.

„Wächter Marcus, du hast offenbar eine magische Tretmine aktiviert", ließ sich Gabriel ruhig hinter uns vernehmen. „Du darfst dich unter keinen Umständen bewegen. Sobald du den Fuß wegnimmst, wird die Falle ausgelöst."

Die Worte des Wächters wehten wie durch einen dicken Nebel zu mir heran und ich hatte das Gefühl, keine Luft mehr zu bekommen. Wieso hatte ich nicht besser achtgegeben?

Marcus verharrte regungslos und blickte mich mit umwölkten Augen an. „Ihr müsst ohne mich weitergehen."

Ich biss die Zähne zusammen und schüttelte den Kopf. „Nein! Und jetzt hör auf, so zu reden, als ob du schon tot wärst", fuhr ich ihn an und spürte, wie mich eine unerklärliche Wut packte. „Ich werde eine Wächterkugel um die Mine legen", sagte ich entschlossen. „Auf diese Weise kann sie keinen Schaden anrichten, wenn sie detoniert."

Gabriel schüttelte entschieden den Kopf. „Wir dürfen keine Magie einsetzen, Wächterin Lee, und das weißt du.“

„Was schlagt ihr denn vor?“, herrschte ich Morris und Gabriel an, die einfach nur stumm danebenstanden. „Wollt ihr einfach weitergehen und ihn seinem Schicksal überlassen?“

Betroffenes Schweigen folgte auf meine Worte und ich wusste, dass ich mich unfair benahm. Keiner von uns wollte Marcus zurücklassen.

„Ich werde seinen Platz einnehmen“, sagte Morris nach einer kurzen Pause, in der er die magische Tretmine angestarrt hatte. „Du und Gabriel bringt so viel Abstand wie möglich zwischen uns. Falls der Plan nicht klappt.“

Ich blickte auf Marcus und sah, wie ihm eine Schweißperle aus dem Haaransatz langsam über das Gesicht lief. Zornig wischte er sie beiseite. „Nein!“, erwiderte er aggressiv. „Ich werde nicht zulassen, dass Ihr Euer Leben für meines gebt, Mentor.“

„Es muss einen besseren Weg geben“, pflichtete ich ihm gereizt bei und sah mich angestrengt in dem Gang um. Er war so breit, dass wir nebeneinanderstehen konnten, bot jedoch außer feuchten Steinwänden und dem erdigen Boden nichts an, das uns irgendwie hätte weiterhelfen können.

„Wir könnten versuchen, etwas Schweres zu finden, das wir auf die Mine legen“, schlug Gabriel vor.

„Wo willst du denn einen Stein in diesem gottverdammten Labyrinth finden?“, fuhr ich ihn an.

„Keine Ahnung, aber es ist immer noch besser, als hier herumzustehen und gar nichts zu tun“, blaffte er zurück.

„Hört auf zu streiten!“, erhob Morris die Stimme. „Das bringt uns nicht weiter!“

„Ihr solltet jetzt einfach verschwinden“, spie Marcus uns entgegen, während seine Hand zu seinem Wächterstab zuckte. „Oder wollt ihr hier unbedingt mit mir sterben?“

Auch ich spürte, wie meine Hand automatisch zu meinem Stab wanderte. Am liebsten hätte ich ihn gezückt und Marcus für seinen anklagenden Ton einen Elektroschock verpasst. „Wir wollen dir doch nur helfen“, fauchte ich.

„Hilfe? So sieht eure Hilfe aus?“, brüllte Marcus zurück.

„Wenn du die schöne Wächterin noch einmal anschreist, dreh ich dir den Hals um“, knurrte Gabriel.

„Wenn du meinem Schützling auch nur ein Haar krümmst, wirst du deine verdammten Sandadler nie wieder sehen“, versprach Morris. Er hatte noch nicht zu Ende gesprochen, da hatte Gabriel schon den weißen Ziegenbart des alten Wächters gepackt und riss so kräftig heran, dass Morris aufjaulte.

Ich beobachtete das Handgemenge der beiden Vertrauenswächter und fühlte bei ihrem Anblick einen solchen Hass in mir aufsteigen, dass ich mir beinahe wünschte, die Tretmine würde hochgehen, weil ich die Vorstellung, dass ihre großen hässlichen Körper in einen Haufen blutiger Einzelteile zerrissen wurden, mit jeder Faser meines Seins genoss.

Das war der Moment, in dem ich endlich verstand, dass irgendetwas nicht mit uns stimmte.

„Wenn du Morris nicht auf der Stelle loslässt, werde ich die verdammte Mine mit voller Absicht zur Explosion bringen!“, brüllte Marcus und zum ersten Mal, seit mich die unerklärliche Wut und der Hass gepackt hatten, sah ich ihm wieder direkt in die Augen. Der Anblick ließ mich erstarren. Sie waren fast vollständig schwarz geworden.

„Schattengas“, stieß ich hervor, wurde aber ignoriert. „Hier ist Schattengas, die Mine ist nur eine Attrappe, damit wir länger verweilen!“, rief ich und riss Morris und Gabriel auseinander. „Lauft!“, schrie ich ihnen zu, griff nach Marcus‘ Arm und zerrte ihn mit mir durch den dunklen Tunnel. Meine geschenkten Erinnerungen öffneten sich und ich wusste im selben Moment, dass die Wirkung des Gases unumkehrbar sein würde, sobald unsere Augen vollständig schwarz geworden waren.

Hinter uns hörte ich Gabriel keuchen und an Morris gequälten Schreien erkannte ich, dass der riesige Wächter ihn noch immer am Bart gepackt hielt.

„Wir müssen den Tunnel verlassen“, presste ich hervor, während wir rannten. „Ihr müsst gegen den Hass ankämpfen!“

„Lass mich los“, fauchte Marcus und stieß mich von sich, sodass ich mit der Schulter unsanft gegen die Höhlenwand geschleudert wurde.

Im ersten Moment wollte ich ihm mit bloßen Zähnen die Kehle aufreißen, doch ich biss mir stattdessen so fest auf die Lippen, dass ich blutete. „Mach das noch einmal und ich töte dich“, zischte ich wütend, und obwohl ein winziger Teil von mir wusste, dass es das Schattengas war, das mich so fühlen ließ, meinte ich jedes Wort bitterernst.

Endlich tauchte vor uns eine Abzweigung aus dem Dunkel auf. Ich griff nach Marcus’ Arm, zerrte ihn hinter mir durch den Zugang und stieß ihn tief in die Höhle hinein. „Verkriech dich so tief in der Höhle, wie du kannst“, schnaufte ich und wandte mich zu Gabriel um. „Und du lässt endlich Morris los.“

Gabriel fuhr hasserfüllt herum. Auch seine Augen waren fast vollständig schwarz geworden, und als er einen bedrohlichen Schritt auf mich zumachte, hatte ich beinahe Angst vor ihm.

„Gabriel, ich brauche deine Hilfe“, sagte ich betont ruhig und versuchte, das Bedürfnis, meine Hände um seinen Hals zu legen und so lange zuzudrücken, bis er wie ein nasser Sack zu Boden fiel, in den Hintergrund zu drängen. Ich konnte nur hoffen, dass er nicht dieselben Gefühle für mich hegte, und der Gedanke half mir, ein bisschen klarer zu werden.

Endlich, nach einem letzten finsteren Blick auf mich, ließ Gabriel den Bart des anderen los. Morris stolperte keuchend in die Höhle und ließ sich an der Wand herabsinken. Ich sah, wie er sein Gesicht in den Händen verbarg. Seine Augen waren ebenfalls dunkel, wenn auch nicht ganz so schwarz wie die von Marcus und Gabriel. Wie meine eigenen Augen aussahen, wollte ich in diesem Moment nicht wissen.

„Du hast Sand“, presste ich an Gabriel gewandt hervor, weil es mir schwerfiel, ruhig zu bleiben. „Ich brauche den Sand.“ Rastlos huschte mein Blick durch die Höhle. Es war dieselbe, in der Charleen getötet worden war und meine Wachsamkeitslinien begannen zu brennen. Ich konnte jedes Detail sehen: die eingetrocknete Blutlache am Boden, die Stalaktiten, von denen eine violette Flüssigkeit tropfte sowie den schwarzen Steintisch mit den acht Beinen, der einer überdimensionalen Spinne glich. Das letzte Mal hatte darauf Charleens verdrehte Leiche gelegen und die Erinnerung an den Anblick war so übermächtig, dass ich kurz die Augen schließen musste.

„Der Sand gehört mir!“, schrie Gabriel und stieß donnernd seine Faust gegen die Höhlenwand.

Am liebsten hätte ich eines der Messer genommen, die früher hier gelegen hatten und ihm damit sein dummes Gesicht zerschnitten. „Ich bitte dich, ihn mir zu geben, um uns zu retten", sagte ich angestrengt und überdeutlich. Im Hintergrund hörte ich Marcus wie ein Tier schreien und tobend auf die Wände einschlagen.

„In Ordnung", willigte Gabriel schließlich ein und reichte mir den Sandbeutel. „Aber ich bekomme ihn wieder", fügte er drohend hinzu und ballte die Fäuste.

Ich nickte und hoffte, dass mein Plan funktionieren und der Einsatz meiner Fähigkeit keine Auswirkungen auf das Labyrinth haben würde. Mit einer raschen Handbewegung löste ich die Verschnürung des Sandbeutels. Dann presste ich meine Finger gegen die brennenden Linien meiner rechten Wange und wartete darauf, dass sich ein Gelbschleier über meine Welt legte. Kaum hatte ich mich mit meiner Fähigkeit verbunden, befahl ich dem Sand, sich zu erheben und eine Barriere zu unserem Schutz zu bilden.

Die Körnchen unterwarfen sich meinem Willen und aus dem Beutel drangen weit mehr, als ich vermutet hatte. Ich ließ sie sich eng aneinanderreihen, um den Durchgang zum Haupttunnel zu verschließen, und hoffte, damit das Gas auszusperren. Es musste einfach funktionieren. Ich brauchte meine ganze Konzentration dafür, die Sandmauer nicht einstürzen zu lassen, während unablässig Bilder durch meinen Kopf zischten, die mich verführten, meine Fähigkeit stattdessen dafür zu verwenden, um mich der anderen endgültig zu entledigen.

„Das Schattengas muss vom ersten Moment an aus der Tretmine geströmt sein", stöhnte Morris aus seiner Ecke.

„WIESO KANNST DU NICHT EINFACH DIE KLAPPE HALTEN?", brüllte Gabriel. „ICH WILL EURE STIMMEN NICHT MEHR HÖREN!" Er presste sich die mächtigen Pranken auf die Ohren, warf den Kopf zurück und schrie wie ein Wahnsinniger.

Ich kauerte mich auf den Boden und schlang meinen linken Arm um meine Knie, während ich dem Sand befahl, weiter den Zugang zum Haupttunnel zu verschließen. Ich wusste nicht, ob die Körner reichen würden, um das unsichtbare Gas auszusperren, wusste nicht, wie lange es dauern würde, bis wir die Symptome der Schattenmagie wieder loswurden, wusste nicht, ob es nicht längst zu spät war und wir uns in dieser Höhle gegenseitig umbringen würden.

„Versucht an etwas zu denken, das euch Halt gibt", drang Morris' Stimme durch die Dunkelheit und ich wünschte, er würde einfach seinen Mund halten.

Gabriel presste sich noch immer die Hände auf die Ohren und rollte wie ein Verrückter mit den Augen, während Marcus unaufhörlich auf die Wände einschlug. Seine Fingerknöchel waren bereits ganz nass vom Blut.

Ich hasste sie alle in diesem Moment, hasste, wie sie sich ihrer Wut und ihren Aggressionen hingaben, während ich mit dem Sand versuchte, unser aller Leben zu retten.

Und in diesem Augenblick schob sich Bens Gesicht dazwischen. Ich sah die Besorgnis in seinen Augen, bevor er mich zum Abschied geküsst hatte, und fühlte, wie sich mein Herzschlag beruhigte. Ich wollte ihn wiedersehen. Ich würde alles tun, um ihn wiederzusehen. Das Schattengas beherrschte mich zwar noch immer, aber ich hielt mich an Ben fest, an seinem Gesicht und an dem Gefühl, wie er mich gehalten hatte. Irgendwann – ich hatte längst kein Zeitgefühl mehr – ließ sich Gabriel mit einem tiefen Seufzer auf den Boden fallen und auch Marcus hatte aufgehört, die Wände zu bearbeiten.

Ich spürte, wie meine Hand kraftlos von meinen Linien glitt, und kippte keuchend zur Seite. Im selben Moment stürzte die Sandbarriere in sich zusammen. Die Anstrengung lag so schwer auf meinem Körper, dass ich mich ein paar Herzschläge lang nicht rühren konnte. Der letzte Gedanke, bevor ich die Augen schloss, war die Hoffnung, dass sich das Schattengas inzwischen verflüchtigt hatte.

Als ich wieder zu mir kam, schwebte Gabriels besorgtes Gesicht über mir. Erleichtert sah ich, dass seine Augen wieder völlig normal geworden waren und schlang spontan einen Arm um seinen starken Hals.

Gabriel erwiderte kurz den Druck und schob mich dann verlegen von sich. Ich erkannte, dass sein Sandbeutel wieder gefüllt an seiner Hüfte hing, und strich mir über die Stirn.

„Wie lange war ich weg?", fragte ich leise und schluckte mühsam, weil sich meine Kehle schrecklich trocken anfühlte.

„Nicht sehr lange, höchstens ein paar Minuten", erwiderte der riesenhafte Wächter und half mir, mich aufzusetzen. „Deine Sandbarriere hat uns gerettet."

„Dein Sand hat uns gerettet", sagte ich und versuchte, nicht mehr an die Wut und den Hass zu denken, die ich empfunden hatte. „Wie geht es Marcus?"

Gabriel warf einen Blick ans andere Höhlenende. „Er ist zur Ruhe gekommen."

Der weißhaarige Morris hockte neben seinem Schützling und hatte ihm besänftigend eine Hand auf die Schulter gelegt.

„Wir müssen noch mehr auf der Hut sein als bisher", sagte ich und kam auf die Beine. „Das war bestimmt nicht die einzige Falle, die die Totaa für uns zurückgelassen haben."

„Wahrscheinlich nicht", pflichtete mir Gabriel bei. „Lasst uns weitergehen."

Marcus und Morris standen auf und traten zu uns.

„Alles in Ordnung?", fragte mich der Trauerwächter leise und verbarg seine blutverschmierten Hände hinter dem Rücken.

Ich nickte. „Und bei dir?"

Er senkte die Lider. „Es geht wieder."

„Gut, dann lasst uns keine Zeit mehr verlieren. Wer weiß, was uns noch erwartet."

Von diesem Zeitpunkt an waren wir noch vorsichtiger, als wir durch den verwinkelten Tunnel liefen. Kaum hatten wir die Höhle verlassen, flammte mein Wachsamkeitslicht heller auf denn je. Ich setzte mich an die Spitze unserer Gruppe und sog die Eindrücke wie ein Schwamm in mich auf. Jedes Detail meiner Umgebung trat überdeutlich hervor, jeder Erdklumpen auf dem Boden und jeder Riss an den Wänden, so als würde ich die Welt durch ein Vergrößerungsglas betrachten. Dennoch spürten wir alle die Gefahr und sprachen kein Wort.

Nach einer gefühlten Ewigkeit erreichten wir den Tunnel, in dem ich mich mit Ben durch die schmale Felsspalte gezwängt hatte, um mich vor den Totaa zu verstecken. Wie ein Film lief die Erinnerung vor meinem inneren Auge ab und ich sah wieder die gigantische Höhle vor mir, in der die wogende Masse weiß gekleideter Gestalten ihre Eisenstäbe in donnerndem Takt auf den Boden geschlagen hatten.

„Der Eingang zu Ruwens Kammer sollte sich ungefähr

hier befinden“, sagte ich und machte zwei große Schritte nach rechts.

„Hier? Aber hier ist nichts“, brummte Gabriel.

„Ich vertraue darauf, dass wir einen Eingang finden“, sagte Morris und beleuchtete die nackte Felswand mit seinen schimmernden weißen Linien.

Ich trat neben ihn und sah mir die Tunnelwand genau an. „Hier!“, sagte ich und spürte, wie mein Herz vor Aufregung schneller schlug. „Seht ihr diese hauchdünne Linie? Hier muss es sein.“

„Lasst mich mal sehen“, brummte Gabriel und schob Morris zur Seite. Er legte seine schweren Pranken auf die glänzende Felswand und drückte. Ich sah, wie die Adern an seinen Armen und seinem Hals deutlich hervortraten und die Anstrengung seine Gesichtszüge verzerrte.

„Vielleicht gibt es einen Schlüssel“, überlegte ich laut, während Gabriel unverrichteter Dinge wieder zurücktrat und sich den Schweiß von der Stirn wischte.

„Ein Jammer, dass wir keine magischen Hilfsmittel verwenden dürfen“, schnaufte er.

Ich betrachtete das Tor.

„An welche Art von Verschlüsselung hast du gedacht. An so etwas wie einen Zahlencode?“, nahm Marcus meine Idee auf.

Ich nickte und er berührte sanft die Felswand.

„Möglicherweise ist es auch ein Passwort“, murmelte ich nachdenklich.

„Ein Passwort“, meinte Morris versonnen. „Vielleicht so etwas wie Totaa?“

„Ja. Oder Miro“, erwiderte ich.

„Jedes Wort könnte das Gesuchte sein“, sagte Marcus frustriert. „Untergang, Verderben, Tod, Vernichtung, Auslöschung der Sinnlichen Welt … die

Wahrscheinlichkeit ist gering, dass wir es finden."
„Sienna", flüsterte ich. Kaum hatte das Wort meine Lippen verlassen, flammte eine weiße Hand auf dem dunklen Felsgestein auf.

„Sienna", wiederholte Marcus mit belegter Stimme. „Ruwens verlorene Geliebte."

Ich nickte stumm und war mir nicht sicher, ob ich es mir nur einbildete, aber Ruwens Schmerz schien plötzlich den ganzen Stollen zu erfüllen.

„Die weiße Hand des Meisters", stellte Morris fest und strich sich über seinen Ziegenbart. „Ich gratuliere dir, junge Wächterin. Du hast es geschafft."

Er streckte den Arm aus, um den Handabdruck zu berühren.

„Halt!" Ich hielt ihn am Ärmel fest. „Das könnte eine Falle sein."

„Natürlich könnte es eine Falle sein", erwiderte Morris und blickte mir direkt in die Augen. „Vor allem jedoch ist es eine Probe des Vertrauens. Um unsere Mission zu erfüllen, haben wir keine andere Wahl, als es zu versuchen. Dies ist die Natur wahren Vertrauens. Es bedeutet, loszulassen und sich in die Hände des Schicksals zu begeben. Falls dies mein Ende sein sollte, seid euch gewiss, dass ich ein glückliches und erfülltes Dasein geführt habe. Und nun tretet einen Schritt zur Seite."

Ich wollte widersprechen, doch Morris' Überzeugung war so stark, dass es keinen Sinn gehabt hätte. Außerdem hatte er recht. Wir waren an einen Punkt angelangt, an dem wir nichts anderes tun konnten, als unsere Pflicht zu erfüllen.

Auch Gabriel und Marcus nickten. Wir bildeten einen lockeren Halbkreis um Morris, der mit gelassenem

Gesichtsausdruck den Arm ausstreckte und seine Hand auf das weiß leuchtende Symbol legte.

Lautlos schwang der Fels nach innen und gab einen schmalen schwarzen Durchgang frei. Ich fühlte, dass ich unbewusst den Atem angehalten hatte, und ließ vorsichtig die Luft aus.

„Seht ihr? Manchmal muss man einfach nur vertrauen", sagte Morris lächelnd.

In diesem Moment setzte das Summen ein.

„Hört ihr das?", flüsterte ich und blickte mich um. Das Geräusch versetzte das gesamte Labyrinth in eine kaum wahrnehmbare Schwingung und schien von überall und nirgends zu kommen.

„Es fühlt sich an, als würde die ganze Höhle vibrieren", erwiderte Marcus. „Wir sollten uns beeilen."

Das Summen wurde indessen von Herzschlag zu Herzschlag lauter. Nun erinnerte es mich an das Grollen eines nahenden Güterzugs, der sich konstant auf uns zubewegte.

„Ich gehe als Erster rein", sagte Morris und trat entschlossen über die Schwelle in den schmalen Durchgang, wo ihn die Dunkelheit wie ein gefräßiges Tier verschluckte. Ich wollte ihm gerade folgen, als der Wächter leise aufkeuchte und mit einem Poltern zu Boden ging. Im nächsten Moment brüllte er laut auf und gleichzeitig brach das hellste Licht aus der Höhle, das ich je gesehen hatte, und bohrte sich wie eine glühende Lanze direkt in meine Augen. Instinktiv riss ich beide Arme hoch, während mir die Tränen über das Gesicht liefen. Alles, was ich fühlte, war Schmerz. Meine Augäpfel brannten wie Feuer und die Finsternis, die auf den grellen Lichtblitz folge, war tiefer und dunkler als je zuvor.

Ein Stöhnen drang aus dem Durchgang.

„Morris!“, rief Marcus erstickt und stürzte zu seinem Mentor. Ich hörte seine schnellen Schritte auf dem Boden und den entsetzten Laut, als er neben Morris auf die Knie fiel. „Das Licht, es hat seine Augen zerstört“, schallte sein verzweifelter Ruf aus dem Verbindungsgang.

Noch halb blind von dem grellen Lichtblitz stolperte ich zu ihnen.

Marcus hielt seinen Mentor wie ein Kind im Arm und seine Linien leuchteten in einem tiefen Blau. Bestürzt blickte er mich an.

Als ich Morris Antlitz sah, hob ich erschrocken die Hand vor den Mund. Sein Gesicht war mit rot verkrusteten Brandwunden bedeckt und die Augen des Vertrauenswächters waren komplett weiß geworden.

„Eine Blendfalle“, stöhnte er. „Sie wurde mit einem Stolperdraht ausgelöst. Ich habe ihn einfach übersehen.“

Das bedrohliche Summen war nun so weit angeschwollen, dass ich mich anstrengen musste, um seine Worte zu verstehen.

„Wir müssen ihn hier so schnell wie möglich rausbringen“, sagte ich unruhig, während eine unheilvolle Ahnung von mir Besitz ergriff. Das Summen hatte begonnen, als Morris das Siegel zu Ruwens Höhle gebrochen hatte, und war seitdem beständig lauter geworden. Feine Erde rieselte von der Decke und ich fühlte, wie der Boden unter unseren Füßen immer stärker vibrierte. Wenn die Erschütterung weiter in diesem Tempo anschwoll, würde bald das ganze Labyrinth einstürzen.

„Ich werde ihn tragen.“ Gabriel bückte sich und hob den Wächter mit einer Leichtigkeit hoch, als hätte der Körper des alten Mannes kein Gewicht. „Folgt mir, sobald ihr euch in der Höhle des Totaa-Anführers umgesehen habt. Aber beeilt euch."

Ich nickte, da ein Abbruch der Mission für mich genauso wenig infrage kam. Wenn wir jetzt aufgaben, wäre alles umsonst gewesen. Schnell lief ich mit Marcus durch den Verbindungsgang zu Ruwens Höhle.

„Lass mich vorangehen", flüsterte Marcus und schob sich vor mich. Bei jedem Schritt durch den engen schwarzen Tunnel dröhnte das Summen lauter in unseren Ohren und ich merkte, wie wir immer schneller wurden. Uns lief die Zeit davon.

Hintereinander stolperten wir in die weitläufige Höhle, die abgesehen von dem düsteren Thron in der Mitte, vollkommen leer zu sein schien. Während ich in den Raum hineinlief und die schmucklosen Wände und den kargen Boden scannte, musste ich daran denken, wie Ruwen hier gierig das blutende Gesichtsmuster eines Sinnträgers verschlungen hatte. Ein bitteres Gefühl der Hilflosigkeit fraß sich durch meinen Körper. Der ganze Aufwand und das Risiko für … nichts?

„Vielleicht ist das alles nur eine Illusion", murmelte Marcus hinter mir, während ich an den Balkon trat, von dem aus der weiße Meister seine flammende Rede gehalten hatte. Die darunterliegende Höhle war noch genauso gigantisch wie in meiner Erinnerung.

Ein lautes Grollen rumpelte durch das Erdlabyrinth und ich zuckte erschrocken zusammen, als sich ein riesiges Stück der Höhlendecke löste und in die Tiefe stürzte, wo es auf dem Steinboden mit einem gewaltigen Knall in tausend Stücke zerbarst. Mit klopfendem Herzen wich ich von der Balkonbrüstung zurück.

„Wir müssen verschwinden", ertönte Marcus' Stimme über das Summen hinweg aus dem leer geräumten

Thronsaal. „Hier ist nichts mehr."

Alles umsonst. Es war alles umsonst, schoss es mir durch den Kopf. Morris war blind, wir vielleicht bald tot – und wir hatten nichts erreicht. Einzelne Felsbrocken lösten sich von der Decke und fielen polternd zu Boden. So weh es auch tat, unverrichteter Dinge umzukehren – Marcus hatte recht.

Rasch wandte ich mich um und lief hinter ihm zu dem Verbindungstunnel zurück. Ein gewaltiger Donner hallte durch den Saal und ich beobachtete mit Schrecken, wie sich vor uns ein Riss im Boden bildete. Gleichzeitig stürzte hinter uns ein Teil der Decke ein und begrub den schwarzen Thron unter sich.

Marcus hatte den Verbindungsgang zum Haupttunnel schon fast erreicht, als er mit einem Mal heftig zurückgeschleudert wurde. Es sah aus, als wäre er gegen eine unsichtbare Barriere gerannt und mein Herz setzte einen Schlag aus.

Was war das? Eine neue Falle? Ich schrie seinen Namen und stürzte zu ihm. Ein silbrig schimmerndes Netz schlang sich um Marcus' gesamten Körper und schnürte ihm die Luft ab. Er wehrte sich heftig gegen die silbernen Fäden, die dadurch jedoch nur noch tiefer in sein Fleisch schnitten.

Ich ließ mich auf die Knie fallen und versuchte hektisch, das magische Netz mit bloßen Händen von ihm zu reißen. Sein Gesicht hatte einen seltsam entrückten Ausdruck angenommen und er schnappte nach Luft wie ein Fisch auf dem Trockenen. Seine Augen irrten ziellos durch den Raum und die plötzliche Leere in seinem Blick machte mir noch mehr Angst als das einstürzende Erdlabyrinth ringsum.

Ich zog den Kopf zwischen die Schultern, als ein

Felsbrocken knapp neben uns zu Boden donnerte, und uns beinahe zermalmte. Endlich hatte ich das silberne Netz von Marcus heruntergerissen und schleuderte es in eine Ecke, wo es sich mit einem hässlichen Zischen auflöste.

„Steh auf, wir müssen hier weg!“, schrie ich über den Tumult hinweg und zerrte Marcus auf die Beine.

Im selben Moment stürzte der schmale Verbindungsgang zum Haupttunnel mit einem gewaltigen Krachen in sich zusammen. Ich hielt mir die Ohren zu, während sich das Gepolter mit dem immer schriller werdenden Summen vermischte, bis ich dachte, dass mir jeden Moment der Schädel platzen würde.

„Was machen wir jetzt?“, stöhnte ich, als ich das Ausmaß unserer Misere erkannte. Da, wo einst der Verbindungstunnel gewesen war, klaffte nun ein tiefer Abgrund von ungefähr zehn Metern Breite. Zu breit, um ihn zu überspringen. Fieberhaft blickte ich mich um. Hinter uns lag der einstürzende Thronsaal, vor uns ein breiter Spalt, der tief in die Erde reichte. Wir saßen in der Falle.

„Wo sind wir?“, fragte Marcus und sah sich erschrocken um.

„Auf der falschen Seite!“, schrie ich ihn an. „Wir müssen irgendwie dort rüberkommen!“ Ich wies heftig auf die andere Seite des Kraters.

Marcus fuhr sich verwirrt mit der Hand über das Gesicht und blickte sich in dem Chaos um. „Aber … aber wie“, stammelte er.

„Wir können nicht springen“, unterbrach ich ihn und mein Puls raste. „Das ist zu weit, wir würden es niemals schaffen.“ Ich lief vor dem Abgrund auf und ab wie ein Tiger im Käfig. Mit jeder Sekunde, die verging, wurde das tosende Rumpeln lauter und ich wusste, es war nur noch eine Frage der Zeit, bis das ganze Labyrinth in sich zusammenstürzte.

„Wer bist du?“, fragte Marcus.

Mir blieb für einen Moment der Mund offen stehen. „Das weißt du nicht?“

Das Netz, schoss es mir durch den Kopf, es musste ein Gedankennetz gewesen sein, um denjenigen, der von hier fliehen wollte, seiner Erinnerung zu berauben.

„Ich weiß gar nichts“, flüsterte der Wächter und sah aus, als würde er jeden Moment in Tränen ausbrechen. „Ich weiß nicht einmal, wer ich bin oder was ich hier mache. Werden wir sterben?“

„Wir werden es schon irgendwie hier rausschaffen“, versprach ich schnell und atmete tief durch. Entschlossen griff ich meinen Wächterstab. Schlimmer konnte es schließlich nicht mehr werden. „Hab keine Angst.“ In Windeseile schloss ich eine schimmernde Energiehülle um Marcus und schickte ihn auf die Reise über den Abgrund. Der blaue Träger schwebte in meiner Wächterkugel über den Riss. Ich sah, dass er mir etwas zurief, was im Tosen und Donnern der einstürzenden Höhle jedoch unterging.

Als er auf der anderen Seite angelangt war, entließ ich ihn aus der Kugel und steckte den Stab behutsam zurück an seinen Platz.

Zumindest schien der Einsatz meiner Magie den Einsturz der Höhlen nicht noch zu beschleunigen. Doch das war ein schwacher Trost. Ich hatte keine Chance, selbst den Abgrund zu überwinden. Mich selbst in eine Wächterkugel stecken konnte ich nicht, da Magie im Inneren der Energiehülle wirkungslos war.

Marcus stand auf der anderen Seite und gestikulierte

wild nach draußen. Ein weiterer Donnerschlag fuhr durch die Höhle und ließ den Thronsaal bedrohlich schwanken.

Ich konnte hierbleiben und aufgeben, doch ich wollte nicht kampflos sterben. Entschlossen ging ich einige Schritte rückwärts und nahm so viel Anlauf, wie es die Höhle zuließ. Dann rannte ich auf den Abgrund zu und sprang.

Ich flog weit durch die Luft. Doch obwohl ich mich so kräftig abgestoßen hatte, wie ich konnte, wusste ich, dass ich es nicht schaffen würde. Ich hatte kaum die Mitte des Abgrunds überquert, als ich spürte, wie die Schwerkraft mich in den Schlund zog. Aus dem Springen wurde ein Fallen und das Letzte, das mir durch den Kopf schoss, war Bens Gesicht. Ich schloss die Augen und bereitete mich auf den Aufprall vor, als sich eine summende Energiehülle um meinen Körper schloss und meinen Sturz abrupt abbremste.

Ungläubig riss ich die Augen auf und sah Marcus am oberen Rand des Abgrunds stehen. Mit zitternder Hand dirigierte er die Wächterkugel nach oben. Schweißperlen benetzten seine Stirn und sein Gesicht zeigte einen Ausdruck höchster Konzentration, als er mich Meter für Meter zu sich zog. Eine wilde Mischung aus Hoffnung, Erleichterung und Angst machte sich in mir breit. Vielleicht würde ich heute doch nicht sterben.

Marcus hatte es schon fast geschafft, als ein herunterfallender Felsbrocken die Kugel streifte und sie zerplatzen ließ. Mit einem Schrei streckte ich mich nach oben und bekam die schroffe Kante des einstigen Verbindungstunnels zu fassen. Durch den Schwung prallte ich mit den Rippen hart gegen den Fels und keuchte auf, als der stechende Schmerz durch meinen Körper jagte.

Marcus ließ seinen Wächterstab fallen und zog mich mit beiden Händen zu sich auf den Fels.

„Danke“, keuchte ich, als ich mich neben ihn gerollt hatte. Jeder Atemzug schmerzte höllisch, aber ich war froh, überhaupt noch etwas zu spüren.

„Ich weiß noch immer nicht, wer du bist“, sagte er nachdenklich. „Aber ich wusste plötzlich wieder, wie man dieses Ding aktiviert.“

„Lieber so als umgekehrt“, erwiderte ich und schenkte ihm ein schiefes Lächeln, während er den Wächterstab wieder an seiner Hüfte befestigte. Gemeinsam rappelten wir uns auf und hasteten in den Haupttunnel.

Auch hier bot sich uns ein Bild der Zerstörung. Automatisch wandte ich mich nach links und hetzte mit Marcus den einstürzenden Gang entlang. Vor, hinter und neben uns brach der Boden auf. Erdklumpen spritzten in die Höhe und das Summen steigerte sich zu einem kakofonischen Kreischen. Eine kleine Stimme in mir flüsterte, dass der Weg nach draußen zu weit war, dass wir es unmöglich schaffen konnten.

Wie zur Bestätigung fuhr eine so gewaltige Erschütterung durch das Labyrinth, dass Marcus und ich von den Füßen gerissen wurden. In der darauffolgenden Staub- und Schmutzwolke konnte ich kaum etwas erkennen, doch als ich mich hustend hochrappelte, war mir klar, dass dies unser Ende sein würde. Der Haupttunnel vor uns war eingestürzt und ich kannte keinen anderen Weg nach draußen.

„Wir müssen zurück!“, rief Marcus, packte mich am Handgelenk und zog mich hinter sich her. Ich ließ es geschehen, obwohl mir klar war, dass uns der andere

Weg noch tiefer ins Labyrinth hineinführte. Vielleicht gab es noch mehr Wege nach draußen, doch ich konnte mir nicht vorstellen, sie in diesem Szenario voller einstürzender Höhlen und Tunnel zu finden.

„Sieh“, keuchte Marcus und blieb so plötzlich stehen, dass ich fast in ihn hineingerannt wäre.

Vor uns auf dem Boden krabbelten drei kleine Spinnen über den Weg, die eine feine Spur aus Sand hinter sich herzogen.

„Spinnen“, stieß ich hervor. „Sandspinnen! Die hat Gabriel uns geschickt!“

Die handtellergroßen Spinnen verharrten eine Sekunde und betrachteten uns aus ihren jeweils acht Augen, bevor sie sich synchron umdrehten und um eine Ecke verschwanden. Marcus und ich wechselten einen kurzen Blick und rannten hinter ihnen her. Als der Gang einen Knick machte, schlitterten wir um die Ecke und sahen, wie die Krabbeltiere in einer unscheinbaren Felsöffnung verschwanden. Mit neu erwachender Hoffnung zwängten wir uns hinter ihnen durch den Spalt und versuchten, mit den Insekten Schritt zu halten.

Die Luft im Labyrinth war inzwischen so staubig, dass jeder Atemzug eine Qual war. Ein gewaltiger Felsbrocken begrub zwei der Spinnen unter sich und jagte eine Welle der Angst durch meinen Körper. Das verbliebene Tier war unsere einzige Chance, hier herauszukommen. Unbeirrt krabbelte Gabriels Sandspinne weiter und wir hetzten hinter ihr her, bis meine Lunge brannte und ich Seitenstechen bekam. Sie bog um eine Ecke und wir folgten ihr genau in dem Moment, als der gesamte Tunnelabschnitt hinter uns mit einem hässlichen Rumpeln in sich zusammenbrach.

Mit rasendem Puls blickte ich mich um. Die Spinne

führte uns auf direktem Weg zu einem Tunnel, der noch nicht vollständig von Geröll versperrt war, und als ich die ersten Sonnenstrahlen durch die Höhlendecke schimmern sah, stieß ich erleichtert die Luft aus. Noch nie war ich so froh gewesen, das Land des Ekels zu sehen.

Gemeinsam schafften es Marcus und ich, uns an den herabhängenden Wurzeln eines Baumes nach oben zu ziehen und lagen nach einem letzten, anstrengenden Klimmzug keuchend im stinkenden Schlamm. Neben uns wuchsen braune Blumen aus der feuchten Erde, deren fürchterlicher Gestank für mich süßer roch als je zuvor. Ich stützte mich an einem hervorstehenden Ast des verdrehten, kahlen Baumes neben uns ab und zog mich in die Höhe. Wir hatten es geschafft.

„Alles okay bei dir?“, keuchte ich an Marcus gewandt.

Er lag schwer atmend auf dem Rücken und nickte. Schließlich rappelte er sich auf. „Danke, Lee.“

„Du weißt wieder, wer ich bin?“, grinste ich, während ich die Sandspinne im Auge behielt, die anscheinend der Meinung war, dass unsere Verschnaufpause lange genug gedauert hatte. Sie wartete noch exakt zwei Herzschläge, bevor sie durch den morastigen Wald mit den verkrüppelten Bäumen trippelte. Müde humpelten wir hinterher.

„Die Wirkung des Gedankennetzes lässt nach“, sagte Marcus und bückte sich unter einem tief hängenden Ast hindurch. „Wenn du es mir nicht so schnell hinuntergerissen hättest, wären meine Erinnerungen womöglich dauerhaft verloren gewesen.“ Er sah mich ernst an und ich dachte, dass er selbst knapp dem Tod entronnen noch fantastisch aussah.

„Erklärst du im Gegenzug dafür Quirin, dass wir es geschafft haben, das gesamte Höhlensystem der Totaa dem Erdboden gleichzumachen, ohne dabei auch nur einen einzigen Hinweis auf ihren Verbleib oder ihre nächsten Schritte gefunden zu haben?“, erwiderte ich. Meine Stimme klang scherzhaft, aber es war alles andere als ein Scherz.

„Das muss er mir nicht erklären, das weiß ich bereits“, ertönte eine schneidende Stimme hinter uns und ich fuhr erschrocken herum. Quirin stieg in diesem Augenblick aus einer stinkenden Pfütze bräunlichen Wassers und schüttelte angewidert seinen Fuß. Das Licht der Sonne schimmerte auf seiner Glatze und ich sah, wie sich seine goldene Zeichnung in Form zweier überlappender Dreiecke bei unserem Anblick entfachte.

„Gestalter“, stieß ich hervor. „Wir haben hier nicht mit Euch gerechnet.“

„Es gibt so Einiges, mit dem ihr anscheinend nicht gerechnet habt“, erwiderte Quirin kalt und ging mit steifen Schritten an uns vorbei. Er bog um den nächsten Baum und trat auf eine Lichtung, die ich schon von meinem ersten Besuch im Ekelland kannte – und die der Ausgangspunkt unserer Mission gewesen war.

Hier hatten Gabriel, Morris, Marcus und ich in mühseliger, nichtmagischer Arbeit den Zugangsschacht zum Erdlabyrinth der Totaa weit genug gesichert, um unbeschadet hinabsteigen zu können. Und hier hatte sich Ben ein paar Wochen zuvor bei einem Bad in dem kristallklaren See den Schneckenparasiten zugezogen, der ihn vorübergehend zu einem Vollidioten mutieren ließ.

Gabriel und Morris saßen nebeneinander im Gras. Man sah ihnen die Tortur ihrer Flucht deutlich an. Gabriel hatte mehrere Schrammen davongetragen und bei dem Anblick von Morris‘ komplett weißen Augäpfeln schluckte ich schwer.

„Danke für deine Sandspinnen, Gabriel", sagte ich aufrichtig. „Du hast uns damit das Leben gerettet."

„Ich bin froh, euch zu sehen", erwiderte Gabriel und erhob seinen massigen Körper schwerfällig. „Und natürlich ebenso Euch, Gestalter. Die Totaa hatten uns einige Fallen hinterlassen. Wächter Morris braucht dringend einen Heiler."

„Das sehe ich selbst", gab Quirin zurück und verschränkte die Hände hinter dem Rücken. Seine dunklen Augen blickten argwöhnisch auf den verschütteten Eingang zum Totaa-Labyrinth. „Ich sehe außerdem, dass eure Mission gescheitert ist, obwohl ich dachte, eine fähige Gruppe zusammengestellt zu haben. Anscheinend habe ich mich geirrt." Quirins schmale Lippen kräuselten sich und er blickte uns nacheinander an, selbst Morris, der das nicht mehr sehen konnte. „Ich habe mich scheinbar nicht klar genug ausgedrückt, als ich sagte, dass unsere Ermittlungen absolute Diskretion erfordern. Im ganzen Land haben die Nachrichtenwürfel von den allerorts auftretenden Erdbeben in der Sinnlichen Welt berichtet. Dies", er zog eine Augenbraue hoch, „ist so ziemlich das Gegenteil von einer verdeckten Ermittlung. Das Labyrinth des Feindes ist zerstört. Und das, ohne dass wir auch nur eine einzige verwertbare Information über die Pläne der Totaa erhalten haben. Aus Sicht der Macht der Acht habt ihr versagt."

Eine eisige Stille folgte auf seine Worte, die nur von dem gelegentlichen Rumpeln und entfernten Poltern aus der Erde durchbrochen wurde. Ich vermied es, Quirin in die Augen zu schauen, da ich Sorge hatte, er könne dann das ganze Ausmaß meiner Verachtung darin sehen.

„Morris, fühlst du dich in der Lage, eine Wasserreise zu einem Heiler anzutreten?", fragte Quirin und der blinde

Wächter nickte nach kurzem Zögern.

„Gut." Der Gestalter straffte die Schultern. „Kehrt alle nach Hause zurück. Nach diesem herben Rückschlag muss ich mich zur Beratung zurückziehen. Bis morgen erwarte ich von jedem Einzelnen einen Bericht." Quirin fixierte mich mit seinen dunklen Augen. „Und zwar pünktlich, auch wenn manche von euch sich lieber mit der Vorbereitung auf fremde Reisendenprüfungen zu beschäftigen scheinen als mit ihrem Job." Mit diesen Worten drehte er sich um und verschwand in der nächstgelegenen Pfütze.

Kapitel 2

Die dunkle Erde des Totaa-Labyrinths rieselte auf den sandigen Boden, als ich aus dem magischen Portal trat und mit fahrigen Bewegungen den letzten Rest der misslungenen Mission von mir abstreifte.

Ich wollte nach Hause. Erschöpft strich ich mir die Haare aus der Stirn, während ich den kürzesten Weg durch die Schwarzweiße Stadt suchte. Das Wissen um unser Scheitern schmerzte mehr als die Prellung meiner rechten Rippe, doch ich versuchte, meine negativen Gedanken beiseitezuschieben und mich auf die guten Dinge zu konzentrieren. Immerhin waren wir noch am Leben.

Und außerdem roch es hier besser als im Erdlabyrinth und dem Ekelland.

Mehrere Sinnträger begegneten mir auf meinem Weg, während ich durch die Straßen lief und die frische Luft der Schwarzweißen Stadt einatmete. Es war Nachmittag geworden. Die Sonne sandte ihre warmen Strahlen über die Türme aus Sandstein, die sich neben den kuppelförmigen, spitzen und flachen Dächern in die Höhe schraubten. Inzwischen hatte ich mich an die vielfältige und skurrile Architektur hier gewöhnt, die mir anfangs den Atem geraubt hatte. Vielleicht lag es daran, dass der Alltag den Zauber des Besonderen nahm, vielleicht ließen Gewohnheit und Regelmäßigkeit die Magie einfach verblassen. Vielleicht hatten die letzten Wochen aber auch nur ihre Spuren hinterlassen und schwächten meine Faszination für die magischen Dinge des Lebens, dachte ich, als ich den Weg in eine verzweigte Passage einschlug.

Ich fühlte mich müde.

Müde vom Kampf, müde von der erfolglosen Suche nach den Totaa – und irgendwie fühlte ich mich nicht nur müde, sondern auch leer. Seit der Vision von Sinja als Sandmalerin hatte ich nichts mehr empfangen und weder die Zukunft noch die Vergangenheit gesehen. Es war, als würden mich meine Visionen plötzlich im Stich lassen, als hätten sie es als ihre letzte Amtshandlung gesehen, mich auf Sinja anzusetzen, um dann einfach zu verschwinden.

Ich schluckte. Ich hätte nie gedacht, meine Blackouts irgendwann zu vermissen. Wenn ich an meinen letzten zurückdachte, spürte ich sofort wieder das Ziehen in der Brust, das mich aus dem Lokal am Marktplatz in die dunkle Kälte gerissen hatte. Ich spürte die blutroten Augen des schwarzen Wolfes auf mir, der mich in meiner Vision fixiert und mit fletschenden Zähnen danach gegiert hatte, mich zu zerfleischen. Ich spürte mein rasendes Herz gegen meine Brust schlagen, während der heiße Atem des Wolfes meine Haut streifte und ich nur darauf wartete, dass er mich töten würde. Das Tier setzte zum Sprung an, seine Krallen blitzten scharf vor mir auf – dann löste es sich in der Luft auf. Meine Angst blieb jedoch, sie löste sich nicht mit dem Verschwinden des Raubtieres auf, denn als ich in der kreisrunden Kammer die Sandmalerin mit dem Buch der Macht erkannte, wusste ich, dass es noch nicht vorbei war.

Es gab keine andere Erklärung, als dass Sinja mit ihrer Sandmalerei Quirins Gedanken vernebelt und so die Machenschaften der Totaa ermöglicht hatte. Sie hatte ihre Macht missbraucht und ihren Sekretär Ruwen dazu benutzt, um ihren eigenen teuflischen Plan zu verfolgten. Ich wusste, dass sie die Person war, die hinter den Totaa stand, dass sie es war, die das Ende der Menschen und Menschverbundenen wollte. Es musste so sein, das sagte mir der Wächterinstinkt tief in meinem Inneren. Und so sehr ich meinem Instinkt vertraute, so sehr er sich bei der Suche nach den Lichtsteinen als verlässlich erwiesen hatte, so sehr wusste ich auch, dass mein Instinkt als Beweis nicht reichte.

Ich hatte nichts in der Hand, das Sinja als Drahtzieherin entlarvte, ich hatte keine Beweise, dass sie ein Buch der Macht besaß und darüber hinaus hatte ich auch keine Vorstellung, was sie damit anstellen wollte. Die Macht der Bücher war genauso rätselhaft wie die Bücher selbst. Erschaffen im Ersten Sinnlichen Weltkrieg, um die positiven und negativen Sinne zu einen, waren sie von Hütern versteckt worden und galten nun als verschollen.

Ich folgte dem weißen Pfad aus der Stadt hinaus und wählte den kürzesten Weg, um zu unserem Haus zu gelangen. Nur noch wenige Sinnträger kamen mir entgegen. Ich presste meine Hand auf die schmerzende Rippe, denn das lange Gehen strengte mich an. Selbstverständlich wäre es deutlich schneller gewesen, über Wasser zu reisen und den Brunnen in unserem Garten zu nutzen, nur erwies sich das, was bei Marcus und Morris jedes Mal so leicht aussah, im Alleingang als überaus schwierig. Ich hatte bereits Stunden in diversen Pfützen, Bächen und Flüssen verbracht, um das Reisen durch das kalte Nass beherrschen zu lernen, doch außer tropfnassen Klamotten und Haaren war ich nicht weit gekommen.

Das Surren eines Oktaeders riss mich aus meinen Gedanken. Der Nachrichtenwürfel schwirrte beschwingt um mich herum. Ich griff nach ihm, um die Neuigkeiten aus der Sinnlichen Welt zu erfahren und sofort begann der Oktaeder, in meiner Hand zu schnurren und schmiegte sich an mich. Ich drückte auf die gelbe Seite und die sonore Stimme des Nachrichtensprechers erklang.

„Gestalter Quirin beauftragt den gelben Untersuchungsausschuss, die Bauverzögerungen des ‚Magischen Museums für Sinnliche Geschichte' unter die Lupe zu nehmen. Geprüft wird, ob es zu vertragsrechtlichen Verstößen und zum Einsatz illegaler Energien gekommen ist.

Gestalterin Philomenas Prestigeprojekt stieß schon vor Berufung des Ausschusses auf harte Kritik: Kostenexplosion und zeitliche Verzögerungen sorgen nicht nur bei dem wachsamen Geist für Skepsis. Bislang ist ungewiss, ob der Einsatz der teuren und raren Materialien das Verschulden des Bauleiters ist oder ob er lediglich im Auftrag der Gestalterin der Freude gehandelt hat, die für ihren ausschweifenden Lebensstil bekannt ist. Nicht nur der hellhörige Geist muss hier den Kopf schütteln. Skulpturen aus Sternenstaub, Bilderrahmen aus Mondsplittern, der Dauereinsatz von magischer Energie? Ist dies für die Vermittlung von Wissen eine Notwendigkeit oder nichts anderes als Protz und direkte Währungsblättervernichtung?

Doch eines ist gewiss: Die Ausstellung über die Entstehung, den Verlauf und das Ende der zwei Sinnlichen Kriege wird s ich weiter verzögern. Schon längst vergessene Exponate sollten hier wieder zum Vorschein gelangen und es erfüllt nicht nur die Trauerträger mit Bedauern, wenn der Eröffnungstermin erneut verschoben wird. Meine aufmerksamen Hörer, wie oft habe ich schon gesagt, dass ein derartiges Riesenprojekt in geistesgegenwärtige Hände gelegt gehört?

Und nun zu einer Sondermeldung: Die zeitgleich auftretenden Erdbeben in der Sinnlichen Welt sind in den letzten Minuten abgeklungen. Noch gibt es keine Erklärung für das seltsame Phänomen, doch wir halten euch auf dem Laufenden und unsere Augen und Ohren offen …"

Ich deaktivierte den Würfel und gab dem Oktaeder einen kleinen Klaps, als er sich zu enthusiastisch an meine Brust kuschelte. Er machte ein verärgertes Geräusch, das einem Fauchen gleichkam, schlug einen Bogen um mich und flog davon.

Quirin hat recht gehabt, dachte ich bitter. Wir hatten mit unserer missglückten Mission zu viel Aufmerksamkeit auf uns gezogen. Ich schob es gedanklich zu der Liste an Dingen, auf die ich keinen Einfluss hatte, schloss kurz die Augen, inhalierte den Duft der weißen Herzblütenbäume um mich herum und ging weiter.

Es war nicht leicht gewesen, in der Schwarzweißen Stadt etwas Geeignetes zu finden, daher hatten wir uns etwas außerhalb ansiedeln müssen. Für mein Wächtergehalt war die Stadt einfach zu teuer und Ben hatte bisher kein regelmäßiges Einkommen, da seine Reisendenprüfung noch bevorstand. Bei dem Gedanken an ihn huschte automatisch ein Lächeln über mein Gesicht und ich freute mich darauf, ihn nach den Strapazen der letzten Tage endlich wiederzusehen.

Ich folgte der Herzblütenbaumallee bis zu einer kleinen weißen Bank und bog dort in die schwarze Straße ein, an deren Ende wir seit Kurzem wohnten. 199 Herzschläge später blieb ich vor einem weißen turmartigen Gebäude stehen, an dessen Fassade sich bunt blühender Schwarzefeu emporrankte. Hinter dem Haus wucherte ein wilder Dschungelwald so weit das

Auge reichte. Es roch nach Zitronen und Lavendel. Der intensive Duft wurde von den kelchförmigen Blüten des Efeus ausgespuckt und ich musste husten, als ein Schwall feinster Dufttropfen auf mich niederrieselte. Ich legte den Kopf in den Nacken.

Das dreistöckige Haus erinnerte optisch an einen kleinen, wehrhaften Turm und war von innen weit geräumiger, als es von außen wirkte.

Vorsichtig legte ich meine Finger auf den schwarzen Bogen aus Sandstein, der unseren Eingang markierte. Augenblicklich dematerialisierten sich die Steine und gaben den Blick auf unser kreisförmiges Wohnzimmer frei. Ich schritt hinein und schloss die Tür mit einer einfachen Handbewegung.

Ben konnte ich nirgends sehen, er musste entweder unterwegs oder im Garten sein. Erschöpft legte ich meine Tasche auf den weißen Boden, der von einzelnen Lichtsteinen umrundet wurde, die untertags noch inaktiv waren.

In der Mitte des Zimmers stand ein Baum, der bis ins oberste Geschoss reichte. An seinem Stamm teilten sich die Äste so, dass sie eine Treppe bildeten, die bequem in den ersten und zweiten Stock führte. Durch mehrere kleine Auslassungen in der Decke strömte genügend Licht hinein, um den Wohnbereich gut zu erhellen.

Die Wände des Raums waren hellrot gestrichen und einige grün-rote Schlingpflanzen, die sich um die weißen Sitzmöglichkeiten aus gebundener Blütenwatte wanden, erinnerten an unsere Vorbesitzerin, an die ich lieber nicht denken wollte.

Ich durchquerte den Raum und ließ mit einer Handbewegung die Wände zur Seite gleiten, um den Durchgang zur Terrasse zu öffnen. Auch wenn der

Turm nicht unbedingt meinen Vorstellungen von einem perfekten Zuhause entsprach, so liebte ich den Garten mit dem angrenzenden Dschungel. Er war ungezähmt und so riesig, dass man jeden Tag etwas Neues entdecken konnte. Bei unserem Einzug hatte ich den Urwald, der zum Haus gehörte, noch als deutlich kleiner empfunden, aber inzwischen konnte man sich darin fast verlaufen. Bis auf die perfekt geschnittene Hecke, die unser Grundstück vom Nachbargrundstück trennte, wucherten üppige Pflanzen um unsere kleine Wiese herum, in deren Zentrum ein runder Springbrunnen stand. Der weiße Gartenbrunnen setzte sich aus zwei Wasserschalen, einem großen Auffangbecken und einer Skulptur zusammen, die wie eine Blütenranke aussah und eine kleine Wasserfontäne in die Luft steigen ließ. Das Licht der Sonne brach sich in den Tropfen und warf bunte Regenbögen über den Rasen, der von kleinen und großen Gewächsen und Bäumen gesäumt wurde. Nicht alle Früchte der Bäume kannte ich, aber sie schmeckten saftig und süß.

Je nach Windrichtung roch es unterschiedlich. Mal hatte man den Duft von Honigorangen in der Nase, dann roch es nach Rosenthymian oder Rotpfirsich und manches Aroma konnte ich nicht einmal zuordnen.

Aber den Geruch nach Zimt, frisch geschnittenem Gras und Zedernholz würde ich überall erkennen.

„Hey“, sagte eine tiefe Stimme neben mir und Ben, der die verwachsenen Lianen einiger roter Schlingpflanze beiseiteschob, trat auf den Rasen.

„Selber hey“, sagte ich und drehte mich zu ihm.

Ben war wie immer schwarz gekleidet, sah aber ungewöhnlich zerstört aus. Jede Menge frischer Kratzer zierten seine Haut, sowohl auf der Wange über dem

Dreitagebart als auch auf den gebräunten Unterarmen. Sein T-Shirt war am Ärmel zerfetzt und seine zerrissene, ornamentähnliche Gesichtszeichnung, die sich von seiner Wange über seinen Hals erstreckte, glühte schwarz. Als seine dunklen Augen meine trafen, erlosch sein schwarzes Gesichtsmuster schlagartig.

„Du warst diesmal lange weg", sagte er rau und sein Blick glitt über meinen Körper, wie um nach Verletzungen zu suchen.

„Ich weiß. Aber jetzt bin ich hier", erwiderte ich und fühlte den Wunsch, mit den Fingern durch seine zerzausten Haare zu fahren. Nach diesem beschissenen Tag wollte ich ihm einfach nur nah sein und mich an ihn schmiegen. Gleichzeitig sah ich, wie sich sein Kiefer bewegte und dass es ihn drängte, mich nach meinem Auftrag zu fragen, aber ich wollte nicht darüber reden, nicht jetzt. „Hast du gekämpft?", fragte ich deshalb schnell und deutete auf sein ramponiertes Äußeres.

Ben schnaubte leise, stieg aber auf den Themenwechsel ein. „Ich hasse dieses Unkraut, ich hasse diesen Dschungelwald", sagte er kalt und machte einen Schritt auf mich zu, und obwohl wir jetzt schon viel Zeit zu zweit und allein verbracht hatten, klopfte mein Herz wie wild.

„Also hast du mit dem Unkraut gekämpft?", fragte ich und zog eine Augenbraue hoch.

„Es steht 2:1."

„Für das Unkraut?"

„Für mich", antwortete Ben mit einer Selbstverständlichkeit, die meine Frage als unnötig abtat, und strich sich die dunklen Haare aus dem Gesicht. Erst jetzt sah ich, dass er ein Bündel Dornenkraut in der anderen Hand hielt. „Dieses beschissene Zeug wächst unerbittlich nach. Kein Wunder, dass sich die Pflanzentante selbst eingeliefert hat."

Ich presste die Lippen zusammen und dachte an die Vorbesitzerin unseres Turmes, die wir vor einigen Wochen im Weißen Sanatorium besucht hatten, um den Mietvertrag unterschreiben zu lassen. Danach war uns klar, warum dieses Haus das einzige war, das wir uns leisten konnten. Dennoch war ich Caprice, die nun als Heilerin im Weißen Sanatorium arbeitete und uns den Tipp gegeben hatte, dankbar.

„Warum ist es kein Wunder, dass sich die Naturverbundene hat einliefern lassen? Weil sie wegen der Pflanzen verrückt geworden ist oder weil sie verrückt war und deswegen so viele Pflanzen gesetzt hat?", hakte ich nach.

Ben zuckte mit den Achseln. „Such es dir aus. In jedem Fall war sie verrückt", erwiderte er und warf das Büschel Dornenkraut voller Verachtung ins Gras. Die grünen Stacheln des Krauts krallten sich sofort in den Boden und begannen, wieder in die Höhe zu sprießen.

Ben schüttelte genervt den Kopf. „Siehst du?", fragte er und atmete geräuschvoll aus.

Ich lächelte. „Ich wusste gar nicht, dass du so ein schlechter Pflanzenflüsterer bist."

„Ach ja?", meinte er. Sein Mundwinkel zuckte.

„Anscheinend."

„Das tut jetzt aber weh."

„Dass ich dich für einen schlechten Pflanzenflüsterer halte?"

„Mitten ins Herz, Wächterin", sagte er trocken und machte noch einen Schritt auf mich zu, sodass er mir ganze nahe war.

„Mitten ins Herz?", fragte ich unschuldig und sah zu ihm hoch.

„Mitten ins Herz“, wiederholte er mit dieser samtigen Stimme, die mich um den Verstand brachte. Dann spürte ich seine Hände auf meinen Hüften, fühlte die Wärme seines Körpers an mir, als er mich langsam zu sich zog. Ich folgte der Bewegung automatisch und ohne nachzudenken und dann fanden sich unsere Lippen endlich zu einem langen, zärtlichen Kuss.

„Wir hätten ins Wachsamkeitsland ziehen können“, sagte ich und trank einen Schluck von meinem Gelbtee. Er schmeckte nach Limette und Pfefferminz. Die weiße Schale, in die ich ihn gefüllt hatte, fühlte sich warm in meiner Hand an.

„Ins Handkribblerland? Wir hätten uns auch gleich Selbstmordarmbänder umschnallen und uns töten können“, sagte Ben gelassen und strich mit dem aus Blauholz geschnitzten Pinsel über die hellrote Wand unseres Wohnzimmers. Dort wo er die Borsten des Pinsels ansetzte, färbte sich die hellrote Fläche schwarz.

„Du hast schwarze Farbe gekauft?“, fragte ich ungläubig und betrachtete die Wand skeptisch.

„Passt zur Fassade.“

„Die Fassade ist weiß.“

Ben lächelte sanft. „Aber der Efeu ist es nicht. Ich dachte nicht, dass ich mit dir über solche Dinge diskutieren müsste. Du bist doch …“

„Ich bin doch was?“, fragte ich interessiert und nippte an der weißen Schale. Man sagte dem Gelbtee eine aktivierende Wirkung nach, aber im Moment spürte ich nichts davon.

„Du bist eine Wächterin. Dir sollte doch gar nichts entgehen.“

„Mir entgeht auch nicht, dass du schwarze Farbe

gekauft hast, obwohl ich lieber gelb hätte", erwiderte ich und boxte Ben spielerisch in die Schulter, während ich zu den weißen Polstern ging, die sich zu einer Art langer Couch zusammenformten.

Ich spürte die Nachwirkungen der letzten Tage in meinen Knochen und war froh, mich ein wenig ausruhen zu können. Gähnend ließ ich mich nieder und legte die Beine hoch. Die Blütenwatte war unglaublich weich und passte sich perfekt meiner Körperkontur an – es fühlte sich an, als würde ich auf Wolken liegen.

„Hatten wir nicht letztendlich einen Kompromiss geschlossen und uns auf Weiß geeinigt?", versuchte ich, das Thema noch einmal aufzugreifen, obwohl ich schon jetzt wusste, dass es aussichtslos war. In den letzten Wochen hatten Ben und ich unzählige Diskussionen über die absurdesten Dinge geführt. Über Wandfarbe, Sitzmöglichkeiten, Geschirr, das Bett und den Garten. Jeder Einrichtungsgegenstand konnte zum Konfliktpunkt werden. Dabei hatten wir ein Problem: Keiner von uns beiden wollte oder konnte nachgeben und daher waren unsere getroffenen Entscheidungen nichts anderes als halbherzige Kompromisse – die Schwarzweiße Stadt als Wohnsitz zu wählen, war nur ein Beispiel unter vielen.

„Du hattest dich auf Weiß geeinigt, Lee", meinte Ben. Seine Bewegungen mit dem Pinsel wurden intensiver, als auf dem Untergrund aus Sandstein langsam wieder das helle Rot durchdrang. Es sah aus wie Blut, das sich durch die Wand kämpfte. Bens Kiefer spannte sich an. „Das ist jetzt der dritte Pinsel gewesen", brummte er.

„Der dritte Pinsel? Gewesen?"

Ben drückte den Pinsel so kräftig gegen die Wand, dass dessen Holzstiel zerbrach.

„Ach, das meintest du", sagte ich und lachte. „Also

nicht nur mieser Pflanzenflüsterer, sondern auch noch mieser Pinselflüsterer?", neckte ich ihn.

„Diese beschissene Wandfarbe ist so hartnäckig wie die beschissenen Pflanzen da draußen." Ben warf den Stiel gegen die Wand und kam auf mich zu. Seine schwarze Gesichtszeichnung begann zu glimmen.

„Ich hasse Rot, Lee. Kannst du dir vorstellen, wie sehr ich Rot hasse? Es gibt, bei allen Sinnträgern, keine schrecklichere Farbe als dieses beschissene, höllisch hässliche Rot. Und gerade das", er atmete tief ein und ich befürchtete, dass er gleich auch noch mit der Faust gegen eine Wand schlagen würde, „muss ich jeden beschissenen Tag sehen. Immer dieses Rot."

Ich nickte verständnisvoll. „Du bist angespannt. Wegen der Prüfung."

„Nein, wegen dem Rot", sagte er und legte sich neben mich auf die Kissen.

Ich strich ihm zärtlich über die Schulter. „Es dauert nicht mehr lange, Ben. Die Prüfung ist in fünf Tagen."

Er atmete tief ein und blickte gegen die Decke. Er hatte sich seit Ruwens Tod verändert und es wirkte, als würde eine große Last auf ihm liegen.

„Aber", setzte er an und schloss kurz die Augen. In seinem Gesicht lag etwas, das ich nicht zuzuordnen wusste.

„Was ist?", fragte ich. „Was ist los, Ben?"

Er öffnete die Augen und lächelte schwach.

„Nichts. Ich habe nur das Gefühl, dass ich hier langsam durchdrehe. Ich werde noch genauso verrückt wie die Pflanzentussi mit ihrem kryptischen Geschrei."

Ich schmiegte mich an ihn und legte den Kopf auf seine Schulter. „Du wirst nicht verrückt, Ben. Du bist einfach nervös." Dabei strich ich sanft über seine Brust.

Er schüttelte unmerklich den Kopf und drückte mir einen Kuss auf die Stirn. „Ich weiß nicht, Lee. Vielleicht ist es das Haus. Die Pflanzen. Die Wandfarbe. Die Nachbarn …“ Dabei deutete er mit dem Kinn auf die perfekt geschnittene Hecke am Rand des Grundstücks. „Weißt du, dass er mit der Hecke spricht?“

Ich schüttelte den Kopf.

„Und hast du eine Ahnung, wie oft er rüberkommt, um mit mir zu reden?“, fragte Ben matt.

Ich musste mir ein Lächeln verkneifen. „Er mag dich einfach.“

„Das beruht nicht auf Gegenseitigkeit“, erwiderte er hart.

„Ach, du magst unseren Nachbarn auch, gib es doch einfach zu.“

Ben rieb sich die Augen. „Ich möchte unserem Nachbarn den Kopf einschlagen, das gebe ich gerne zu. Aber das ist ein Unterschied.“

Eine grün-rote Schlingpflanze schlängelte sich neben uns über die Blütenwatte.

„Ich hasse diese Dinger“, sagte Ben und schnippte die grüne Rute, die sich seinem Bein näherte und ein paar Stacheln ausfahren ließ mit einer schnellen Handbewegung zur Seite. „Die Dinger sind gemeingefährlich.“

„Die sind doch harmlos“, sagte ich und die Schlingpflanze bahnte sich nun von der anderen Seite den Weg zu mir. Ihre grüne Strebe berührte meinen Finger zärtlich und ihre hellroten Knospen blühten auf. „Vielleicht haben sie aber auch einfach nur Geschmack“, fuhr ich fort und strich über die weichen Blütenblätter.

„Sie beißen“, sagte Ben unversöhnlich.

„Mich nicht. Vielleicht bin ich einfach nicht zum Anbeißen.“

„Glaube mir, Lee, das bist du“, sagte Ben und zog mich an sich.

Als er dabei meine Rippenprellung berührte, keuchte ich kurz auf, schmiegte mich aber gleich wieder an ihn. Ich schloss die Augen und genoss für einen Augenblick den Moment, diesen Moment der Ruhe, der mir Kraft gab und die Energie zurück in meinen Körper fließen ließ.

Es fühlte sich fantastisch neben Ben an, es fühlte sich fantastisch an, ihn zu riechen, seine starken Armen um mich zu wissen und endlich wieder mit ihm zusammen zu sein. Meine Finger wanderten von Bens Brust zu seinem Hals, auf dem ich den verhärteten Wundrand eines tiefen Kratzers spürte. Ich öffnete die Augen. Die Verletzung sah anders aus als die Spuren, die unsere Gartenpflanzen hinterlassen hatten, und sie war so tief, dass ich an eine scharfe Klaue denken musste, die sich in seine Haut gekrallt hatte.

„Was ist das?“, fragte ich, und als ich sanft den getrockneten Blutrand des Kratzers berührte, stöhnte Ben auf.

„Das ist nichts“, sagte er.

Ich kniff die Augen zusammen. „Nichts?“

„Ja, nichts.“

„Das ist nicht nichts. Warst du schon bei einem Heiler?“

„Nein, das verheilt schon so“, wiegelte Ben ab.

„Woher hast du die Wunde?“, drängte ich zu wissen.

Ben schob mich zur Seite und rappelte sich auf, sodass er nicht mehr halb lag, sondern saß. Dabei warf er einen Blick auf meine Trinkschale.

„Dein Trauerpipi ist leer. Soll ich dir noch etwas holen? Schließlich bin ich ja der Hausmann hier.“ Seine Stimme klang bitter.

„Das ist Gelbtee, kein Trauerpipi. Und du lenkst ab."

„Wird das jetzt etwa ein Verhör?", fragte er grob und stand abrupt auf. „Lee, lass das."

Ich biss die Lippen aufeinander und wusste, dass das, was jetzt kam, nicht schön war. „Was soll ich lassen? Das Offensichtliche zu bemerken?"

„Du sollst aufhören, mich zu verhören, Wächterin", knurrte er und seine Augen funkelten mich finster an.

Ich richtete mich auf und unterdrückte den Impuls zu stöhnen, als sich meine Rippenprellung bemerkbar machte. „Du warst bei einem Straßenkampf", sagte ich vorwurfsvoll.

Ben sah mich unbewegt an und ich wusste, dass er das, was ich gleich sagen würde, nicht hören wollte. Aber ich musste es sagen. „Ben, du musst das nicht tun."

„Aber ich möchte es tun", sagte er scharf.

Ich spürte, wie mir das Blut in die Wangen schoss. „Du musst dich nicht auf diese Straßenkämpfe einlassen, die von Mal zu Mal brutaler werden. Das letzte Mal hast du dir den Kiefer gebrochen und es könnte noch weit Schlimmeres passieren. Wir können die Miete auch so bezahlen."

Er sah mich mit harter Miene an. „Irrtum, Lee. Du kannst die Miete bezahlen. Das ist ein Unterschied."

„Aber, das ist doch egal."

„Mir ist es nicht egal."

Ich sah ihm in seine dunklen Augen. „Früher hast du meine Blätter ohne zu zögern genommen." Im selben Moment bereute ich meine Worte. Aber wenn es um Ben ging, wich meine Wachsamkeit, meine Vorsicht – mein Sinn wurde schwach und es war den anderen Emotionen ein Leichtes, die Herrschaft über mich an sich zu reißen.

Bens Augen wurden kalt. „Jetzt ist nicht mehr früher. Jetzt ist jetzt.“

Ich stand auf und legte ihm vorsichtig die Hand auf den Arm, unsicher, ob er ihn nicht gleich wieder zurückziehen würde. „Ben, ich möchte nur nicht, dass du dich unnötig in Gefahr begibst.“

Er sah mich durchdringend an. Es war, als würde er mit seinen Augen wütende Blitze auf mich schleudern, obwohl er äußerlich vollkommen ruhig blieb. Seine Stimme klang hart. „Du möchtest nicht, dass ich mich in Gefahr begebe? Lee, du stürzt dich Tag für Tag in halsbrecherische Aufgaben, verfolgst die Totaa und nimmst keine Rücksicht auf dich selbst. Also überlege noch einmal, wer sich hier nicht in Gefahr begeben soll“, zischte er.

„Das ist mein Job, Ben.“

„Du hast versprochen, es langsamer anzugehen und nichts ohne mich zu unternehmen, und nur weil ich kein Wächter bin und nicht den verdammten Sinn der Wachsamkeit in mir trage, musst du nicht glauben, dass mir deine geprellte Rippe entgangen ist.“

Ich stockte für einen Moment und holte tief Luft. Es war naiv von mir gewesen zu glauben, dass es ihm nicht auffallen würde. Natürlich fiel es ihm auf. Aber es war genauso naiv von ihm zu glauben, dass es anders laufen könnte.

Ben ging ein paar Schritte an unserer Baumtreppe vorbei und nahm eine weiße Dose aus dem hölzernen Regal auf der anderen Seite, um sie mir zuzuwerfen. Es waren die Kräuterpillen, die mir Nihan mitgegeben hatte, um mich bei kleineren Wunden selbst zu heilen.

Ich öffnete die Dose und schluckte eine Pille hinunter. Sie schmeckte nach Petersilie und Johanniskraut.

„Danke", sagte ich und straffte die Schultern. „Was soll ich denn machen, Ben? Wir haben doch keine andere Wahl. Die Totaa könnten sich im Untergrund wieder formieren, sie könnten ihre Kräfte sammeln und schon an einem neuen Plan der Zerstörung arbeiten, um die Menschen und die Menschverbundenen zu vernichten. Sinja verfügt über Macht, über große Macht und hat es bisher geschafft, unbemerkt im Hintergrund die Fäden zu ziehen. Wir wissen nicht, was sie mit dem Buch der Macht vorhat – aber ich bin mir sicher, dass es etwas Schreckliches ist."

Ben rieb sich über die Augen. „Könnte es nicht sein", begann er mit harter Stimme, „dass deine Vision anders zu deuten ist? Du hast Sinja als Sandmalerin gesehen, du hast das Buch der Macht gesehen, aber bist du schon einmal auf den Gedanken gekommen, dass dies etwas anderes zu bedeuten hat?"

Ich schüttelte den Kopf. „Ich weiß es einfach. Ich fühle, dass sie etwas plant."

„Ein Gefühl in einer Welt voller Gefühle, Wächterin? Das ist nicht allzu viel." Er lehnte sich abgespannt gegen die Baumtreppe.

„Mein Wächterinstinkt hat mich nie im Stich gelassen, das solltest du besser wissen als jeder andere."

„Was ich besser weiß als jeder andere, ist, dass es sich nicht lohnt, die Welt zu retten", erwiderte Ben wütend. „Wir sind gefoltert, verfolgt und beinahe getötet worden – und der Dank der Welt ist, dass niemand von unserer Großtat erfährt und wir in einem abgeschiedenen, pflanzenverseuchten Haus wohnen müssen, weil wir in keinster Weise entschädigt worden sind."

„Du kannst doch nochmals zur Reisendenprüfung antreten", sagte ich und versuchte, ihn etwas zu versöhnen.

„Immerhin hat Arkadius dir das zugestanden."

„Zur Reisendenprüfung", fauchte Ben und seine Hand ballte sich zur Faust. „Großartig. Ich habe so viel Bock auf die Reisendenprüfung, wie ich Bock habe, hier in dieser versifften Pflanzenhütte zu hausen, wenn wir auch im Ekelland leben könnten. Dort gäbe es weder diese beschissene Wandfarbe noch diese beschissenen Pflanzen." Seine Gesichtszeichnung begann zu glimmen.

„Ja, in den Schlammhügeln gäbe es die Pflanzen tatsächlich nicht. Das liegt wahrscheinlich daran, dass dort nichts wachsen will", entgegnete ich schroff und konnte es nicht ausstehen, dass wir schon wieder bei diesem Thema landeten. Ich hatte den Eindruck, dass Ben hier nicht nur die Decke auf den Kopf fiel, sondern dass er Tag für Tag wütender wurde. Wütender auf das Haus, auf den Garten, auf die Welt und seine Reisendenprüfung. Ich wusste nicht, ob es daran lag, dass er sich Sorgen machte, die Prüfung nicht zu bestehen oder ob es vielleicht …

„Liegt es an mir, Ben? Willst du nicht mit mir zusammenleben? Ist es zu viel? Zu früh?", fragte ich und das Gewicht meiner Worte ließ mich auf die Blütenwatte sinken. Ich hatte das dumpfe Gefühl, das mich seit Kurzem begleitet hatte, nun ausgesprochen. Und ich hatte gehofft, dass es sich danach besser anfühlen würde. Aber das tat es nicht.

Ben sah mich durchdringend an. „Du denkst, dass ich nicht mit dir zusammen sein möchte?", wiederholte er und all die Kälte, all die Wut über die Macht der Acht und das Haus verschwanden augenblicklich aus seinem Gesicht. Mit wenigen Schritten war er bei mir und setzte sich neben mich. Dabei trat er noch einmal auf eine der grünen Schlingpflanzen, die sich mit ruckartigen

Bewegungen zurückzog. „Nein, Lee. Es hat nichts mit dir zu tun. Und doch“, sagte er und nahm meine Hand, „hat alles mit dir zu tun. Ich möchte mit dir zusammen sein, aber ich …“, er stockte für einen Moment, „… ich möchte nicht so leben, wie wir jetzt leben. Ich hasse es, dass du hier für alles aufkommst, Wächterin.“

„Aber sobald du die Reisendenprüfung …“

„Ja“, sagte er und nickte resignierend. „Du hast recht. Es sind nur noch wenige Tage und dann können wir das hier“, er wies auf die grün-rote Schlingpflanze, die sich erneut seinen Füßen näherte, und die rot gestrichenen Wände, die ihn so zur Weißglut trieben, „hinter uns lassen. Den Nachbarn nicht zu vergessen.“ Er lächelte matt und eine dunkle Haarsträhne fiel ihm ins Gesicht.

Ich schob sie zärtlich zur Seite und schubste die Schlingpflanze von seinem Bein.

„Ich könnte Thaya bitten, uns mit den Pflanzen zu helfen.“

„Thaya?“, wiederholte Ben. „Nein danke, dann heult die wieder die ganze Zeit rum.“

„Wer weiß, vielleicht hat die Zeit auch sie verändert. Wer hätte denn am Anfang gedacht, dass wir beide zueinanderfinden werden?“

„Ich.“

„Du?“, fragte ich skeptisch.

„Ich wusste es vom ersten Moment an“, sagte Ben mit einer Arroganz, die ich nur zu gut kannte.

„Was wusstest du?“

„Dass du auf mich stehst, Wächterin.“

„Dass ich auf dich stehe?“, wiederholte ich und runzelte die Stirn. „Ich denke nicht, dass das so war.“

„Und ich denke, dass dich deine Erinnerungen täuschen.“ Ben klopfte sich auf das Kinn.

„Wie genau täuschen mich meine Erinnerungen denn?“

„Du konntest schon im Sternensaal nicht die Finger von mir lassen. Du hast dich sogar vor Casimir auf mich geworfen.“

„Ich habe die erste Prüfung des Triangels so bestanden.“

„Ein angenehmer Nebeneffekt“, meinte Ben und begann, meinen Hals zu küssen. Ein warmes Kribbeln breitete sich in mir aus und ließ mich Sinja, die Totaa und unseren Streit für einen Augenblick vergessen. „Ich glaube, deine Erinnerungen spielen dir einen Streich. Du bist mir damals an den Dunklen Ort gefolgt.“

„Ich wollte nur meine Prophezeiung wissen, die ich dank dir allerdings nie erfahren habe“, sagte Ben und ich spürte, dass er kurz stockte.

„Dank mir hast du sie nicht erfahren?“, wiederholte ich und genoss Bens Lippen, die wieder meine Haut berührten und sich langsam zu meinem Mund hocharbeiteten. Ich atmete tief durch und versuchte, kontrolliert zu bleiben, obwohl alles in mir die Kontrolle verlieren wollte. „Wegen deinem Stalking sind wir damals von Casimir aneinandergebunden worden, falls dir das entgangen sein sollte“, erklärte ich.

„Das hast du doch eingefädelt“, entgegnete er mit samtweicher Stimme. „Gib doch einfach zu, dass du zuerst auf mich gestanden hast.“

„Habe ich nicht“, sagte ich so beherrscht wie möglich. „Ich wollte nur die Welt retten.“

„Aha. Und wie ist das mit uns dann passiert?“, fragte er und ich fühlte, wie sein Mund meinem näher kam und mir ganz warm wurde.

„Nur ein angenehmer Nebeneffekt“, murmelte ich und versank glücklich in seinen Lippen.

Kapitel 3

Ben streckte den Arm aus. Seine Hand zitterte und ich sah die Anstrengung, die es ihn kostete weiterzumachen. Die Blätter der Pflanzen ringsum raschelten und ich fühlte, wie der Boden unter uns zu vibrieren begann, während sich Bens zerrissene Gesichtszeichnung langsam entfachte. Sie glomm schwarz auf und es wirkte, als würde sich die magische Energie seiner Zeichnung den Weg durch seinen Hals, seinen Arm und seine Finger bahnen, um vor ihm in der Luft zu einer einfachen schwarzen Wolke zu verpuffen.

Ben stieß geräuschvoll den Atem aus und schüttelte seine Hand. „Es klappt nicht", sagte er wütend.

„Du musst es noch einmal versuchen", sagte ich und schaute nach oben. Es war eine sternenklare Nacht und nur das Licht des grünen Mondes schien über uns. Insgesamt hatten wir jetzt siebzehn Nächte damit verbracht, für Bens Reisendenprüfung zu trainieren. Anfangs hatte sich Ben geweigert, mit mir zu üben, doch irgendwann lenkte er ein. Er wusste, dass ich hartnäckig war und keine Ruhe gegeben hätte. Es war mir ein tiefes Anliegen, Ben so gut ich konnte zu unterstützen; am liebsten hätte ich ihm sämtliche Prüfungssorgen genommen, die ich immer wieder in seinen dunklen Augen aufblitzen sah.

Ben streckte langsam seine Hand aus und versuchte es noch einmal. Seine Gesichtsmuskulatur spannte sich an und ich merkte, wie viel Kraft es ihn kostete, von vorne zu beginnen. Seine Finger wiesen geradeaus, sein Arm begann, zuerst ganz leicht, dann stärker zu vibrieren.

„Blende alles um dich herum aus. Konzentriere dich auf den Mondlichttunnel“, versuchte ich, ihm zu helfen.

Er schloss die Augen. Seine zerrissene Gesichtszeichnung flackerte auf und ich konnte sehen, wie die leuchtende Energie durch ihn hindurchfloss. Sie flutete durch seinen Hals, durch seinen Arm, bis zu seinen Fingerspitzen. Das kitzelnde Gras unter meinen Füßen begann, sich zu bewegen, es spürte die Magie, die von Ben ausging, und das Rauschen der Blätter setzte wieder ein. Ich spürte die knisternde Spannung in der Luft, fühlte die Schwingungen, die sich zunehmend verdichteten, und sah, wie ein Energiestrahl aus Bens Hand strömte. Er bildete einen kleinen, gerade einmal tellergroßen Strudel, der sich unter Bens Krafteinsatz bewegte und langsam anschwoll. Ein leuchtend schwarzes Loch tat sich senkrecht vor ihm auf und warf zuckende Schatten über unseren Springbrunnen und die üppigen Gartenpflanzen. Jetzt kam der schwierigste Teil: Ben musste das instabile Portal ausdehnen, bis es groß genug war, damit er hindurchfliegen konnte.

Er keuchte auf. Dann presste er die Lippen zusammen und spannte den Kiefer an. Seine Hände zitterten immer stärker, während der magische Verbindungstunnel zur anderen Welt an Kraft gewann.

„Du schaffst es!“, rief ich enthusiastisch und im nächsten Moment, kurz bevor Ben mich ansah, erlosch der Mondlichttunnel wieder. Das schwarz leuchtende Loch war verschwunden und es war, als wäre es nie da gewesen.

„So weit bist du noch nie gekommen“, sagte ich und machte einen Schritt auf Ben zu.

„Aber ich konnte ihn nicht stabilisieren“, entgegnete er kalt und ich konnte sehen, wie der Sinn des Ekels ihn überschwemmte. Es war die Art von Ekel, die nicht irgendeinem Sinnträger, nicht irgendeiner Sache, sondern bloß ihm selbst galt. Unter dem grünen Mondlicht hatte es den Anschein, als würde seine Gesichtszeichnung beinahe rötlich leuchten und in seinen Zügen lag eine inbrünstige Abscheu, die mir das Herz zerriss.

Ich straffte die Schultern. Ben würde es schaffen, das wusste ich. „Du hast noch fünf Tage."

„Lee", begann Ben und schüttelte verachtungsvoll den Kopf. „Der Tunnel muss stabil sein, verstehst du? Ein instabiler Tunnel wird mich zerfetzen."

Ich nickte und versuchte das, was ich bislang immer verdrängt hatte, nicht zu nah an mich herankommen zu lassen. Der Gedanke, dass Ben in seinem selbst erschaffenen Tunnel ums Leben kommen könnte, dass er es nicht bis in die Menschenwelt schaffen, sondern im Nichts verschwinden würde, hätte mich sonst um den Verstand gebracht. „Ich weiß", sagte ich leise und strich Ben über die Wange. „Denkst du denn, das weiß ich nicht?"

„Natürlich weißt du es", sagte Ben und nahm meine Hand. Er küsste sie vorsichtig und ich lächelte mild.

„Ben, du bist der Auserwählte, wer sonst könnte die Prüfung bestehen?"

„Ich war auch schon der Auserwählte, als ich sie das erste Mal nicht bestanden habe", meinte er und sah mich entmutigt an. „Ich bin schon am Anfang gescheitert, Lee." Er blickte zu Boden und ballte die Fäuste. „Hätte ich damals am Dunklen Ort meine Prophezeiung erfahren, dann wüsste ich jetzt vielleicht, wohin mich mein Weg führen soll und weshalb mir die Prüfung so schwer fällt." Seine Stimme war erfüllt von Bitterkeit.

Es tat mir weh, ihn so zu sehen. Lag es nur an der

Reisendenprüfung, dass er sich in letzter Zeit anders verhielt? Oder lag es an der Tatsache, dass er zu Hause war, während ich versuchte, die Totaa zu stellen? Oder machte ihn das Haus mit all seinen Pflanzen verrückt?

„Aber damals hattest du mich noch nicht", sagte ich und schmiegte mich an seine Schulter. Der Springbrunnen, neben dem wir standen, warf sein Wasser spielerisch in die Luft. Im Licht des Mondes glitzerten die Wassertropfen wie winzige grüne Smaragde.

Aus dem Augenwinkel glaubte ich, einen Schatten zu sehen, der über einen der Bäume huschte. Schnell drehte ich den Kopf zur Seite.

„Was hast du?", fragte Ben.

„Ach nichts", sagte ich, da nichts mehr zu sehen war. „Ich dachte, ich hätte einen …", begann ich und schnellte nach vorne. Mit einer kraftvollen Bewegung landete ich auf der schwarzen Silhouette, die sich hektisch unter mir wand.

„Sag, kämpfst du gerade mit einem Schatten?", fragte Ben ungläubig und ein Lächeln umspielte seinen Mund.

„Steh nicht einfach da rum", entgegnete ich. „Der Schatten hat uns beobachtet."

Die schwarzen Arme des Schattens versuchten, mich von sich herunterzuschieben und er begann, sich mit Händen und Füßen gegen mich zu wehren. Seine Berührungen taten nicht weh, sie waren weich wie Watte, aber sie nervten. Ben lehnte sich amüsiert gegen das Becken des Springbrunnens.

„Ben!", rief ich und versuchte das Ding unter mir, das jetzt zudem noch zu spucken anfing, festzuhalten.

„Simeon", rief Ben und ich ließ die Schultern fallen.

„Schon wieder er?", fragte ich gereizt und schon hörte ich das leise Lachen, das wie eine Mischung aus Freude,

Erstaunen und Stolz klang. Ich ließ den Schatten los und wich ihm gerade noch rechtzeitig aus, als er mir einen Tritt versetzen wollte. Dann wischte ich mir die schwarze Spucke von der Wange. Simeon konnte etwas erleben, dachte ich, als der Magiebegabte seine perfekt geschnittene Hecke in der Erde versinken ließ, um von seinem Grundstück auf unseres zu steigen.

„Der arme Schatten", meinte er nur und seine hellgrünen Augen leuchteten voller Belustigung. „Du hast ihm ganz schön zugesetzt." Dann machte er eine kurze Handbewegung und der schwarze Schatten löste sich in Luft auf.

„Was bei allen Sinnträgern haben wir ausgemacht, Simeon?", fragte ich und starrte den Magiebegabten mit dem spiralförmigen grünen Gesichtsmuster an. Seine hellblonden Haare standen wild in die Höhe und ich hatte den Verdacht, dass er Bens Frisur imitierte. Als wir das Haus gemietet und die ersten Tage hier verbracht hatten, hatten wir uns nach all den Strapazen auf die Ruhe gefreut. Darauf, endlich Zeit zu zweit zu verbringen und ein paar Tage auszuspannen – nun, da wir wussten, dass es noch nicht ausgestanden war.

Was wir jedoch nicht wussten: Simeon hatte keine Minute gezögert, das Haus nebenan zu kaufen. Als Magiebegabter hatte er in seiner „Auszeit", wie er es nannte – wir nannten es die Zeit, in der er sich versteckt und uns gewissenlos in den Tod geschickt hatte –, einige kleine Erfindungen getätigt, die ihm nun gutes Geld einbrachten. So war es für ihn auch ein Leichtes gewesen, die Vorbesitzer zu überzeugen, ihm das Haus zu verkaufen.

Allerdings schienen die letzten Wochen auch Simeon verändert zu haben. Er alberte zwar noch genauso herum wie immer, doch in seine Handlungen hatte sich eine gewisse Ernsthaftigkeit geschlichen. Eine Ernsthaftigkeit, die ich auf die nahende Bedrohung und seine Vorbereitung darauf zurückführte.

Simeon trug ein dunkelgrünes Hemd, eine dunkle Hose aus Blattleder und einen feixenden Ausdruck im Gesicht, bei dem ich mich wunderte, dass Ben noch gar nichts gesagt hatte.

„Das war doch nur ein harmloses Experiment, Lee", sagte der grüne Träger und setzte sich auf den steinernen Rand des Springbrunnens.

„Ein harmloses Experiment?!", fauchte ich. „Ich verfolge gerade die Totaa und wir wissen noch immer nicht, was Sinja plant", fügte ich etwas leiser hinzu. „Glaubst du, dass es der richtige Zeitpunkt ist, um irgendwelche Schatten auf unser Grundstück zu schicken?"

„Okay, das war vielleicht nicht durchdacht", meinte Simeon beschwichtigend und zuckte mit den Schultern. „Aber der Schatten ist mir entwischt, die können ziemlich eigen sein. Es tut mir leid – okay? Schau mal, Ben ist ganz ruhig, dann kann es doch nicht so schlimm sein."

Ben sah Simeon eindringlich an. „Ich bin nur ruhig, weil ich dir sonst etwas antun würde."

„Ach, das meinst du doch nicht so."

„Doch, das meine ich genau so."

„Du genießt meine Anwesenheit doch", meinte Simeon.

„Ich genieße deine Abwesenheit, nur komme ich ausgesprochen selten in diesen Genuss", konterte Ben trocken.

„I wo!" Simeon grinste breit. „Sag doch, dass dir meine Erfindungen gefallen. Hey, ohne mich würdest du hier nur faul rumhängen und hättest gar nichts zu tun, während Lee wieder mal die Welt rettet", begann er.

Ich schüttelte unmerklich den Kopf. Es war nicht gut, dieses Thema anzuschneiden und auf keinen Fall war es gut, es auf diese Weise zu tun.

„Ich hänge hier nur faul herum?", wiederholte Ben zunehmend aggressiv.

„Naja, du wolltest doch die Wände streichen, oder?", antwortete Simeon und lugte in unser Wohnzimmer. „Und wenn ich da jetzt so reinschaue, muss ich sagen, dass sich noch nicht viel getan hat."

„Simeon, an deiner Stelle würde ich die Klappe halten", empfahl ich ihm.

„Diese beschissene rote Farbe. Kannst du nicht einmal irgendetwas dagegen erfinden?", herrschte Ben den Magiebegabten an. „Anstatt irgendwelches unnötiges Zeug zu erschaffen, könntest du doch auch mal etwas Nützliches tun – wie wäre das Simeon? Das wäre doch mal eine Abwechslung!", donnerte Ben.

„Unnützes Zeug?", wiederholte Simeon und fasste sich theatralisch an die Brust. Seine Hose schlug ein paar Funken. „Das meinst du doch nicht ernst, oder?"

Ben sog hörbar die Luft ein. „Wie bitteschön nennst du sonst Wasserwärmer, Magiemasken oder Sternenverschlüssler? Nicht zu vergessen deine grandiose Erfindung des Buchumblättlers."

„Sag nichts über den Buchumblättler. Wenn man so viel liest wie ich, kann es einen ganz schön im Arm schmerzen, immer wieder umzublättern. Das wüsstest du, wenn du lesen …"

„Wenn ich lesen könnte?", fragte Ben spöttisch und ich sah, wie das grüne Licht des Mondes seine harten Gesichtszüge betonte. Ben baute sich vor Simeon auf und es wirkte so bedrohlich, dass ich froh war, nicht in

Simeons Haut zu stecken.

„Ich meinte doch nur, dass du nicht besonders viel liest … obwohl du doch …“

„Obwohl ich was?“, fragte Ben grimmig und ich hatte das Gefühl, dass es umso schlimmer wurde, je länger Simeon redete.

„Obwohl du doch jetzt Zeit hast, so als Hausmann.“

Ich wollte dazwischen gehen, doch Ben war schneller als ich. Er packte Simeon am Hemd und hob ihn mit einer einzigen Bewegung in die Luft. Für einen kurzen Moment erinnerte mich die Szenerie an damals, als Simeon wieder von den Toten auferstanden war und Ben ihn über die Klippe hängen ließ.

„Wie hast du mich soeben genannt?“, fragte Ben eisig.

„Ich, ich … jetzt lass mich doch runter, Ben.“

„Wie hast du mich genannt?“

„Ich bin doch auch ein Hausmann.“

Ben ließ Simeon ohne Vorwarnung los, sodass dieser hart ins Wasser platschte.

„Jetzt bist du ein nasser Hausmann“, erklärte Ben brüsk und ein zufriedenes Lächeln huschte über sein Gesicht.

„Musste das sein?“, fragte ich müde.

„Der Magiebegabte hat sich eine Abkühlung verdient“, antwortete Ben.

„Brr, ist das kalt.“ Simeon schüttelte sich. „Soll ich euch nicht doch meinen Wasserwärmer borgen?“ Er sah aus, wie ein nasser Pudel, als er aus dem Brunnen stieg und grinste. „So, genug abgeregt?“, fragte er und wollte Ben in die Schulter boxen, doch der fing seine Hand im Flug ab. Dann drehte er sich um und ging ins Haus. Simeon und ich blieben allein im Garten.

„Ich verstehe“, meinte Simeon zu mir. „Er ist

angespannt wegen seiner Prüfung. Deswegen versteht er gerade keinen Spaß."

„Der Mondlichttunnel", seufzte ich und ließ mich auf den Rand des Springbrunnens sinken. „Wem würde der keine Sorgen bereiten?" Mein Magen zog sich bei dem Gedanken daran zusammen und ich erinnerte mich an unsere Flucht aus dem Tunnel der Totaa, in dem ich Ben beinahe verloren hatte. Ich wollte dieses Gefühl nie wieder erleben.

„Ich habe nachgelesen und ein paar magische Quellen angezapft. Der Mondlichttunnel ist echt tricky, denn du kannst an mehreren Stellen der Prüfung scheitern", erklärte Simeon und setzte sich neben mich.

„Wie meinst du das?"

Simeon dämpfte seine Stimme. „Na, zuallererst kannst du versagen, indem du es nicht schaffst, den Tunnel in der Luft entstehen zu lassen. Und was ich bislang von Ben gesehen habe ... du musst wissen, er hat die letzten Nächte wirklich hart trainiert, als du weg warst, er schafft es aber immer nur, den Tunnel zu erzeugen, kann ihn dann allerdings nicht stabil halten. Wenn er es nicht hinbekommt, eine durchgehende Verbindung zur anderen Welt aufzubauen, wird er schon allein daran scheitern."

Ich seufzte und verstand nicht, warum es Ben solche Schwierigkeiten machte, diesen verdammten Tunnel zu erschaffen. Auch wenn es schwer war, Ben war schließlich der Auserwählte. Und wenn er es nicht zusammenbrachte, wer sollte es sonst hinbekommen?

„Ich weiß, was du denkst, Lee", sagte Simeon und schob sich in meine Gedanken.

„Hast du jetzt auch einen Gedankenleser erfunden?", fragte ich und hob beide Augenbrauen.

„Nein, ich bin einfach empathisch."

Ich räusperte mich und strich über meine Finger. „Simeon, ich möchte dir nicht zu nahe treten. Aber das, was du vorhin zu Ben gesagt hast, war wirklich das Gegenteil von Empathie."

Simeon zuckte mit den Achseln und wirkte, als wäre er anderer Meinung. „Das ist doch mehr so unser Ding. Also zwischen Ben und mir, verstehst du? Ich sage etwas, er gibt seinen ekelhaften Kommentar ab – so läuft das nun mal zwischen uns. Ist ein Männerding, das verstehst du nicht."

„Aha. Ein Männerding", sagte ich und unterdrückte ein Schmunzeln. „Gut. Dann lassen wir jetzt das Männerding, von dem ich sowieso nichts verstehe, und du erzählst mir, was du noch herausgefunden hast. An welchen Stellen der Prüfung könnte Ben sonst noch scheitern?"

„Du glaubst also auch, dass er scheitern könnte?"

Ich schüttelte den Kopf. „Nein, Simeon, das glaube ich nicht. Ben wird nicht scheitern. Aber ich war die letzten Wochen zu sehr mit den Totaa beschäftigt und habe einfach nicht alle Informationen über die Reisendenprüfung. Ben ist gerade nicht besonders auskunftsfreudig, vor allem, wenn es um dieses Thema geht. Es wäre also nett, wenn du mich auf den aktuellsten Informationsstand bringen könntest."

Simeons Augen leuchteten. „Aber sicher. Das tue ich doch gerne. Immerhin sind wir ja so etwas wie eine Familie."

„Vielleicht mehr ‚so etwas' als eine Familie", sagte ich und legte meinen Kopf in den Nacken. Am Nachthimmel hatten sich einige dunkle Wolken vor den Mond geschoben.

„Also, wenn Ben es schafft, den Mondlichttunnel zu erzeugen – was keine einfache Aufgabe ist und eigentlich sehr lange trainiert werden muss –, dann müsste er mit seinen Flügeln – hey, echt abgefahren, aber ich kann mir Ben mit Flügeln gar nicht so richtig vorstellen – also, er müsste mit seinen Flügeln durch den Tunnel aus Mondlicht fliegen. Die Reisenden erzählen, dass die Innenseite aus Mondlichtsplittern besteht, es soll wunderschön sein, aber auch sehr gefährlich, denn die Splitter sind irre scharf. Man kann es sich wie einen Messergang vorstellen, du musst also wirklich total gut fliegen können, um dich nirgends zu schneiden. Aber damit nicht genug. Es gibt auch immer wieder Stürme und Turbulenzen auf dem Weg, denn der Mondlichttunnel stellt die Verbindung zwischen Menschenwelt und Sinnlicher Welt dar. Wenn diese Verbindung – aus welchem Grund auch immer – leidet, dann ist der Tunnel schwer zu passieren. Das gilt übrigens genauso für den Sonnenlichttunnel, durch den die Tierverbundenen reisen müssen, denn der ist wiederum irre heiß. Ich habe schon von Reisenden gehört, die sich die Flügel verbrannt beziehungsweise aufgeschlitzt haben und dann im Tunnel liegen geblieben sind. Da jeder seinen eigenen Tunnel erschafft, ist es für andere Reisende oder Beschützer auch nicht möglich, einen gestrandeten Träger zu retten."

„Aber warum gibt es dann so viele Reisende, wenn es so schwierig ist, die Prüfung zu bestehen?", fragte ich irritiert.

„Vielen Reisenden liegt es im Blut, deswegen ist es auch ihre Berufung – aber du hast schon recht. Die Reisenden gehören jener Gruppe an, die den höchsten Anteil an Abbrechern hat. Viele gehen daher einer selbst erwählten

Berufung nach, vielleicht aus Angst zu versagen. Denn selbst wenn sie den Tunnel schadlos passieren, müssen sie noch den Eintritt in die Menschwelt bewältigen."

„Was heißt das? Müssen sie dann wieder eine Öffnung schaffen?"

„Genau. Und wenn es ihnen dort aufgrund irgendwelcher Turbulenzen oder persönlicher Probleme nicht gelingt, stecken sie für immer in ihrem selbst erschaffenen Grab fest."

Ein kalter Schauer rann mir über den Rücken. Die Vorstellung, ganz allein in einem Tunnel voller scharfer Mondsplitter oder heißer Sonnensplitter festzusitzen und auf den Tod zu warten, war furchtbar.

„Wieso haben die Macht der Acht noch keinen Zauber gefunden, um jene, die in den Tunneln feststecken zu retten?"

Simeon streckte die Beine aus. „Es gibt im magischen Ministerium seit Jahren eine eigene kleine Forschungstruppe, die sich mit nichts anderem beschäftigt. Das Problem ist, dass die Magie zwischen den Welten ein einziges Mysterium für uns ist. Wir wissen zu wenig über die Welt der Menschen und Tiere, und so wie ich die Macht der Acht bislang verstanden habe, ist das auch nicht der oberste Punkt auf der Agenda. Denn einerseits verleugnen einige ihre Vergangenheit und dann befürchten andere, dass – wenn wir zu viel wissen – genau dieses Wissen auch für dunkle Magie eingesetzt werden kann."

Ich hörte Schritte. Ben kam wieder in den Garten zurück. Er hielt ein Glas Schlammwhiskey in der Hand und schien sich wieder etwas beruhigt zu haben.

„Hast du mir auch einen mitgebracht?", fragte Simeon feixend.

„Übertreib es nicht“, brummte Ben.

„Okay, okay“, sagte Simeon und lachte. „Aber mit deiner Wandfarbe kann ich dir vielleicht wirklich helfen. Die Farbe scheint eine Art Schutzzauber innezuhaben und Otto hat vielleicht etwas, das diesen brechen kann. Oder ihr fragt eure Vorbesitzerin, welche Farbe sie genau verwendet hat, dann wird es noch leichter, eine Gegenfarbe zu finden.“

„Das ist keine gute Idee“, meinte Ben trocken und nahm einen tiefen Schluck von seinem Schlammwhiskey.

„Was genau? Otto oder eure Vorbesitzerin?“

„Unsere Vorbesitzerin“, erklärte ich. „Sie ist im Weißen Sanatorium.“

„Ach, das ist doch, jetzt wo die magischen Portale wieder funktionieren, überhaupt kein Problem. Schwupps und ihr seid da. Arbeitet sie mit Caprice zusammen? Caprice soll eine steile Karriere gemacht haben. Sie ist dort Oberheilerin oder so und sie beschäftigt sich nur mit den besonders schweren Fällen.“

„Die Vorbesitzerin arbeitet nicht im Weißen Sanatorium, Simeon, sie wohnt dort“, erklärte ich.

„Man kann dort auch – ah.“ Simeon sah uns verwirrt an. „Ihr habt das Haus einer Verrückten gekauft? Habt ihr sie noch alle? Wer weiß, was für Zauber in eurem Haus wirken!“

„Wir haben es gemietet“, erklärte Ben gelassen. „Und da das Ekelland keine Option war“, er sah mich kurz, aber intensiv an, „mussten wir in die Schwarzweiße Stadt.“

„Das Wachsamkeitsland war leider auch keine Option“, ergänzte ich, nur um ein umfassendes Bild zu geben.

Simeon gluckste. „Mann, bin ich froh. Das Ekelland …

das wäre ganz schön schwierig geworden für mich. Und das Wachsamkeitsland ... das soll ja ziemlich paranoid machen."

Ich verkniff mir einen Kommentar und auch Ben schien sich kontrollieren zu müssen, um nichts zu sagen. Simeon war anscheinend fest entschlossen, bei uns zu bleiben und mit uns umzuziehen, wo auch immer wir hinziehen würden. Ein Teil von mir fand das süß – auf eine Art, wie man einen Hund süß findet – ein anderer Teil fand das jedoch ganz schön nervig und ich wusste, dass Ben es nur als nervig empfand.

„Warum wurde sie denn eingeliefert?", fragte Simeon interessiert.

„Jetzt mach dir nicht gleich ins Hemd", sagte Ben und rieb sich über seinen Dreitagebart. „Aber da fällt mir ein ... Lee, hat sie nicht irgendwas von unerträglichen Nachbarn gekreischt und einem Giftzauber, der sich in ein paar Wochen im Nebenhaus entfalten würde ...?"

Ich nickte. „Stimmt, jetzt wo du es sagst."

„Dabei hatte sie diesen morbiden Ausdruck im Gesicht und ich dachte mir noch, dass ich nicht mit dem Nachbarn tauschen wollen würde", ergänzte Ben trocken und sein Mundwinkel zuckte.

„Ha, ha, sehr witzig", meinte Simeon, dem kurz die Gesichtszüge entglitten waren. Dabei traf ihn ein Wassertropfen auf der Wange, den er zur Seite wischte. „Habt ihr schon weitere Freunde zu euch eingeladen?", fragte er unvermittelt.

„Weitere Freunde? Eingeladen?", wiederholte Ben trocken und ich musste mir ein Lachen verkneifen.

„Natürlich sind wir Freunde. Also, sonst noch wer?", setzte Simeon unberührt nach.

„Es war noch niemand sonst bei uns, Simeon", erklärte

ich. „Wieso fragst du?“

Er zuckte mit den Schultern. „Nur so. Was ist mit Caprice, Thaya, dem riesigen Wächter und dieser Heilerin, die euch das Leben gerettet hat? Habt ihr die schon zu euch eingeladen?“

Ich lächelte sanft. „Simeon, wir haben keine Einweihungsparty gegeben, falls du vermutest, dass wir dich nicht eingeladen haben.“

Er kniff die Augen zusammen. „Wieso sollte ich das denken? Ihr … und eine Einweihungsparty … ohne mich? Kaum vorstellbar.“

„Ich kann mir das sehr gut vorstellen“, erklärte Ben und ich schmunzelte.

„Ich habe auch noch keine Feier zu meinem Einzug veranstaltet, aber weißt du was? Ich werde eine legendäre Party schmeißen, nachdem du die Reisendenprüfung bestanden hast.“

„Sicher“, entgegnete Ben kühl und deutete Simeon, zu verschwinden. „Aber jetzt müssen wir weitermachen.“

„Womit denn?“, fragte Simeon und stutzte, um dann verlegen von Ben zu mir und wieder zurück zu sehen. Ich wusste nicht, ob er es machte, um lustig zu sein, oder weil er tatsächlich das erste Mal daran dachte, dass Ben und ich auch so etwas wie eine Intimsphäre benötigten.

„Genau damit“, sagte Ben kalt.

„Lasst euch nicht stören“, lachte Simeon und machte eine wegwerfende Handbewegung, als wäre es das Normalste der Welt, uns bei intimen Zärtlichkeiten zu beobachteten.

Der Blick den Ben ihm zusandte, war eisig. Wenn Blicke töten könnten, dachte ich nur, dann hätte Simeon schlagartig umfallen müssen. Ben straffte die Schultern, spannte seine Muskeln an und wirkte mit seinem zerrissenen schwarzen T-Shirt und dem kalten Ausdruck im Gesicht ziemlich bedrohlich. „Also gut, wenn du es sehen möchtest …“, meinte er nach einer Pause. „Auf eigene Gefahr.“

„Klar, mir macht Gefahr nichts aus“, erwiderte Simeon und lehnte sich abwartend auf dem Rand des Springbrunnens zurück. Die Selbstverständlichkeit, mit der er es sagte, quittierte Ben mit einem abfälligen Schnaufen.

„Lee“, sagte Ben etwas weicher und einladender zu mir. „Wollen wir? Langsam und vorsichtig oder schnell und stürmisch?“

„Natürlich schnell und stürmisch, wie immer“, entgegnete ich lächelnd und sprang von der Beckenkante des Brunnens. Dabei spürte ich einen scharfen Stich in meinen Rippen und zuckte kurz zusammen. Nihans Pillen hatten die Prellung gelindert, aber richtig fit war ich noch nicht. Vorsichtig schielte ich zu Ben, der gerade sein Whiskeyglas abstellte und mein schmerzverzerrtes Gesicht zu meiner Erleichterung nicht gesehen hatte. Ben sollte nicht bemerken, dass ich noch immer unter der Prellung litt. Ich wollte stark für ihn sein. Ich wollte für ihn da sein. Ich wollte ihm helfen, seine Prüfung zu bestehen. Wenn ich ganz ehrlich war, wollte ich auch mir helfen. Die Sorge, die ich empfand, wenn ich daran dachte, Ben zu verlieren, war groß. Und je näher die Reisendenprüfung rückte, desto größer wurde meine Angst – sie machte mich fast wahnsinnig. Aber ich konnte mit Ben trainieren, ich konnte versuchen, ihn vorzubereiten, auch wenn ich nicht genau wusste, was ihn erwartete.

Entschlossen band ich mir die Haare im Nacken zu einem Knoten und stellte mich gegenüber von ihm auf.

Dann blickte ich ihn herausfordernd an.

„Das sieht aber gar nicht zärtlich aus“, scherzte Simeon, der Ben und mich betrachtete, als wären wir zwei Tiere, die gleich aufeinander losgehen würden. Genau genommen war der Vergleich ziemlich treffend, denn wir machten uns kampfbereit. Bens Züge wurden streng und hart und auch ich fokussierte mich. Schnelligkeit und Geschick waren etwas, das wir gemeinsam trainieren konnten. Wenn es Bens Aufgabe war, heil durch diesen Tunnel aus messerscharfen Mondlichtsplittern zu gelangen, dann musste er über eine ausgeprägte Reaktionsfähigkeit verfügen.

Ben rechnete mit einem Angriff, meine bisherigen Angriffe hatte er immer gut pariert. Ich musste mir etwas Neues einfallen lassen. Etwas, das er nicht erwartete.

„Fang mich“, rief ich unvermittelt, drehte mich um und rannte los, ohne seine Reaktion abzuwarten. Ich lief zu dem üppig wuchernden Gewächs aus Pflanzen und Bäumen, duckte mich und sprang durch eine kleine hüfthohe Öffnung eines Heckenbusches in den Dschungelwald. Als ich auf der anderen Seite ankam, rollte ich mich auf dem moosbedeckten Boden ab. Das Adrenalin überdeckte die Schmerzen meiner Rippenprellung und ich war froh, Ben zeigen zu können, dass es mir gut ging und dass er sich keine Sorgen um mich machen musste. Ich konnte auf mich aufpassen.

Das Mondlicht drang seicht durch die breiten Blätter der hochgewachsen Pflanzen und es schien, als würde der Dschungelwald mit jedem Tag schneller wachsen. Eilig richtete ich mich auf und fühlte die schwüle Luft in meine Lungen dringen. Das Atmen fiel mir hier schwerer als auf der anderen Seite unseres Gartens und ich musste darauf achten, meine Geschwindigkeit und Kraft gut einzuteilen. Rasch rannte ich los.

Vor mir tat sich eine vielfältige Flora mit einer Fülle an Pflanzen auf, die mich an den Dschungel des Trauerlandes erinnerten, obwohl die Gewächse hier viel lebendiger wirkten. Sie waren grün, schimmerten leicht rötlich und ich konnte sehen, dass sich einige von ihnen langsam bewegten. Als ich das Rascheln der Blätter hinter mir hörte, wusste ich, dass Ben mir nun folgte.

Schnell lief ich weiter und bahnte mir meinen Weg durch die blühende Vielfalt. Ich hechtete über Büschel von Dornenkraut und stieß mich von handbreiten Baumstämmen ab, um das Pflanzengeflecht so schnell wie möglich zu durchdringen. Immer wieder musste ich Schlingpflanzen ausweichen, deren Lianen sich um die Bäume wanden und mir den Weg versperrten. So gut ich konnte beschleunigte ich mein Tempo, bis ich plötzlich Bens Atem hinter mir hören konnte. Ich ließ mich fallen und robbte auf allen Vieren durch das Gestrüpp, das sich vor mir verdichtete und mein Vorankommen bremste. Ich mochte gar nicht daran denken, wie sehr Ben diese Verfolgungsjagd hassen musste. Doch darauf konnte ich keine Rücksicht nehmen, schließlich würde der Mondlichttunnel auch keine Rücksicht auf ihn nehmen.

Keuchend drang ich immer tiefer in den Dschungel ein, und obwohl ich Vollgas gab, brachte ich nicht viele Meter hinter mich. Beinahe sah es so aus, als ob die wild wuchernden grün-roten Stämme, Äste und Blätter mir absichtlich den Weg versperrten und mein Durchkommen erschwerten.

Gerade als ich zwischen den breiten Blättern eines Rotchilistrauches hindurchkroch und von den feinen Körnchen niesen musste, spürte ich etwas an meinem Fuß. Dieses Etwas umschloss mein Fußgelenk und zog mich mit einem kräftigen Ruck zu sich. Ich versuchte, mich aus der Umklammerung zu befreien, doch es ging alles so schnell, dass ich keine Chance hatte, rechtzeitig zu reagieren. Als mir nichts anderes mehr einfiel, begann ich zu treten. Es war bereits zu spät, denn ich spürte seinen Körper bereits über mir.

„Warum so kratzbürstig?“, fragte Ben mit rauer Stimme. Sein Atem ging schwer. Mit einer Hand stützte er sein Gewicht auf dem moosbedeckten Boden ab, mit der anderen hielt er mich fest.

„Das hat aber ganz schön gedauert“, sagte ich atemlos und sog Bens umwerfenden Duft ein. Mein ganzer Körper inhalierte den Geruch und alles an mir kribbelte unter ihm. Ich wusste nicht, ob ich es hassen oder lieben sollte, ihm so ausgeliefert zu sein.

„Dich lassen sie anscheinend schneller durch“, sagte Ben gelassen und sein Mundwinkel zuckte, als seine Augen über meine Lippen glitten.

„Haben sie dich wieder gebissen?“, fragte ich amüsiert. Mein Blick streifte Bens zerschundene Wange.

„Du siehst auch ein wenig ramponiert aus“, entgegnete er und strich zärtlich über mein Gesicht und meinen Hals. „Ein paar Kratzer haben dir die netten Pflanzen also doch verpasst.“ Er lächelte. „Sieht wild aus.“

„Dann nehmen sie wohl doch keine Rücksicht auf mich, was bedeutet, dass ich bis jetzt schneller war.“

„Ich habe dir einen Vorsprung gelassen“, erklärte er bestimmt und ich spürte, wie sich seine Bauchmuskeln beim Ein- und Ausatmen leicht anspannten und wieder entspannten.

„Du wolltest mir bloß nicht ins Dickicht folgen. Deshalb hast du gezögert“, entgegnete ich und verdammte meine Stimme, die unter Bens Körper zu beben anfing.

„Bei dir zögere ich doch nie“, raunte er verführerisch. „Außerdem würde ich dir überall hin folgen.“

Und dann fanden sich unsere Lippen zu einem zärtlichen Kuss, der immer wilder und aufregender wurde, bis unsere Körper und Seelen endlich eins wurden.

Als wir kurze Zeit später zurück auf den unwilden Teil unseres Gartens traten, saß Simeon noch immer am Rand des Springbrunnens. Zwischenzeitlich hatte er sich selbst an unserer kleinen Bar bedient und nippte an einem Whiskey aus dem Land des Erstaunens, dessen Oberfläche grün züngelte.

„Jetzt konnte ich gar nicht zusehen“, sagte er enttäuscht und prostete uns mit seinem Glas zu.

Ich putzte mir meinen Wasserperlenanzug ab und versuchte, meine Haare von den Moosletten zu befreien.

„Du blutest an der Wange und siehst ganz schön fertig aus“, meinte Simeon belustigt. „Soll ich dir vielleicht auch einen Grünfeuerwhiskey einschenken?“

„Nein danke“, lehnte ich ab und schielte zu Ben. Irgendwie hatte er von den Moosletten deutlich weniger abbekommen und ich fand, dass er mit den leichten Schürfwunden im Gesicht noch verwegener aussah als sonst. Bei der Erinnerung an seine Nähe spürte ich ein Kribbeln im Bauch.

„Hast du keine eigene Hausbar?“, fragte Ben und fuhr sich durch seine dunklen Haare.

Simeon grinste. „Natürlich habe ich eine Hausbar. Aber wie sagt man so schön: Bei den Nachbarn schmeckt es am besten.“ Er leckte sich genüsslich über die Lippen.

„Das ist kein Sprichwort, das hast du soeben erfunden“, erwiderte ich und schnippte die roten Kügelchen des Rotchilistrauches von meinem Oberschenkel. Dabei musste ich wieder niesen.

„Diese Rotchilipflanzen … widerliches Zeug, und überhaupt …“, sagte Simeon und betrachtete unseren Dschungel mit einer Mischung aus Skepsis und Verachtung. „Ihr solltet euer Zuhause besser pflegen. Ich meine, schaut euch meinen Rasen mal an, das nenne ich einen Garten.“

„Du hast den Garten doch genau so gekauft“, entgegnete Ben und nahm sein Whiskeyglas in die Hand. „Und hast bislang sicher keinen Finger gerührt.“

„Aber ich … ich muss mich doch auf meine Erfindungen konzentrieren“, erklärte Simeon entrüstet. „Leute, ich habe vor, der erfolgreichste Magiebegabte der Sinnlichen Welt zu werden. Glaubt ihr, das passiert von selbst? Ich muss dafür sehr hart arbeiten, sehr viel lesen und natürlich meine Experimente durchführen.“ Erst jetzt merkte ich, dass Simeon meinem Blick auswich. Steckte noch mehr hinter seinen Erfindungen? War er deswegen in unsere Nähe gezogen? Hatten wir ihn wieder einmal unterschätzt?

„Simeon, hast du sonst noch irgendetwas vor?“, fragte ich misstrauisch und trat näher an ihn heran. Das Wasser des Springbrunnens, das von der Pflanzenranke ausgespuckt wurde, kräuselte sich in der Luft, färbte sich grün und platschte neben Simeon wieder ins Becken.

Simeon tat so, als würde er es fasziniert beobachten. „Euer Garten ist unterdurchschnittlich, aber der Springbrunnen“, sagte er und machte ein erstauntes Gesicht, „ist wirklich sehr schön.“

Ich wollte gerade erwidern, dass er nicht abzulenken brauchte und dass er – wenn er uns wieder in irgendwelche Schwierigkeiten bringen wollte – das gleich vergessen könne, als das Wasser im Springbrunnen zu schäumen anfing und kurz darauf eine mannshohe Fontäne in die Höhe schoss. Erschrocken wich Simeon zur Seite.

Unter dem dicken Wasserstrahl trat eine Gestalt hervor. Es war Marcus. Behände sprang er über den Rand des Beckens und kam unweit vor mir zum Stehen. Dabei blickte er mir tief in die Augen. „Lee, entschuldige die nächtliche Störung", sagte er mit seiner weichen, melodischen Stimme.

„Marcus, was tust du denn hier?", fragte ich irritiert.

„Es gab einen Zwischenfall", erklärte er und seine dunkelblonden Haare schimmerten im Licht des grünen Mondes. „Wir werden benötigt."

„Geht es um die Totaa?", fragte ich und spürte, wie sich mein Puls beschleunigte. Hatten die Wächter weitere Informationen über den Aufenthaltsort erhalten? Hatten sie einen Totaa zu fassen bekommen?

Marcus streifte Simeon und Ben mit einem kühlen Blick. „Ich werde dir alles Weitere erklären, sobald wir aufgebrochen sind. Wir dürfen wichtige Informationen nicht vor … Zivilisten besprechen."

„Zivilisten?", wiederholte Ben und lachte rau auf. Seine Miene war finster und er machte einen entschlossenen Schritt auf Marcus zu. „Dieser Zivilist hier", knurrte er, „hat vor Kurzem die Welt gerettet." Simeon nickte und beobachtete uns neugierig, so als erwartete er gleich den Totalcrash. Ein Gedanke, mit dem er wahrscheinlich nicht so falsch lag.

Marcus atmete tief ein. „Der Gestalter der Wachsamkeit ist dankbar für deine Leistungen. Aber nun übernehmen die Wächter, wie es den Vorschriften entspricht, das ist am Sichersten für alle Beteiligten und zum Wohle der Sinnlichen Welt."

„Wenn die Hände der Wächter so sicher sind, warum

musste ein Zivilist überhaupt eingreifen?", murrte Ben und nippte an seinem Schlammwhiskey.

„Ich werde dieses Thema mit dir nicht weiter vertiefen", entgegnete Marcus und sah mich an. „Lee, kommst du bitte?"

„Du wirst es nicht weiter vertiefen? Weil du nicht willst? Oder vielleicht, weil dir deine sicheren Hände gebunden sind?", ätzte Ben und ich wusste, dass ich dazwischen gehen musste.

„Ben", sagte ich leise und trat zu ihm, während ich fühlte, wie uns Marcus und Simeon beobachteten. „Du weißt, dass ich gehen muss. Das ist mein Job", flüsterte ich und strich ihm über die Wange.

„Ja, dein Job", sagte er bitter. „Und mit welchen Verletzungen wirst du das nächste Mal nach Hause kommen? Wenn der Zwischenfall so wichtig ist, dass man dich nach einer Mission gleich wieder auf die nächste schickt, dann kann es sich nur um die Totaa handeln." Seine dunklen Augen fixierten mich. „Du begibst dich von einer Gefahr in die nächste. Ohne Atempause."

„Lee, wir haben einen Auftrag. Wir sollten nicht noch mehr Zeit verschwenden", sagte Marcus mit nüchterner Stimme hinter uns.

„Verschwenden?", wiederholte Ben zynisch. „Stimmt. Lieber gleich in die nächste Kamikazemission stürzen." Sein Blick wurde weicher, als er mich ansah. „Versprich mir, dass du auf dich achtgibst."

Ich nickte. „Du aber auch."

Ben zog mich an sich und küsste mich auf die Stirn. Ich strich ihm sanft über den Rücken, dann löste ich mich von ihm.

„Wenn ihr etwas passiert, dann werde ich dich zur Verantwortung ziehen, Marcus", sagte Ben in einem

Tonfall, der keinen Zweifel über das Gesagte aufkommen ließ.

„Nach unserer letzten Mission sah sie nicht so schlimm aus wie jetzt“, antwortete der Wächter kühl und hob die Augenbrauen.

„Nicht, Marcus“, sagte ich und deutete ihm zu schweigen.

Marcus streckte die Hand nach mir aus. Ich wusste nicht, ob ich es mir einbildete, aber ich hatte den Eindruck, dass er es genoss, mich von Ben wegzubringen. Als ich seine Hand berührte, merkte ich wie Ben kurz zusammenzuckte.

„Komm heil wieder zurück“, verabschiedete sich Simeon und ich drehte mich um, um Ben noch einmal anzusehen. In seinen Augen spiegelte sich eine Mischung aus Sorge, Eifersucht und Wut, dann kehrte er mir den Rücken zu.

Als Marcus und ich ins Nass des Springbrunnens tauchten, war ich mir nicht sicher, was genau ich hinter mir gelassen hatte.

Kapitel 4

Die Wasserreise mit Marcus verlief ohne Zwischenfälle und war so angenehm wie immer. Er hielt meine Hand, während wir durch die kühlen, beruhigenden Fluten rauschten, und ich dachte mit Wehmut daran, dass es sich bei meinen eigenen Versuchen ganz anders angefühlt hatte.

Nach wenigen Herzschlägen war die Reise vorbei und wir schossen aus dem handwarm temperierten Wasser eines beleuchteten Springbrunnens, der alle paar Sekunden seine Farbe wechselte. Als das lauwarme Wasser gelb wurde, weckte es unerwünschte Assoziationen und ich hüpfte schnell aus dem Becken.

„Wo sind wir hier?“, fragte ich neugierig und blickte mich um. Die Reise hatte in einer üppig gestalteten Parkanlage voller Skulpturen und verschlungener Wege geendet. Bei dem Kies unter meinen Füßen handelte es sich offenbar um feinen Lichtstein-Bruch, dessen sanftes Leuchten die blühende Landschaft in eine idyllische Atmosphäre tauchte. Der grüne Mond schimmerte auf den eigenwillig modellierten Hecken und Büschen, die so zurechtgeschnitten waren, dass sie an überdimensionale Sinnträger erinnerten. Nicht weit von uns entfernt saß eine Naturverbundene unter einer Gartenlaube und spielte mit den Hecken. Sie bewegte sanft ihre Fingerspitzen und ich beobachtete, wie sich zwei Büsche, die ein Liebespaar darstellten, voreinander verbeugten und dann zum leisen Summen der Sinnträgerin zu wiegen begannen. Ich sah, wie der Mann seinen Blätterarm um die Taille der Frau legte, sie im Tanz nach hinten bog und leidenschaftlich küsste.

Marcus räusperte sich. „Wir befinden uns vor dem Eingang zum Ministerium der Freude. An deiner Frage erkenne ich, dass du noch nie hier gewesen bist?"

„Nein", antwortete ich wahrheitsgemäß, während mein Blick über den Springbrunnen glitt, aus dem wir gekommen waren. Das Wasser umfloss die marmorne Skulptur eines nackten Pärchens, dessen körperliche Merkmale sehr gewissenhaft ausgearbeitet worden waren. „Ich muss gestehen, ich hatte es mir ein wenig anders vorgestellt."

„Ich ursprünglich auch", erwiderte Marcus kühl und setzte sich in Bewegung. Wir folgten dem leuchtenden Kiesweg durch den opulenten Garten bis zu einer überdimensionalen Rasenfläche. Dahinter erhob sich ein goldener Palast mit Rundbogenfenstern, der mich an ein barockes Schloss aus der Menschenwelt erinnerte. Der Mittelteil des Gebäudes wurde von einer mächtigen Kuppel bekrönt und an seinen Turmspitzen flatterten orangefarbene Fahnen mit dem Symbol von Sonne und Mond. Das Ministerium der Freude hatte in diesem Zyklus die Schirmherrschaft über die Reisenden inne und ich konnte mir lebhaft vorstellen, wie sehr Ben es widerstrebt haben musste, in diesem Land zu seiner Reisendenprüfung anzutreten. Bei dem Gedanken, dabei zu sein, wenn er es in wenigen Tagen zum zweiten Mal versuchte, spürte ich ein unruhiges Flattern in meiner Magengegend.

„Wie lautet unser Auftrag?", fragte ich Marcus, um mich abzulenken.

Der dunkelblonde Wächter wich einem entgegenkommenden Sinnträger aus, der eine riesige goldene Harfe auf dem Rücken schleppte, und senkte die Stimme. „Es wurde ein kostbares Artefakt von Gestalterin Philomena entwendet. Wir sollen die Untersuchung durchführen, da dieser Diebstahl eventuell im Zusammenhang mit den Aktivitäten der Totaa stehen könnte."

„Wie das?", fragte ich, während sich meine zarten Wachsamkeitslinien schlagartig entzündeten.

„Ich weiß es nicht", gab Marcus zurück. „Aber ich habe den Auftrag von Quirin selbst entgegengenommen."

„Hat sich seine Laune inzwischen gebessert?"

Marcus zögerte. „Er wünscht uns sinngemäß viel Erfolg."

„Das heißt, er duldet kein weiteres Versagen?"

Der Trauerwächter straffte die Schultern. „So kann man es auch ausdrücken."

Wir hatten das Ende der Rasenfläche erreicht und schritten nun über eine geschwungene Auffahrt zu einem großen goldenen Eingangstor, das weit offen stand. Wozu die Freudeträger eine Auffahrt benötigten, die so aussah, als ob sie für das Befahren mit Pferdekutschen entworfen worden war, hinterfragte ich nicht. Nachdem wir eine kurze Marmortreppe mit flachen Stufen hinaufgestiegen waren, gelangten wir zum reich verzierten Eingang. Von drinnen wehte der Duft nach teurem Honigbaumwachs, dazu hörte ich Stimmengewirr, Musik und lautes Gelächter.

Marcus und ich wollten gerade die Schwelle übertreten, als sich uns ein hochgewachsener Sinnträger mit einem roten Umhang und einer lachenden orangenfarbenen Gesichtsmaske in den Weg stellte.

„Was ist euer Begehr?", näselte er hinter seiner Maske hervor und ich blickte überrascht auf, da seine eisige Stimme nicht im Geringsten zu der glücksgeschwängerten

Umgebung passen wollte. Er trug eine weiße Perücke und steife Beinkleider mit seidenen Kniestrümpfen.

„Das ist Wächterin Lee, ich bin Wächter Marcus", übernahm Marcus das Reden und nickte dem Sinnträger mit der Maske knapp zu. „Wir sind im Auftrag von Quirin hier. Gestalterin Philomena erwartet uns." Er versuchte, seinen rechten Fuß über die Schwelle zu setzen und wurde vom ausgestreckten Arm des Torwarts brüsk daran gehindert.

„Nur lachende Gesichter dürfen dieses Gebäude betreten", sagte der Sinnträger unter der Maske mit Grabesstimme.

„Interessant." Marcus straffte die Schultern und setzte ein gekünsteltes Lächeln auf. „Dürfen wir jetzt passieren?", fragte er in derselben Tonlage zurück.

„Wenn solch ein falsches Lächeln ausreichen würde, müsste ich nicht Tag und Nacht beim Tordienst diese verdammte Maske tragen", antwortete der Sinnträger mit sonorer Stimme.

Ich schenkte ihm ein strahlendes Lächeln. „Darf ich eintreten?"

„Ihr dürft eintreten, Wächterin", antwortete der hochgewachsene Sinnträger und verbeugte sich. „Mein Name ist Richard."

„Es ist mir ein Vergnügen, Richard", entgegnete ich und grinste Marcus an, der sich sichtlich damit abmühte, ein herzliches Lächeln auf sein Gesicht zu zwingen.

„Komm schon. Denk an Nihan", flüsterte ich ihm zu und erntete dafür einen empörten Blick.

„Ich sehe schon, du bist ein hoffnungsloser Fall", sagte Richard, zog die Maske von seinem verkniffenen Gesicht und drückte sie Marcus in die Hand. „Hier. Setz sie auf. Dann kann ich euch zur Gestalterin der Freude bringen."

Nachdem Marcus die Maske widerwillig für einige Sekunden über das Gesicht gezogen hatte, um das Ministerium der Freude betreten zu dürfen, gab er sie an Richard zurück, der sie mit einer beiläufigen Handbewegung einem vorbeikommenden Sinnträger in die Hand drückte.

„Gratuliere. Ich erhebe dich für die nächste Stunde in den Dienst des Torwächters", sagte Richard spröde und rümpfte die lange Nase. „Was ist los? Freust du dich nicht über dieses Privileg?", blaffte er ihn in der nächsten Sekunde an und zog die buschigen Augenbrauen zusammen. Der überrumpelte Sinnträger nickte rasch.

„Sehr wohl. Folgt mir", sagte Richard und durchschritt mit uns eine riesige Empfangshalle, deren verschwenderischer Reichtum mich zum Staunen brachte. Das Ministerium der Freude war nach dem der Wachsamkeit, der Wut, des Ekels und des Erstaunens nun der fünfte Sitz eines Gestalters, den ich besuchte – wenn ich das Ministerium der Angst ausklammerte, an das ich mich nicht mehr erinnern konnte.

Und obwohl ich mir keine konkreten Vorstellungen von Philomenas Heim gemacht hatte, war ich doch überrascht, wie luxuriös alles ausgestattet war, und verstand nun die Vorwürfe, die wegen des Baus des Museums gegen sie erhoben wurden. Kristallene Lüster hingen von der stuckverzierten Decke, die Wände waren mit glitzernden Seidentapeten geschmückt und das Licht tausender Kerzen brach sich im schimmernden Marmorboden. Gold und Juwelen schienen die Lieblingsmaterialien der Gestalterin zu sein, denn auf jedem Pfeiler, jedem Bilderrahmen und jeder Einfassung fanden sich die kostbaren Beläge.

Richard führte uns vorbei an einer aus Edelsteinsplittern gefertigten Statue zu einem mit roten Teppichen ausgelegten Gang, von dem mehrere vergoldete Türen abzweigten. Auch hier lag der Duft von Honigbaumwachs in der Luft und ich blickte auf die vielen hundert Kerzen in den funkelnden Kandelabern.

„Wieso verwendet ihr keine Lichtsteine zur Beleuchtung?", fragte ich stirnrunzelnd. „Das wäre doch viel einfacher und weniger gefährlich."

„Aber nicht stilecht", erwiderte Richard knapp und ging gemessenen Schrittes weiter.

Ein etwas zu klein geratener Freudeträger mit einer Narrenkappe auf dem Kopf hopste uns über den roten Teppich entgegen und zog in einer übertrieben tiefen Verbeugung den Hut. „Guten Abend", begrüßte er uns enthusiastisch. „Ich bin Luksus. Hocherfreut, eure Bekanntschaft zu machen." Er richtete sich wieder auf und knuffte Richard in den Arm. „Richie, du altes Schlitzohr", flüsterte er verschmitzt. „Was hast du mit den beiden Schönheiten denn vor?"

„Mein Name ist Richard", erwiderte unser Führer mit eisiger Stimme und betrachtete den zu kurz geratenen Träger mit einem vernichtenden Blick. „Wann merkst du dir das endlich?"

„Oje. Du siehst nicht glücklich aus", seufzte Luksus. „Wie kann ich dir eine Freude machen?"

„Indem du hier verschwindest", konterte Richard und lächelte schmallippig. „Siehst du? Jetzt habe ich mir gerade vorgestellt, du wärst schon weg."

„Haha! Du alter Witzbold", lachte Luksus und klopfte sich brüllend auf die Schenkel. Dann lupfte er seine Narrenkappe und hüpfte davon.

Richard straffte den Rücken, als wolle er die Begegnung so schnell wie möglich abschütteln. „Luksus ist einer unserer Freudestifter. Furchtbar überdrehte Zeitgenossen. Ich kann euch nur empfehlen, ihm und seinesgleichen aus dem Weg zu gehen“, informierte er uns steif, während wir weiter durch den langen Gang schritten. Dabei kamen wir an einem verliebten Pärchen vorbei, das eine Spur von verlorenen Kleidungsstücken hinter sich herzog.

Als Richard sah, wie der Mann mit wilden Küssen über die Frau herfiel, kräuselte er die lange Nase. „Unseren Gästen stehen fünfhundert Räume, acht Festsäle und sieben Vergnügungsgrotten zur Verfügung“, zählte Richard mit sonorer Stimme auf. „Dennoch scheinen die öffentlichen Gänge auf viele leider den größeren Reiz auszuüben.“

„Sieben Vergnügungsgrotten“, wiederholte Marcus und zog eine dunkelblonde Augenbraue hoch. „Warum nicht acht?“

Richard streifte ihn mit einem kurzen Blick. „Der Gestalterin gefiel es so besser. Ich vermute eine lose Anlehnung an die sieben Sünden aus der Menschenwelt.“ Er führte uns an einer geöffneten Tür vorbei, hinter der ein rauschendes Fest gefeiert wurde. Der Duft köstlicher Speisen sowie ausgelassenes Gelächter und Gläserklirren drangen daraus hervor.

Ich warf einen neugierigen Blick hinein. Auf der langen Tafel türmten sich die erlesensten Gerichte und der Wein floss in Strömen. Ein Musiker zupfte auf seiner Laute und sang dazu, seine Stimme ging im ohrenbetäubenden Geschnatter jedoch völlig unter. „Ist es hier immer so … opulent?“, fragte ich.

Richard beschleunigte seine Schritte und nickte.

„Früher war hier alles anders", sagte er und die orangefarbene Zeichnung, die mich entfernt an ein Kreuz mit einer Schlange erinnerte, begann leicht zu glimmen. „Unter der Führung der ehemaligen Gestalterin war dies ein Ort der Nächstenliebe", erklärte er uns. „Wir hatten es uns zur Aufgabe gemacht, anderen zu helfen. Dies wurzelte in der tiefen inneren Überzeugung, dass man am meisten Freude gewinnt, wenn man dafür auch etwas gibt."

Ich musste an Ben denken und daran, was er zu diesem altruistischen Ansatz gesagt hätte. Dabei huschte ein leichtes Schmunzeln über mein Gesicht.

„Unter Gestalterin Philomena hat sich dieser Ansatz offenbar nicht gehalten", sagte Marcus und blickte skeptisch in den nächsten Saal, in dem einige Freudeträger mit Eimern voller Farbe herumalberten, während andere an ihren Staffeleien saßen und versuchten, ernsthaft zu arbeiten.

„Nun, es gibt viele Arten von Freude", entgegnete Richard spröde und duckte sich unter dem ausgestreckten Arm einer kristallenen Skulptur hindurch, die eine Balletttänzerin zeigte. „Bevor Philomena diesen Palast erbauen ließ, der sein Augenmerk auf die schönen Künste und die körperlichen Freuden richtete, war es eine Zufluchtsstätte. Sinnträger aller acht Länder fanden hier bei uns einen willkommenen Rückzugsort. Solche, die ihre Prüfungen nicht bestanden hatten und ihrer Berufung nicht nachgehen konnten, solche, die sich bei magischen Kämpfen oder der Reise in die andere Welt verletzt hatten und denen die finanziellen Mittel für einen Heiler fehlten, und solche, deren Gefühle sie überwältigten und die Trost und Führung brauchten, um sich in der Sinnlichen Welt zurechtzufinden. Und auch die Alten, aus denen das Leben langsam wich, kamen zu uns, um sich von uns auf ihrem letzten Weg begleiten zu lassen."

„Dies war auch ein Hospiz?", fragte ich überrascht und blieb unwillkürlich am Eingang eines Zimmers stehen, aus dem ein fürchterlicher Gesang ertönte.

„Dies war eine andere Ära", entgegnete Richard mit tiefem Bedauern, während er ebenfalls in den Raum hineinschaute.

Drinnen saß an einem reich verzierten Sekretär ein pummeliger grüner Träger mit einer Zwickbrille auf der Nase, den ich von meinem Besuch im Erstaunensland kannte. Es war Zeins, der glücklose Erfinder, der mir den Weg zur Goldenen Bibliothek gewiesen hatte. Ich war überrascht, ihn hier zu sehen und noch überraschter über seine aufgesetzt fröhliche Miene, mit der er das Jaulen des untalentierten Sinnträgers über sich ergehen ließ.

Als der Sänger mit der Statur eines Operndarstellers kurz Luft holte, sprang Zeins von seinem Stuhl auf und klatschte euphorisch in die Hände. „Großartig! Das war großartig!", rief er und fasste sich ergriffen an die Brust. „Du hast eine ungeheure Begabung, welche du auf alle Fälle weiter pflegen solltest."

Ich persönlich fand, dass er schlicht log, aber Zeins redete bereits weiter: „Ich würde dir empfehlen, deiner Stimme mit einem Gesangslehrer noch den letzten Schliff zu verpassen. Er wird überglücklich sein, mit so einem Talent wie dir arbeiten zu dürfen."

Neben mir schnaubte Marcus, während ich einen irritierten Blick zu Richard warf.

„Frag nicht", murmelte er leise. „Dies ist der Raum der Bestätigung. Hierher kommst du, um dein Ego aufzubauen."

Der Opernsänger strahlte über das ganze Gesicht und seine orangefarbene Zeichnung in Form eines Notenschlüssels strahlte mit ihm. Er verbeugte sich tief und verschwand durch eine Verbindungstür in ein Nebenzimmer.

„Der Nächste!", rief Zeins und klebte sich wieder sein falsches Lächeln ins Gesicht, kurz bevor eine junge Trägerin mit langem fuchsrotem Haar durch eine andere Verbindungstür hereinkam. Unter dem Arm trug sie eine Staffelei.

„Hallo, ich habe die Berufung zur Künstlerin und habe mich für die Malerei entschieden", sagte sie leise und drehte das Bild um, sodass Zeins und wir es sehen konnten. Es bestand aus einem gelben Fleck mit einigen orangefarbenen Klecksen drum herum. Mich erinnerte es an eine Blume, wie sie ein Kind aus der Menschenwelt gemalt hätte. Zeins warf einen Blick auf das Gemälde und rang sichtlich nach Worten.

„Erstaunlich einfach und doch so … präzise in seiner Unvollkommenheit. Ich spüre eine starke Verbindung zur anderen Welt sowie große schöpferische Kraft in dir", fuhr er fort, während das Mädchen mit dem fuchsroten Haar ihn scheu anlächelte.

„Ist es gut?", fragte sie unsicher.

„Was heißt hier gut. Gut – was für ein Ausdruck." Zeins druckste herum. „Es ist einzigartig. Selten habe ich so etwas überraschend …" Er suchte nach den richtigen Worten.

„Schönes?", fragte das Mädchen.

„Ja! So etwas überraschend Schönes gesehen", schloss er und schielte auf eine goldene Uhr an der Wand.

„Die Leute, die hier anfangen, machen es nie besonders lange", vertraute uns Richard hinter vorgehaltener

Hand an. „Es ist eine zermürbende Tätigkeit all der Talentlosigkeit Stunde um Stunde ins Auge zu blicken und dafür auch noch lobende Worte finden zu müssen."

„Und das funktioniert?", fragte ich. Auch ohne meinen Sinn der Wachsamkeit war es für mich offensichtlich, dass Zeins seine Komplimente nur erfand.

„Die meisten Sinnträger sind völlig blind, was die Einschätzung ihres eigenen Könnens anbelangt", erwiderte Richard und schnippte sich ein imaginäres Staubkörnchen von seiner Brokatweste.

Die Freudeträgerin mit dem Blumenbild verschwand glücklich lächelnd durch die Verbindungstür und ich nutzte den Augenblick, um Zeins kurz zuzuwinken, der erschöpft seine Sachen zusammenpackte und Platz für seinen Nachfolger machte.

„Lee!", rief er erstaunt, als er zur Tür kam. „Was für eine Überraschung, dich zu sehen. Was machst du hier?"

„Dasselbe könnte ich dich fragen", erwiderte ich.

Zeins nahm sich die Zwickbrille von der Nase und polierte sie.

„Ach, mit meinen Erfindungen läuft es gerade nicht so gut und immerhin erfinde ich hier auch etwas. Es macht zwar nicht so viel Spaß, aber es ist besser bezahlt", setzte er hinzu.

„Wir sollten weiter", drängte Marcus und ich nickte.

„Auf Wiedersehen, Zeins", sagte ich.

Der pummelige Erstaunenträger nickte Marcus und mir zu und klopfte Richard zum Abschied auf die Schulter. „Bis morgen, Rick."

„Mein Name ist Richard", entgegnete unser Führer mit frostiger Stimme.

„Entschuldige bitte, war keine Absicht", murmelte Zeins und zog von dannen.

„Wir müssen hier entlang“, sagte Richard und führte uns eine geschwungene Marmortreppe hinauf, deren Stufen ebenfalls mit rotem Teppich ausgelegt waren. Nach weiteren zwei Gängen mit sechsunddreißig Zimmern hatten wir endlich unser Ziel erreicht. Richard hob die Hand und klopfte an eine mit kostbaren Intarsien verzierte Flügeltür. Im selben Moment öffnete sie sich einen Spalt und ein verschwitzt aussehender Sinnträger huschte heraus und lief an uns vorbei. Er trug dieselbe Tracht, wie der Freudestifter, der uns zuvor begegnet war, mit dem Unterschied, dass seine an einigen Stellen verrutscht war. Nach einer halben Minute ertönte sanftes Glockenläuten von drinnen.

„Ihr dürft eintreten“, sagte Richard an uns gewandt. „Die Gestalterin erwartet euch.“ Er drückte die goldene Klinke hinunter und öffnete die Tür.

Ich überschritt die Schwelle, dicht gefolgt von Marcus, der sich mit undurchdringlicher Miene in dem weitläufigen Gemach umblickte.

Philomena lag ausgestreckt auf einem Diwan und naschte Weintrauben von einem silbernen Tablett. „Ah, endlich“, seufzte sie und erhob sich graziös von der Liege. Sie trug ein blütenweißes Seidenkleid, das ihren üppigen Busen betonte, ihre orangefarbenen Haare waren zu einem unordentlichen Knoten hochgesteckt. Ihr rundes, hell gepudertes Gesicht strahlte, während auf ihren Wangen ein zarter roter Schimmer lag. Ich tat mich schwer, ihr wahres Alter zu schätzen, aber feststand, dass ich auf ihren Zügen keine einzige Falte entdecken konnte. Es wirkte, als wäre ihr Gesicht künstlich gestrafft worden.

„Ricardo, ich danke dir für deine Dienste. Du darfst dich nun zurückziehen“, sagte sie gönnerhaft und winkte

Richard mit der beringten Hand, während sie uns ein strahlendes Lächeln schenkte.

Unser Führer presste die Lippen zusammen und ich sah, dass es ihn große Überwindung kostete, die Gestalterin nicht darauf hinzuweisen, dass sein Name Richard war.

„Vielen Dank, Richard", sagte ich leise und beobachtete, wie ein kurzes echtes Lächeln über sein Gesicht huschte. Er nickte uns zu, verschwand rückwärtsgehend aus dem Gemach und zog dabei die Tür ins Schloss.

„Der Minister der Wachsamkeit schickt uns. Er sagte, Ihr wurdet bestohlen", kam Marcus unverzüglich auf den Punkt.

„Das ist korrekt", antwortete Philomena und goss mit einer schwungvollen Bewegung eine perlende blaue Flüssigkeit in ein Kristallglas. „Mein Artefakt der Freude ist verschwunden", ergänzte sie und eine winzige Falte erschien auf ihrer Stirn.

„Um was genau handelt es sich dabei?", fragte ich und spürte, wie meine Linien zu leuchten begannen.

„Es ist ein äußerst wertvolles Artefakt", informierte uns die Gestalterin und kam mit dem Kristallglas in der Hand auf mich zu. „Jeder Gestalter erhält es von seinem Vorgänger bei der Amtsübergabe. Natürlich nur", sie lächelte leicht, „wenn dieser noch lebt. Ansonsten wird es von jemand anderem aus dem Kreis der Macht der Acht überreicht. Es ist das Symbol der Macht des jeweiligen Landes. Mein Artefakt hat die Form eines vierblättrigen Kleeblatts und schwebt über einem Sockel. Ursprünglich war der Sockel aus einem matten Metall, aber ich habe ihn selbstverständlich vergolden lassen." Sie schritt zu einem pompösen Kamin, in dem ein orangerotes Feuer flackerte. „Hier hat es gestanden." Sie wies auf den schimmernden Kaminsims, der mit allerlei Kunstwerken vollgestellt war, zwischen denen ein sichtbares Loch klaffte.

Ich trat näher. „Das Artefakt war sehr wertvoll, sagtet Ihr? Wie wurde es gesichert?"

„Gesichert?" Philomena lachte hell auf und ihr Busen vibrierte. „Meine Liebe, wir sind hier nicht im Angstministerium. Das hier ist ein Ort der Freude. Bisher wurde noch nie etwas gestohlen. Außerdem geht es bei dem Artefakt mehr um den ideellen, den symbolischen Wert", erklärte Philomena und zupfte sich ihr Dekolleté zurecht. „Die Artefakte wurden nach dem Ende des Ersten Sinnlichen Krieges als Zeichen der Vereinigung von positiven und negativen Gefühlen erschaffen", sagte sie leichthin und betrachtete die manikürten Fingernägel ihrer Hand. „Wenn man beispielsweise mein Kleeblatt berührte, empfand man alle Nuancen der Freude. Glückliche Freude, Schadenfreude, hämische Freude, kindliche Freude et cetera, et cetera. Ich persönlich habe es nur einmal probiert und fand es nicht sehr angenehm. Es ist wie ein Drogenrausch, kein guter allerdings – niemand fasst diese Dinger freiwillig öfter als ein Mal an."

„Was war die ursprüngliche Funktion der Artefakte?", fragte Marcus, während ich einen einfachen Zauber sprach, der die Fingerabdrücke auf dem Kaminsims hell zum Leuchten brachte. Meine Linien erwärmten sich und ich prägte mir das Aussehen der Abdrücke genau ein, um sie später mit denen möglicher Verdächtiger abgleichen zu können.

„Die Artefakte wurden ursprünglich erschaffen, um uns daran zu erinnern, wie nah positive und negative Gefühle beieinanderliegen können", sagte die Gestalterin. „Aber das ist doch alles uninteressant. Viel wichtiger ist es, den Dieb zu fassen und mir das Artefakt zurückzubringen." Sie trank einen Schluck der perlenden blauen Flüssigkeit. „Es ist nämlich als Ausstellungsstück für das neue Museum der Sinnlichen Geschichte geplant, eines meiner Herzensprojekte. Und ich möchte den seelenlosen Kritikern, jenen, die blind für die Notwendigkeit sind, hier etwas Großes zu erschaffen, nicht noch mehr Anlass zur Volksverhetzung geben."

Marcus und ich wechselten einen kurzen Blick.

„Wer hat alles Zutritt zu Eurem Gemach?", fragte der Wächter mit dem Sinn der Trauer.

„Nun, jeder, den ich hineinlasse", sagte Philomena und maß ihn einmal von oben bis unten mit einem anzüglichen Blick. „Dich hätte ich hineingelassen", fügte sie lächelnd hinzu und schwebte zu ihrem großen Himmelbett. Daneben befand sich ein Paravent, der mit einem transparent-weißen Stoff bezogen war. „Ihr habt doch nichts dagegen, wenn ich mich rasch für den Ball umziehe?", fragte sie über die Schulter.

Ich schüttelte den Kopf. „Wir werden Eure Angestellten befragen, ob sie etwas gesehen haben", sagte ich zu der Gestalterin. „Habt Ihr Feinde, von denen Ihr wisst? Haben in letzter Zeit Fremde das Ministerium besucht?"

„Ständig kommen Fremde zu Besuch", sagte Philomena hinter dem Sichtschutz hervor und ich sah an ihrer Silhouette, wie sie sich ihres Kleides entledigte. „Und das ist ja auch nur allzu verständlich. Wer wünscht sich nicht, in solch einer anregenden Umgebung seine Zeit zu verbringen?"

„Ich werde eine Aura-Abbildung machen", sagte Marcus und zog seinen Wächterstab aus der Halterung an seiner Hüfte. „Auf diese Weise können wir bestimmen, welche Sinnträger sich in den letzten 12 Stunden hier aufgehalten haben."

Fasziniert beobachtete ich, wie Marcus den Wächterstab aktivierte, konzentriert die Augen schloss und ihn dann wie einen Detektor langsam durch den Raum bewegte. Nacheinander schimmerten alle acht Sinnesfarben an der Spitze des Stabes auf.

„Ihr hattet wohl viel Besuch", sagte ich. „Könnt ihr euch an einen Sinnträger mit dem Sinn der Wut erinnern, der bei euch war?"

„Ein Sinnträger mit dem Sinn der Wut …", wiederholte Philomena. „Oh ja! Das war Antonio. Er hat mir bei einer Sache geholfen." Sie trat lächelnd hinter dem Paravent hervor und trug nun eine weiße Perücke und ein aufwendiges Ballkleid, das mich an die Zeit Marie Antoinettes erinnerte. Dass sie es innerhalb so kurzer Zeit geschafft hatte, sich dieses Gewand ohne Hilfe anzuziehen, war nur mit Magie zu erklären.

„Und jemand mit dem blauen Sinn?", fragte Marcus die nächste Farbe auf dem Wächterstab ab.

„Nun, blau bist du selbst, mein Hübscher", sagte Philomena und zwinkerte ihm zu. „Aber", sie hob einen Finger, „ich erinnere mich auch an einen blauen Besucher."

Ich seufzte lautlos. „Und was ist mit den anderen? Jemand mit dem gelben Sinn?"

„Ja, Gestalter Quirin hat sich gestern hier eingefunden. Wir hatten einiges zu besprechen", sagte sie und sah mich seltsam an.

Mein Herz machte einen Satz. Hatte Quirin Philomena etwa vom Einsturz des Erdlabyrinths der Totaa berichtet? Natürlich hatte er das, sagte ich mir selbst. Sie gehörte schließlich zur Macht der Acht. Aber das war kein Grund, mich schlecht zu fühlen. Es war nicht unsere Schuld gewesen. Unbewusst stellte ich mich aufrechter hin.

„Grün?“, fuhr Marcus fort und zog eine Augenbraue in die Höhe.

„Grün … oh ja. Ein erstaunlicher Sinnträger des Erstaunens. Erstaunlich ausdauernd“, sagte sie und ließ sich mit einem glücklichen Seufzen auf einen polsterbezogenen Stuhl sinken. „Es ist so aufregend, euch bei der Arbeit zuzusehen“, sagte sie. „Lasst mich raten. Als Nächstes fragt ihr mich, ob jemand mit dem schwarzen Sinn hier war.“

„Und wie lautet Eure Antwort?“, fragte ich.

„Natürlich! Meine Liebe – um das Ganze abzukürzen“, Philomena wedelte mit der Hand in der Luft herum, als wolle sie lästige Insekten verscheuchen, „ich empfange jeden Tag so viele Gäste, dass diese Art der Untersuchung nicht zielführend ist. Ich hoffe, ihr habt noch mehr Ideen, um den Täter zu fassen?“ Sie lächelte uns zuckersüß an.

Marcus sagte nichts und steckte den Stab zurück in die Halterung an seiner Hüfte.

„Darf ich Eure Hände sehen?“, fragte ich und trat an den polsterbezogenen Stuhl heran. Philomena blickte überrascht zu mir hoch.

„Wenn du meinst, dass das hilft.“ Gönnerhaft streckte sie mir ihre Finger entgegen, deren juwelenbesetzte Ringe im Licht der Kerzen funkelten. Ich betrachtete die feinen Linien und trat einen Schritt zurück. „Danke, Gestalterin.“

„Gut, gut.“ Sie klatschte in die Hände. „Alle weiteren Details über das Kleeblatt könnt ihr ja bei Ricardo erfragen. Ich muss mich nun den Gästen meines Balls widmen. Und morgen werde ich früh aufstehen müssen, denn die Beaufsichtigung des Museumsbaus erledigt sich schließlich nicht von allein."

„Vielen Dank für Eure Zeit." Ich verabschiedete mich höflich und ging zur Tür. „Ihr kontaktiert uns, wenn Euch noch etwas einfällt?"

„Aber natürlich", erwiderte Philomena lächelnd und stand auf. „Ich wollte dir übrigens noch persönlich für deinen heroischen Einsatz beim Sieg gegen die bösen Totaa gratulieren", fügte sie hinzu. „Es wäre mir ein Vergnügen gewesen, Ruwens sterbliche Überreste – also den Matsch, den man an den Wänden fand – im Magischen Museum der Sinnlichen Geschichte auszustellen, doch die anderen waren bedauerlicherweise alle dagegen." Sie warf den Kopf zurück und verdrehte die Augen.

„Das ist wirklich höchst bedauerlich", sagte ich, weil sie auf eine Reaktion zu warten schien.

„Das ist es. Aber wenn ihr mir mein Artefakt zurückholt, würde mich das über den Schmerz zur Gänze hinwegtrösten. Ich wünsche Euch viel Erfolg", flötete sie. Und damit waren wir entlassen.

Als Marcus und ich Stunden später vor das Ministerium traten, graute schon der Morgen. Wir hatten jeden einzelnen Mitarbeiter der Gestalterin diskret befragt, dabei jedoch keine neuen Erkenntnisse gewonnen. Niemand wusste etwas – oder wollte etwas wissen. Selbst Jaron, mit dem ich erweckt worden war, hatte auf unserer Liste gestanden, doch der Freudeträger wollte nur mit mir in alten Zeiten schwelgen und erzählte, dass er seit einem Monat als Bildhauer fest angestellt war. Ich hatte das Gespräch unterbrochen, als er mich fragte, ob ich nicht einmal für eine seiner Aktskulpturen Modell stehen wolle.

„Das war ja nicht sehr erfolgreich", seufzte ich und trat neben Marcus, der sein Gesicht in die wärmenden Strahlen der aufgehenden Sonne hielt.

„Quirin wird nicht erfreut sein", stimmte er mir zu und wir machten uns auf den Weg durch die Parkanlage.

„Ich habe die Fingerabdrücke auf dem Kaminsims mit den Händen der Gestalterin verglichen", sagte ich und bewegte meine schmerzenden Schultern. „Jeder einzelne stammt von ihr selbst."

Marcus blickte mich an und zog eine Augenbraue hoch.

„Ich fürchte, wir werden diesen Dieb erst fangen, wenn er noch einmal zuschlägt", sprach ich weiter. „Schließlich gab es hier nicht den Hauch einer Sicherheitsvorkehrung."

Marcus nickte knapp. „Falls Quirin recht hat und es wirklich die Totaa sind, die es auf die Artefakte abgesehen haben, scheitern sie vielleicht beim nächsten Gestalter."

„Vielleicht", sagte ich, konnte es jedoch nicht überzeugt klingen lassen. Aus dem Augenwinkel nahm ich eine huschende, schwarze Bewegung wahr, doch als ich den Kopf drehte, war sie verschwunden. Marcus schien nichts bemerkt zu haben, aber das Gefühl, beobachtet zu werden, blieb.

„Soll ich dich noch nach Hause bringen?" Er deutete auf den Springbrunnen, aus dem wir gekommen waren und der in einiger Entfernung in der Morgensonne glitzerte.

Ich nickte dankbar. „Das wäre sehr nett von dir, Marcus", sagte ich, denn ich wollte zu Ben. Ich war müde, erschöpft und frustriert und ich wollte mich einfach nur in seinen Armen wissen.

Kapitel 5

Nachdem Marcus mich in unserem Garten abgesetzt und sich wortkarg verabschiedet hatte, machte ich mich auf die Suche nach Ben. Müde tappte ich durch das knöchelhohe Gras, das noch feucht vom Tau war, und öffnete gähnend unseren efeuberankten Turm.

Der Geruch nach frisch gebratenen Eiern ließ meinen Magen knurren. Ich hatte zuletzt am Abend zuvor etwas gegessen und merkte erst jetzt, wie hungrig ich inzwischen war. Ben stand in der kleinen Küche, die an unseren Wohnbereich anschloss, und starrte hinaus in den Garten. Er trug noch genau dasselbe wie gestern Nacht und seine Haltung wirkte seltsam starr. Automatisch verlangsamte ich meine Schritte. „Hey“, sagte ich und blieb an unserem Sofa aus gebundener Blütenwatte stehen. Ein grün-roter Pflanzenarm schlängelte sich über den Boden zu mir und wand sich zur Begrüßung zärtlich um meinen Knöchel. Sanft schüttelte ich ihn ab.

„Schon wieder zurück?“, erwiderte Ben emotionslos und sah weiter aus dem Fenster. „Ich habe erst in ein paar Tagen mit dir gerechnet.“

Ich runzelte die Stirn. „Was soll das, Ben?“

Er ballte die rechte Hand zur Faust und sagte nichts.

„Würdest du mich bitte ansehen?“, verlangte ich und spürte, wie mein Ärger wuchs.

Mühsam beherrscht drehte sich Ben zu mir um. Er hatte insgesamt fünf frische Kratzer am Oberkörper und seine Unterlippe war aufgeplatzt. Unter seinen dunklen Augen lagen Schatten und ich begriff, dass er letzte Nacht genauso wenig geschlafen hatte wie ich.

„Du warst wieder bei einem Straßenkampf", sagte ich leise, obwohl ich ihn am liebsten angeschrien hätte.

„Ich habe durchs Fenster beobachtet, wie ihr euch eben liebevoll verabschiedet habt", erwiderte er, ohne auf meine Worte einzugehen.

„Uns beobachtet?", wiederholte ich ungläubig. „Du meinst, Marcus und mich?"

„Wann hast du eigentlich vor, über Wasser reisen zu lernen?", fuhr er kalt fort.

Ich strich mir kopfschüttelnd die Haare aus dem Gesicht. „Wird das hier ein Verhör?"

Ben nahm mit einer abgehackten Bewegung die Pfanne vom Vulkansteinherd und lachte hart auf. „Ich bin nicht der Verhörprofi."

„Ich bin auch kein Verhörprofi, wenn du es genau wissen willst", fuhr ich ihn an und dachte an die sinnlosen Gespräche, die Marcus und ich die letzten Stunden geführt hatten. Ich war müde, ich war hungrig und ich wollte mich einfach nur von Ben in den Arm nehmen lassen, statt mit ihm herumzustreiten. Am liebsten hätte ich die Zeit zurückgedreht und wäre noch einmal durch unsere Tür gekommen. „Was ist eigentlich los?", fragte ich. „Wieso machst du das?" Ich nickte auf die frischen Verletzungen, die er sich zugezogen hatte.

„Vielleicht habe ich es einfach satt, hier rumzusitzen und auf dich zu warten", gab Ben zurück. Seine Stimme bebte vor Wut. „Vielleicht habe ich es satt zu sehen, wie du aufbrichst, ohne zu wissen, wann – und ob – du wiederkommst. Vielleicht habe ich auch diesen Trauerpipitypen satt, von dem du dich so gerne durch die Pfützen schleifen lässt." Er kippte die Eier auf einen Teller und knallte die Pfanne zurück auf den Herd.

Ich wusste nicht, was ich sagen sollte. „Bist du etwa eifersüchtig?"

„Mach dich nicht lächerlich."

Ich atmete hörbar aus und verschränkte die Arme vor der Brust. „Was ist letzte Nacht passiert, Ben?"

Es folgte eine Stille auf meine Worte, in der er einfach nur dastand und mich ansah. Dann griff er in seine Hosentasche, zog ein zusammengeknülltes schwarzes Blatt Papier daraus hervor und warf es mir zu.

Ich fing es in der Luft und strich das Schreiben glatt. Es war ein Brief der Macht der Acht.

„Meine Reisendenprüfung wurde vorverlegt", sagte Ben ohne erkennbare Emotion.

Ich überflog die Nachricht mit wachsendem Unbehagen. „Auf heute Nacht? Aber wieso?"

Er steckte die Hände in die Hosentaschen und wirkte plötzlich nicht mehr wütend, sondern nur noch düster.

„Die Gestalterin der Trauer hat die Prüfung vorverlegen lassen. Wegen irgendwelcher persönlichen Termine, die sie nicht verschieben kann."

Ich hatte zu Ende gelesen und blickte zu Ben auf. All meine sorgfältig verdrängten Ängste waren auf einen Schlag wieder zurück. Die Sorge, dass er sich bei der Prüfung verletzte – oder Schlimmeres. Er war noch nicht so weit. Ich war noch nicht so weit. „Du schaffst das", sagte ich dennoch mit fester Stimme und so viel Zuversicht, wie ich konnte. „Es wird alles gut. Du bist der Auserwählte."

Er sah mich an und endlich konnte ich in seinen Augen wieder den alten Ben, meinen Ben, durchblitzen sehen.

„Da bin ich mir nicht so sicher", murmelte er und dieser eine Satz, dieser Blick auf eine Verletzlichkeit, die er vor niemandem sonst gezeigt hätte, ließ mein Herz überfließen.

„Aber ich bin mir sicher, dass du es schaffen wirst", sagte ich und zog ihn in meine Arme, während ich mit aller Macht zu verdrängen versuchte, dass das eine Lüge war.

Ich fühlte mich nicht vorbereitet, als wir am späten Nachmittag die Halle der Flügel betraten. Ben sprach schon seit unserem Aufbruch kein einziges Wort und auch mir war ganz und gar nicht nach Reden zumute.

Am Morgen hatten wir gemeinsam gefrühstückt, obwohl mir nach dem Brief der Macht der Acht eigentlich der Appetit vergangen war. Danach hatten wir versucht, etwas zu schlafen, aber es war kein erholsamer Schlaf gewesen.

Schließlich rückte die Zeit für den Aufbruch immer näher und ich griff nervös nach dem Wächterstab an meiner Hüfte. Falls Ben bei der Prüfung in ernsthafte Bedrängnis geriet, würde ich notfalls eine Wächterkugel um ihn legen, um ihn zu schützen. Selbst auf die Gefahr hin, dass er mich dafür bis ans Ende seiner Tage hasste.

Der Abendhimmel leuchtete in einem flammenden Orange, als wir nebeneinander aus dem magischen Portal ins Land der Freude traten. Bis auf meinen kurzen Ausflug ins Ministerium hatte ich vom Freudeland noch nichts gesehen und ich sog überrascht die klare Luft ein, die nach gar nichts roch.

„Sind wir … sind wir hier richtig?", fragte ich Ben und sah mich skeptisch um.

„Yep", erwiderte er trocken. „Willkommen im Land der Freude." Er machte eine einladende Handbewegung.

Vor uns erstreckte sich eine karge Ebene, so weit das Auge reichte. Der Boden bestand aus einem völlig glatten dunkelgrauen Material und der Himmel wurde von der untergehenden Sonne in ein kräftiges Orange getaucht. Doch es gab keine Landschaft. Keine Berge, keine Flüsse, keine Pflanzen, nicht einmal Steine lagen hier herum. Nur eine endlose graue Fläche unter einem endlosen orangefarbenen Himmel.

„Ich hatte es mir irgendwie anders vorgestellt", gestand ich, während ich Ben folgte, der mit selbstbewussten Schritten scheinbar wahllos in eine Richtung losmarschierte.

„Mit Blumenwiese und Schmetterlingen und so?", fragte Ben über die Schulter und ich sah, wie sein Mundwinkel zuckte.

„Zumindest mit irgendeiner Form von Landschaft", erwiderte ich und blickte mich um. Das magische Portal, das aus demselben Material wie der Boden zu bestehen schien, stand noch da. In einem kurzen Anflug von Panik hatte ich befürchtet, dass es verschwunden sein könnte, sobald ich es aus den Augen ließ.

„Entspann dich", sagte Ben und deutete auf meine Hand. „Du kannst deinen Wächterstab loslassen."

Mit einem Seufzen nahm ich meine Hand vom Stab. Unwillkürlich hatten sich meine Finger bei jedem Schritt fester darum geschlossen und ich bewunderte Ben, dass er sich in dieser Einöde orientieren konnte. „Woher weißt du, wohin du gehen musst?", fragte ich und schloss zu ihm auf.

„Es ist egal, wohin wir gehen", sagte Ben. „Das Land will uns eine Freude machen. Wir werden auf alle Fälle rechtzeitig da sein."

„Das Land will uns eine Freude machen?", wiederholte

ich zweifelnd. „Scheint nicht allzu gut darin zu sein. Mir macht es bisher keine Freude.“

Ben grinste. „Du musst dir nur etwas wünschen.“

Noch bevor ich ihn fragen konnte, wie er das meinte, lief ein Zittern durch die graue Ebene und ein verwitterter Steinbrunnen schoss aus dem Boden.

„Was ist das – oh“, sagte ich, als mir meine geschenkten Erinnerungen die Lösung präsentierten. „Ein Wunschbrunnen.“

Ben nickte. „Du musst daraus trinken.“

Ich blickte ihn zweifelnd an. „Hast du das schon mal gemacht?“

Er zog eine Augenbraue hoch. „Notgedrungen“, murmelte er.

Ich lächelte und lehnte mich über den gemauerten Brunnenrand. Der Schacht reichte so tief in die Erde, dass ich den Grund nicht sehen konnte. Dennoch stieg mir der Geruch von köstlich klarem Wasser in die Nase und ich zog an der Kette, die über einen Seilzug in die Tiefe führte. Quietschend schoss ein Eimer in die Höhe, der mit dem funkelnden Nass gefüllt war, und stoppte genau vor unserer Nase. Obwohl ich zu Hause etwas getrunken hatte, verspürte ich plötzlich einen unbeschreiblichen Durst und griff nach der Kelle, die auf den Steinen bereitlag.

Ben verschränkte die Arme und lehnte sich lässig gegen den gemauerten Brunnen, als ich die Kelle in das klare Wasser tauchte.

„Erinnerst du dich an das Märchen ‚Brüderchen und Schwesterchen‘ aus der anderen Welt?“, fragte ich unvermittelt und hielt mitten in der Bewegung inne.

„Es wundert mich, dass du keine Reisende geworden bist, mit all deinem unnützen Wissen von früher“, neckte mich Ben und sah mir zärtlich in die Augen.

„In dem Märchen gab es auch verzauberte Brunnen und wer daraus trank, verwandelte sich in ein Tier“, fuhr ich unbeirrt fort. Er griff mit einem trägen Lächeln nach meiner Hand und zog mich an sich.

„Unglaublich, Wächterin“, flüsterte er in mein Haar. „Du hast kein Problem damit, dich auf einen Drachen zu schwingen und unseren Feinden hinterherzujagen, aber wenn es darum geht, sich etwas zu wünschen, machst du einen Rückzieher?“

Ich spürte seinen Atem auf mir und schloss für einen Moment die Augen. Ich hatte tatsächlich Angst, aber nicht vor dem Brunnen, sondern vor meinem Wunsch. Ich wünschte mir nichts mehr, als das Ben die Prüfung heil überstand und das machte mir bewusst, dass es auch die Wahrscheinlichkeit gab, dass die Sache anders ausging. „Du hast recht“, sagte ich und löste mich von ihm. Dann atmete ich tief durch, setzte die Kelle an meine Lippen und trank. Die Flüssigkeit rann durch meine Kehle und spülte sowohl meinen Durst als auch alle Ängste mit einem einzigen Schluck fort. Es fühlte sich fantastisch an, besser als ich jemals vermutet hätte, und ich seufzte froh, als sich die warme Gewissheit über mich senkte, dass alles gut werden würde.

„Du musst das probieren“, drängte ich und hielt Ben die Kelle vor die Nase. „Es ist einfach wundervoll!“ Ein glückliches Lächeln huschte über mein Gesicht und ich verspürte das Bedürfnis zu tanzen.

„Du wirkst wie auf Droge“, sagte Ben, nahm die Kelle in die Hand und schnupperte an dem Wasser. „Sicher, dass ich das vor meiner Prüfung trinken soll?“

Ich konnte keine Antwort geben, denn in diesem Moment spürte ich den Sand unter meinen Fußsohlen, der mich sanft kitzelte. Ich lachte glücklich auf und drehte mich einmal im Kreis, während rund um mich die wundervolle Wüste meiner Heimat entstand. Ich erblickte majestätische Sanddünen, die träge über die weiten Ebenen rollten, und sog den Duft von Sonne und Wind tief in meine Lungen.

„Okay“, sagte Ben, während er sich skeptisch umblickte. „Du wünschst dir also Sand. Zeit, hier auch ein bisschen Ekel reinzubringen.“ Er kippte das Brunnenwasser mit einer schnellen Bewegung hinunter und sofort entspannten sich seine Züge. Ich sah, wie ein Riss durch meine Wüste fuhr und Bens Zehen in weicher schwarzer Erde versanken. Hinter ihm verwandelten sich die Dünen in eine Sumpflandschaft mit brackigem Wasser, krummen Bäumen und flatterndem Getier.

„Schon besser“, grinste er. Und in diesem Moment sah er so unbeschwert und glücklich aus, dass ich ihn einfach nur küssen wollte. Ich strahlte ihn an und griff nach seiner Hand. Seine Finger schlossen sich warm und kräftig um meine und er nickte mit dem Kopf in Richtung der untergehenden Sonne. „Komm, Wächterin. Es ist Zeit.“

Ich drückte seine Hand und wir gingen gemeinsam Schritt für Schritt seiner Prüfung entgegen.

Es war ein wunderbares Gefühl, durch den weichen Sand zu gehen und den warmen Wüstenwind auf der Haut zu spüren, während Ben neben mir durch die Landschaft seiner Heimat ging. Kein einziges der fliegenden und krabbelnden Ekeltierchen verirrte sich zu mir hinüber. Zwischen unseren Körpern gab es etwas wie eine unsichtbare Grenze, die seine Wunschlandschaft von meiner trennte. Das Bedürfnis, zu hüpfen und zu singen, hatte mit der Zeit nachgelassen, dennoch war ich ein Mal auf seine Seite hinübergesprungen und hatte fasziniert beobachtet, wie meine Füße in weichem Sand gelandet waren. Er hatte sich daraufhin mit einem schiefen Grinsen Fledi herbeigewünscht, der sich genau vor meinem Gesicht materialisierte, und als ich beim Anblick des Ekelsaugers einen spitzen Schrei ausstieß, hörte ich Ben zum ersten Mal seit langer Zeit wieder aus vollem Herzen lachen.

Das war der Moment gewesen, als die Himmelskuppel vor unseren Augen erschien. Es war ein großes, leuchtend schwarzes Gebäude in Form einer Kugel, die plötzlich einfach mitten in der Landschaft stand, als wäre sie schon immer da gewesen.

Ben und ich wechselten einen kurzen Blick und gingen weiter. Als wir uns der Himmelskuppel näherten, konnte ich nun auch einige Sinnträger erkennen, die sich davor versammelt hatten. Es war das erste Mal, das wir im Freudeland anderen Bewohnern der Sinnlichen Welt begegneten, und ich fragte mich, ob wir bisher einfach deshalb niemanden gesehen hatten, weil das Land wusste, dass Ben und ich Zeit für uns gebraucht hatten.

Ben verlangsamte unwillkürlich seine Schritte und ich drückte seine Hand. Die Wirkung des glücklich machenden Wunschwassers hatte nachgelassen und ich hätte ihm gerne etwas Tröstendes gesagt, hielt mich aber zurück, da ich spürte, dass dies nicht der richtige Zeitpunkt war. Ben war schließlich kein kleines Kind mehr und ich erinnerte mich noch genau an meine eigenen Gefühle vor meiner Prüfung. Es war eine Situation, die jeder allein meistern musste.

Eine Weile standen wir einfach nur da und sahen den anderen zu. Vor der gigantischen Himmelskuppel reihten sich verschiedene erwünschte Landschaftsinseln nahtlos aneinander. Bis auf Jaron, neben dem ein Brunnen mit flüssiger Schokolade aus dem Boden gewachsen war, kannte ich niemanden. Direkt neben dem Schokobrunnen lagen ein paar Erstaunensträger an einem Sandstrand und schlürften Cocktails, während ein schmales Stückchen Türkisgrünmeer ihre Füße umspülte.

Ben stand ganz ruhig da und ich sah ihn an. Seine Augen wirkten noch dunkler als sonst.

„Langsam und vorsichtig oder schnell und stürmisch?“, fragte ich leise.

„Egal. Hauptsache irgendwie“, gab er zur Antwort und es klang so resignierend, dass ich seinen Kopf zu mir herunterzog und ihn küsste.

In diesem Moment ging die Sonne unter und gleichzeitig öffnete sich ein funkelnder Mondlichttunnel vor uns in der Luft. Das schwarz leuchtende Loch dehnte sich mit einem magischen Knistern immer weiter aus und spuckte schließlich eine Reisende mit langen, hellblonden Haaren aus, die kräftig mit ihren Flügeln schlug, bevor sie elegant in der schwarzen Erde landete. Sie trug einen hautengen schwarzen Anzug und eine feine, schwarze Gesichtszeichnung, die sich verführerisch um ihr katzenhaft geschminktes rechtes Auge schlang. Nachdem ihr Mondlichttunnel verschwunden war, lösten sich ihre Flügel in schwarzem Rauch auf und sie blickte uns aus schmalen Augen an.

„Sorry. Hab euch wohl bei etwas gestört“, hauchte sie mit rauchiger Stimme und ich rückte unwillkürlich von Ben ab, obwohl ich mich am liebsten vor ihn geschoben hätte. Der Blick, mit dem sie ihn betrachtete, gefiel mir überhaupt nicht.

„Ich bin Tara“, sagte sie an Ben gewandt und ihre Katzenaugen hefteten sich auf das Symbol von Sonne und Mond auf seinem rechten Handgelenk. „Du bist einer der neuen Anwärter?“

Bevor er eine Antwort geben konnte, begann es erneut, magisch zu knistern, und ein zweiter Mondlichttunnel öffnete sich in der Luft. Dieser wirkte nicht so stabil wie der erste und der Reisende, der daraus herausgeschossen kam, landete weit weniger elegant als Tara. Er schlug wesentlich hektischer mit seinen Flügeln und war dennoch viel zu schnell, sodass er sich bei seinem Aufprall über die Schulter abrollen musste.

„Wie oft soll ich dir noch sagen, dass du für die Rückreise keinen Schwung zu nehmen brauchst, Jack?“, fauchte Tara und die schwarzen Linien rund um ihr Auge begannen vor Ekel zu glühen.

„Ich mag es eben stürmisch“, erwiderte Jack mit einem frechen Grinsen und richtete sich auf. Er hatte halblanges, braunes Haar, grüne Gitternetzlinien auf der rechten Wange und eine sichtbare Lücke zwischen den Schneidezähnen. Alles an ihm wirkte irgendwie schmierig und der Eindruck wurde bestätigt, als er mich ansah und ein dreckiges Grinsen über sein Gesicht huschte. „Aber hallo“, murmelte er und pfiff durch die Zähne. „Ich bin Jack, und du bist?“

„Jenseits deiner Möglichkeiten“, knurrte Ben und zog damit Jacks Aufmerksamkeit auf sich.

„Hey, dich kenne ich doch! Du bist der Typ, der die Prüfung versemmelt hat!“, rief er überrascht und lachte gemein. „Lassen die dich etwa noch einmal antreten?“

Ich blitzte Jack an und der Wüstensand unter meinen Füßen wand sich wie eine Schlange zu dem Reisenden, wo sich das Fleckchen Wiese, auf dem er stand, in einen kleinen Treibsandstrudel verwandelte. Jack taumelte mit einem erschrockenen Laut zurück und ich lächelte zufrieden in mich hinein. In diesem Augenblick war ich einfach nur froh, dass Ben mich motiviert hatte, das Wunschwasser aus dem Brunnen zu trinken.

„Mann, was bist denn du für eine Zicke?“, schnaubte Jack ungläubig und Tara verdrehte genervt die Augen.

„Halt die Klappe, Jack, und geh rüber zu den anderen Frischlingen“, befahl sie dem Erstaunensträger und gab ihm ein Zeichen zu verschwinden. Als er sich maulend entfernt hatte, wandte sie sich Ben zu. „Wieso bist du beim ersten Mal gescheitert?“, fragte Tara mit ihrer dunklen Stimme.

„Was macht das für einen Unterschied?“, fragte Ben missmutig zurück. „Jetzt bin ich hier.“

Sie hob eine perfekt geformte, blonde Augenbraue und ihre roten Lippen verzogen sich zu einem süffisanten Lächeln. „Ein Ekelträger, wie er im Buche steht“, murmelte sie. „Ich sehe schon, wir werden unseren Spaß haben.“ Sie trat einen Schritt an ihn heran, bis sich ihre Körper beinahe berührten, und brachte ihren Mund ganz nah an sein Ohr. „Allerdings musst du erst mal die verdammte Prüfung bestehen, bevor du eventuell das Privileg erfährst, mit mir in die andere Welt zu reisen. Aus diesem Grund wäre es hilfreich zu wissen, woran du gescheitert bist.“

Bens Körper spannte sich an und ich musste mich beherrschen, die schwarze Trägerin nicht zu bitten, einen Schritt zurückzutreten. Noch ein Stückchen näher und sie wäre an ihm geklebt.

„Mein Mondlichttunnel war nicht stabil genug“, presste Ben hervor und ich sah, wie die zerrissenen schwarzen Zacken auf seinem Gesicht und Hals zu funkeln begannen.

„Verstehe.“ Tara blickte ihn nachdenklich an. Dann

griff sie in ihren Ausschnitt und zog einen runden schwarzen Stein hervor, den sie ihm in die Hand drückte. „Das ist ein Ekelstein. Wenn du ihn reibst, wird er warm und stärkt deinen Sinn. Dann sollte das mit dem Tunnel diesmal klappen." Sie zwinkerte ihm zu. „Ich hoffe, du versaust danach nicht das Fliegen. Wenn du dabei scheiterst, kann dich auch ein kleiner Zauberstein nicht mehr retten." Sie lächelte knapp, drehte sich um und schritt auf die schwarze Himmelskuppel zu. Jeder Muskel zeichnete sich bei ihren katzenhaften Bewegungen unter dem hautengen schwarzen Anzug ab und ich musste mich zwingen, woanders hinzusehen.

Ben ging es offenbar ähnlich, denn er starrte ihr noch immer hinterher.

„Du solltest diesen Stein besser mir geben", sagte ich leise und dachte an Damiens magische Münze, die er mir vor meiner Wächterprüfung zugesteckt hatte. „Wenn sie dich dabei erwischen, wie du Hilfsmittel benutzt, wirst du womöglich disqualifiziert."

Ben schloss die rechte Hand zur Faust und sein Gesicht wurde starr. „Und wenn ich es nicht tue? Was, wenn ich wieder scheitere, Lee?"

Ich blickte ihm ins Gesicht, sah den Selbsthass und den Ekel und legte ihm sanft eine Hand auf die Wange. „Ben, es ist deine Entscheidung. Aber egal, wie sie ausfällt, ich bin davon überzeugt, dass man mit den Konsequenzen seines Handelns besser zurechtkommt, wenn man der Meinung ist, das Richtige getan zu haben."

„Schöne Worte, Wächterin", erwiderte er kalt und steckte den Stein in die Tasche. „Allerdings bezahlen die richtigen Entscheidungen nicht die Miete für unseren Turm. Und sie geben mir auch keine Aufgabe, wenn ich zu Hause auf dich warte, während du auf Verbrecherjagd gehst. Was du so lange tun wirst, bis du von einem deiner Einsätze nicht mehr zurückkommst."

Ich schnappte nach Luft und zog die Hand zurück. Ben wandte ebenfalls das Gesicht ab und machte sich auf den Weg zur Himmelskuppel, ohne noch einmal zurückzublicken.

Ich brauchte einige Herzschläge, bis ich mir darüber im Klaren war, ob ich ihm folgen wollte. In letzter Zeit fühlte es sich an, als würde er mich immer öfter von sich stoßen, und ich wusste nicht, ob es am Stress wegen seiner Prüfung oder an etwas anderem lag. Ben war schon immer arrogant und anfangs auch unausstehlich gewesen, aber diese Kälte in seinen Augen war neu. Irgendetwas stimmte nicht mit ihm und ich wusste nicht, was es war. Zorn auf mich selbst packte mich, denn trotz meines grandiosen Wächterinstinkts hatte ich nicht den Hauch einer Ahnung, was in meiner Beziehung gerade schiefging.

Noch während ich darüber nachdachte, bemerkte ich aus dem Augenwinkel eine leichte Unruhe vor dem Eingang zur Himmelskuppel. Und als ich den Kopf in die Richtung drehte, sah ich, wie sich Philomena mit den Gestalterinnen Gemma und Sinja vor der schwarzen Kugel materialisierten. Bei Sinjas Anblick schoss mein Puls in die Höhe. Vielleicht lag es an meiner Vision von ihr als Sandmalerin, dass es zwischen Ben und mir immer wieder krachte. Vielleicht belastete uns die unterschwellige Bedrohung durch die Totaa mehr, als wir uns selbst eingestehen wollten.

Die Gestalterinnen bewegten sich nun auf den Eingang der Himmelskuppel zu. Sobald Philomenas Fuß den Boden des Freudelandes berührt hatte, verwandelte sich die gesamte Umgebung in eine blühende Blumenwiese, von der Schwärme goldener Schmetterlinge in die Höhe stoben. Alle anderen Landschaftsinseln – inklusive meiner Wüste – verschwanden und ich dachte, dass man der Macht der Freudegestalterin in ihrem Land wohl nichts entgegenzusetzen hatte.

Nachdem die drei Gestalterinnen in der schwarzen Kuppel verschwunden waren, reihte auch ich mich in den Strom der Zuschauer ein. Kaum hatte ich die Schwelle überschritten, war es, als befände ich mich in einem anderen Universum. Im Inneren war es kühl und dunkel. Murmelnde Stimmen durchwaberten die Finsternis und ich legte den Kopf in den Nacken. Die Himmelskuppel machte ihren Namen von innen noch viel mehr Ehre als von außen. Tausende Sterne funkelten an ihrer Decke und ich hatte das Gefühl, direkt in das Herz unserer Galaxis zu blicken.

Ein roter, ein blauer und ein orangefarbener Mond zogen während meiner Betrachtung über den Himmel und erhellten meine Umgebung so weit, dass ich die unzähligen schwebenden schwarzen Logen an den Wänden erkennen konnte, die rotierten, um den Sinnträgern am Boden Einlass zu gewähren. Die Logen boten jeweils nur Platz für eine Person und hatten ein futuristisches Design. Sie erinnerten mich an bauchige fliegende Weltraumkapseln und sahen aus, als wären sie aus einem harten und glatten Material gefertigt worden.

Sinja, Gemma und Philomena bestiegen in diesem Augenblick ihre jeweils großzügig geschnittenen Logen, deren Brüstung sanft in ihrer Sinnesfarbe schimmerte, und ließen sich in der Kuppel nach oben tragen. Ich suchte mir einen Platz in den Zuschauerrängen und sprang in eine schlichte schwarze Loge, deren Sitzfläche noch unbesetzt war. Die Brüstung der Loge blieb schwarz und die Schwebeplattform setzte sich in Bewegung, um ungefähr in der Mitte der Kugel zum Stehen zu kommen. Die Himmelskuppel erinnerte mich von hier oben an ein gigantisches Amphitheater und ich spürte mein Herz bis zum Hals schlagen, als ich in die Arena blickte. Sie war kreisrund und wurde von den drei Monden am funkelnden Himmelsgewölbe bestens ausgeleuchtet.

Ben stand dort unten gemeinsam mit den anderen Anwärtern – zwei Frauen und einem weiteren Mann – und wirkte zu allem entschlossen. Ich sah seine geballten Fäuste und fühlte eine Gänsehaut über meine Arme kriechen. Hoffentlich ging heute nichts schief. Dutzende Nachrichtenwürfel surrten durch den dunklen Raum und ich ließ meine Augen über die Zuschauerreihen gleiten, bis ich in einer Loge Alfonsus entdeckte. Der grauhaarige Angstträger mit dem aristokratischen Gesicht und der würfelförmigen Zeichnung nickte mir freundlich zu. Ich zwang mich zu einem knappen Antwortlächeln und vergaß den Journalisten, als alle drei Monde hell aufleuchteten und ihr Licht den Raum durchflutete. Dann wurde es ganz schwarz, bis das Licht langsam wieder anstieg.

Das war das Zeichen. Gleich begann es.

Neben mir kam eine Loge mit einem sanften Ruck zum Stehen und ich sah, dass sich die blonde Ekelträgerin Tara darin befand. Nur mit Mühe unterdrückte ich ein leises Seufzen. Tara stützte sich mit den Unterarmen am Logenrand ab und beobachtete die Arena.

Ein heller Glockenton erklang und Philomena, die ein gelbrotes Ballkleid trug, das von Blütenschmetterlingen umschwirrt wurde und ihr üppiges Dekolleté betonte, erhob sich von ihrem Sitz. Der orangefarbene Mond richtete sein Licht wie einen Spot auf die Gestalterin der Freude und sie lächelte huldvoll, als donnernder Applaus durch die Himmelskuppel dröhnte.

„Danke. Danke, meine lieben Freunde! Wir haben uns heute hier versammelt, um die zukünftigen Reisenden Ben, Tomasz, Aria und Belinda auf ihrem Weg in ihre Berufung zu begleiten – oder uns an ihrem Scheitern zu ergötzen."

Vergnügtes Gelächter wehte durch die Zuschauerränge und ich presste die Lippen aufeinander.

„Wie immer startet die Prüfung der Menschverbundenen mit dem Erkennen menschlicher Gebrauchsgegenstände. Ich bitte euch, dabei nicht einzuschlafen, denn direkt im Anschluss geht es weiter mit der Erschaffung eines Mondlichttunnels. Möge der erste Teil beginnen und hoffentlich auch bald wieder enden." Mit einem Zwinkern hob Philomena die Hand und wartete den höflichen Applaus ab.

Ich beugte mich auf meinem Sitz nach vorne und sah, wie das Bild einer Lampe vor den vier Anwärtern in die Luft projiziert wurde.

„Aria", ertönte eine tiefe Stimme, die von überall und nirgendwo zu kommen schien.

„Das ist eine elektrische Lampe", erwiderte die angehende Reisende mit nervöser Stimme.

Als Nächstes wurde das Bild einer Zigarette gezeigt und Tomasz aufgerufen.

„Ein Glimmstängel. Kann tödlich sein", gab der weiße Träger lässig zurück.

Ich atmete tief durch. Das schien wirklich nicht allzu schwer zu sein. Sechsundvierzig Gegenstände später trommelte ich ungeduldig mit den Fingern auf den Rand meiner Loge. Zwar war ich nicht so kurz davor einzunicken wie der Großteil des Publikums, aber meine innere Anspannung war mit jeder Minute gestiegen.

„Bleib locker. Bei dem Teil der Prüfung ist noch keiner durchgeflogen“, ließ sich Tara neben mir vernehmen.

„Ich habe auch keine Angst, dass er durchfliegt“, presste ich zwischen zusammengebissenen Zähnen hervor und setzte mich aufrechter hin, als das Bild des letzten Gegenstandes – eines silbernen Laptops, den Ben richtig benannte – verschwand.

„Endlich“, stöhnte Philomena, als sie sich von ihrem Logenplatz erhob, und erntete dafür belustigtes Gelächter aus den Zuschauerrängen. „Das war natürlich nur ein Spaß. In Wirklichkeit wollte ich sagen: Gratulation an die Reisenden, die wissen, was ein Blumentopf ist!“ Sie hob ihre Hände und applaudierte den Anwärtern mit einem süffisanten Lächeln. Mein Blick glitt hinunter zu Ben. Er wirkte in sich gekehrt und ich hoffte inständig, dass es ihm gut ging.

„Und da wir nun diesen zeitraubenden Part hinter uns gebracht haben, geht es mit Teil zwei und der Erschaffung eines Mondlichttunnels weiter!“, frohlockte Philomena und strahlte mit ihrem gepuderten, faltenlosen Gesicht in die Menge. „Die Anwärter haben dazu exakt eine Minute Zeit. Hierzu bitte ich die angehenden Reisenden, sich anzustrengen, um nicht die Schmach der letzten Prüfung zu wiederholen, als nur ein Einziger zum dritten Teil antreten durfte, wo ihm dann leider ein tödliches Missgeschick widerfuhr. Bedenkt: Heute ist keine gute Nacht zum Sterben!“ Sie erhob die Stimme. „In der Hoffnung auf einen erfreulicheren Ausgang während dieser Reisendenprüfung wünsche ich uns allen nun viel Vergnügen. Mögen die Spiele beginnen!“ Sie klatschte in die Hände und erntete tosenden Applaus

aus dem Publikum. Ich warf einen Blick auf Tara, die gelangweilt ihre langen hellblonden Haare zurückwarf.

„Die Alte ist ganz schön durchgeknallt“, sagte sie und schlug die Beine übereinander.

Ben und die anderen drei Anwärter stellten sich in einem lockeren Halbkreis in der Arena auf. An seinen verspannten Schultern konnte ich erkennen, wie nervös er war, und ich versuchte, nicht daran zu denken, was alles schiefgehen konnte.

„Ach ja, das hätte ich ja beinahe vergessen.“ Philomena stand ein zweites Mal auf und winkte mit ihrer beringten Hand. „Um die Aufgabe etwas schwieriger zu gestalten, werden euch Fragen gestellt. Solltet ihr eine Antwort nicht wissen, werden euch 10 Sekunden eurer Zeit abgezogen. Und vergesst nicht, dass ihr bei jeglichem Einsatz von magischen Hilfsmitteln disqualifiziert werdet! In diesem Sinne: fröhliches Schaffen!“ Sie raffte ihr Ballkleid und ließ sich wieder auf ihrem Platz nieder.

Ich schluckte trocken und richtete meinen Blick auf Ben. Er wirkte konzentriert und zu allem bereit.

„Erschafft nun einen Mondlichttunnel in die andere Welt“, dröhnte eine tiefe Stimme durch den Saal und die Gestirne der Himmelskuppel leuchteten hell auf. „Möge die Prüfung beginnen.“

Augenblicklich hoben alle vier Reisenden die Hand. Ich sah ihre Gesichtszeichnungen aufflackern und die magische Energie sich einen Weg bis in ihre Fingerspitzen suchen. Schon gelang es dem männlichen Reisenden Tomasz mit dem Sinn des Vertrauens, seinen Magiestrahl aus sich herausfließen zu lassen. Ein milchweißer Energiestrudel bildete sich in der Luft vor ihm und öffnete sich zu einem leuchtenden Tunnel, der immer weiter anschwoll, bis er so groß war, dass ich die einzelnen Mondsplitter darin erkennen konnte.

„Tomasz“, ertönte die leise Stimme von Gemma, der blauen Gestalterin. „Welche acht Reisenden mit dem Sinn der Trauer starben bei der Ausübung ihrer Berufung in ihrem eigenen Sonnen- oder Mondlichttunnel?“

Was war denn das für eine Frage?

Während Tomasz die Antwort herunterratterte, schwenkte mein Blick zu Ben. Sein Kiefer war angespannt und ich sah Schweißperlen auf seiner Stirn stehen. Die Hand, mit der er die magische Energie aus seinem Inneren nach außen zu lenken versuchte, zitterte, und die leuchtenden Ziffern zu seinen Füßen zeigten nur noch 40 Sekunden. Ein Drittel der Zeit war um.

„Ben“, erklang Gemmas Stimme und alles in mir gefror zu Eis. „Nenne uns den Hauptgrund dafür, dass ein Sonnen- oder Mondlichttunnel in die andere Welt misslingt.“

„Durch äußere Ablenkung“, presste Ben hervor und ein paar Sinnträger im Publikum lachten.

„Das ist leider falsch“, antwortete Gemma sanft. „Du verlierst zehn Sekunden deiner Zeit.“

Die leuchtenden Ziffern auf dem Boden änderten ihre Zehnerstelle, womit ihm nur noch 23 Sekunden blieben. Ich biss mir auf die Lippen, um nicht zu fluchen.

„Die Antwort wäre gewesen: Wenn man nicht stark genug mit seinem Sinn verbunden ist“, sagte Tara seelenruhig neben mir und ließ ihre Fingerknöchel knacken.

Ich hasste dieses Geräusch, ich hasste es, dass sie gerade jetzt mit mir sprach und ich hasste es, dass sie Ben den Stein gegeben hatte.

„Wieso hast du ihm das magische Hilfsmittel zugesteckt?“, fragte ich, während die Sekunden erbarmungslos verrannen. Bens entstehender Tunnel war nach seiner missglückten Antwort in sich zusammengebrochen und ich sah, wie er darum kämpfte, genug magische Energie für einen zweiten Anlauf zu sammeln.

„Spiel dich nicht so auf, Wächterin“, erwiderte Tara mit ihrer rauchigen Stimme. „Ich habe ihm überhaupt nichts Magisches gegeben.“

„Aber …“, setzte ich an.

„Bei allen Sümpfen, es ist nur ein Stein“, fauchte sie und ich sah, wie sich Bens linke Hand fester zu einer Faust ballte und er unauffällig die Finger bewegte. Er versuchte, Taras Hilfsmittel durch Reibung zu aktivieren, was jedoch – wie sie mir eben offenbart hatte – nicht gelingen konnte. Ihm blieben nur noch 8 Sekunden.

„Es ist … eine Attrappe?“, flüsterte ich.

„Und genau deswegen wird es seinen Sinn stärken“, erwiderte sie und lächelte ihm zu, während er einen gehetzten Blick in ihre Richtung warf.

Noch 5 Sekunden.

Bens Augen weiteten sich und ich sah das Verstehen darin aufblitzen, sah eine Welle der Wut über ihn hinwegrollen, gefolgt von einer Welle des Ekels, weil er sich von ihr hatte hereinlegen lassen.

Noch 4 Sekunden.

Eine der beiden weiblichen Anwärterinnen beantwortete ihre Frage falsch und gab schluchzend auf. Ich blickte gebannt auf Ben, dessen zerrissene schwarze Linien brannten. Hasserfüllt lenkte er seine magische Energie in die Luft vor sich, wo sie sich zu einem tellergroßen Strudel formte.

Noch 2 Sekunden.

Er biss die Zähne zusammen, Schweiß rann ihm aus

dem Haaransatz und sein Arm zitterte vor Anstrengung, als der Strudel sich zu einem leuchtenden schwarzen Loch vergrößerte.

Noch 1 Sekunde.

Ich hielt den Atem an. Es war zu wenig Zeit, er würde es nicht schaffen.

Mit einem verzweifelten Brüllen schleuderte Ben seine gesammelte magische Energie wie eine Lanze in das schwarze Loch, das sich eruptionsartig ausdehnte, innen hell aufleuchtete und stabil vor ihm in der Luft schwebte.

„Ja!“, schrie ich und sprang jubelnd auf. Ein heller Glockenton erklang. Insgesamt drei Eingänge zu den Mondlichttunneln waberten senkrecht vor den Reisenden in der Luft, aber Bens war mit Abstand am schönsten.

Das Publikum applaudierte begeistert und ich sah einen Ausdruck puren Glücks über Bens Gesicht huschen. Nie war ich stolzer auf ihn gewesen und mein Herz klopfte aufgeregt, als er seine Hand sinken ließ und das leuchtende Portal weiterhin eine stabile Brücke in die andere Welt bildete. Das Summen und Knistern der magischen Energie war bis zu den Logen zu hören und ich beobachtete ehrfürchtig, wie Ben langsam die Hand in seinen Tunnel streckte, dessen funkelnde Innenwände aus Mondlichtsplittern sich wie bei einer riesigen Zentrifuge unaufhörlich drehten.

Tara grinste selbstzufrieden und beugte sich interessiert auf ihrem Logenplatz nach vorne, als ein reißendes Geräusch erklang und ein Paar prächtiger, schwarzer Schwingen aus Bens Rücken brach. Mir stockte der Atem. Es war das erste Mal, dass ich seine Flügel sah und sie waren schöner, als ich sie mir jemals hätte vorstellen können. Mattschwarz, mit langen, dichten Federn und so gewaltig, dass sie beim Gehen den Boden berührten.

„Nicht schlecht“, raunte Tara und ich hätte sie für ihren lüsternen Tonfall am liebsten aus ihrer Loge geschubst.

Wieder wurde es ganz dunkel im Saal, wobei auch die drei magischen Mondlichttunnel auf einen Schlag erloschen. Ich strengte meine Augen an, um in der Finsternis noch etwas zu erkennen, aber das war unmöglich.

„Fliegt nun durch einen künstlich erschaffenen Lichttunnel senkrecht hinauf bis zum Firmament der Himmelskuppel und berührt den dort wartenden Stern mit eurem Sinn“, dröhnte eine tiefe Stimme durch die Arena und die Gestirne der Himmelskuppel leuchteten hell auf.

„Die könnten sich auch mal etwas Neues einfallen lassen“, ätzte Tara neben mir und ihre schwarze Zeichnung, die sich um ihr Auge wand, glomm auf.

„Wie viele Reisende sind bei diesem Teil der Prüfung schon ums Leben gekommen?“, fragte ich nervös. Das Fliegen machte mir Sorgen. Ben war vorher noch nie so weit gekommen, dass der Tunnel seine Flügel zum Vorschein gebracht hätte.

„Sehe ich aus wie jemand, der im Kopf Statistiken wälzt?“, erwiderte Tara mit einem verächtlichen Seitenblick auf mich. „Jetzt mach dir mal nicht ins Hemd, Wächterin. Er kriegt das schon hin.“ Sie machte eine kurze Pause. „Und wenn nicht, findest du sicher jemand anderen zum Anschmachten.“

Ich biss die Zähne zusammen und hatte nicht übel Lust, ihr mit meinem Wächterstab kräftig eins überzuziehen.

Im selben Augenblick erhob sich Sinja von ihrer Loge und streckte die Hand aus. Die zierliche Gestalterin der Wut, die ein rückenfreies Abendkleid aus rotem

Samt trug, ließ ihre glasblauen Augen einmal durch die Himmelskuppel schweifen und ich fühlte, wie es mir kalt den Rücken hinunterlief, als sich unsere Blicke trafen. Sie nickte mir kurz zu und konzentrierte sich danach auf die Erschaffung des künstlichen Lichttunnels. Ich sah, wie die zarten Linien ihrer Gesichtszeichnung dunkelrot aufleuchteten und ein gewaltiger Strom magischer Energie von ihren Fingerspitzen in die Arena sprang. Binnen eines Herzschlags verdichtete sich der rote Strudel zu einem brausenden Orkan, der wie eine Schlange zu den Sternen der Himmelskuppel emporzuckte.

Ehrfürchtig betrachtete ich Sinjas Werk.

„Na dann wollen wir mal sehen, ob ihm das Fliegen im Blut liegt“, grinste Tara und lehnte sich nach vorne.

„Der Tunnel ist eröffnet“, hallte die tiefe Stimme durch den Saal. Ich sah, wie Ben, Tomasz und Aria unter der zuckenden roten Lichtröhre Stellung bezogen. „Möge die Herausforderung beginnen.“

Alle drei Reisenden entfalteten gleichzeitig ihre Schwingen und stießen sich vom Boden ab. Tomasz flog als Erster in den durchscheinenden Tunnel hinein. Seine weißen Schwingen fanden schnell ihren Rhythmus und ich beobachtete, wie Ben und Aria hinter dem Vertrauensträger in die funkelnde rote Lichtröhre schossen.

Ganz offensichtlich lag Ben das Fliegen tatsächlich im Blut, denn er schlug kräftig mit den Flügeln und holte rasch zu Tomasz auf, der einen kurzen Blick zur Seite warf, die Flügel anlegte und Ben dann hart mit der Schulter rammte. Ben kam ins Trudeln und ich sprang von meinem Sitz auf, als ich sah, wie gefährlich nahe er an die feuerroten Wände geriet, die aus messerscharfen

Lichtsplittern bestanden.

„Arschloch“, kommentierte Tara die Rempelei des anderen Reisenden mit kalter Stimme und ausnahmsweise war ich ganz ihrer Meinung.

Sinja bewegte sanft ihre Finger und die Innenwände des Lichttunnels begannen, noch schneller zu rotieren, bis ein gewaltiges Brausen die Kuppel erfüllte. Mit angehaltenem Atem sah ich zu, wie Ben sich zurück in die Mitte des Tunnels kämpfte, wo auch Tomasz und Aria verzweifelt gegen die Turbulenzen ankämpften. Als Tomasz ein zweites Mal die weißen Schwingen anlegte, um Ben anzurempeln, lief eine Erschütterung durch den Tunnel und er trudelte nicht gegen Ben, sondern gegen eine Seitenwand, an der ihm die scharfen Lichtsplitter einen Flügel zerfetzten. Tomasz wurde schreiend aus dem Tunnel geschleudert, und obwohl sein linker Flügel furchtbar aussah, konnte ich kein Mitleid empfinden.

„Tja. Da waren‘s nur noch zwei“, grinste Tara und ich beobachtete, wie Aria und Ben darum kämpften, den leuchtenden Stern am Ende des Lichttunnels zu erreichen. Die Turbulenzen wurden immer heftiger und ich sah, wie die Anwärter von einem orkanartigen Wind immer und immer wieder zurückgeschleudert wurden, jedoch verbissen weiterkämpften. Beinahe gleichzeitig erreichten sie den Stern, der sich unter Arias Berührung in ein leuchtendes Orange verwandelte. Als Ben seine Hand darauflegte, wandelte sich die Farbe in ein tiefes, sattes Schwarz.

Ein heller Gong rollte durch die Himmelskuppel, der rote Lichttunnel verschwand und in den schwarzen Logen brach jubelnder Beifall aus. Philomena erhob sich klatschend von ihrem Platz und ließ Gold und Glitzerkonfetti auf Ben und Aria regnen, die beide ihre

Prüfung bestanden hatten und nun mit ausgebreiteten Schwingen zu Boden glitten. Sobald ihre Füße wieder Kontakt mit der Erde hatten, lösten sich ihre Flügel in Rauch auf.

Erleichtert sprang ich auf die Beine, um zu applaudieren, und fing Bens Blick auf. Erschöpft, aber voller Stolz blickte er mich an und ich lächelte überglücklich zurück. Dann schwenkten seine Augen weg von mir und er grinste herausfordernd Tara an, die ihm lässig zuzwinkerte.

Nach der Preisgeldvergabe lief ich hinunter zu Ben. Er stand etwas abseits und an seiner Körperhaltung konnte ich erkennen, dass ein schwerer Stein von seinen Schultern genommen worden war.

Jaron stand neben ihm und redete glücklich auf ihn ein. Dabei gestikulierte er wild mit den Armen, die seit unserer Erweckung deutlich muskulöser geworden waren. „Das wird eine super Skulptur. Philomena möchte ein Pärchen – einen männlichen und einen weiblichen Reisenden, die den Eingang zur Himmelskuppel flankieren. Es ist ein Riesenprojekt und ich hätte nie gedacht, dafür ausgewählt zu werden."

„Spitze", kommentierte Ben und blickte sich suchend um.

Doch Jaron sah mich als Erster. „Lee!", rief er. „Hättest du gedacht, dass Ben so einen fulminanten Auftritt hinlegen würde?"

„Natürlich", lächelte ich und streckte Ben die Hand entgegen. Er zog mich an sich und schloss mich in eine feste Umarmung, die mich vor Glück seufzen ließ. Endlich hatte er es geschafft.

„Nun, fulminant würde ich es nicht gerade nennen,

aber es war ganz passabel", ertönte eine rauchige Stimme hinter mir, die ich jetzt nicht schon wieder hören wollte und ich löste mich von Ben.

Tara kam herangeschlendert, nippte dabei an einem schwarzen Getränk und betrachtete Ben aus halb geschlossenen Augen. „Mal sehen, wie du dich in der Menschenwelt schlägst. Wir werden dort ja einige Zeit miteinander verbringen."

„Werdet ihr das?", fragte ich irritiert.

„Oh ja", hauchte sie. „Ich habe nämlich Anspruch auf ihn erhoben. Und da ich am meisten Zeit für seine Ausbildung geboten habe, bin ich ab nun seine neue Mentorin."

Bens Mundwinkel zuckte und er nickte. „Wann geht's los?", fragte er und ich spürte einen Stich der Eifersucht, den ich rasch unter einer Lawine logischer Gedanken zu begraben versuchte. Ben hatte jetzt einen Job – einen Job mit Tara – und wahrscheinlich fühlte es sich für ihn genauso an, wenn ich mit Marcus auf eine Mission ging.

Tara nahm noch einen Schluck ihres schwarzen Cocktails. „Du hörst von mir, sobald es meine Zeit zulässt. In der Zwischenzeit erwarte ich, dass du weiter an deinem Mondlichttunnel arbeitest. Wenn wir in die andere Welt reisen, haben wir schließlich nicht die ganze Nacht Zeit."

„Oh ja, Tara ist dafür bekannt, ihre Schützlinge hart ranzunehmen", sagte Jack mit der Zahnlücke, der hinter uns aufgetaucht war.

„Halt die Klappe, Jack", schnappte sie und warf ihm einen verächtlichen Blick zu.

„Verlier den Ekelstein nicht", sprach sie an Ben gewandt weiter. „Ich werde ihn nutzen, um mit dir in Kontakt zu treten." Mit diesen Worten drehte sie sich um und verschwand mit katzenhaften Bewegungen in der Dunkelheit. Unbewusst suchten meine Finger Bens Hand und ich konnte nicht behaupten, unglücklich darüber zu sein, dass sie endlich gegangen war.

Kapitel 6

„Müssen wir dort wirklich hin?", maulte Ben und zog mich zu sich, um mir einen Kuss auf die Stirn zu drücken. Ich legte meinen Kopf an seine Schulter, während wir Arm in Arm durch die Schwarzweiße Stadt spazierten. Die Luft roch frisch und der Mond sandte sein grünes Licht auf die Dächer und Treppen der Häuser und Passagen, die völlig friedlich wirkten. Es war spät und nur wenige Sinnträger kreuzten unseren Weg, der von weißen Lichtsteinen flankiert wurde.

Es war romantisch, eng umschlungen mit Ben durch die Gegend zu laufen, und es tat so unglaublich gut, Zeit allein mit ihm zu verbringen. Und es tat noch besser, dass er die Reisendenprüfung geschafft hatte. Vorhin war ein Riesenfels von meinem Herzen geplumpst und ich fühlte, wie mich die Euphorie der Erleichterung durchströmte.

„Das wird sicher lustig", versuchte ich Ben zu motivieren und lachte. „Simeon hat sich definitiv einiges einfallen lassen."

„Genau das ist der Grund", entgegnete Ben. „Ich will nicht wissen, was er sich hat einfallen lassen. Das wird ein schrecklicher Abend. Wir sollten feiern, zu zweit." Seine Stimme klang rau und wie gerne hätte ich ihm nachgegeben, aber es widerstrebte mir, mein Versprechen nicht zu halten.

„Wir haben es ihm versprochen", argumentierte ich.

„Du hast es ihm versprochen."

„Er hätte fast geweint."

„Das macht der doch mit Absicht", antwortete Ben,

als wir in die schwarze Passage einbogen.

„Ich war vielleicht zu müde, um ihm zu widersprechen“, setzte ich lahm hinzu.

„Er hat dich überrumpelt. Lass dich nicht von ihm einwickeln“, sagte Ben, als wir vor der Tür des Magiebegabten stehen blieben und er einen sehnsüchtigen Blick zu unserem Turm hinüberwarf.

Simeons Haus stand direkt neben unserem, sah aber total anders aus. Es war ein flacher schwarzer Bau mit einer schmalen weißen Tür. Das Innere bestand aus einer einzigen lichtdurchfluteten Ebene, einer Art Loft, in dem es kaum Wände gab und wo Simeons verrückte Erfindungen ohne erkennbare Ordnung herumstanden.

Ich hob die Hand, um zu klopfen.

„Noch könnten wir verschwinden“, flüsterte mir Ben ins Ohr. Sein Atem war warm und weich, und obwohl ich am liebsten zugestimmt hätte, antwortete ich doch nur mit einem Kopfschütteln.

Ich klopfte, aber es war nicht das typische Pochen von Knochen auf Holz zu hören, sondern eine dreistufige Klangfolge, die an ein tiefes, kehliges Lachen erinnerte. Es war ein boshafter Laut, der anschwoll und Ben und mich unwillkürlich einen Schritt zurück machen ließ.

Ben nahm meine Hand fest in seine und ich betrachtete die Tür, in deren Mitte sich etwas bewegte. Es war, als ob die weiße Farbe des Eingangs zu einem Strudel zusammenfließen würde, von dessen Zentrum sich eine schwarze Spirale löste, die größer und größer wurde und alles um sich herum verschlang. Ich atmete tief durch. Ungefähr auf Augenhöhe schälte sich ein schwarzer Kopf aus der Tür und ließ mich unweigerlich an die Totaa denken. Mein ganzer Körper spannte sich an und ich fühlte, dass auch Ben auf der Hut war.

Es war das Gesicht einer unheimlichen Gestalt, das sich vor uns formte. Sie trug Hörner und ihre Augen leuchteten rot. Erst, als sich die Gesichtszüge langsam glätteten und Nase und Mund detaillierter gezeichnet wurden, erkannte ich, dass es sich um Simeon handelte.

„Werte Gäste“, erklang eine donnernde Stimme, die nicht zu dem Magiebegabten gehörte. „Wie ekelhaft, dass auch ihr es geschafft habt, mein Domizil zu erreichen. Ekelhaft, hahaha! Wenn ihr wollt, dass euch Einlass gewährt wird, müsst ihr folgendes Rätsel lösen:

Es kriecht durch Schlamm ohne Not,
hasst alles, was plötzlich wird rot,
wird nun reisen in die andere Welt,
auch wenn ihm dort gar nichts gefällt.“

„Simeon, lass den Scheiß“, murrte Ben und steckte die Hände in die Hosentaschen. Ich schmunzelte. Auch wenn Simeons Art zu feiern eigenartig war und an seiner Persönlichkeit zweifeln ließ, so hatte er sich doch Mühe gegeben.

„Das ist nicht die Lösung“, dröhnte Simeons schwarzer Hörnerkopf dunkel. „Aber ich gebe euch noch eine Chance.“

Ich fühlte ein plötzliches Kribbeln im Nacken, als ob jemand hinter mir stünde, und blickte mich um. Die schwarze Straße lag verlassen hinter uns, doch das eigenartige Gefühl, beobachtet zu werden, blieb.

„Wenn du die Tür nicht sofort öffnest, bin ich weg“, sagte Ben kalt, und machte Anstalten zu gehen.

Schlagartig sprang die Tür auf und Simeon stand vor uns.

„Ich hätte gedacht, dass du bessere Laune hast, jetzt wo

du die Prüfung bestanden hast“, sagte der Magiebegabte vorwurfsvoll. Sein Kopf war wieder normal – soweit man das sagen konnte – und er trug eine schwarze Hose und ein ebenso schwarzes T-Shirt. Es war ungewohnt, ihn in Bens Outfit zu sehen, aber ich musste zugeben, dass es ihm gut stand. Es bildete einen starken Kontrast zu seinen hellblonden Haaren und den hellgrün leuchtenden Augen. Sollte er von Bens Reaktion beleidigt gewesen sein, so zeigte er es nicht. Ganz im Gegenteil. Er legte beide Hände auf Bens Schultern und sah ihn durchdringend an. „Mann, ich bin so stolz auf dich.“

Ben entfernte Simeons Hände beiläufig. „Schon gut“, sagte er und ich musste lächeln, denn irgendwie war die Freundschaft, von der Ben behauptete, dass sie nicht existierte, so besonders wie die beiden Kerle selbst.

Simeon grinste über das ganze Gesicht, während ich mich in seinem Haus umsah. Er hatte es für die Party komplett umdekoriert, denn zu Ehren von Ben war alles schwarz. Der Boden, die Wände, die Decke – nichts erinnerte mehr an das lichtdurchflutete Loft, das es vor Kurzem noch gewesen war. Leuchtende Orangenkürbisse mit der Silhouette einer eingeschnitzten Kirche flogen durch den Raum und erhellten mit ihrem orangefarbenen Lichtschein die dunkle Atmosphäre. Schwarze Spinnennetze hingen von der Decke und spannten sich über die Einrichtungsgegenstände, genau wie ein schwarzer Banner, auf dem „Hallo Reisender, du hast es geschafft! Wann reist du nach Wien?“ stand, während es intensiv nach Zimt und Äpfeln roch. Klassische Musik im Dreivierteltakt vermischte sich mit den Gesprächen der schwarz gekleideten Gäste, die sich an schwarzen Tischen unterhielten und an dampfenden schwarzen Getränken nippten. In der Menge erkannte ich Gabriel, der gerade mit Schmotz und Nihan ins Gespräch vertieft war.

Die Tische hatten die Form von riesigen Fledermäusen und erinnerten mich an Fledi aus dem Land des Ekels. Bei dem Gedanken an den Ekelsauger rann ein kurzer Schauer über meinen Rücken und ich war froh, dass wir in die Schwarzweiße Stadt und nicht in das schwarze Land gezogen waren.

Die Seite zum Garten war komplett geöffnet und unter dem Nachthimmel tanzte eine Reihe Kürbislichter zum Takt der Musik. Ich kniff die Augen zusammen und blickte in die Ferne. Was war das? Sah ich richtig? Flogen dort Bänke durch die Luft?

„Was …“, setzte ich an, doch Simeon unterbrach mich.

„Keine Sorge, Lee“, sagte er. „Ich habe auch einen schwarzen Umhang für dich, wenn du Bedenken wegen deines Outfits hast – aber kommt doch erst mal rein.“

Wir betraten Simeons Domizil, und als die Eingangstür hinter uns von allein ins Schloss fiel, lachte sie noch einmal bedrohlich. Auf der Rückseite der Tür starrten uns unzählige Augäpfel an. Es waren hundertachtzig Stück.

„Ist das die Tür aus deinem Versteck?“, fragte ich ungläubig. Schon damals fand ich sie gruselig.

Simeon grinste. „Ja, das ist sie. Wusstet ihr, dass in der Geschichte der Sinnlichen Welt das Symbol der Augen immer wieder für magische Portale verwendet wurde? Es bedeutet, eine Ebene tiefer zu sehen, den Blickwinkel zu verändern – versteht ihr? Und wusstet ihr, dass auch bei diesen Symbolen ab und an in die Augen gestochen werden musste, um das Portal zu öffnen?“

Ich schüttelte den Kopf. „Nein, das wusste ich nicht, Simeon. Und ich hätte es auch lieber nicht gewusst.“

„Aber damit nicht genug. Ich bin noch einen Schritt weiter gegangen. Ich habe meine Augentür perfektioniert – ich kann jetzt die Augäpfel sogar personalisieren."

„Du kannst WAS?", fragten Ben und ich beinahe gleichzeitig.

„Ich kann Augäpfel personalisieren", wiederholte Simeon, als wäre es ein großer Verdienst, so etwas zu können. Er zeigte stolz auf ein braunes und ein dunkelgrünes Auge, beide kannte ich.

„Sind das etwa Nachahmungen von unseren Augen?", fragte Ben abfällig.

Simeon nickte. „Großartig, oder?"

Ben schnappte sich ein Glas von einer hübschen Ekelträgerin, die Tara zum Glück nicht besonders ähnlich sah und gerade mit einem Tablett vorbeispazierte. Darauf befanden sich schwarze Schalen mit schwarzen Inhalten, die seltsam rochen, sowie schwarze dampfende Getränke.

Ben trank einen Schluck. „Nicht schlecht. Ekelgin?"

„Tja, ich lasse mich halt nicht lumpen, aber haut euch jetzt bloß nicht gleich die Mägen voll – denn nachher gibt es noch eine Supertorte. Ich habe lauter Delikatessen aus dem Land des Ekels besorgt und es war gar nicht so einfach, einen schwarzen Partyservice zu finden, der auch in die Schwarzweiße Stadt kommt. Das Essen riecht vielleicht etwas seltsam, aber es schmeckt besser, als ich dachte."

Ich verzog unwillkürlich das Gesicht, als ich auf die dunklen Klumpen in den Schüsseln vor uns starrte, die mich definitiv nicht einluden, etwas zu probieren. Doch Ben schien es hier zu gefallen und ich merkte an seiner Körperhaltung, wie er sich langsam entspannte.

„Und was sollen die Lampions mit den eingeschnitzten

Kirchen hier? Und wer sind überhaupt die Gäste?", fragte Ben, der seinen Blick durch den Raum schweifen ließ.

Simeon wirkte etwas verlegen. „Hey, es ist nicht so einfach, auf die Schnelle eine coole Party auf die Beine zu stellen. Da die Gestalterin Gemma den Termin der Reisendenprüfung unbedingt vorverlegen musste, blieb mir nichts anderes übrig als zu improvisieren. Partydekorationen gehören leider nicht zum Standardrepertoire der Schwarzweißen Stadt. Zum Glück ist mir dann Otto eingefallen, der gerade ein neues Motto hatte."

„Lass mich raten", sagte ich und ließ meinen Blick über das merkwürdig dekorierte Loft gleiten. „Hallo Wien in Anlehnung an Halloween?"

Simeon nickte anerkennend. „Nicht schlecht, Wächterin." Er lächelte. „Tja, Otto hat sich diesmal wieder stark von der Welt der Menschen inspirieren lassen. Aber da er nie zweimal dasselbe Motto hat, und da seine Frau der Meinung ist, dass sie schon genug aussortierte Dekorationen zuhause rumstehen haben, konnte ich ein paar Sachen äußerst günstig erstehen." Er räusperte sich und blickte verlegen zu Ben. „Nicht, dass ich irgendwelche Kosten gescheut hätte."

„Natürlich nicht", erwiderte Ben und sein Mundwinkel zuckte.

„Ihr müsst unbedingt mit dem Riesenrad fahren. Es steht draußen im Garten und man hat von oben einen super Blick über die Schwarzweiße Stadt. Und es soll total romantisch sein", erklärte Simeon und zwinkerte uns zu.

„Ja, das Riesenrad, es ist so schade", jammerte Otto, der ein Spinnennetz zur Seite schob und zu uns torkelte. Der rundliche Magiebegabte mit den buschigen Augenbrauen und der dicken Nase trug ein „Willkommen in Wien“-T-Shirt und seufzte lauthals. „Die Frau versteht einfach nichts von magischer Kreativität. Es ist eine Schande.“

Er presste die Lippen zusammen, schielte zu Ben und hielt ihm die Hand hin. „Gratulation Reisender, ich wusste, dass du die Prüfung schaffst.“

Ben schüttelte kurz Ottos Hand und ich nutzte die Gelegenheit, um durch das Loft zu spazieren. Es war eine düstere Atmosphäre, die Simeon geschaffen hatte, aber es war auch irgendwie cool, das musste ich unserem Gastgeber zugestehen.

An einem Fledermaustisch weiter hinten erkannte ich Caprice und Thaya, die sich angeregt unterhielten. Ihre Worte gingen in der Musik unter, aber ich konnte anhand ihrer Gesten und Mimik erkennen, dass das Gespräch keine angenehme Richtung nahm. Ich fragte mich, worüber sie diskutierten und näherte mich langsam. Mein Wachsamkeitslicht hielt ich unter Kontrolle, denn ich wollte hier nicht wie eine übergroße Taschenlampe durch die Gegend rennen.

„Du verheimlichst mir etwas“, hörte ich Caprice zischen. Ihre ursprünglich kurzen roten Haare waren inzwischen weiß, lang und glatt.

„Nein, das tue ich nicht. Warum sollte ich dir etwas verheimlichen? Es macht mich traurig, dass du so von mir denkst“, hauchte Thaya und ihre zarten dunkelblauen Linien, die sich anmutig von ihrem Mund bis zu ihrer Schläfe verästelten, begannen zu glimmen. Sie trug ein langes schwarzes Kleid aus feiner Spitze, das sich sanft um ihren Körper schmiegte.

„Ich finde es heraus Thaya. Du kannst mich nicht täuschen.“ Die Augen von Caprice verengten sich zu Schlitzen.

„Hallo“, sagte ich, und als die beiden mich erkannten, glätteten sich ihre Züge.

„Guten Abend, Lee“, begrüßte mich Caprice.

„Schön, dass wir uns endlich wiedersehen“, meinte Thaya, die sichtlich froh war, ihre Unterhaltung mit der Vertrauensträgerin beenden zu können. Ihr Gesichtsmuster erlosch wieder. „Du musst sehr stolz auf Ben sein. Ein Reisender. Ihr seid ein wunderschönes Paar“, sagte sie sanft.

Ich lächelte. „Ich bin sehr, sehr stolz und ich freue mich auch, euch beide wiederzusehen.“

Caprice nickte. „Habt ihr euch gut eingelebt?“

Ich dachte an unseren Turm, die Pflanzen und die Wandfarbe. „Wir sind noch dabei“, sagte ich wahrheitsgemäß. „Die Vorbesitzerin hat ihre besondere Note hinterlassen.“

Caprice strich sich eine weiße Haarsträhne hinters Ohr. Ihre Züge wirkten kühl und distanziert. „Miranda ist eine Patientin mit einer sehr komplexen Vergangenheit. Mein Schutzzauber verbietet mir, über sie zu sprechen, aber ich kann mir vorstellen, was du meinst.“

Ich nickte und wollte mir gar nicht vorstellen, wie komplex Mirandas Vergangenheit war.

„Ich glaube, ich könnte das nicht … den ganzen Tag mit Verrückten verbringen“, murmelte Thaya in sich hinein und griff nach einem schwarzen Cocktail mit Kürbisstückchen.

„Die meisten von ihnen sind harmlos“, meinte Caprice schulterzuckend. „Nur die Arbeit mit Erinnerungsvampiren und Lichtsündern ist anstrengend.“

Thaya warf ihr einen scheelen Blick zu und stürzte den schwarzen Cocktail hinunter.

„Wo wohnt ihr denn jetzt?“, fragte ich die beiden, um

das Gespräch in eine unverfängliche Richtung zu lenken. Ich hatte Thaya seit dem mannigfaltigen Mondlichtfest nicht mehr gesehen und mit Caprice nur wenig Kontakt wegen des Hauses gehabt. Damals hatte ich sie zufällig in der Halle der Flügel getroffen und ihr kurz von unserer Wohnungssuche berichtet. Viel miteinander gesprochen hatten wir nicht, denn Caprice war sehr beschäftigt gewesen und hatte keine Zeit für eine Unterhaltung gehabt. Daher wunderte es mich ein wenig, sie heute auf Bens Feier zu sehen.

„Ich wohne im Land der Trauer und arbeite als Sängerin“, antwortete Thaya auf meine Frage. „Meine Berufung als Naturverbundene habe ich niedergelegt. Das Singen erfüllt mein Herz mit dieser sanften Schwermut, die zu mir gehört. Es ist mein Weg.“

Ich nickte, weil ich nicht recht wusste, was ich darauf erwidern sollte. „Es ist schön, dass du etwas gefunden hast, das dich erfüllt“, sagte ich schließlich. „Deine Vorstellung beim Mondlichtfest war übrigens wunderschön. Können wir bald ein Konzert besuchen?“

„Ich lasse euch gerne eine Einladung zukommen, wenn du das wünschst, Lee. Es tut gut, euch hier alle wiederzusehen“, sagte sie und wandte sich auch Caprice zu. „Vielleicht sollte ich euch allen eine Einladung schicken. Es ist schade, dass heute nicht der vollständige Kreis unserer acht Neuerweckten anzutreffen ist – es wäre doch eine nette Idee, wenn wir bald wieder vereint wären.“

Sofort dachte ich an Jesper und daran, dass ich es für keine gute Idee hielt, uns alle wieder zu vereinen. Nach dem Duell hatte er sich wie ein Arschloch benommen und ich mochte mir nicht ausmalen, wie ein Zusammentreffen von ihm und Ben ausgehen würde.

„Wo sind eigentlich Jaron, Edomir und Jesper?“, fragte Caprice.

Ich zuckte mit den Schultern. „Simeon ist der Gastgeber und hat die Gästeliste zusammengestellt. Wir sind ebenfalls von ihm überrascht worden. Typisch Erstaunensträger.“ Da ich nicht über Jesper reden wollte, entschuldigte ich mich und ging in den Garten.

Simeons Garten war fast genauso groß wie unser Dschungelwald und dennoch völlig anders. In seiner Weitläufigkeit erinnerte er mich mehr an die Parkanlage des Freudeministeriums und meine Augen verloren sich in einem Labyrinth aus perfekt geschnittenem Rasen und tadellos gestutzten Hecken. Grün funkelnde Pavillons erhoben sich zwischen den ornamentartig angelegten Beeten und folgten dabei einem komplizierten geometrischen Muster. Etwas weiter entfernt erkannte ich die schwarzen Bänke, die ich vorhin schon gesehen hatte. Sie zirkulierten im Kreis gen Nachthimmel und erinnerten mich an einen Jahrmarkt aus der anderen Welt. Lächelnd schritt ich durch eine mit Lichterketten gesäumte Allee zu der kreisrunden Wiese, die klassische Musik im Rücken. Einige Sinnträger hatten sich auf die schwebenden Zweierbänke gesetzt und genossen die Aussicht. In den Rasen davor war ein riesengroßes Rad gemäht worden.

Ich legte den Kopf in den Nacken und beobachtete, wie sich die dunklen Bänke, die mit schwarzen Lichtsteinen bespickt waren, langsam drehten. Es sah aus, als würden sich pulsierende Sterne in den Himmel schrauben. Ich ließ das friedvolle Bild, wie die Sinnträger in inniger Umarmung oder bedächtig nebeneinander da saßen, eine Weile auf mich wirken. Als ich eine sanfte Berührung auf meiner Hüfte spürte, sog ich die frische Nachtluft ein.

„Willst du auch mal?“, flüsterte Ben in mein Ohr.

„Es sieht schön aus“, sagte ich.

„Na, dann komm“, forderte er mich auf und griff nach meiner Hand. Ein paar schnelle Schritte später saßen wir auf einer der Bänke und schwebten in den Nachthimmel. Ben legte seinen Arm um mich und ich lehnte meinen Kopf an seine Schulter. Als wir oben angekommen waren, blieb das Riesenrad kurz stehen und ermöglichte uns einen umwerfenden Blick auf die Schwarzweiße Stadt, deren Lichter vor uns funkelten.

„Sie sieht so friedlich aus“, sagte ich.

Ben schnaufte abfällig. „Von hier oben ist sie zumindest schöner als von unten.“

„Du bist furchtbar“, antwortete ich und verdrehte die Augen.

„Ich bin, wer ich bin“, sagte er nachdenklich und ich spürte, wie er bei den Worten tief einatmete.

„Was ist? Wärst du denn gern ein anderer?“, neckte ich ihn und schmiegte mich näher an ihn heran.

„Niemals“, entgegnete er selbstbewusst und lächelte sanft. „Aber jetzt können wir uns endlich ein besseres Haus leisten und diese pflanzenverseuchte Bude verlassen.“

„Ein Haus wie Simeon es hat?“, fragte ich.

Ben sah mich an. „Willst du denn ein Haus wie Simeon es hat?“

Ich schüttelte den Kopf. „Was ich will, ist, bei dir zu sein.“

„Das trifft sich gut.“ Ben küsste meine Stirn und ich konnte das Grinsen in seiner Stimme hören. „In den Schlammhügeln des Ekellandes kannst du sehr gut bei mir sein.“

„Niemals."

„Niemals?", wiederholte er ungläubig. „Dann willst du offenbar doch nicht so unbedingt bei mir sein." Er lächelte und seine Zähne blitzten in der Dunkelheit.

„Du bist unmöglich", antwortete ich, während ein tiefer Gong erklang, der über die Parkanlage hallte. Die Stimme, die uns vorhin beim Eingang angesprochen hatte, verkündete:

„Werte Gäste, werte Freunde, werter Reisender,
es ist an der Zeit, es ist jetzt so weit,
die Torte wird angeschnitten –
ich möchte nicht zweimal bitten."

Ben rieb sich über die Augen. „Der Typ ist total irre." Er sprang leichtfüßig von der schwarzen Gondelbank, als wir den Boden erreichten, und reichte mir die Hand.

„Er will dich beeindrucken, kannst du das nicht sehen?", fragte ich, griff nach Bens Hand und landete mit den Füßen sanft im weichen Gras. „Es wird wahrscheinlich eine riesige schwarze Torte sein", sagte ich. „Es wird dir gefallen. Gib's zu, du genießt das hier doch ein wenig."

„Es ist okay", sagte Ben trocken, als wir durch den Garten zurückspazierten. „Aber es ist zu viel."

„Du hast die Reisendenprüfung geschafft, das ist doch ein Anlass zum Feiern."

„Die Hälfte der Leute kenne ich nicht einmal."

„Ich habe auch keine Ahnung, wer die sind", stimmte ich ihm zu. „Simeon wollte wahrscheinlich einfach eine Riesenparty geben."

Ben seufzte. „Aber nach der Torte hauen wir ab."

Ich nahm seine Hand und sah ihm tief in die Augen. „Nicht gleich danach, das wäre zu unhöflich. Simeon hat sich doch so viel Mühe gegeben. Aber wir bleiben nicht mehr lange, okay?"

„Gut", antwortete Ben und blieb stehen. „Aber nur, wenn du das erste Stück Torte isst."

Ich schluckte und dachte unweigerlich an einen blubbernden schwarzen Klumpen.

„Na, Angst, Wächterin?"

Ich lächelte sanft, da ich mir keine Blöße geben wollte. Wie schlecht konnte so eine Ekel-Torte schon schmecken? „Abgemacht", sagte ich nickend und war froh, als ich durch die offene Terrassentür erspähte, wie Simeon gemäßigten Schrittes eine orangefarbene Torte umkreiste. Gut, orange war vielleicht nicht meine Farbe, aber ich war erleichtert, keinen brodelnden, übel riechenden Brocken vor mir zu sehen. Die orangefarbene Torte war riesig und bestand aus fünf Etagen, die mit grünen und schwarzen Kirschen gespickt waren. Sie sah richtig lecker aus und um sie herum hatten sich die schwarz gekleideten Gäste bereits erwartungsvoll versammelt.

„Na, endlich, das hat ja eine Ewigkeit gedauert …", motzte Simeon, dessen Gesicht vom Licht eines herumfliegenden Kürbisses erleuchtet wurde. Seine hellgrünen Augen funkelten erwartungsfroh.

Wenigstens sprach er jetzt mit seiner eigenen Stimme, dachte ich, und sah ein scharfkantiges Messer in seiner Hand aufblitzen. Die Musik war aus.

„Die Ehre gebührt natürlich dir", sagte Simeon und reichte Ben das Schneidwerkzeug. Ben seufzte, entschied sich aber, diesmal nicht aufzubegehren und die Torte anzuschneiden. Er streckte den Arm aus, und gerade als die Klinge die weiche Oberfläche der ersten Teigetage durchdrang, ertönte ein ohrenbetäubender

Knall. Schwarzer Nebel entströmte dem orangefarbenen Kunstwerk. Dann machte es „Puff" und Simeon, der soeben noch neben uns gestanden hatte, sprang aus der Torte.

„Überraschung!", schrie er und die Gäste begannen zu applaudieren.

Ich drehte mich um. Wie hatte er das gemacht?

„Hast du etwa wieder eine von deinen blauen Pillen eingesetzt?", fragte ich und erkannte in der Ecke jemanden, der wie Simeon aussah.

„Hey, Lee, nur die Ruhe", sagte der Simeon, der aus der Torte gesprungen war. „Was wäre eine Party ohne Überraschungsmoment? Hast du gesehen, wie erstaunt die Leute geguckt haben? Und jetzt wollen sie alle Torte. Einen Moment noch", schrie Simeon. „Ben muss nur das erste Stück anschneiden. Also beeil dich, Mann, die Sinnträger sehen hungrig aus!"

Die Gäste widmeten sich wieder ihren Gesprächen, die in der einsetzenden klassischen Musik untergingen.

„Die blauen Pillen sind illegal, Simeon. Eigentlich müsste ich dich sofort verhaften", sagte ich streng.

„Ja, das solltest du tun", sagte Ben trocken und schnitt die Torte ein zweites Mal an. Trotz Simeons Überraschungsgag war sie unversehrt, denn an den Bruchstellen war der Teig durch Magie wieder zusammengewachsen.

Simeon protestierte. „Hey, es ist jetzt Zeit zum Feiern, nicht zum Verhaften. Außerdem hat Jaron sich die Pille eingeworfen, nicht ich. Er wollte schon immer wissen, wie es sich in meiner Haut anfühlt."

Ich schüttelte resignierend den Kopf und hatte keine Lust, Simeon oder Jaron deswegen zur Rechenschaft zu ziehen. Vor allem nicht Jaron, der keiner Fliege etwas zuleide tun konnte und von Simeon wahrscheinlich zu diesem Blödsinn überredet worden war.

Zudem hatte ich den Konsum der illegalen Verwandlungspillen nicht einmal beobachtet und hätte zuerst Beweise sichern müssen. Das würde Zeit brauchen, dachte ich. Zeit, die ich viel lieber mit Ben verbringen wollte. Also entschied ich, diese Grenzübertretung durchgehen zu lassen. „Simeon, wenn ich dich das nächste Mal mit den Pillen erwische, muss ich dich verhaften", mahnte ich.

Simeon hob beschwichtigend die Hände. „Schon gut, schon gut. Ich merke schon, dass du keine Überraschungen magst."

„Die mag ich tatsächlich nicht", sagte ich.

Ben reichte mir ein Stück der orangefarbenen Torte auf einem schwarzen Teller. „Hier, das erste Stück", sagte er und gab mir eine Gabel.

Ich stach in die Torte und wusste jetzt, woher der Geruch nach Apfel und Zimt kam. Der Teig roch köstlich und war herrlich fluffig. Mein Magen knurrte laut, als ich ein orangefarbenes Stück mit schwarzer Zuckerperle auf die Gabel spießte.

„Das ist Knurrmagie", hörte ich Simeon Ben erklären. „Der Magen springt gleich an, wenn Essen damit verfeinert wurde."

Ich schob mir das Stück in den Mund. Es schmeckte fantastisch, nach Zimt, Zucker, Apfel und … nach etwas Bitterem, das ich nicht zuordnen konnte. Ich runzelte die Stirn und dann bemerkte ich, wie sich alles um mich herum zu drehen begann, die lachenden Gäste, Simeons erwartungsvoller Blick, die Torte, von der nur ein Stück fehlte und Ben, der mir die Gabel abnahm, um selbst ein wenig zu probieren. Die klassische Musik wurde immer lauter, während sich mein Kopf seltsam heiß und schwer anfühlte und ich beobachtete, wie Ben langsam die Gabel zum Mund führte. Das Bild verschwamm vor meinen Augen und dann sah ich nur noch, wie ich Ben die Torte mit letzter Kraft aus der Hand schlug, bevor ich nicht mehr atmen konnte und bewusstlos zusammenbrach.

Kapitel 7

Vor mir lag blauer Nebel, durch den ich wie durch einen Traum wankte. Mein Körper fühlte sich an, als würde er nicht zu mir gehören, und mein Blick war verzerrt. Ich schwankte und versuchte, Halt zu finden – doch es gab nichts, das mir Halt geben konnte. Rauch waberte um meine Beine, ich hörte dumpfe Explosionen und Schüsse, stand auf einer Art Feld, dessen Boden ich vor lauter blauem Dunst nicht erkennen konnte. Neben mir lagen Sinnträger in roten Uniformen, die von Blut überströmt waren. Ich bückte mich, um ihnen zu helfen, aber ihre Augen waren starr und ihr Herzschlag nicht mehr vorhanden. Sie waren tot.

Ohne nachzudenken, lief ich weiter, ich lief immer und immer weiter durch den blauen Nebel, lief an den Leichen vorbei, ließ ihren Geruch hinter mir und erkannte erst jetzt, dass alle von ihnen Wutträger waren. Ihre roten Zeichnungen waren unterschiedlich, sie waren filigran und kräftig, sie waren verspielt und geometrisch, keine glich der anderen – doch sie waren alle blass.

Und dann hörte ich ihn. Ich hörte sein Keuchen, sah, wie er sich mit seinem langen, dünnen Körper auf dem Boden krümmte – ich sah ihn zuerst nur von hinten. Sein Haar war weiß und grau und stand in kleinen Locken wüst vom Kopf ab – doch das Blut an seinen Schläfen färbte den Haaransatz rot und lief über ihn wie eine fremde Macht. Und ich sah das schwarze Loch in seinem Rücken, aus dem noch mehr Blut floss.

Ich rannte zu ihm, kniete mich neben ihm nieder.

„Der Krieg, er wird uns alle töten", stöhnte er. In seinen hellblauen Augen lag mehr als Leid, es lag eine nicht wiedergutzumachende Enttäuschung darin.

Ich wollte mit ihm reden, wollte ihn fragen, wer er war, wollte ihn fragen, was ich hier machte, aber ich konnte nicht sprechen. Meine Stimme versagte und kein Laut entrann meiner Kehle. Ich hatte das Gefühl, dass ich ihn retten musste, dass ich ihm helfen musste, und zwar jetzt und sofort, doch das schwarze Loch in seinem Rücken wurde unaufhaltsam größer, es begann, ihn zu verschlucken, es begann, ihn von mir wegzuziehen. Ich griff nach seinem Arm, versuchte ihn mit all meiner Kraft zu halten. Doch er entglitt mir und dann hörte ich nur noch meine Stimme, ich hörte, wie ich schrie.

„Lee, beruhige dich", sagte eine Frau und ich lauschte meinem eigenen Atem, der schnell und heftig ging. „Es war nur ein Traum, du hattest nur einen Traum."

Ich öffnete langsam die Augen. Alles vor mir war verschwommen. Doch ich erkannte den Raum auch so. Ich lag auf dem Bett in unserem Schlafzimmer und neben mir saß eine Sinnträgerin mit dunklen Haaren, die mir mit einem nassen Tuch fürsorglich über die Stirn fuhr.

„Es war nur ein böser Traum", wiederholte sie und ich spürte, wie mir meine Kleidung am Körper klebte, während die Konturen meiner Umgebung langsam an Klarheit gewannen.

„Was … was ist passiert?", stammelte ich. Meine Lippen waren trocken und meine Stimme klang schwach und hilflos. Ich wollte nicht, dass sie so klang, ich wollte nicht hier liegen. „Wo ist Ben?", hauchte ich.

„Du bist vergiftet worden, Lee."

„Ich bin …", wiederholte ich und dachte an die

orangefarbene Torte, die ich auf Simeons Party gegessen hatte. Ich dachte an den Moment, als ich das Gift gespürt hatte, als ich fühlte, wie es sich durch meinen Körper fraß und ich Ben nur noch die Torte aus der Hand schlagen wollte.

„Wo ist Ben?“, fragte ich unruhig. Ging es ihm gut? Hatte er auch von der Torte gegessen?

Nihan hielt eine weiße Schale in der Hand. „Trink das, dann werde ich dir all deine Fragen beantworten.“ Sie führte das Gefäß an meine Lippen und ich nahm vorsichtig ein paar Schlucke von der roten Flüssigkeit. Sie schmeckte so bitter, dass ich mich beherrschen musste, das Zeug nicht sofort wieder auszuspucken.

„Ich weiß“, meinte Nihan. „Rotbaumgalle ist nicht besonders schmackhaft. Aber sie hat dir das Leben gerettet.“ Sie atmete tief ein. „Euer Garten hat dir das Leben gerettet.“

„Wo ist Ben?“, drängte ich erneut zu wissen und ballte meine Hände auf dem Laken. Ich fühlte mich schwach, ich fühlte mich leer und ich musste sofort wissen, wo er war.

„Es geht ihm gut“, sagte Nihan und stellte das Gefäß zur Seite. Eine Welle der Erleichterung überrollte mich.

„Du hast ihn daran gehindert, auch von der vergifteten Torte zu essen. Das ist beachtlich, denn das Gift wirkt in Sekundenschnelle. Es ist ein altes, sehr seltenes Gift und auch das Gegenmittel ist sehr alt und selten. Ich hätte nicht gedacht“, sagte sie und wischte mir mit dem Tuch nochmals über die Stirn, „es in eurem Garten zu finden.“

„Wie … wie hast du es denn gefunden?“, fragte ich und versuchte die Gedanken in meinen Kopf, die wild und um sich schlagend darin rotierten zu ordnen.

„Wir hatten nicht viel Zeit und ich dachte, dass ich

dir nicht helfen könnte." Sie machte eine kurze Pause und in ihren Augen spiegelte sich die Sorge, die sie gespürt haben musste. „Ich dachte, dass ich dich verliere. Aber Ben hat nach dem Gegengift gefragt, er hat darauf bestanden, danach zu suchen. Ich war sicher, es wäre aussichtslos, so schnell einen Rotbaum zu finden, aber dann brachte er mich in euren Garten und Thaya hat ihre Kräfte genutzt, um das Extrakt des Baumes zu gewinnen. Du lagst acht Tage im Koma." Nihan senkte die Stimme, als sie weitersprach: „Du hattest unglaublich viel Glück, Lee."

Ich schluckte und sah aus dem kreisrunden Fenster in unseren wild wuchernden Garten, der mir das Leben gerettet hatte. „Kann ich Ben sehen?", fragte ich.

Nihan nickte und stand auf. Als sie die Tür hinter sich schloss, fühlte ich den schweren Klumpen auf mir, der nichts mit der Wirkung des Giftes zu tun hatte. Das Gift hatte nicht mir gegolten.

Es hatte Ben gegolten.

Ich versuchte, meine Beine zu bewegen, doch sie fühlten sich bleiern an und gehorchten mir nicht – und dann endlich öffnete sich die Tür.

„Lasst mich allein", verlangte Ben scharf, bevor er über die Schwelle trat. Als er mich sah, weiteten sich seine Augen und er stürzte zu mir.

„Lee", hauchte er und drückte seinen Kopf an meinen. Er sah fertig aus, so als hätte er die letzten Nächte kein Auge zugetan.

„Ben", presste ich hervor und fühlte, wie mir eine Träne über die Wange rollte. Ihn bei mir zu wissen, heilte mein Herz, das sich so schwach anfühlte. Und so saßen wir eine kleine Ewigkeit da und hielten uns einfach nur fest.

„Wie geht es dir?“, fragte Ben irgendwann und strich mir vorsichtig ein paar dunkle Haarsträhnen aus dem Gesicht.

Ich betrachtete ihn. Seine Augen sahen müde aus und die Ringe darunter schimmerten bläulich. „Anscheinend besser als dir“, sagte ich und versuchte zu lachen, doch wurde dafür direkt bestraft. Mein Körper fühlte sich an, als wäre ein Fels darauf gefallen und hätte mich komplett platt gedrückt.

„Du kümmerst dich immer um andere“, sagte Ben und etwas Schweres schwang in seiner Stimme mit, „anstatt auf dich selbst aufzupassen.“

„Hey, du hast mir doch das Stück Kuchen aufgeschwatzt“, sagte ich.

„Ich weiß“, antwortete Ben bitter und ich griff automatisch nach seiner Hand.

„Du musst dir keine Vorwürfe machen, Ben“, sagte ich, da ich ihn kannte. Ich wusste, dass es ihn die letzten Tage zerrissen haben musste, ich wusste, dass er sich für das, was passiert war, verantwortlich machte. Aber das war er nicht.

„Du warst kurz davor zu sterben, Lee.“ Er sah mich ernst an und in seinem Blick sah ich eine unbekannte Entschlossenheit, eine Endgültigkeit, die mich verunsicherte.

„Aber sie haben mich nicht erwischt“, sagte ich schwach. „Wer ist für den Anschlag verantwortlich?“

Ben schnaubte. „Sie wissen es nicht.“

„Haben sie eine Spur?“

Er schüttelte den Kopf. „Keine einzige.“ Seine Augen verengten sich wütend. „Sie sagen, jeder hätte die Torte vergiften können. Nicht nur die Gäste, auch die Lieferanten und sogar Fremde hatten ungehinderten

Zutritt. Sie wurde einen Tag vor der Party in einer Bäckerei der Schwarzweißen Stadt zubereitet. Aber dort gibt es keine Vorsichtsmaßnahmen. Jeder hätte das Gift in die Torte spritzen können."

Ich ließ meinen Kopf gegen das Kissen sinken. „Es war Sinja", sagte ich mit einer Bestimmtheit, die mich selbst überraschte.

„Vielleicht", entgegnete Ben. „Quirin vermutet, dass die Totaa den Auserwählten töten möchten, um zu verhindern, dass er ihren neuen Plan durchkreuzt."

Ich presste die Lippen zusammen und der Fels, der auf mich gefallen und meinen Körper platt gedrückt hatte, war nichts, verglichen mit der Angst, die ich wegen Ben empfand. Was wäre, wenn den Totaa der nächste Anschlag gelang?

Ben schien meine Gedanken lesen zu können. „Quirin hat Sicherheitsleute im Haus postiert. Ich habe meine ganz persönlichen Wachhunde, die mich auf Schritt und Tritt begleiten."

Ich sah ihn fragend an.

„Ich hasse es", stieß er mit einer Inbrunst hervor, die mich schmunzeln ließ.

„Sind es wenigstens hübsche Wächterinnen?", fragte ich.

„Ja, total attraktiv", antwortete Ben, und als ich die Augen verengte, ergänzte er: „Aktuell sind es zwei fette Kerle. Keine Sorge. Die werden unsere Feinde einfach auffressen."

Ich musste lachen, doch auch das bereute ich sofort wieder. Der Schmerz zuckte durch meinen Körper.

„Das ist das Gift", meinte Ben und sah mich besorgt an. „Es weicht nun endlich aus deinem System." Er strich mir eine dunkle Haarsträhne aus dem Gesicht. Seine

Berührung war zärtlich, aber verhalten.

„Du musst auf dich aufpassen“, sagte er. „Ich muss besser auf dich aufpassen.“

„Ich kann schon auf mich allein aufpassen“, sagte ich und merkte, wie Ben mich mit einem Blick ansah, der tief aus seinem Innersten kam. Ich wusste, dass er mir nicht glaubte und sich zurückhielt, mir zu widersprechen. Stattdessen stand er auf und schritt durch den Raum.

In diesem Moment klopfte es. Das Klopfen war kurz, doch es war kein höfliches Klopfen, sondern ein verlangendes. Ohne eine Antwort abzuwarten, wurde die Tür geöffnet. Eine Gestalt in einem gelben Kapuzenumhang betrat den Raum. Die Kapuze hing ihm tief ins Gesicht, und als er sie zurückschob, erkannte ich ihn sofort.

„Gestalter Quirin“, sagte ich und richtete mich auf, während ich mich fragte, was der Gestalter der Wachsamkeit in meinem Schlafzimmer verloren hatte.

„Wächterin“, begrüßte er mich knapp und begutachtete den Raum mit seinem wachsamen Blick, bevor er mich ansah. „Wie gut, dass du überlebt hast.“ Seine Stimme klang weder euphorisch noch aufbauend, sondern mehr nach einer Floskel, die er jeden Tag hinunterbetete. „Reisender Ben“, sagte er streng und drehte sich zu Ben, der an dem kreisrunden Fenster lehnte. „Wir müssen reden.“

„Wir können auch hier reden“, erwiderte Ben und verschränkte die Arme vor der Brust.

„Ganz wie du möchtest.“ Der kahlköpfige Gestalter machte eine bedeutsame Pause, so als ginge er davon aus, dass Ben seine Entscheidung bereuen würde. „Dein Verhalten ist inakzeptabel. Hier geht es nicht um dich, hier geht es um die Sicherheit aller Sinnträger, es geht um eine Bedrohung, die wir aus dem Weg räumen müssen. Lass dir gesagt sein: Dein kindisches Benehmen gefährdet nicht nur dich, sondern auch die Wächter und jene, denen wir uns zum Schutz verschrieben haben." Quirin verschränkte die Arme hinter dem Rücken. Ich hatte keine Ahnung, wovon er sprach, aber es schien Ben nicht besonders zu beeindrucken.

Er bedachte Quirin mit einem kalten Blick und kratzte sich an seinem Dreitagebart. „Ich kann gut auf mich allein aufpassen, Gestalter."

Quirin warf mir einen Seitenblick zu. „Das bezweifle ich. Außerdem hast du dich dem Befehl eines Gestalters nicht zu widersetzen. Du magst der Auserwählte sein – oder auch nicht", erklärte er und sein goldgelbes Gesichtsmuster begann, leicht zu schimmern. „Die gesammelten Prophezeiungen sind hier nicht eindeutig und der Glaube an die Schriften ist umstritten. Das, was passiert ist, könnte auch dem Zufall geschuldet sein."

„Wenn Ruwens Tod und meine Beteiligung daran dem Zufall geschuldet sind, dann können eure Leute doch aufhören, mir auf Schritt und Tritt zu folgen", entgegnete Ben und seine Hand ballte sich zu einer Faust.

Ich fühlte die Spannung, die zwischen Ben und Gestalter Quirin lag, ich fühlte Autorität und Rebellion.

„Ob du der Auserwählte bist oder nicht", sagte der Gestalter mit schneidender Stimme und zog missbilligend die Augenbrauen zusammen, „ist für den Moment unerheblich. Bedeutend ist, dass die Totaa glauben, dass du der Auserwählte bist, sonst hätten sie kein Interesse daran, dich zu töten. Und da es unseren Nachforschungen zufolge niemand anderen gibt, der deinen Tod mit Gift herbeiführen würde, muss der Anschlag ein Akt der Totaa gewesen sein. Ihre Anhänger operieren im Untergrund

und sind äußerst vorsichtig geworden, dennoch sind sie aktiv und wir dürfen ihre Kräfte nicht noch einmal unterschätzen. Da es aktuell Schwierigkeiten gibt, die Mitglieder der Totaa zu identifizieren und die Gruppe zu zerschlagen, bist du unser bester Anhaltspunkt."

„Ben soll als Köder fungieren?", mischte ich mich forsch ein, worauf Quirin mir einen strafenden Blick zusandte, wie einem Kind, das ungehorsam war.

„Wir haben Wächter abgestellt, die sich abwechselnd in der Nähe des Reisenden aufhalten. Die Totaa dürfen keinen Verdacht schöpfen." Er wandte sich Ben zu. „Meine persönliche Anwesenheit ist ein Zeichen dafür, dass die Macht der Acht deine Kooperation erwartet, Reisender, und dass die Sache oberste Priorität besitzt. Mein Besuch hier ist keine Bitte, es ist ein Befehl."

Ben straffte die Schultern. „Ich hab's nicht so mit Befehlen", knurrte er und ich wusste nicht, ob ich Ben für die Aussage treten oder umarmen sollte. Natürlich wollte ich nicht, dass er sich in Schwierigkeiten brachte, aber Quirins selbstverliebtes Auftreten widerstrebte mir in jeder Faser meines Seins.

Quirins Augen verengten sich. „Ich gehe davon aus, dass du der Macht der Acht Folge leisten wirst, und erachte diese Unterhaltung als beendet." Er drehte sich um und verschwand genauso schnell, wie er gekommen war.

„Jetzt bin ich also eine lebende Zielscheibe", sagte Ben sarkastisch.

„Quirin denkt nur an sich und seinen Ruf, es ist ihm sicher peinlich, dass nicht er es war, der Ruwen aufgehalten hat", murmelte ich und zog mir die Bettdecke hoch.

„Ist dir kalt?", fragte Ben.

„Ein wenig", flüsterte ich und spürte, wie eine Eiseskälte

durch meinen Körper zog. Ich begann zu frösteln.

„Ich hole Nihan", sagte Ben schnell.

Ich wollte schon widersprechen, doch dann wurde mir schwarz vor Augen.

Ich weiß nicht, wie lange ich geschlafen hatte, doch als ich aufwachte, war es schon dunkel. Nihan saß an meinem Bett und lächelte mich an, als ich langsam die Augen öffnete. Ihre dunklen Haare fielen ihr in Wellen über die Schulter und sie reichte mir eine Schale.

„Dein Körper kämpft noch immer gegen das Gift. Trink das."

Ich nippte an der roten Flüssigkeit, die noch bitterer als in meiner Erinnerung schmeckte. „Wann bin ich wieder fit?", fragte ich und fühlte mich schon besser als zuvor.

„Kommt darauf an, wie viel Ruhe du dir gönnst", antwortete Nihan und lächelte sanft. „Du brauchst jetzt viel Schlaf, das Gespräch mit Ben und Quirin hat dich erschöpft. Am wichtigsten ist die Bettruhe, auch wenn ich weiß, dass dir das sehr schwerfallen wird. Ich habe sämtliche Besuche bis morgen früh verboten."

Nihan hatte recht. Es fiel mir schwer, hier im Bett zu liegen und zu warten, während die Totaa Ben unschädlich machen wollten. Ich wollte aufstehen, wollte bei ihm sein und eine Möglichkeit finden, zuerst zuzuschlagen. Aber meine Beine waren schlaff, mein Körper ausgelaugt und ich wusste, dass ich so niemandem eine Hilfe sein würde. Ganz im Gegenteil. Und zur Last fallen wollte ich auf keinen Fall.

„Es war gar nicht so leicht, deine Freunde davon abzuhalten, dich zu besuchen. Vor allem Simeon – er ist ein hartnäckiger Kerl. Und er hat starke Schuldgefühle wegen der Torte“, erklärte Nihan und reichte mir nochmals die Schale. Ich nippte wieder daran und verzog das Gesicht.

„Sehr gut. Je schlimmer die Baumgalle schmeckt, desto besser wird es dir bald gehen.“

„Dann muss es mir bald sehr gut gehen, denn das Zeug schmeckt fürchterlich.“

Nihan schmunzelte und stand auf. „Ich lasse dich jetzt schlafen, Lee. Ruh dich aus. Morgen früh sehe ich wieder nach dir.“

„Danke.“ Ich ließ meinen Kopf in das Kissen sinken, und als Nihan die Tür schloss und die Lichtsteine deaktivierte, starrte ich auf die weiße Decke aus Sandstein. Zum Glück hatte unsere Vorbesitzerin nur den unteren Bereich rot gestrichen.

Gerade als ich dabei war, in den Schlaf zu finden, flog etwas Surrendes gegen das Fenster. Beim Aufsetzen zuckte ich zusammen und holte tief Luft. Mir war noch etwas schwindelig, aber meine Neugierde ließ mich schwerfällig zum Fenster schlurfen. Ich legte meine Hand auf das Glas, das sich dematerialisierte und einen Oktaeder hineinließ. Der Garten lag friedlich unter mir und wurde vom grünen Licht des Mondes beschienen. Ich glaubte, im Dickicht der Pflanzen etwas zu erkennen, das wie ein verwitterter Höhleneingang aussah. Erschien mir gerade der Dunkle Ort? Ich blinzelte und der Höhleneingang war verschwunden. Hatte ich mir das eben nur eingebildet? Das Gift musste sich auch auf meine Wahrnehmung auswirken, dachte ich und seufzte, während der Oktaeder neben meinem Kopf kreiste. Um mich abzulenken, aktivierte ich seine gelbe Fläche.

„*Liebe Lee*“, ertönte eine wohlbekannte Stimme, die jedoch nicht so aufgedreht wie sonst, sondern niedergeschlagen klang. „*Es tut mir leid, was passiert ist. Die Heilerin und die Wächter verbieten mir, dich zu besuchen. Daher habe ich den Nachrichtenwürfel etwas umfunktioniert, sodass er meine Nachricht zuerst überbringt. Dazu habe ich alle Seiten umprogrammiert, obwohl ich glaube, dass du nur die gelbe Seite aktivieren wirst. Wenn ich mich besser fühlen würde, dann fände ich es jetzt sehr verblüffend, dass noch niemand auf die Idee gekommen ist, die Oktaeder für eigene Nachrichten zu missbrauchen! Aber ich fühle mich nicht besser. Denn nach allem, was schon passiert ist, wirst du sicher den Verdacht hegen, dass ich etwas mit der vergifteten Torte zu tun hatte. Doch das habe ich nicht, Lee, das musst du mir glauben!*

Der einzige Vorwurf, den man mir machen kann, ist jener, dass ich die Torte nicht zuerst probiert habe. Aber ich wusste nichts von dem Gift, das schwöre ich bei allen Sinnträgern, das schwöre ich bei unserer Freundschaft! Ich hoffe, du erholst dich schnell, und wenn es dir besser geht, dann versorge ich dich mit den besten Köstlichkeiten aus dem Land der Wachsamkeit. Garantiert ungiftig.

Dein ergebener Freund Simeon.“

Ich rieb mir die Augen und legte mich wieder ins Bett. Auch wenn ich Simeon nach seinem vorgetäuschten Tod in der Sackgasse lange misstraut hatte, so hatte ich keine Sekunde vermutet, dass er etwas mit dem Anschlag zu tun haben könnte. Hinter seiner schelmisch-frechen Fassade steckte ein sensibler Charakter. Insofern war er Ben nicht ganz unähnlich.

Der Oktaeder schwirrte noch immer um mein Gesicht und ich aktivierte die gelbe Fläche noch einmal, um die neuesten Nachrichten zu hören.

„*Hier die Kurznachrichten*“, ertönte die helle Stimme

der Wachsamkeitssprecherin, *„Gestalterin Gemma ist tot, wie die Macht der Acht heute verkünden ließ. Die Trauergestalterin starb an einer Herzerkrankung. Die Gestalterin war bekannt für ihr Einfühlvermögen und ihren unermüdlichen Einsatz für die soziale Gleichheit der Sinnträger.*

Das Land der Trauer fällt in tiefste Trauer und verhängt den Trauerstatus Stufe 1. Die Anweisungen des Testaments sowie der Termin der Trauerfeier werden noch bekannt gegeben. Die ganze Sinnliche Welt wird mit uns trauern." Sie machte eine kurze Pause.

„Der Ausschuss, der mit der Untersuchung der Bauverzögerungen des ‚Magischen Museums für Sinnliche Geschichte' beauftragt wurde, übt harte Kritik an der Gestalterin der Freude. Finanzielle Mittel wurden verschwenderisch eingesetzt und unnötige Ausgaben verursacht." Abermals eine Pause. „Das Ministerium des Erstaunens gibt bekannt …"

Den Rest hörte ich nicht mehr, denn ein tiefer Schlaf übermannte mich.

Die nächsten Tage verliefen ähnlich. In der Früh sah Nihan nach mir, verabreichte mir das Zeug, das mit jedem Tag noch scheußlicher schmeckte, und zeigte sich mit meinen Fortschritten zufrieden. Kurz vor Mittag kam Ben und setzte sich zu mir und nach ein paar Tagen Bettruhe gestattete Nihan auch, dass wir uns kurz im Garten aufhielten. Wobei wir uns schnell wieder für unser Schlafzimmer entschieden, denn Bens Wächter wichen uns außerhalb dieses Raumes nicht von der Seite. Ich wusste, dass sie nur ihren Job machten, aber ich kam nicht umhin festzustellen, dass sie mir auf die Nerven gingen.

Mein Körper befreite sich langsam von dem Gift und es fühlte sich gut an, wieder zu Kräften zu kommen. Doch je stärker ich wurde, desto distanzierter wirkte Ben auf mich. Jedes Mal, wenn ich ihn darauf ansprach, blockte er ab und meinte, dass ich mir das nur einbildete. Aber ich sah ihm an, dass etwas in ihm vorging. Und obwohl ich mich von Tag zu Tag besser fühlte, schlief Ben weiterhin im Gästezimmer, das er bezogen hatte, nachdem ich vergiftet worden war. Eines Nachts hatte ich die Nase voll davon, allein zu sein, und stahl mich heimlich zu ihm. Da die Wächter unten Wache hielten, musste ich vorsichtig sein. Ich atmete flach und schlich leise in Bens Zimmer, doch es war leer.

„Wo warst du gestern Nacht?", fragte ich, als er am nächsten Tag vor dem Fenster unseres Schlafzimmers stand.

„Gestern Nacht?", wiederholte er und starrte hinaus in den Garten.

„Ja, gestern Nacht", sagte ich bestimmt, ging die paar Schritte zu ihm und strich ihm über die Schulter. „Ich wollte dich besuchen kommen."

Er sah mich nicht an. „Ich konnte nicht schlafen", meinte er gedankenverloren.

„Wo bist du gerade?"

„Hier."

„Nein, ich meine, wo bist du in Gedanken?"

„Nirgends", sagte er, aber ich kaufte ihm seine Worte nicht ab.

„Du hast doch etwas", erklärte ich und setzte mich aufs Bett. „Ben, was ist los? Habt ihr etwas über die Totaa herausgefunden? Verheimlichst du mir etwas?" Ich sah ihn eindringlich an. Ich wollte endlich wissen, was los war.

„Wie kommst du auf die Idee?“, fragte er, drehte sich aber noch immer nicht zu mir um.

„Weil du so bist wie jetzt“, sagte ich und rieb mir über das Gesicht. „Du bist so anders und ich habe das Gefühl, dass du mir aus dem Weg gehst. Ist etwas passiert? Willst du mir etwas sagen?“

Ben drehte sich zu mir um und wagte es endlich, mich anzusehen. Sein Ausdruck war kühl und dieser Anblick versetzte mir einen Stich. „Es ist nichts. Du musst jetzt gesund werden“, sagte er emotionslos, und bevor ich noch etwas erwidern konnte, drückte er mir einen Kuss auf die Stirn und war wieder verschwunden.

Da ich auch in dieser Nacht nicht schlafen konnte, versuchte ich noch einmal, mit ihm zu reden. Meine Gedanken kreisten nur um Ben. Irgendetwas stimmte nicht und ich wollte mich nicht einfach so abschütteln lassen. Langsam schlich ich in sein Zimmer und öffnete dir Tür. Doch Ben lag nicht in seinem Bett. Er stand am Fenster und spielte mit dem runden schwarzen Stein, den er von Tara bekommen hatte. Dabei starrte er in unseren Garten. Auf dem Bett stand eine große, schwarze Tasche.

„Ben“, fragte ich. „Was machst du da?“

„Ich habe auf dich gewartet“, erwiderte er, ohne mich anzusehen. Sein Gesicht lag halb im Schatten und seine Stimme klang eiskalt.

„Auf mich gewartet?“, fragte ich und umklammerte meinen Körper. Ein ungutes Gefühl beschlich mich.

„Ich kenne dich“, sagte er bitter. „Du gibst nicht auf.“

Ich schluckte trocken. „Was soll das?“, fragte ich schwach.

„Es funktioniert nicht“, sagte er.

„Was funktioniert nicht?“, wiederholte ich, obwohl ich schon ahnte, was er sagen wollte. Aber ich wollte diese Ahnung nicht wahr werden lassen.

„Das zwischen uns.“

„Aber wieso? Warum?“, stammelte ich und näherte mich ihm. Ich wollte ihn berühren, legte vorsichtig meine Hand auf seine Schulter, doch er zuckte zurück.

„Du hast es schon vor Längerem bemerkt, aber ich wollte es nicht wahrhaben. Es ist zu viel, es ist zu schnell, es passt einfach nicht“, sagte er. Die Worte schnitten wie Messer durch mich hindurch und ließen mich in kleinen Stücken zurück.

„Es passt nicht mehr? Aber ich lie…“, setzte ich an, doch in diesem Moment drehte er sich zu mir um und in seinen Augen sah ich nicht nur Hass, sondern auch Wut. Wut, die mir gebot, auf der Stelle still zu sein. „Du musst mir doch eine Erklärung geben. Ist es wegen dem Anschlag? Habe ich etwas Falsches getan?“, keuchte ich flehend, doch er schüttelte nur den Kopf.

„Ich habe dir die Erklärung schon gegeben. Ich wollte nur warten, bis es dir besser geht, Wächterin“, sagte er, als wären wir Fremde, als würden wir uns nicht kennen, als würden wir uns nie geliebt haben.

Ich spürte, wie mein Körper gefror, ich spürte, wie die Tränen in meinen Augen brannten, ich spürte, wie ich darum kämpfte, nicht zu weinen, denn ich wollte nicht vor ihm weinen. „Das ist es? Das ist es also?“, spie ich ihm ins Gesicht.

„Nein, das war es“, sagte er, steckte Taras Stein ein, schulterte seine schwarze Tasche und verschwand.

Aus dem Testament der Gestalterin Gemma:

Wenn der Tod meine Augen schließt,
werde ich in eure Herzen sehen.
Sieben Freunde, die nach mir gehen,
in sanfter Erinnerung werde ich bestehen.

Liebe Weggefährten,

trauert um mich. Auch wenn der Tod nur der Beginn einer langen, unbekannten Reise ist, die ich nun angetreten habe.

In meinem Innersten spüre ich, dass es hier noch nicht zu Ende ist, die Sinnliche Welt ist nicht meine letzte Station. Konnte ich bereits als Mensch das Leben vor und nach dem Tod erahnen, so weiß ich jetzt mit Bestimmtheit, dass es eine Existenz nach dem Tod gibt. Meine treuen Freunde, lasst daher los und gebt Acht, nicht zu fest an der Welt und dem, was einmal war, zu haften. Denn jene, die sich diesem Leben zu sehr verschreiben, der Vergangenheit zu sehr nachtrauern, verschränken sich gegenüber der Zukunft.

Es gibt mehr, als wir sehen, es gibt mehr, als wir wissen. Die Ungewissheit gehört zum Leben wie der Tod selbst, sie verbindet Mann und Frau, Mensch- und Tierverbundene, jeden einzelnen Sinnträger – egal, welchen Sinn er in sich tragen mag. Auch wenn die Sinne unser Wesen bestimmen und uns prägen – so sind wir doch mehr als sie selbst. Seid euch dessen bewusst, kostet es aus, alle Emotionen empfinden zu können, badet darin und genießt es! Denn wenn wir den Zugang zu den anderen Gefühlen verlieren und uns nur noch durch unseren Sinn beherrschen lassen, verlieren wir nicht nur an Kraft und Charakter, wir berauben uns auch eines vielfältigen Lebens.

Der Sinn, der mir in diesem Leben anvertraut wurde, ist ein unterschätzter, ja ein gar missachtender und verrufener Sinn: Der Sinn der Trauer wird als Schwäche, als Moment der Kraftlosigkeit empfunden. Doch wer das denkt, der irrt.

Die Trauer ist ein Moment der Unordnung und des Ordnens, sie öffnet uns den Zugang zu uns selbst. Sie leitet uns, nimmt uns sanft an die Hand und führt uns durch die Wirrungen des Daseins zu unserem Kern. Nutzen wir die heilende Kraft der Trauer und lassen wir uns vollständig und vorbehaltlos auf sie ein, so wird dies nicht unentgolten bleiben. Denn wir erhalten ein großes Geschenk: Wir werden uns selbst erkennen. Wir werden lernen, wer wir sind, und werden unsere Angst, unseren Ekel, unsere Wut, unsere Wachsamkeit, unser Erstaunen, unsere Freude und unser Vertrauen leichter wahrnehmen und spüren.

Die Trauer ist weit mehr, als man glaubt. Wenn ihr das versteht, dann ist diese Erkenntnis wie ein Sonnenstrahl, der in eure Herzen leuchtet.

Meine Freunde, das ist mein Appell, mein letzter Wunsch an euch: Trauert, wie es die Welt noch nicht gesehen hat. Trauert laut, trauert leise, schreit eure Trauer hinaus und lasst sie in euch hinein. Trauert nicht um meinetwillen, tut es für euch selbst. Nutzt diesen Moment, um zu euch zu finden, denn mich habt ihr nicht verloren.

Kapitel 8

Die Tage nach Bens Verschwinden verbrachte ich in meinem Bett. Es war ein Zustand zwischen Schlafen und Wachen, Nichtsfühlen und Hassen, zwischen Unglauben und der Gewissheit, dass es vorbei war. Ben hatte mich verlassen. Er hatte mich verlassen und er würde nicht zurückkommen, und so oft ich die Situation in unserem Gästezimmer auch nachspielte, so oft ich mir seine Worte durch den Kopf gehen ließ, verstand ich doch nicht, was wirklich passiert war. Es fühlte sich einfach nur falsch an.

Am zweiten Tag nach seinem Weggang hatte Quirin die Wachen abkommandiert, was ich ohne jede Gefühlsregung hingenommen hatte. Zwar kam Nihan weiterhin jeden Tag vorbei, um nach mir zu sehen, doch sie blieb nie lange und schien zu respektieren, dass ich allein sein wollte.

Nach fünf Tagen fühlte ich mich körperlich wieder fit genug, um meinen Dienst als Wächterin fortzusetzen. Ich ließ Quirin eine entsprechende Botschaft zukommen und hoffte, dass er eine Aufgabe für mich haben würde, die mich von meinen Gedanken ablenkte, die ständig nur um Ben kreisten.

Am sechsten Tag übte ich gerade, durch eine Pfütze auf der Straße zum Springbrunnen im Garten zu gelangen, als ich mitten während der Wasserreise gegen einen durchtrainierten Körper knallte. Ich verlor etwas von meinem Schwung und tauchte prustend und hustend aus dem Brunnen auf.

„Hallo Lee", begrüßte mich Marcus mit seiner melodischen Stimme, nachdem er elegant aus der Wasserfontäne gestiegen war, und betrachtete mich mitfühlend. „Der Zusammenstoß tut mir leid, wir sind wohl zur selben Zeit angekommen."

„Hallo Marcus. Kein Ding", erwiderte ich, als ich wieder etwas Luft bekam.

„Ich habe gehört, dass es dir wieder gut geht und dass du einsatzfähig bist?"

„Das bin ich", erwiderte ich. „Sind in der Zwischenzeit weitere Diebstähle passiert?"

Der dunkelblonde Wächter nickte und nahm seine gewohnte Körperhaltung ein: Beine leicht auseinander, Hände hinter dem Rücken und ein unergründlicher Gesichtsausdruck. „Es wurde das Artefakt des Vertrauens und das der Trauer gestohlen. Im Ministerium des Vertrauens gab es", er atmete tief ein, „wieder keine Sicherheitsmaßnahmen. Und im Land der Trauer sind alle mit dem Tod der Gestalterin beschäftigt, sodass es ein Leichtes war, das Artefakt unbemerkt zu entwenden."

Ich wrang meine langen Haare aus, die bei der wenig eleganten Ankunft tropfnass geworden waren, und sah Marcus interessiert an. „Gibt es diesmal wenigstens irgendwelche Hinweise?"

Er schüttelte den Kopf. „Leider nein. Das ist aber noch nicht alles. Soeben wurde ein weiteres Artefakt der Macht der Acht gestohlen."

„Von welchem Gestalter?", fragte ich und war auf absurde Weise froh, dass der Dieb wieder zugeschlagen hatte, weil ich dadurch etwas zu tun bekam.

„Arkadius", erwiderte der Trauerwächter knapp.

„Irgendwelche Anhaltspunkte, wer es gewesen sein könnte?"

Marcus schüttelte den Kopf. „Keine. Aber wir sollen unverzüglich in die Sumpfburg reisen und die Spuren sichern. Bist du bereit?“

Ich nickte. „Ich hole nur schnell meinen Wächterstab.“

Als Marcus und ich vor den Toren der Sumpfburg aus einer Schlammpfütze stiegen, die stark nach faulen Eiern roch, dachte ich, dass der Geruch im Vergleich zum Gestank des Kotzesees, in dem ich mich bei unserem ersten Besuch hier versteckt hatte, noch ein Genuss war.

„Gibt es eigentlich neue Erkenntnisse über den Aufenthaltsort von Philomenas verschwundenem Artefakt?“, fragte ich Marcus, während wir Seite an Seite über die heruntergelassene Zugbrücke zum Tor marschierten.

Der Trauerwächter schüttelte den Kopf. „Es wurde bisher nicht auf dem Schwarzmarkt angeboten. Wir haben unsere verdeckten Ermittler einige Zungenlösezauber sprechen lassen, bisher jedoch ohne Erfolg. Das Artefakt ist wie vom Erdboden verschwunden.“

Genau wie Ben. Der Gedanke versetzte mir einen Stich. „Vielleicht kommen wir der Lösung hier einen Schritt näher“, erwiderte ich leise und verlangsamte mein Tempo, als wir uns den Torwächtern näherten.

Es waren die beiden Ekelträger Alvin und Tola, die Ben damals durch die Sumpfburg zu Arkadius eskortiert hatten.

„Seid gegrüßt“, sagte Marcus. „Wir haben einen Termin bei Gestalter Arkadius.“

„Klar“, antwortete der kleinere von den beiden und strich sich die fettigen schwarzen Haare aus dem Gesicht. „Alle haben einen Termin bei Arkadius. Was wollt ihr von ihm?“

„Das ist vertraulich“, antwortete Marcus.

„Klar“, wiederholte der kleinere und nickte. „Wieso habe ich überhaupt gefragt?“

„Weil du ein Idiot bist, Alvin“, sagte der mit der tieferen Stimme. „Schau sie dir an. Man sieht doch, dass die beiden in vertraulicher Mission unterwegs sind.“

„Ach, ich bin ein Idiot?“, fauchte Alvin. „Und wer hat gestern entgegen Arkadius’ Befehl die Ekelträgerin reingelassen, die in Wirklichkeit gar keine Ekelträgerin war?“

„Wie oft soll ich dir noch sagen, dass sie mich mit einem Blendzauber getäuscht hat?“, knurrte Tola.

„Können wir jetzt zu Arkadius gehen?“, unterbrach ich ihr Gezanke.

Die beiden drehten sich langsam in meine Richtung und schauten mich pikiert an. „Oh, entschuldige bitte, dass wir dich aufhalten“, hauchte Alvin. „Es gibt nur ein klitzekleines Problem.“

Ich seufzte.

„Und das wäre?“, fragte Marcus kühl.

Alvin schaute Marcus an und grinste. „Willst du es ihnen sagen, Tola?“

„Ich lasse dir den Vortritt“, antwortete der andere gönnerhaft.

„Aber das ist doch nicht nötig“, erwiderte Alvin. „Nach der Blendzauber-Blamage von gestern bestehe ich darauf, dass du es ihnen …“

„Was sagen?“, unterbrach ich die beiden brüsk.

„Dass die Sumpfburg nur für Träger des schwarzen Sinns zugänglich ist“, blaffte Tola zurück. „Was hast du denn gedacht? Und nun verschwindet von hier.“

Ich rührte mich nicht von der Stelle. „Es gibt da nur ein klitzekleines Problem“, sagte ich gedehnt.

„Und das wäre?“, fragte Alvin höhnisch.

Ich schaute den Ekelträger unbewegt an. „Willst du es ihnen sagen, Marcus?“

„Ich lasse dir den Vortritt“, antwortete dieser steif.

Ich schnippte lächelnd einen schillernden Blutegel mit pelzigen Flügelchen von meinem Arm, der eben dort gelandet war, und fuhr an Alvin und Tola gewandt fort: „Ihr kennt doch sicher den Abfluss des ewigen Gestanks?“

Die beiden Ekelträger tauschten einen kurzen, misstrauischen Blick.

Ich senkte verschwörerisch meine Stimme. „Und genau da wird euch Arkadius hineinwerfen lassen, wenn ihr uns nicht sofort zu ihm bringt.“

„Woher wusste sie von dem Abfluss?“, zischte Alvin Tola zu, als wir hinter den Ekelträgern durch die Burg marschierten.

„Keine Ahnung, du behauptest doch immer, so intelligent zu sein“, brummte Tola und warf uns über die Schulter einen giftigen Blick zu.

Ich lächelte freundlich zurück, während ich den Gestank der matschigen Seitenwände, die leise vor sich hin blubberten, auszublenden versuchte.

„Die Burg macht ihrem Namen alle Ehre“, murmelte Marcus und sprang im nächsten Moment zur Seite, um einem stinkenden Schlammklumpen auszuweichen, der sich mit einem widerwärtigen Schmatzen von der Decke gelöst hatte und auf den Boden plumpste.

„Gib acht, dass du nicht die Wände berührst“, flüsterte ich und erinnerte mich an meinen letzten Besuch in der Burg. „Den ekelhaften Geschmack kriegst du nicht so leicht von der Zunge.“

„Ich werde mir Mühe geben“, antwortete Marcus.

„Hilfe! Lasst mich hier raus!“, ertönte eine gurgelnde Stimme und ich zuckte erschrocken zurück, als eine lehmverkrustete Hand direkt vor mir aus der schlammigen Seitenwand der Burg schoss und hektisch in der Luft herumtastete.

Alvin und Tola drehten sich genervt um. „Zurück mit dir in die Burg, Tschakko!“ Alvin zog ein kleines Stöckchen aus dem Bund seiner zerlumpten schwarzen Hose und stieß die Hand des bedauernswerten Sinnträgers damit zurück in die matschige Wand.

„Aber es tut mir leid!“, gurgelte Tschakko.

„Du weißt, welche Strafe auf die Beleidigung des Gestalters steht“, erwiderte Tola ungerührt. „Und nun hör auf, uns auf die Nerven zu gehen.“

„Aber …“, gurgelte Tschakko.

„Nichts aber“, fauchte Alvin. „Und jetzt jammere nicht so rum und ertrag es wie ein Mann.“

Sie gingen weiter.

Ich warf einen irritierten Blick zurück auf die Schlammwand. „Wie lange muss er denn da drin bleiben?“, fragte ich.

„Drei Tage“, erwiderte Tola mit tiefer Stimme.

„Was hat er verbrochen?“, wollte Marcus wissen.

„Er hat behauptet, Arkadius würde … gut riechen“, meinte Alvin und spuckte die Wörter aus, als wären schon allein die Wiederholung dieses Frevels Grund genug für eine Strafe.

„Wir sind da“, murrte Tola dazwischen.

Alvin blieb stehen. „Na los, dann öffne die Tür.“

„Öffne du sie doch.“

„Wenn ich dich erinnern darf: Ich habe letztes Mal die Tür geöffnet, heute bist du an der Reihe.“

„Nein, ich habe letztes Mal die Tür geöffnet“,

schnappte Tola zurück.

Mit einem entnervten Seufzen drängte ich mich an den beiden vorbei und klopfte gegen die schwere schwarze Doppeltür, die offenbar zu den Privatgemächern des Gestalters gehörte. Der Thronsaal konnte nicht dahinter liegen, denn den erreichte man, wie ich von meinem letzten Besuch hier wusste, durch einen Kotze-, Blut- und Eitervorhang.

„Was ist?“, erklang eine missmutige Stimme von drinnen.

Ich wertete das als ein „Herein“ und öffnete die Tür. Dahinter lag ein großes rechteckiges Gemach mit steinernen Wänden, in denen roh belassene schwarze Lichtsteine steckten. Die scharfkantigen Leuchtmittel verbreiteten einen düsteren Schimmer und ich brauchte einen Moment, bis sich meine Augen an die neuen Lichtverhältnisse gewöhnt hatten. Dicke Teppiche bedeckten den Boden und ich rümpfte angewidert die Nase, als ich erkannte, dass sie aus langen schwarzen Haaren geknüpft worden waren. Möglicherweise aus denselben langen schwarzen Haaren, wie sie auch unsere beiden Führer trugen, die sich jetzt katzbuckelnd hinter Marcus und mir versteckten.

„Wer seid ihr?“, drang Arkadius‘ Stimme aus einer dunklen Ecke. Er saß auf einer Art Polsterstuhl und ich konnte von hier aus lediglich seinen dunklen Schemen erkennen.

„Wir sind die Wächter, die ihr gerufen habt“, erwiderte Marcus kühl und drehte sich halb zu Alvin und Tola um. „Wir wären früher gekommen, aber eure Torwächter wollten uns nicht hereinlassen.“

„Dir sind sie jetzt für fünf Minuten auf die Nerven gegangen, mich nerven sie schon seit meinem

Amtsantritt", knurrte Arkadius. „Und ihr Idioten verschwindet", blaffte er Alvin und Tola an, die daraufhin so rasch wie möglich das Weite suchten.

Nachdem die beiden Torwächter die Tür hinter sich geschlossen hatten, ließ ich meine Augen über Arkadius' Gemach wandern. Dabei fiel mein Blick auf einen bodentiefen, schwarz eingefassten Spiegel zu meiner Linken und ich zuckte zusammen. Der Anblick war grauenvoll. Meine Haare hingen stumpf und kraftlos über die Schultern, ich hatte fahle Haut mit verheulten roten Augen, trockene Lippen und brüchige Nägel. Entsetzt starrte ich meinem eigenen Spiegelbild entgegen und wandte dann schnell den Kopf ab.

„Keine Sorge, du bist noch genauso ansprechend wie heute Morgen", sagte Arkadius mit abfälliger Stimme und erhob sich aus dem schwarzen Polsterstuhl. Er war ein imposanter Sinnträger mit einer stattlichen Gestalt, sein schwerer Mantel schleifte über den Boden, als er nähertrat.

„Das ist der Spiegel der Abscheu", erklärte er mir und schwenkte sein Glas mit Sumpfcognac. „Nichts weiter als eine nette kleine Spielerei, um den Ekel zu stärken."

Neben mir starrte Marcus auf die schimmernde Oberfläche des fürchterlichen Spiegels und sein Blick ließ vermuten, dass die Magie auch bei ihm ausgezeichnet wirkte.

„Was könnt Ihr uns über den Diebstahl Eures Artefakts sagen?", fragte Marcus.

„Nichts", erwiderte Arkadius mürrisch. „Heute Morgen stand es noch auf seinem Platz. Nachdem ich meine Pflichten im Thronsaal erledigt hatte, war es verschwunden."

„Wo genau hat sich das Artefakt befunden?", fragte

ich.

„Hier." Arkadius führte uns zu einer antik aussehenden Vitrine aus getöntem Glas, die hinter dem schweren Polsterstuhl an der Wand hing. Eine dicke Staubschicht lag darauf, und ich kniff die Augen zusammen, als ich den quadratischen Abdruck im Inneren entdeckte. Hier musste der Sockel für viele Jahre gestanden haben.

„Wie ist dieser Raum gesichert?", fragte ich, während Marcus den Zauber sprach, der Fingerabdrücke zum Vorschein brachte. Es gab keinen einzigen.

„Durch Magie", erwiderte Arkadius barsch. „Keiner kommt hier herein, ohne dass ich es merke."

Ich unterließ es, den Gestalter darauf hinzuweisen, dass genau das passiert war. „Wer könnte ein Interesse an den Artefakten haben?", fragte ich weiter.

Arkadius schnaubte. „Die Artefakte haben einen ideellen Wert und sind ein Symbol der Macht. Sie wurden nach dem Ende des Ersten Sinnlichen Krieges nur als Erinnerung daran erschaffen, dass jedem Sinn helle als auch dunkle Ausprägungen innewohnen, und lassen dich alle Schwingungen des Ekels erfahren. Ich habe meines nie angefasst. Ich fühle meinen Sinn auch so stark genug."

„Das heißt, Ihr wisst gar nicht, ob es funktioniert?", fragte Marcus.

„Ob es funktioniert?", stieß Arkadius höhnisch hervor. „Natürlich funktioniert es. Oder denkst du, nur weil etwas alt ist, ist es automatisch schlecht?"

Marcus presste die Lippen zusammen und ich sah an seinem mahlenden Kiefer, dass ihm der Gestalter zutiefst unsympathisch war.

„Stehen die Artefakte in irgendeinem Zusammenhang mit den Büchern der Macht?", fragte ich schnell, um die

Spannung zu überbrücken.

Arkadius kratzte sich missmutig seinen schwarzen Bart. „Ich dachte nicht, dass ich hier Geschichtsunterricht geben müsste. Die Bücher der Macht wurden von den Urgestaltern geschrieben, um den Ersten Sinnlichen Krieg zu beenden. Und nachdem der Krieg zu Ende war, wurden die Artefakte von den Urgestaltern als Mahnmal erschaffen. Hier erschöpft sich der Zusammenhang. Denn im Gegensatz zur mächtigen Magie der Bücher sind die Artefakte nicht mehr als bloße Symbole mit etwas sinnlosem Hokuspokus."

„Ich werde eine Auraabbildung des Raumes machen", sagte Marcus.

„Viel Glück", murrte Arkadius. „Meine Schutzzauber sollten das zu verhindern wissen."

„Ihr habt gesagt, dass sowohl die Bücher als auch die Artefakte von den Urgestaltern erschaffen wurden. Könnte man die Artefakte irgendwie dafür verwenden, um die Bücher der Macht zu finden?" fragte ich.

„Nein", schnauzte Arkadius. „Kürzlich ist ein Buch wieder aufgetaucht, aber alle anderen sind seit Ende des Zweiten Sinnlichen Krieges verschollen. Dutzende Sinnträger sind auf der Suche nach ihnen umgekommen. Vielleicht überlegst du das nächste Mal, bevor du den Mund aufmachst."

Marcus und ich wechselten einen kurzen Blick. „Die Auraabbildung war nicht erfolgreich", presste er hervor.

„Hätte mich auch gewundert", knurrte Arkadius und kippte seinen Sumpfcognac hinunter.

„Der Dieb muss ein Meister der Magie sein", sagte Marcus. „Sonst hätte er es nicht geschafft, unbemerkt in Eure Burg zu gelangen und die Schutzzauber zu durchbrechen."

„Wohl wahr", sagte Arkadius missmutig. „Ich hoffe, ihr habt einen guten Plan, wie ihr den Mistkerl finden wollt."

Ich schloss für einen Moment die Augen und ließ meinen Sinn übernehmen. Die Linien auf meiner rechten Wange erwärmten sich und mein Licht half mir, mich zu konzentrieren. Langsam drehte ich eine Runde durch den Raum und ließ dabei meine Blicke noch einmal über jedes Möbelstück, jeden Klecks Fledermauskacke und jedes Teppichhaar gleiten. Und dann sah ich es.

„Zumindest haben wir einen Anhaltspunkt", sagte ich und versuchte, das aufgeregte Vibrieren in meiner Stimme zu unterdrücken. Ich ging in die Hocke und fischte mit spitzen Fingern ein kurzes weißes Haar aus dem Langhaarteppich.

„Ein Haar?", brummte Arkadius.

„Falsch. Ein Beweisstück", sagte Marcus und hielt mir ein kleines durchsichtiges Tütchen entgegen, in das ich das Haar fallen ließ. „Das werden wir zur Analyse ins magische Labor schicken."

„Macht das", sagte Arkadius und schenkte sich ein zweites Glas Sumpfcognac ein. „Und bei der Gelegenheit verschwindet am besten auch gleich von hier."

„Danke fürs Mitnehmen", sagte ich, als Marcus und ich einige Minuten später aus dem Wasser meines Springbrunnens schnellten. Allein konnte ich meine Wasserreisen schon ganz gut bewältigen, doch für die Reise zu zweit fühlte ich mich noch nicht sicher genug.

„Keine Ursache", erwiderte er bescheiden und seine schönen dunkelblauen Augen suchten die meinen. „Jetzt müssen wir die Analyse des Haares abwarten. Ich bringe das Beweisstück gleich ins magische Labor."

„Tu das“, stimmte ich ihm zu. „Meldest du dich bei mir, sobald ein Ergebnis vorliegt?“

„Selbstverständlich.“ Marcus nickte knapp und machte einen Schritt rückwärts in den Brunnen. „Bis bald, Lee.“

„Bis bald, Marcus“, erwiderte ich.

Nachdem ihn die Wasserfontäne fortgetragen hatte, wandte ich mich langsam um und schlurfte zu unserem Haus. Zu meinem Haus, korrigierte ich mich bitter, als ich das Erdgeschoss des weißen Turms betrat. Der Raum fühlte sich viel zu groß für mich an und ich löste meinen Wächterstab von der Hüfte und legte ihn auf den kleinen Tisch neben dem Sofa aus gebundener Blütenwatte.

In dem Augenblick klopfte es an der Terrassentür. Mein erster Gedanke galt Ben und ich fühlte, wie mein Herz ins Stolpern geriet. Im nächsten Moment ärgerte ich mich über mich selbst. So konnte es nicht weitergehen. Ich musste es schaffen, ihn loszulassen. Mit raschen Schritten ging ich zur Tür und öffnete sie mit einer Handbewegung.

„Simeon“, murmelte ich überrascht, als sich die Wände zur Seite schoben und ich den hellblonden Magiebegabten draußen stehen sah. Seine wuscheligen Haare standen wild vom Kopf ab und er lächelte mich zaghaft an, als sei er nicht ganz sicher, wie ich auf seinen Besuch reagieren würde.

„Hallo, Lee“, sagte Simeon und sah neugierig über meine Schulter ins Innere. „Bist du allein?“

Ich holte tief Luft, denn obwohl es eine ganz harmlose Frage war, bildete sich ein Kloß in meinem Hals. „Ja, Simeon“, antwortete ich leise. „Ich bin allein.“

„Hast du … hast du meine Nachricht bekommen? Die aus dem umprogrammierten Oktaeder?“

„Äh – ja“, sagte ich und hatte ein schlechtes Gewissen, weil ich nicht darauf reagiert hatte. Ich war so mit meinen eigenen Gefühlen beschäftigt gewesen, dass ich Simeon einfach vergessen hatte. „Tut mir leid, dass ich mich noch nicht bei dir gemeldet habe. Ich habe keine Sekunde geglaubt, dass du etwas mit dem Giftanschlag zu tun haben könntest.“

„Das ist gut“, seufzte Simeon und wirkte erleichtert. „Ich hatte gehofft, dass es nicht an mir liegt, dass du dich die letzten Tage wie ein Schneckenhörnchen in deinem Bau verkrochen hast.“ Er sah zu Boden und scharrte mit den Füßen. Offenbar wollte er noch etwas sagen, doch ich war mir nicht sicher, ob ich es hören wollte. Mit Simeon zu sprechen war schmerzhafter, als ich gedacht hatte. Wenn ich ihn ansah, musste ich automatisch an Ben denken. Und wenn ich an Ben dachte, tat es einfach nur weh.

Ich räusperte mich. „Es ist wirklich lieb, dass du nach mir siehst, aber ich wollte mir eigentlich gerade was zu essen machen und dann schlafen gehen.“

„Das ist ja ein Ding. Ich wollte auch gerade etwas essen“, sagte Simeon und der dunkelgrüne Stoff seiner Samthose schlug Funken. „Wollen wir vielleicht gemeinsam etwas essen gehen? Ich bin dir schließlich noch die ungiftigen Köstlichkeiten aus dem Land der Wachsamkeit schuldig.“

Instinktiv schüttelte ich den Kopf. „Das ist echt nett von dir, Simeon, aber ich möchte lieber zu Hause bleiben.“

„Verstehe“, murmelte er bedrückt. „Ich hab mir schon gedacht, dass du nach der ganzen Sache mit Ben wenig Lust auf einen netten Mädelsabend hast.“

„Auf einen Mädelsabend?“, fragte ich ungläubig.

„So nennt man das doch in der anderen Welt", erklärte Simeon. „Ich habe die letzten Tage alles zu deiner Situation gelesen, was ich in die Finger bekommen konnte."

„Zu meiner Situation?", wiederholte ich verdattert, aber Simeon sprach schon weiter.

„Otto hat mir ein paar rosa Bücher aus der Menschenwelt besorgt, und ein Mädelsabend mit der besten Freundin scheint das beste Rezept gegen Liebeskummer zu sein. Allerdings hast du keine beste Freundin und deshalb …"

„Verbringe ich einfach einen netten Abend allein zu Hause", fiel ich ihm ins Wort.

„Falsch", sagte Simeon und reckte den Zeigefinger in die Höhe. „Was wäre ich denn für ein lausiger Magiebegabter, wenn ich nicht auch für dieses Problem eine Lösung hätte?"

„Ich brauche keine Lösung, denn es gibt kein Problem", erwiderte ich genervt.

„Okay." Er zuckte mit den Achseln. „Trotzdem habe ich eine Überraschung für dich. Und dazu musst du in den Garten kommen."

Ich hatte keine Lust, in den Garten zu gehen, und noch weniger Lust hatte ich auf Überraschungen, aber Simeons Gesicht leuchtete so erwartungsvoll, dass ich es ihm nicht abschlagen konnte. „In Ordnung", seufzte ich, während ich dem Magiebegabten auf den Rasen folgte. Die Sonne war schon untergegangen und die ersten Sterne leuchteten am Himmel. „Ich hoffe, es dauert nicht lange", fügte ich hinzu.

„I wo", lächelte Simeon und zeigte auf eine Stelle im Gras. „Siehst du das?"

Ich runzelte die Stirn. „Was?"

„Na das", wiederholte er eindringlich und deutete

noch einmal auf dieselbe Stelle.

Ich kniff die Augen zusammen und starrte angestrengt ins Gras. Simeon bewegte neben mir seine Finger und plötzlich schoss eine hellgrüne Flammensäule in den abendlichen Himmel. Ich zuckte im Reflex zurück, aber da spürte ich schon seine Hand auf meinem Rücken und fühlte, wie er mich ins lodernde Feuer stieß.

Mit einem Schrei taumelte ich in die Flammen. Sie züngelten an mir hoch und ich fühlte die Hitze auf meiner Haut, ohne dass sie mich verbrannte. Simeon hatte seinen Arm um meine Hüfte gelegt und gab die Richtung vor, in der wir durch das brausende Feuer reisten. Nach wenigen Sekunden fühlte ich wieder einen kühlen Wind auf meinen Wangen und wir landeten gemeinsam auf einem schwarz-weiß gepflasterten Platz mitten im teuersten Viertel der Schwarzweißen Stadt. Gierig sog ich die Luft in meine Lungen und Simeon nahm den Arm von meiner Hüfte.

„Überraschung“, grinste er.

„Sag mal, spinnst du?“, brach es aus mir heraus.

Er blinzelte mich unsicher an. „Zweite Überraschung“, sagte er schnell und griff in seine Hosentasche. „Wir machen einen Mädelsabend!“ Er zog ein rosafarbenes Elixier mit Glitzerpartikeln hervor, kippte es hinunter und begann, sich vor meinen Augen zu verwandeln. Seine hellblonden Wuschelhaare bekamen einen Wachstumsschub und reichten ihm binnen drei Sekunden bis über den Hintern. Seine Hüften wurden kurviger, die Beine schlanker und seine Brust schoss hervor. Nur sein Gesicht blieb gleich.

„Du spinnst“, stieß ich ein zweites Mal hervor und wusste nicht, ob ich wütend, belustigt oder von seiner

Geste gerührt sein sollte.

„Ich weiß, dass du die blauen Pillen nicht magst, weil sie ein kleines bisschen illegal sind – und deshalb habe ich für diesen Abend extra dieses rosa Elixier zusammengemixt", sagte Simeon rasch mit heller Stimme. „Da ich nicht die Gestalt eines anderen annehme, sondern nur für einen begrenzten Zeitraum meine weiblichen Attribute herausarbeite, brauchst du mich auch nicht zu verhaften. Ich verspreche dir, es ist vollkommen legal." Er trat etwas näher und sah mich treuherzig an. „Tut mir leid wegen der Entführung", fügte er hinzu. „Aber du hast einen Tapetenwechsel gebraucht. Und als deine beste Freundin habe ich das glasklar erkannt." Er hakte sich bei mir unter und plötzlich musste ich tatsächlich ein paar Tränen der Rührung zurückdrängen.

„Du bist ein Depp", sagte ich liebevoll.

„Stimmt, ich habe ja noch immer die Männerklamotten an!", rief er und schnippte mit den Fingern. Aus der Samthose und dem Hemd wurde ein kurzes Samtkleid, das sich perfekt seiner neuen Figur anpasste. „Und jetzt du. Zeig mal, was diese Wasserperlen draufhaben."

Ich blickte an mir hinab und zögerte. Ich hatte mich so an meinen Anzug gewöhnt, dass ich kaum noch etwas anderes trug. Aber vielleicht war dies wirklich der Moment, mit alten Mustern zu brechen. Kurz schloss ich die Augen und stellte mir ein schulterfreies Kleid mit hohem Beinschlitz vor. Kaum sah ich das Bild vor meinem inneren Auge, wanderten die Perlen an ihren neuen Platz und umspielten sanft meine Beine.

„Bei allen Sinnen, das sieht fantastisch aus! Du solltest dein Outfit wirklich öfter variieren", seufzte Simeon und klang dabei tatsächlich wie ein Mädchen. „Ich habe eine wunderbare Location für uns ausgesucht", plapperte er weiter und führte mich an einer Reihe hipper In-Lokale vorbei, die mit unterschiedlichen magischen Spielereien ausgestattet waren.

„Zuerst habe ich überlegt, ob wir ins Unterwasser-Restaurant gehen sollen, aber ich glaube, da kann man sich nicht gut unterhalten“, erklärte er mir und nickte mit dem Kinn zu einem Gebäude hinüber, das mich an ein riesiges Goldfischglas erinnerte. An der verglasten Außenfassade zog sich eine weiße Wendeltreppe empor, über die man nach oben zur Einstiegsluke gelangte. Ich sah, wie ein schmächtiger Sinnträger hinaufstieg und dann ohne zu zögern ins Wasser hüpfte. Drinnen gab es Tische, Kellner und jede Menge bunter Fische, die zwischen den Gästen herumschwammen.

„Man braucht einen sehr starken Atemschutzzauber, um sich unter Wasser unterhalten zu können“, sagte Simeon. „Und dann kommt meistens doch nur ein Gurgeln raus. Außerdem soll das Essen ziemlich verwässert sein“, meinte er und zog mich weiter.

Ein paar Minuten später saßen wir an einem funkelnden Tischchen in einer futuristischen Bar, die mich an eine fliegende Untertasse erinnerte. Sie schwebte hoch über den Dächern und wir genossen den Blick über die Schwarzweiße Stadt.

„Die Aussicht ist atemberaubend“, sagte ich und schaute über die erleuchteten Türme und Straßen, die eine zeitlose Schönheit ausstrahlten.

„Es freut mich, dass es dir gefällt“, sagte Simeon und zupfte an seinem ungewohnten Ausschnitt herum. „Die Cocktails hier sollen ausgezeichnet sein.“ Ein junger Erstaunensträger kam, um unsere Bestellung aufzunehmen, und konnte seine Augen kaum von Simeons Vorbau nehmen. Dann sah er jedoch in Simeons

Gesicht und erschrak.

Als er gegangen war, schmunzelte ich. „Den hast du ziemlich verstört. Und was deinen Busen anbelangt: Manchmal ist weniger mehr, Simeon."

„Papperlapapp", entgegnete er und blickte zu einer Gruppe lärmender Neuerweckter hinüber, wo die Siegerin des Triangels mit ihrem Preisgeld gerade eine Runde Regenbogen-Shots für alle schmiss. „Sieh sie dir doch an, wie sie ihre Gefühle noch hemmungslos und undifferenziert leben. Schau, wie der eine schluchzt und die andere vor Freude tanzt. Manchmal ist mehr auch einfach mehr, Lee."

Ich folgte seinem Blick, sah die Neuerweckten, die ihren Emotionen freien Lauf ließen und deren Gesichtszeichnungen sich ständig entfachten, und verstand, was er meinte. Damals war der eigene Sinn wie ein Rausch gewesen, der einen einfach irgendwohin mitnahm. Heute war das anders. Und obwohl wir uns äußerlich seit unserer Erweckung kaum verändert hatten, fühlte es sich an, als wären wir erwachsen geworden.

„Wie geht es dir, Lee?"

Ich schaute Simeon an. Seine Frage traf mich unvorbereitet, vielleicht, weil der Ernst in seiner Stimme nicht zu seinem extravaganten Aussehen passte.

„Gut", sagte ich und nahm den Trauercocktail entgegen, den mir der junge Erstaunensträger in diesem Moment brachte. Wie ich von dem Kellner wusste, hatten sich seit Gemmas Tod die Anzahl der blauen Getränke auf den Getränkekarten der Lokale mindestens verdoppelt.

„Ich verstehe, du willst nicht darüber reden", sagte Simeon. „Aber in den rosa Büchern steht, dass man sich danach besser fühlt."

„Steht das da?", fragte ich und nahm einen Schluck. Es

schmeckte fruchtig und im Abgang leicht bitter.

„Da steht auch, dass viele Mädelsabende in einem gemeinsamen Besäufnis enden“, erklärte Simeon und hob seinen Drink. „Wenn du nicht reden magst, können wir also auch nur trinken.“

Ich spürte, wie meine Mundwinkel nach oben zuckten, und sah ihn von der Seite an. „Das hältst du doch nie im Leben durch.“

„Okay, erwischt. Ich bin eben ein kommunikativer Typ. Was macht die Arbeit?“

Ich seufzte.

„Auch kein gutes Thema?“, fragte Simeon ungläubig.

„Im Moment habe ich anscheinend überhaupt keine guten Themen“, erwiderte ich niedergeschlagen.

„Ach, komm. So schlimm kann es doch gar nicht sein“, meinte er aufmunternd und fuhr sich durch seine lange blonde Mähne.

Ich sah ihn an und gab mir einen Ruck. „Marcus und ich untersuchen zurzeit eine Reihe von Diebstählen“, vertraute ich ihm an. „Heute hatte ich plötzlich so ein Gefühl, als ob unser Fall etwas mit den Büchern der Macht zu tun haben könnte.“

„So ein Gefühl?“, wiederholte Simeon erstaunt. „Einfach so?“

„Wächterinstinkt“, sagte ich und zuckte mit den Schultern. „Ich habe selbst keine Erklärung dafür.“

„Hm“, meinte Simeon.„Ich hoffe, du irrst dich. Da die Bücher so mächtig sind, wurden sie nach dem Ende des Zweiten Sinnlichen Krieges einem Hüter übergeben, der sie dann wieder an einen Hüter weitergereicht hat und so weiter. Es geht das Gerücht, dass der letzte davon verrückt geworden ist.“ Simeon sah mich vorsichtig an und nippte an seinem Kummergin. „Wenn du mich fragst, ist Ben auch verrückt geworden", ergänzte er leise.

Ich starrte in die blaue Flüssigkeit meines Cocktails. „Hat Ben, bevor er gegangen ist, irgendetwas zu dir gesagt?", hauchte ich. Die Worte kamen über meine Lippen, ohne dass ich es verhindern konnte. Ich wollte Simeon nicht danach fragen, es passierte einfach.

„Du kennst ihn doch", erwiderte Simeon. „Er redet nie viel – zumindest nicht mit mir." Er seufzte tief und starrte ebenfalls in sein Glas. „Aber nach dem Giftanschlag, als noch nicht sicher war, ob … ob du überleben würdest, dachte ich, er dreht durch. Ich habe ihn noch nie so gesehen, Lee. Deswegen habe ich auch nicht verstanden, warum …" Er brach hilflos ab.

„Schon gut, Simeon. Es gibt nicht immer für alles im Leben eine Erklärung", sagte ich leise.

„Hey", murmelte er. „Keine blauen Sachen heute mehr für dich." Zärtlich schob er meinen Trauercocktail zur Seite und griff etwas unbeholfen nach meiner Hand. „Ich weiß nicht, was in ihn gefahren ist, aber ich bin sicher, er erkennt seinen Fehler und kommt zurück."

Ich ließ es zu, dass Simeon meine Hand drückte, und musste dabei an den schwarzen Ekelstein denken, mit dem Ben vor seiner Abreise gespielt hatte. Wenn Ben jetzt bei Tara war, dann sollte er dort auch bleiben.

Plötzlich verstärkte sich Simeons Druck auf meine Hand. Irritiert blickte ich ihn an. „Hast du das gesehen?", flüsterte er und deutete mit dem Finger auf einen Punkt hinter mir.

Ich drehte mich um und schüttelte den Kopf. „Nein. Was meinst du?"

„Ich glaube, irgendwas stimmt hier nicht." Er sah sich hektisch im Raum um. „Schon seit Tagen fühle ich mich beobachtet. Und eben habe ich einen Schatten gesehen."

Seine Worte machten mich nervös. „Sicher, dass es keiner von deinen eigenen war?"

„Das ist kein Witz", entgegnete er flüsternd. „Ich habe mit Thaya gesprochen. Sie sagt, dass ihr auch schon Schatten in ihrer Nähe aufgefallen sind." Er senkte die Stimme noch weiter. „Ich glaube, wir werden beobachtet."

Meine Wachsamkeitslinien entfachten sich und ich dachte an die Momente, wo ich ebenfalls das Gefühl gehabt hatte, eine fremde Präsenz in meiner Nähe wahrzunehmen. In diesem Augenblick verstummten die feiernden Neuerweckten ein paar Tische weiter und ich drehte mich zu ihnen um. Sie starrten mit offenen Mündern aus dem Fenster, wo Hunderte blauer Lichtpunkte über der Stadt schwebten. Ich hatte so etwas noch nie gesehen.

„Hast du eine Ahnung, was hier passiert?", fragte ich Simeon, während ich beobachtete, wie die violette Trägerin furchtsam unter den Tisch rutschte.

Simeon gab keine Antwort, und als ich mich wieder zu ihm umdrehte, sah ich ihn mit schreckensgeweiteten Augen auf einen blauen Lichtpunkt direkt vor seiner Nase starren. Beinahe zärtlich schlüpfte das Licht in sein Nasenloch und ein grellgrüner Blitz flammte auf. Danach war Simeon verschwunden.

Kapitel 9

„Simeon!“, schrie ich und sprang auf. Fünf weitere blaue Lichtpunkte waren direkt durch die Glasfassade in die fliegende Bar geschwebt und einer davon bewegte sich jetzt schnurstracks auf mich zu. Ich stolperte zurück, doch das blaue Licht kam immer näher, und bevor ich noch etwas dagegen tun konnte, tauchte es in mein Auge. Im nächsten Augenblick spürte ich eine Welle der Traurigkeit über mich rollen, die sich in mich hakte und in einem hellgelben Lichtblitz aus der Bar fortriss.

Der Blitz raste mit mir durch die Nacht und setzte mich einen Herzschlag später in einer fremden Umgebung ab. Neben mir schlängelte sich ein schmaler Fluss in langen Windungen durch die Landschaft und ich atmete zitternd aus, während mir die Reste der elektrischen Spannung wie krabbelnde Ameisen über die Haut liefen. Vorsichtig machte ich ein paar Schritte und blickte mich um. Ich war in einem Wald. Dünne, kahle Baumstämme, die wie riesengroße Zahnstocher in dem mit Blättern bedeckten Waldboden steckten, schimmerten bläulich im Schein des grünen Mondes.

Um mich herum sah ich Lichter in den unterschiedlichen Sinnesfarben aufblitzen und beobachtete, wie Sinnträger ihre Mäntel rafften und aus den grell leuchtenden Lichtblitzen hervorstiegen. Sie waren wie ich hierher transportiert worden. Und sie sahen alle genauso irritiert aus, wie ich mich fühlte.

Was machten wir hier? Warum hatten uns die blauen

Lichtpunkte hergebracht? In einiger Entfernung hörte ich jemanden schluchzen und drehte den Kopf in diese Richtung. Dabei spürte ich, wie etwas nach mir rief und verlangte, dass ich mich auf den Weg machte. Wie von selbst setzten sich meine Beine in Bewegung. Ich musste nicht darüber nachdenken, wohin ich ging, ich folgte einfach dem kraftvollen Sog, der mich wie ein Magnet zu sich zog und mir die Richtung durch den Trauerhain wies.

Vorsichtig zwängte ich mich zwischen den eng stehenden Bäumen hindurch und bemühte mich, das immer lauter werdende Weinen ringsum auszublenden. Zwei Sinnträgerinnen, die ein Stück vor mir gingen, begannen in diesem Moment bitterlich zu schluchzen und aus dem Wald erklangen verzweifelte Schreie. Mit aller Macht versuchte ich, die elementare Traurigkeit, die vom Boden, den Bäumen, der Nachtluft, dem Fluss – von allem hier – ausging zu verdrängen, doch sie war nicht aufzuhalten. Der blaue Sinn war mächtig und ich wusste nicht, ob es meinem Schicksal als Verlassene oder der Magie des Landes zuzuschreiben war, aber ich hatte das Gefühl, keine Luft mehr zu bekommen. Die Tränen kullerten aus meinen Augen wie Wasser, dessen Damm gebrochen worden war. Sie rannen mir in Strömen über die Wangen und so schnell ich sie auch wegwischte, kamen immer wieder neue nach. Während ich den anderen Sinnträger folgte, senkte ich den Kopf und war froh, dass jeder hier mit sich selbst beschäftigt war und keiner meine Schwäche bemerkte.

Denn ich schämte mich.

Ich schämte mich, dass Ben mich verlassen hatte. Ich schämte mich, dass er mich ohne Erklärung stehen gelassen hatte und nichts als Verachtung in seinen Augen zu sehen gewesen war. Ich schämte mich, dass nach alldem noch immer der Wunsch in mir existierte, ihn zu sehen, ihn zu berühren und ihn zu küssen, und ich schämte mich, dass ich jetzt, wo die Sinnträger zu etwas Bedeutsamen gerufen wurden, jetzt wo ich mich fragen sollte, was so wichtig war und was ich hier überhaupt machte, nichts anderes tun konnte, als an ihn zu denken.

Der Schmerz, der tief in meinem Inneren saß, der Schmerz, den ich versucht hatte zu ignorieren, war entfesselt und rannte mich mit voller Wucht um; er machte mich hilflos, er machte mich verletzlich und er machte mich wütend.

Warum war Ben gegangen? Hatte ich etwas falsch gemacht? Und wenn nein, was war dann der Grund? Wenn er sich in Tara verliebt hatte, warum, warum bei allen Sinnträgern hatte er es mir dann nicht einfach ins Gesicht sagen können? War er zu feige dazu gewesen oder hatte er geglaubt, dass es so der leichtere Weg für mich sei? Hatte er gedacht, dass er mir auf diese Art weniger Schmerz zufügen würde?

Nach allem, was wir miteinander durchgestanden hatten, musste es doch eine Erklärung geben, die ich verstehen konnte. Doch so sehr ich darüber nachdachte, so sehr ich mir den Kopf zermalmte, landete ich immer nur vor trüber Verständnislosigkeit und giftiger Eifersucht, die sich in mich fraßen.

Irgendwann verließen wir den Trauerhain und erreichten eine weitläufige Lichtung. Darauf standen große dunkelblaue Findlinge in 88 konzentrischen Kreisen und erinnerten mich in ihrer jeweiligen Anordnung an Stonehenge aus der anderen Welt. Das hier war eine besondere Stätte. Es war kein neuer Ort, es war ein Ort mit Geschichte und ich spürte den Kummer und das Wissen, das hier verborgen lag.

Glücklicherweise begann sich mein Körper, an das Land der Trauer zu gewöhnen, und ich bekam mich wieder unter Kontrolle. Meine Wimpern klebten zwar noch immer zusammen und ich spürte den salzigen Geschmack der geflossenen Tränen auf meinen Lippen, aber wenigstens lief ich hier nicht mehr wie eine hysterische Sinnträgerin herum, die von ihrem Freund sitzen gelassen worden war. Angestrengt schob ich mir die Haare zur Seite und verband sie im Nacken zu einem Knoten.

Obwohl ich noch nie hier gewesen war, wusste ich, welcher Steinkreis mich rief und wohin ich musste. Ich steuerte an mehreren blauen Steinriesen vorbei auf meinen eigenen Kreis zu, der im hinteren Teil der Lichtung lag. Der Mond leuchtete so hell, dass ich die Gesichter der anderen Sinnträger, die sich im Wald mehr oder weniger ihrer Trauer hingegeben hatten, gut erkennen konnte. Doch die Träger waren mir fremd, uns verband nichts. Aber was machten wir hier? Was machte ich hier?

Aus dem Augenwinkel bemerkte ich zwei schwarz gekleidete Gestalten – es waren ein Mann und eine Frau –, die in dieselbe Richtung wie ich marschierten, und mein Herz setzte schlagartig aus. Den Gang des einen Kapuzenträgers erkannte ich sofort und ich konnte auch die Bewegungen der anderen Person zuordnen. Ich hätte die lässig rebellische und zugleich bestimmte Gangart des Mannes überall erkannt. Ich hätte ihn überall erkannt.

Sie waren also zusammen, sagte mir mein Herz und ich wollte ihm nicht zuhören. Ich wollte nicht hören, dass er mich verlassen und gedemütigt hatte, dass er das, was zwischen uns gewesen war, mit Füßen getreten hatte, und dass unsere Beziehung für ihn keinen Wert mehr hatte, da er sich gegen mich und für sie entschieden hatte. Ich wollte das einfach nicht hören.

Ich blieb stehen und schluckte, als sie mich anrempelte. Ich wusste nicht, ob es durch Zufall oder mit Absicht passiert war, aber es war passiert und ich drehte mich automatisch mit einer schnellen Bewegung zu ihr um und sah in ihr zartes Gesicht. Das Gesicht mit den feinen Zügen und dem schwarzen Gesichtsmuster, das ihr Auge sinnlich umspielte, das Gesicht, das er nun liebte.

Sei nicht so melodramatisch, sagte ich zu mir selbst, während ich dachte, dass ich dem Sinn des blauen Landes doch nicht so schnell entkam.

Sie blieb ebenfalls stehen. „Lee“, sagte sie mit rauchiger Stimme und ich hörte die Abscheu, die darin lag.

„Tara“, antwortete ich knapp und ließ meinen Blick auf ihr ruhen, nur um ihn nicht anzusehen.

Ben schob seine schwarze Kapuze nach hinten. Mein Magen sackte in sich zusammen und mein Herz klopfte verräterisch schnell, während ich meine Augen nicht davon abhalten konnte, zu ihm zu wandern. Sein unbewegliches Gesicht lag halb im Schatten und ich setzte alles daran, eine ebenso ausdruckslose Miene zu zeigen. In mir tobten die Gefühle, doch er durfte es nicht sehen. Ich durfte ihm diese Genugtuung nicht geben, obwohl ich nicht den Eindruck hatte, so etwas wie Genugtuung in seinem Gesicht zu erkennen.

Seine Haare trug er zurückgelegt, er hatte sich den Dreitagebart abrasiert und wirkte irgendwie reifer und strenger, doch die zerrissenen Linien seiner Gesichtszeichnung gaben ihm das rebellische Aussehen, das zu ihm gehörte und in das ich mich verliebt hatte.

Seine dunklen Augen sahen mich an. Ich hasste ihn

dafür, dass er so verdammt gut aussah und ich hasste mich dafür, dass ich ihm hier verheult gegenübertrat. Meine einzige Hoffnung war, dass die Dunkelheit der Nacht die Spuren meiner Tränen verbarg und dass das Licht des Mondes sie nicht wieder treulos preisgab.

„Lee“, begrüßte er mich kalt und es klang wie die Stimme eines Fremden. Dennoch wirkte er angespannt und ich fragte mich, was die Macht des blauen Landes mit ihm machte und warum bei allen Sinnträgern es nicht mehr mit ihm machte.

Ein lauter Gong, der nach einem krachenden Wasserfall klang, dröhnte über den Platz und ein blauer Lichtkreis erschien über unseren Köpfen am Nachthimmel. Es musste sich um eine Bekanntmachung handeln.

Sieben lang gezogene Gestalten wurden an den Nachthimmel projiziert. Sie wirkten wie zusammengewürfelt, trugen jedoch alle dieselben hellblauen Gewänder. Sie standen in einer Reihe, ihre Hände hielten sie gefaltet. Zwei der Sinnträger erkannte ich. Da war Mariola, die pummelige Freudeträgerin, die wir kurz nach unserer Erweckung kennengelernt hatten. Neben ihr stand Yolander, mit seinem bleichen Gesicht und den kurzen hellblonden Haaren, der uns in der Grenzstadt begegnet war und uns damals den Zugang zum Orakel ermöglich hatte. Durch einen ersten Kuss hatten wir Zutritt erlangt, schoss es mir durch den Kopf. Durch einen Kuss, der mit Jesper stattgefunden hatte, einen Kuss, der für mich nur Freundschaft ausgedrückt und für Jesper so viel mehr bedeutet hatte. Wie hatte sich Ben damals gefühlt? Hatte er mich damals schon geliebt? Hatte er mich überhaupt jemals geliebt? War es Schicksal, dass ich jetzt diejenige war, die einfach nur zusehen konnte, wie sich der, den ich liebte, einer anderen zuwandte?

„Sinnträger“, begann ein Erstaunensträger im blauen Lichtkreis. Er trug einen schwarzen Vollbart und trat aus der Gruppe hervor. „Wir haben uns hier versammelt, um dem letzten Wunsch der ehrwürdigen Gestalterin der Trauer nachzukommen.“

Ich kniff die Augen zusammen und erkannte, dass die Sinnträger über unseren Köpfen nicht wild zusammengewürfelt worden waren. Jeder von ihnen trug einen anderen Sinn – bis auf den Sinn der Trauer. Es musste sich um den Neuerwecktenkreis von Gestalterin Gemma handeln.

„Gestalterin Gemma“, fuhr eine Wutträgerin mit roten Locken fort, die den Erstaunensträger ablöste, „war nicht nur eine Gestalterin. Sie war eine Weggefährtin und Freundin, sie war so viel mehr, als es das bloße Auge erblicken kann.“ Sie machte eine bedeutungsvolle Pause und ihre rote Gesichtszeichnung, die an kleine verlorene Kieselsteine erinnerte, begann zu glimmen, während sie wieder einen Schritt zurückmachte.

„Ein Land trauert“, hallte die Stimme einer mageren Angstträgerin mit kurz geschorenen schwarzen Haaren über die Lichtung, die nun nach vorne getreten war. „Nicht nur das Land der blauen Trauer, auch das grüne Land des Erstaunens, das weiße Land des Vertrauens, das schwarze Land des Ekels, das orangefarbene Land der Freude, das rote Land der Wut, das gelbe Land der Wachsamkeit und das violette Land der Angst trauern.“ Sie reihte sich wieder zu den anderen.

Ein dicker Ekelträger erhob nun das Wort und trat nach vorne. „Kein Land bleibt an diesen Tagen von der Macht der Trauer verschont, denn wir haben jemanden verloren“, sagte er mit tiefer Stimme. „Eine Sinnträgerin, die uns begleitet hat und die uns in unseren Herzen stets begleiten wird." Er übergab das Wort einer kleinen Wachsamkeitsträgerin.

„Es war ihr stets ein Anliegen, die Kraft der Trauer zu enthüllen und die Vorbehalte gegen diesen Sinn aufzulösen. Um ihrer zu gedenken, führen wir nun die Neuerweckten der letzten Zeit zusammen, so wie auch sie uns immer wieder zusammengeführt hat."

Die Wachsamkeitsträgerin trat zurück und Mariola nahm ihren Platz ein. Sie klang ernst. „Ihr werdet ein Trauerritual im Kreise eurer Neuerweckten abhalten. Es ist ein reinigendes, spirituelles Ritual, das euch nicht nur die Kraft der Trauer, sondern auch die Einigkeit, die Macht der Verbundenheit und den Wert eurer Gemeinschaft zeigen wird. Denn gerade an den Tagen der Trauer bleibt uns nicht viel, außer der Gemeinschaft."

Abermals erklang der Wasserfall-Gong und die pummelige Freudeträgerin schritt in die Reihe ihrer Neuerweckten zurück. Am Nachthimmel flimmerten die sieben Gestalten, die nun synchron die Augen schlossen und den Kopf senkten.

Und dann geschah etwas, das ich nicht erwartet hatte: Sie nahmen sich an den Händen und begannen zu singen. Zuerst summten sie ganz leise, dann schwoll die Melodie an und die magere Angstträgerin erhob ihre Stimme zu einem zerbrechlichen Gesang. Nach und nach setzten auch die anderen ein. Es war ein langsames Lied, das nach leiser Wehmut und stillem Schmerz klang. Die Stimmen der sieben Sinnträger passten nicht zueinander, sie klangen wie ein verstimmtes Instrument – und so schrecklich es war, so wunderschön war es auch. Denn ihre Trauer und ihr Verlust waren unverkennbar und ließen einen blauen Lichtschwall über die Lichtung walzen, der die Tiefe ihrer Gefühle, die Tiefe ihrer Freundschaft erkennen ließ.

„Das klingt fürchterlich“, ätzte Tara neben mir.

Ich lauschte dem Gesang und versuchte, sie zu ignorieren. Das Lied löste etwas in mir aus, es berührte mich in meinem Inneren und ich musste kämpfen, um nicht gleich wieder loszuheulen.

„Wenn das noch lange so geht, muss ich gleich kotzen“, knurrte Tara und ich hätte ihr dafür am liebsten einen Schlag ins Gesicht versetzt.

„Sei bitte leise“, zischte ich, weil ich keine Lust hatte, noch mehr von ihr zu hören.

„Wieso?“, fragte sie und drehte sich zu mir. Ihre Augen funkelten angriffslustig.

„Wieso?“, wiederholte ich ungläubig. „Weil das gerade ein berührender Moment ist.“

„Ach“, sagte sie und lachte boshaft. „Wirst du jetzt etwa gleich heulen? Hast du“, ihr Blick fixierte meine Augen, „heute nicht schon genug geflennt?“

„Tara“, mischte sich Ben ein und sein Ton klang mehr nach einem Befehl als nach einer Bitte. „Lass sie in Ruhe.“

Ich wusste nicht, was mich rasender machte – dass Tara mich beleidigte, oder dass Ben sich einmischte, wie bei einem kleinen Kind, das sich allein nicht wehren konnte. Dachte er etwa, dass ich zu schwach für Tara sei? Dachte er etwa, dass ich ohne ihn hilflos wäre? Meine Finger krallten sich in meinen Oberschenkel. Ich konnte mich allein wehren. Ich konnte mich nur zu gut allein wehren.

„Halt dich da raus“, fauchte ich Ben an.

„Ja, halt dich da raus“, äffte mich Tara nach und ich drehte mich mit einer fließenden Bewegung zu ihr und griff automatisch nach meinem Wächterstab. Nicht weil mir der Stab Halt geben sollte, nicht weil ich sonst hilflos gewesen wäre, sondern einfach nur, weil ich Tara wehtun wollte. Ich wusste, dass ich ihn nicht einsetzen würde, dass ich ihretwegen meine Position als Wächterin nicht gefährden würde, aber der Gedanke, ihr Schmerzen zu bereiten, verschaffte mir für einen klitzekleinen Moment ein Gefühl der Erleichterung.

„Halt einfach die Klappe“, fuhr ich sie scharf an. Es kam aus mir heraus und es fühlte sich verdammt gut an. Tara hatte nicht nur die Reinheit dieses Trauermomentes zerstört, sie hatte auch Ben und mich zerstört.

„Ich soll die Klappe halten?“, wiederholte sie wütend und ihr Körper spannte sich an. Dabei streckte sich ihr Busen nach vorne und das machte mich noch aggressiver. „Willst du mir etwa drohen?“, machte sie weiter und ihre blauen Augen verengten sich zu Schlitzen.

„Tara. Lass es gut sein“, sagte Ben streng, während über unseren Köpfen die sieben Sinnträger wieder zu summen anfingen. Es war noch immer wunderschön, aber ich war mit den Gedanken ganz woanders.

„Halt dich da raus“, schnauzte ich Ben an und machte einen Schritt auf ihn zu, vorbei an Tara. „Das ist eine Sache zwischen der Ekeltussi und mir.“

„Das ist eine Sache zwischen der Ekeltussi und dir?“, wiederholte Ben kalt und sah mich eisig an. „Ist es nicht. Da ist keine Sache zwischen Tara und dir.“

„Stimmt. Da ist ja nur eine Sache zwischen der Ekeltussi und dir“, sagte ich und fühlte den Schmerz, den die gesagten Worte in mir auslösten. Doch ich ließ mir nichts anmerken, ließ mir nicht anmerken, dass ich Taras kurzes Lächeln, das wie zur Bestätigung kam, sah, dass ich Bens verwunderten Ausdruck bemerkte, der mir noch einmal unter die Augen rieb, für wie dumm er mich gehalten haben musste.

Das Lied war zu Ende und blaue, tränenförmige Funken, die im Nachthimmel wie ein Feuerwerk explodierten, fielen ehrerbietig auf uns nieder.

„Geht jetzt und verbindet euch mit euren Neuerweckten. Beginnt das Ritual des gemeinschaftlichen Trauerns und erweist unserer Weggefährtin die letzte Ehre“, sagte Yolander und sein faltenloses Gesicht nickte, bevor die Projektion am Himmel verschwand.

Ich schluckte trocken. Wir sollten uns jetzt mit unseren Neuerweckten verbinden? Wie genau sollte das passieren? Bens Anwesenheit hatte mich derart aus dem Konzept gebracht, dass ich nicht weiter über den Grund, aus dem wir hier waren, nachgedacht hatte. Unsere Aufgabe war es jetzt, mit den anderen sieben Sinnträgern, mit denen wir erweckt worden waren, ein Trauerritual durchzuführen?

Alles in mir widerstrebte dem zutiefst. Ich hatte keine Lust, noch mehr Zeit in Bens Nähe zu verbringen, ich hatte keine Lust, seinem kalten, überheblichen Blick ausgeliefert zu sein und ich hatte verdammt noch mal keine Lust, neben ihm zu trauern.

Doch ich spürte, wie mich der Steinkreis, der für unsere Neuerweckten vorgesehen war, zu sich zog, und ich spürte, dass ich jetzt so viel Abstand wie nur möglich zwischen mich und Ben bringen musste. Ich drehte mich um, ließ Ben und seine Tara einfach stehen und marschierte zu den blauen Findlingen. Ich marschierte nicht nur, ich lief, vorbei an den anderen Sinnträgern, die sich nach und nach in ihre Gruppen einfanden.

Hinter mir hörte ich Schritte, die ebenfalls schneller wurden und plötzlich griff er nach meinem Arm. „Wie meintest du das?“, fragte Ben.

Ich drehte mich um und riss mich los. In seinen dunklen Augen lag etwas, das ich nicht zu deuten wusste, aber ich wusste, was ich zu sagen hatte. „Fass mich nicht an“, zischte ich.

Ben starrte mich noch immer an. „Wie hast du das gemeint? Die Sache zwischen Tara und mir?“, fragte er kalt.

„Genauso wie ich es gesagt habe. Und jetzt lass mich in Ruhe, ich will nichts mehr mit dir zu tun haben“, schnaubte ich und drehte ihm den Rücken zu, um so schnell wie möglich zu verschwinden. Ich wollte einfach nur weg von ihm, und auch wenn ich wusste, dass ich gleich mit ihm an irgendeinem Trauerritual teilnehmen würde, so wollte ich doch keine einzige Sekunde mehr mit ihm allein verbringen.

Als ich den blauen Steinkreis erreichte, standen dort bereits Jaron, Caprice und Edomir zusammen und unterhielten sich.

In dem Moment, in dem ich den Kreis betrat, trat auch Jesper hinter einem Findling hervor. Unser Blick traf sich kurz und ich hielt für einen Moment den Atem an. Seine Augen blitzten voller Wut und ich wusste nicht, ob diese Wut nur mir galt oder dem ganzen Geschehen hier und seinem Unwillen, bei einer Trauerzeremonie anwesend zu sein.

Jesper hatte sich seit unserer letzten Begegnung kaum verändert. Seine Haare schimmerten im Licht des Mondes blau-schwarz und in seiner Beschützeruniform wirkte er so selbstbewusst und stark wie immer. Ich war froh, als er von Thaya in ein Gespräch verwickelt wurde, denn von unschönen Begegnungen hatte ich heute schon genug.

„Hey, lange nicht gesehen“, begrüßte mich Simeon, der hinter mir aufgetaucht war. Von der Wirkung des rosafarbenen Elixiers war nichts mehr zu erkennen. Simeon legte seine Hand auf meinen Arm und sah mich intensiv an. „Alles okay?“, fragte er leise. „Ich meine, jetzt, wo du ihm wieder begegnen wirst …“

Ich nickte nur stumm, da ich nicht Gefahr laufen wollte, schon wieder in Tränen auszubrechen und war erleichtert, als Jaron auf uns zukam.

„Hallo Lee und Simeon“, sagte er und seine Gesichtszeichnung glomm orangefarben auf. „Schön, euch so schnell wiederzusehen.“

„Es ist doch immer schön, mich zu sehen“, feixte Simeon, ließ mich dabei aber nicht aus den Augen.

Ich konnte den Eindruck nicht abschütteln, dass er sich ernsthaft Sorgen machte, also lächelte ich und versuchte, wieder die Kontrolle über mich zu erlangen. „Jaron, das finde ich auch – selbst wenn das hier nicht der fröhlichste Anlass ist.“

Jaron nickte. „Es gibt bessere.“

Simeon legte Jaron und mir vertrauensvoll den Arm um die Schultern. „Ach, wir lassen uns von der ganzen Trauer hier die Stimmung nicht vermiesen, oder?“

In diesem Moment trat Ben in den Kreis und ich bemühte mich, ihn nicht anzusehen. Ich sah nur einen roten Schimmer auf dem Boden aufblitzen und wusste, dass Jesper über Bens Anwesenheit genauso erfreut sein musste wie ich.

Der Wasserfall-Gong ertönte noch einmal und die haushohen Findlinge neigten sich einander immer weiter zu, bis sie sich über uns schlossen.

Plötzlich waren wir nicht mehr auf der weitläufigen Lichtung, auf der wir uns gerade noch befunden hatten, sondern in einem schmucklosen Raum aus glattem grauem Stein. Es gab keine wirkliche Einrichtung und in der Mitte brannte ein blaues Lagerfeuer, das zuckende Schatten auf die glatten Wände warf. Rund um das Feuer lagen acht große hellblaue Sitzpolster, sonst war das Zimmer vollkommen leer. Wenn man von den acht Sinnträgern absah, von denen die wenigsten augenscheinlich Lust verspürten, hier zu sein.

Thaya erhob die Stimme, klang dabei aber sehr zurückhaltend.

„Ich habe es selbst noch nicht miterlebt, aber ich habe von dem Ritual des gemeinschaftlichen Trauerns gehört. Bei dem Ritual wird jeder von uns eine schmerzhafte Erinnerung preisgeben, eine Erinnerung, die ihn trauern und das Seelenleid erfahren lässt. Normalerweise wäre das eine Erinnerung an die Verblichene, aber da ich wahrscheinlich die Einzige bin, die Gestalterin Gemma nahestand, werden es bei euch andere Erinnerungen sein. Durch das gemeinschaftliche Erfahren schaffen wir so eine neue Art der Verbundenheit."

„Das mache ich nicht", zischte Jesper. Sein Kiefer spannte sich an und seine Zeichnung in Form dreier Blitze glomm rot auf. „Damit verschwende ich nicht meine Zeit."

„Ich denke, du hast keine Wahl", entgegnete Edomir und ließ sich auf einem der Sitzpolster nieder. Er verschränkte die Beine und es war deutlich, dass er seit der Neuerweckung an Selbstvertrauen gewonnen hatte. Er war nicht mehr der rothaarige Angstträger, der vorsichtig durch die Gegend schlich und vor Jespers Launen erzitterte. Inzwischen ließ er sich zum Templer ausbilden, eine Aufgabe, die ein beträchtliches Maß an Verantwortung erforderte. Unter seinen Fingernägeln sah ich die Reste eines blauen Pulvers, ein deutliches Zeichen, dass die Ausbildung bei Casimir kein Zuckerschlecken war. Dennoch musste sich Edomir behauptet haben.

Caprice nickte. „Siehst du hier irgendeine Tür, Jesper?“, fragte sie bestimmt und schob sich eine weiße Haarsträhne zur Seite, bevor sie den Kopf schüttelte. „Eben. Also werden wir diesen Raum erst verlassen können, wenn wir das Ritual beendet haben.“

„Dann bringen wir es schnell hinter uns“, knurrte Ben und verschränkte die Arme hinter seinem Rücken. Ich versuchte, ihn so gut es ging zu ignorieren, aber der Gedanke, dass er so schnell wie nur möglich von mir wieder weg wollte, versetzte mir doch einen Stich.

„Leute, das wird sicher spannend“, erklärte Simeon und klatschte in die Hände, doch als er meinen Blick sah, ließ er sie wieder sinken.

„Aber an die Hände nehme ich niemanden“, grollte Jesper und seine stahlblauen Augen wichen meinen aus.

Ich nahm zwischen Simeon und Thaya Platz. Das hellblaue Kissen fühlte sich weich und gemütlich an, aber mein Herz raste. Was würde das Ritual des gemeinschaftlichen Trauerns preisgeben? Was wäre, wenn meine Erinnerung von dem letzten Abend mit Ben auftauchen würde? Was wäre, wenn die Tage danach erscheinen würden? Bei dem Gedanken drehte sich mir der Magen um. Ich wollte nicht, dass dieses Stück von mir, dass dieses Gefühl, das ich seitdem in mir trug, von den anderen gesehen wurde. Ich wollte nicht, dass Ben sah, wie sehr er mich verletzt hatte. Ich wollte nicht vor allen bloßgestellt werden.

Fieberhaft überlegte ich, ob es noch einen anderen Weg aus diesem Raum gab. Die Wände waren ebenmäßig, kein Spalt war zu sehen, der auf eine Geheimtür schließen ließ. Die Decke war ebenso unscheinbar wie die Wände und ich empfand eine verzweifelte Hoffnungslosigkeit, als ich meine Beine verschränkte und wusste, dass ich dem hier nicht entkommen konnte.

Als alle saßen, begann das blaue Feuer zu knistern. Es schwoll an, bis es beinahe die Decke erreichte. In den Flammen erschien Gemmas blasses Gesicht, das von ihren weißen Haaren umrundet wurde. Ihre schwarzblauen Augen, deren Schwermut sie wie schwarze Steine schimmern ließ, starrten mich an, und so wie Jaron kurz zusammenzuckte, mussten sie jeden von uns so fixieren.

„Kreis der acht Neuerweckten", begann sie mit melancholischer Stimme. „Ihr habt nun zusammengefunden. Es ist ungewiss, wie sehr ihr verbunden seid, aber die wenigsten von uns finden zueinander, denn der Alltag gelangt dazwischen. Doch ist das Band, das zwischen den Neuerweckten liegt, ein zartes und ein kräftiges zugleich und es ist da, auch wenn ihr es nicht sehen könnt. Es liegt in eurer Hand, das Band zu stärken, es zu nutzen. Denn der Kreis der acht Neuerweckten wurde nicht achtlos gewählt.

Meine sieben Neuerweckten wurden zu einem wichtigen Bestandteil meines Lebens und ich würde sie nicht missen wollen. Und auch wenn ich jetzt nicht mehr unter euch weilen sollte, so ist dies das Vermächtnis, das ich weitergebe. Denn aus Neuerweckten werden Weggefährten, und aus Weggefährten werden Freunde.

Vereint eure Tränen, vereint eure Kräfte und trauert gemeinsam. Denn das gemeinschaftliche Trauern ist ein reinigender Prozess, es ist ein Prozess der Hingabe und der Vereinigung und es wird das Band, das sich gedehnt oder aufgelöst hat, wieder festigen. Verbindet euch, eure Tränen werden euch zueinander führen", sagte sie, während ich mir nur wünschte, nicht hier zu sein.

„Die Schale der Tränen wird euch erscheinen und

nacheinander werdet ihr euren Schmerz fließen lassen. Lasst eure Trauer frei, reißt die Mauern nieder, jeder Moment der Traurigkeit, egal wie klein, kann euch verbinden. Je mehr ihr zulasst, desto mehr werdet ihr erhalten. Haltet nichts zurück und ihr werdet sehen, wie schnell ihr zueinanderfindet."

Gemmas blasses Gesicht wurde von den züngelnden Flammen verschluckt, stattdessen erschien eine dunkelblau funkelnde Glasschale, die wie eine geschwungene Träne aussah und vom Feuer getragen wurde.

Jaron griff danach, wahrscheinlich nur, weil er in die blauen Flammen fassen wollte. „Wer möchte zuerst?", fragte der pummelige Träger und hielt die Schale hoch. Während er sich hinsetzte, lächelte er, doch das Lächeln war bald verschwunden. Denn allein die Berührung reichte, dass ein kräftiger Ruck durch ihn hindurchging und er die Augen schloss. Wie in Trance legte er die Schale in seinen breiten Schoß und umklammerte ihren Rand mit den Händen.

Die Flammen zuckten in die Höhe und ein lautes Zischen ertönte. Im blauen Feuer erschien eine blasse Projektion, in der ich eine Erinnerung von Jaron erkannte, die ihn zeigte, wie er in einem prunkvollen Raum saß und an einer Skulptur aus Sandstein arbeitete. Die Statue war groß und wunderschön und ich glaubte, eine Ähnlichkeit mit Thaya ausmachen zu können. Er meißelte leidenschaftlich an ihrer Nase herum, als er einen Schlag zu kräftig ausführte und ihr Gesicht zerstörte. Jaron raufte sich die braunen Haare, rief etwas, das wir nicht hören konnten, und während ihm die Verzweiflung ins Gesicht geschrieben stand, lief dem Jaron in unserem Kreis eine dunkelblaue Träne über die Wange, die von der Schale aufgefangen wurde.

Der Freudeträger öffnete die Augen und reichte die Tränenschale bedächtig an Caprice weiter.

Auch Caprice fiel unmittelbar in eine Art Trance. Abermals zuckten die blauen Flammen in die Höhe und ein lautes Zischen erklang. Die blasse Projektion im Herzen des Feuers zeigte Caprice im Weißen Sanatorium. Sie war mit einem Mann zusammen, der in einer Art Schaukelstuhl saß und seinen Körper hin und her wippte. Das Gesicht der Vertrauensträgerin wirkte ungewohnt sanft, geradezu fürsorglich. Sie unterhielten sich und das, was er zu ihr sagte und was wir durch das Knistern des Feuers nicht hörten, ließ sie aufstehen und aus dem Zimmer rennen. Sie machte erst Halt, als sie einen leeren weißen Gang erreichte – dann legte sie ihr Gesicht in die Hände und weinte bitterlich.

Kaum hatten wir die Szene gesehen, erlosch die Erinnerung und die blauen Flammen beruhigten sich.

Als Nächstes war Jesper an der Reihe, der nur widerwillig die Schale an sich nahm.

In Jespers Erinnerung tauchten wir in eine Versammlung ein, an der wichtige Würdenträger teilnahmen. Jesper war einer unter achtzehn Beschützern, die in einem großen dunkelroten Saal auf eine Verkündigung warteten. Man konnte die Anspannung auf Jespers Gesicht sehen und es schien um eine Art Orden zu gehen, der verliehen wurde. Als ein stämmiger Beschützer, der auf einem Podest stand, von einer Pergamentrolle einen Namen vorlas, machte sich tiefe Enttäuschung in Jespers Gesicht breit und wir sahen, wie er gesenkten Hauptes den Saal verließ. Kaum war er vor die Tür getreten, knickten ihm die Beine weg und er fiel zu Boden.

Als sich die Träne des echten Jespers in der blauen Schale fing und er die Augen aufschlug, sah ich in seinem

Gesicht, wie sehr es ihm missfiel, diese Erinnerungen mit uns geteilt zu haben. Mit einer wütenden Bewegung hielt er Edomir die Tränenschale hin.

Die blauen Flammen zuckten in die Höhe und gaben in ihrem Herzen den Blick auf einen Edomir frei, der eine dunkle Treppe hinauflief, durch verwinkelte Gänge hindurch, bis er eine kleine Kammer erreichte. Vorsichtig schloss er die Tür hinter sich. Das Zimmer war einfach eingerichtet, es hatte ein Bett, einen Schrank, einen kleinen Tisch und einen Spiegel – wahrscheinlich handelte es sich um seine Unterkunft. Bücher stapelten sich auf einem Holztisch und Edomir schien sehr müde zu sein, doch er zwang sich, am Tisch Platz zu nehmen und immer weiter zu lesen. Erschöpft schenkte er sich etwas zu trinken ein, und als er das Glas an seine Lippen führte, betrachtete er für einen Moment sein Spiegelbild und schien, kurz zu erstarren.

Eine dunkelblaue Träne rollte über seine Wange und fing sich in der Schale. Vorsichtig gab Edomir die Schale an Simeon weiter.

Die Flammen zuckten in die Höhe und zischten und ich erkannte Simeon, wie er in einem mit Büchern vollgestellten Raum auf einer Art Bücherbett saß. Er öffnete gerade ein rotes Buch, aus dem ihm unzählige bunte Origamikraniche entgegenflogen. Sofort erkannte ich das Versteck, in dem er sich nach dem Überfall der Totaa und seinem vorgetäuschten Tod in der Sackgasse verkrochen hatte. Simeons Bewegungen im Feuer waren langsam, aber das lag nicht an der Erinnerung, das lag an ihm selbst. Er rieb sich die Augen, schloss das Buch, legte sich nieder und zog seine Beine fest an sich heran. Er schien zu weinen und ich schluckte.

Simeon hatte schon damals bereut, was er getan hatte,

fuhr es mir durch den Kopf. Er hatte gewusst, dass es falsch gewesen war, und er hatte getrauert.

Zum ersten Mal empfand ich tiefes Mitgefühl für den Magiebegabten, der sich in der Situation nicht anders zu helfen gewusst hatte, den seine eigene Angst dazu getrieben hatte, uns vorzuschieben, und ich merkte, dass es ihm nicht so leichtgefallen war, wie ich immer gedacht hatte.

Ich blickte auf den Magiebegabten, der starr auf seinem Sitzpolster saß und die Trauerschale fest umklammerte und ich empfand tiefstes Verständnis und Freundschaft für ihn. Eine dunkelblaue Träne kullerte über Simeons Gesicht und landete in der Schale. Er reichte die Schale an mich weiter und ich sah die Scham, die in seinem Gesicht lag und mich direkt in meine eigene Erinnerung führte.

Ich war wieder dort.

Ich war wieder in der Sackgasse, ich stand wieder über Simeon gebeugt und sah, wie die weiße Farbe zuerst seinen Arm einhüllte und sich dann seines Körpers bemächtigte. Ich fühlte, wie ich versuchte, ihm zu helfen und ich fühlte die Hilflosigkeit, nichts tun zu können. Ich hatte sein schmerzverzerrtes Gesicht vor mir, ich sah, wie er hochschreckte und sich ein friedlicher Ausdruck über sein Gesicht legte, als er die Augen schloss und in sich zusammensackte. Und obwohl ich wusste, dass es nur eine Erinnerung war, obwohl ich wusste, dass Simeon jetzt neben mir saß und dass er nicht gestorben war, fühlte ich die Trauer von damals in mir hochsteigen. Ich fühlte den Verlust, den ich damals empfunden hatte, und ich fühlte, wie dieser Seelenschmerz tief in mir lag.

Ich war froh, als ich die Augen öffnen konnte und eine sechste Träne in der Schale vorfand, die ich an Thaya weiterreichte. Als sie die Tränenschale berührte, zuckten die blauen Flammen zischend in die Höhe und ihre Erinnerung erschien.

Thaya war in einem Gewächshaus, dessen exotische Pflanzen wild und üppig wucherten und mich an den Dschungelwald meines Hauses erinnerten. Die Bäume und Gewächse hier waren von bunter Farbenpracht und Thaya spazierte durch das sonnenüberflutete Gebäude mit einer vollkommenen Anmut. Sie strich über die breiten Blätter von großen Bäumen, bückte sich, um die Blüten einiger weißer Blumen zu berühren und ließ einen gelben Strauch schneller wachsen. Bunte Blütenblätter flogen wie Schmetterlinge durch das Gewächshaus. Thayas Gesicht wirkte mit der Zeit irgendwie verändert, der sanfte Ausdruck aus ihren Augen war verschwunden, und als eine der schwarzen Lianen nach ihr schnappte, zuckte sie zurück. Ihre sonst so weiche Gesichtszüge verhärteten sich, als würden sie jemand anderem gehören.

Die echte Thaya wachte aus ihrer Trance auf und ich hatte ein seltsames Gefühl, als ich sie ansah.

Nun war Ben an der Reihe und mein Puls raste wie verrückt. Die blauen Flammen zischten und blassblau zeigte sich eine von Bens Erinnerungen in unserem Garten. Ich spürte, wie ich unwillkürlich den Atem anhielt. Es war Nacht und er trat gerade aus dem Dschungel hervor und sah in Richtung unseres Schlafzimmers. Sein Blick war voller Trauer und ich wollte mehr sehen, ich wollte mehr verstehen, doch seine Projektion war bereits zu Ende, es war die kürzeste Erinnerung von allen gewesen.

Ben öffnete die Augen und schmiss die Schale in das blaue Feuer zurück. Die Flammen zischten in die Höhe und das blasse Gesicht von Gemma erschien uns noch einmal.

„Kreis der Neuerweckten, ihr habt das Ritual zu Ende geführt. Nehmt die Erinnerungen der anderen als Geschenk und achtete ihre Vertraulichkeit. Denn nichts vereint so sehr, wie den Moment der Krise zu teilen. Ich wünsche euch jene Verbundenheit, die auch mein Neuerwecktenkreis erlangt hat – und die Weisheit, die Trauer von nun an zu nutzen zu wissen.“

Ihr Antlitz wurde von den Flammen verschluckt und das Feuer erlosch. Das Ritual des gemeinschaftlichen Trauerns war zu Ende und wir fanden uns auf der weitläufigen Lichtung wieder, auf der wir uns zusammengefunden hatten.

Die blauen Steinriesen standen ehrerbietig neben uns und nacheinander richteten auch wir uns auf. Es war ein seltsames Gefühl, durch das Trauerritual zu einer solchen Intimität gezwungen worden zu sein.

Jesper und Ben drehten sich sofort um und verließen den Steinkreis in verschiedenen Richtungen.

Ich versuchte, die Bilder, die das Ritual in meinen Kopf festgesetzt hatte, zu verarbeiten. Hatte Ben im Dschungel den Entschluss gefasst, mich zu verlassen? Und wenn es ihn derart traurig machte, warum hatte er es dann getan? Hatte er sich etwa in unserem Dschungelwald mit Tara getroffen? War das der Grund, warum er mich verschmäht hatte?

Ich bemühte mich, nicht weiter darüber nachzudenken, und atmete die Nachtluft tief in meine Lungen ein. Am Ende der Lichtung konnte ich ein Reiseportal entdecken. Eine unnatürliche Stille hatte sich über uns verbliebene sechs Sinnträger gesenkt, jeder schien bei sich und in Gedanken versunken zu sein, und ohne noch viele Worte zu wechseln, löste sich die Gruppe auf. Schneller als sie zusammengefunden hatte.

Kapitel 10

Die Erinnerungen des Rituals ließen mich auch in den folgenden Tagen nicht los. Ich war erleichtert, dass Simeons eigene Erinnerung meine Trauer in der Sackgasse hervorgerufen hatte und nicht eine demütigende Szene mit Ben. Ich war froh, mir keine Blöße gegeben zu haben. Doch was dachten nun die anderen von mir? Immerhin war Simeon in meiner Erinnerung direkt vor mir gestorben, das musste doch einige Fragen aufwerfen. Genauso wie die Erinnerungen der anderen Fragen bei mir aufwarfen und meinen natürlichen Wächterinstinkt aktivierten.

Was war mit Thaya in diesem Gewächshaus passiert und warum hatte ich nun den Eindruck, sie nicht wirklich zu kennen? Welchen Orden hatte Jesper nicht erhalten? War Jaron tatsächlich noch in Thaya verliebt? Welche Beziehung verband Caprice und den Mann im Weißen Sanatorium? Und was hatte Edomir in seinem Spiegelbild gesehen, das ihn derart erstarren ließ? Hatte ich Scham in seinen Augen gesehen?

Die Gedanken an Ben schob ich zur Seite. Sein Blick, den er in Richtung des Schlafzimmers geworfen hatte, hatte sich in mir festgesetzt, doch jedes Mal, wenn ich daran dachte, versuchte ich, mich abzulenken und an etwas anderes zu denken. Ich wollte Ben nicht die Aufmerksamkeit geben, denn er verdiente sie nicht. Ich musste endlich einsehen, dass es vorbei war. Es war aus – und daran änderten auch meine Gedanken nichts.

Es freute mich, als mich Marcus zu einem neuen Auftrag abholte. Die Ablenkung tat mir gut und ich hatte das Bedürfnis, Quirin zu zeigen, dass ich den Fall lösen konnte, dass ich besser war, als er mir zugestand.

Leider erwies sich die Analyse des gefundenen weißen Haares als äußerst schwierig. Das Team, das sich mit der Auswertung von Beweismaterial beschäftigte, war zu der Erkenntnis gelangt, dass es in seiner Struktur außergewöhnlich und unfassbar alt war. So alt, dass der Träger eigentlich bereits tot sein müsste. Sie kamen zu dem Schluss, dass es magisch verändert worden war und sich deswegen nicht mehr Ergebnisse erbringen ließen.

„Das ist frustrierend“, sagte ich, als wir die Abteilung im Wachsamkeitsministerium verließen.

Marcus nickte. „Ich muss dir recht geben“, erwiderte er. „Wir haben weder etwas über die Totaa herausfinden noch die Diebstähle aufklären können. Unsere Erfolgsrate ist aktuell etwas bescheiden.“

„Mir würde dafür noch ein anderes Wort einfallen“, erklärte ich.

Dieser Teil des Ministeriums bestand hauptsächlich aus gläsernen Gängen, die sich verwirrend in alle Richtungen verzweigten. Sie kreuzten sich, um sich kurz darauf wieder zu teilen und es gab unendlich viele Treppen. Die Wächter, die uns entgegenkamen, wirkten alle sehr beschäftigt, fast als wären sie gerade auf einer Mission.

„Wie geht es Morris?“, fragte ich. „Wie geht er mit seiner Blindheit um?“

Schwermut kehrte in Marcus Augen ein. „Dass er sein Augenlicht verloren hat, macht ihm sehr zu schaffen. Die Heiler meinen, dass die Blendgranate den Sehnerv unwiederbringlich geschädigt hat und dass selbst Magie hier nichts mehr ausrichten kann. Morris verlässt aktuell seinen Wohnsitz in der hellhörigen Stadt nicht mehr und hat beschlossen, aus dem aktiven Dienst auszutreten."

Wir folgten einer Treppe nach oben. „Er hat was beschlossen?", wiederholte ich irritiert. „Was ist denn mit seinem Vertrauen passiert?" Ich konnte mir nicht vorstellen, dass Morris, der Morris, der immer voller Zuversicht in die Zukunft geblickt hatte, eine derart radikale Entscheidung getroffen hatte.

„Lee, du müsstest Morris sehen. Er ist anders. Er hat sich verändert. Ich spüre meinen Sinn sehr stark bei ihm, er ist in eine Art Depression gefallen. Er sieht den Sinn nicht mehr."

„Er vertraut nicht mehr?"

Marcus nickte. „Ich habe so etwas schon einmal im Land der Trauer gesehen. Leute, die sich in einer derartigen Hoffnungslosigkeit befinden, dass sie sich selbst nicht mehr sehen, dass sie das Gefühl haben, ihren Sinn, den Sinn ihres Lebens zu verlieren. Ich besuche ihn regelmäßig und wäre ihm gerne eine größere Hilfe. Leider ist es nur so, dass dir in einer solch tief sitzenden Krise nur einer wirklich helfen kann – nämlich du selbst."

Wir hatten ein Becken erreicht, das mit Wasser gefüllt war. „Wollen wir?", fragte Marcus und reichte mir die Hand.

„Wo findet denn die Sitzung der Macht der Acht statt?", fragte ich.

„Diesmal im Wutministerium. Nachdem Morris seinen Dienst quittiert hatte, hat Quirin mich gefragt, ob ich die Bewachung der Ratsversammlungen leiten möchte. Ich hoffe, es ist okay, dass ich dich für die erste Sitzung verlangt habe."

„Klar", sagte ich. „Ich werde mich danach sowieso nicht mehr daran erinnern können. Aber manchmal ist das vielleicht gar nicht so schlecht."

„Wie meinst du das?", fragte der schöne Trauerträger, als wir ins Becken stiegen.

Selbstverständlich waren für ihn Erinnerungen etwas anderes als für mich. Für ihn waren es wahrscheinlich wertvolle Schätze, während ich meine Erinnerungen mit Ben am Liebsten ausradiert hätte.

„Das war nur ein Scherz, Marcus", sagte ich schnell und tauchte in das kühle Nass, das uns davontrug.

Die Wasserreise beförderte uns direkt ins Wutministerium. Wir stiegen aus einem von Lavasteinen eingefassten Becken in einen schmucklosen, kargen Raum ohne Fenster. Der einzige Weg nach draußen führte durch eine schlichte rote Tür.

Marcus reichte mir einen dünnen schwarzen Kreidestift. „Es ist wie beim letzten Mal, Lee. Die Signalkreide können wir im Notfall betätigen – einfach knicken – und dann werden die Wächter alarmiert. Alles, was wir während der Versammlung hören, wird den Raum nicht verlassen. Zumindest nicht mit uns – unsere Erinnerungen an das Gesagte werden gelöscht sein."

„Zumindest das weiß ich noch", sagte ich und dachte an meine letzte Sitzung der Macht der Acht. Ich war gerade in der Grenzstadt gewesen, in einem Gasthaus mit Jesper, Nihan und Ben – und ich wartete auf den Kontaktmann, der uns zum Orakel führen sollte. Damals hatte mich Morris überrumpelt und gemeinsam mit Marcus zur Sitzung der Macht der Acht mitgenommen. Bei dem Gedanken an Morris musste ich kurz schlucken. Dann straffte ich die Schultern.

„Wollen wir?", fragte Marcus und lächelte mich sanft an.

„Ja, wir wollen“, erwiderte ich und er öffnete die Tür.

Dahinter erwartete uns tiefste Finsternis.

Ich blinzelte, als wir über die Schwelle schritten, aber die Dunkelheit ließ sich nicht durchdringen. Erst, als die rote Tür hinter uns ins Schloss fiel, wurde es ringsum hell und ich erkannte, an welchem Ort die Sitzung stattfinden sollte.

Wir standen auf einem weitläufigen Sandplatz vor einer breiten Treppe, die über 343 Stufen zu einem roten Gebäude führte, das mich an einen buddhistischen Tempel erinnerte. Die Spitzen der geschwungenen Dachflächen zeigten zum Himmel und dunkelrote Säulen zierten das goldene doppelflügelige Eingangstor, das von zwei Statuen aus Rotbronze flankiert wurde. Die beiden Figuren saßen mit verschränkten Beinen da und wirkten, als würden sie meditieren; doch ihre Gesichter zeigten keinen Zustand der vollkommenen Gelassenheit, sondern eine unbändige Wut.

Am Fußende der Treppe, ein paar Meter von uns entfernt, stand ein riesiger Gong, befestigt an einem Holzbalken, dessen flache polierte Scheibe im Tageslicht glänzte. Ohne dass jemand den Gong betätigt hatte, hallte ein vibrierender Klang über den Sandplatz und eine mannshohe rote Lichtflamme blitzte vor den Stufen des Tempels auf, aus der nach und nach die sieben Gestalter stiegen. Als sie die lange Treppe sahen, die nach oben führte, wirkten einige irritiert.

„Warum wurden wir nicht gleich in den Tempel hinauf teleportiert?“, fragte Philomena und fächelte sich selbst etwas Luft zu. „Dieser Aufstieg wird meinem Teint nicht bekommen.“

„Wahrscheinlich ist es ein Akt der Demut, passend

zum Tempel. Wirklich erstaunlich“, meinte Coel und legte den Kopf in den Nacken. Seine grüne Zeichnung glomm auf. „Gestalterin Sinja, ich hätte nicht gedacht, dass Ihr einen Tempel für unsere heutige Sitzung auswählen würdet.“

„Wieso nicht?“, fragte Sinja und stieg auf die erste Stufe. Es war seltsam, nur wenige Schritte von ihr entfernt zu stehen. Sie bedachte mich mit einem kurzen Nicken und ich fühlte mich hilflos, weil ich nichts gegen sie in der Hand hatte. Dabei wusste ich, dass mich meine Vision nicht getäuscht hatte, ich fühlte einfach, dass Sinja die Drahtzieherin der Totaa war – aber ich konnte nichts beweisen.

„Der Sinn der Wut lehrt uns wie kein anderer, Ruhe zu bewahren“, erklärte sie kühl. „Gerade für den impulsiven Geist ist es eine absolute Notwendigkeit, sich unter Kontrolle zu halten und die Energie seines Sinns zu nutzen zu wissen. Meditation ist eine sehr alte Kunst, die im Land der Wut von jeher respektiert und von den Mönchen des Jähzorns von Generation zu Generation weitergegeben wird.“ Sinja trug eine rote Kutte, darunter blitzte eine einfache weiße Tunika hervor. „Folgt mir“, bat sie die übrigen Gestalter und schritt die Treppe hinauf. Joost schloss sich ihr sofort an und seine weiße Gesichtszeichnung leuchtete auf, danach schritten Arkadius, Quirin, Coel und Panica hinauf. Wir bildeten hinter Philomena das Schlusslicht.

Wenig später öffnete Sinja das goldene Eingangstor mit einer einfachen Handbewegung, und als Marcus und ich hinter den anderen den hellen, freundlichen Meditationsraum betreten hatten, schloss sich die Tür leise hinter uns. Marcus und ich postierten uns neben dem Eingang.

Der Raum war vollkommen weiß. Sinja ließ sich als Erste elegant auf den Boden nieder. Einige der andere Gestalter sahen dies als Aufforderung und taten es ihr gleich.

„Wir sollen auf dem Boden sitzen?“, schnaufte Philomena, die mit den Händen auf den Knien aufgestützt nach Luft rang. „Das ist äußerst …“

„Puristisch?“, fragte Joost, raffte seine weiße Kutte und setzte sich.

„Unbequem“, vollendete Philomena ihren Satz und strich sich über ihr orangefarbenes bodenlanges Kleid, das golden bestickt war und ihr üppiges Dekolleté preisgab.

„Ich habe diesen Ort gewählt“, sagte Sinja und fixierte Philomena mit ihren glasblauen Augen strafend, „weil es unsere Pflicht als Gestalter ist, nicht nur diese Welt zu führen, sondern auch als Vorbild zu fungieren. Es hat einen Grund, warum das Land der Wut den heutigen Vorsitz innehat: Die Wut lehrt uns Demut vor unseren Gefühlen und Demut ist etwas, dass wir in den heutigen Tagen gut gebrauchen können.“

Philomena ließ sich wortlos nieder und ich musste an den Bau des Museums denken. Eines wurde mir klar: Sinja war eine Idealistin. Sie war niemand, der sich leiten ließ. Sie leitete. Sie hatte konkrete Vorstellungen und Ziele, was die Sinnliche Welt betraf. Aber warum wollte sie die Vernichtung der Menschverbundenen? Was genau war ihr tief sitzendes Motiv dahinter? Könnte mir das vielleicht weiterhelfen? Mir wurde bewusst, dass ich viel zu wenig über Sinja wusste.

„Unser erster und wichtigster Tagespunkt: die Suche nach den Totaa. Bislang haben wir keine Spur, wo sich die Anhänger Ruwens aufhalten und welchen Plan sie verfolgen. Mir wurde von etlichen kleineren Anschlägen gegen Menschverbundene berichtet, bei denen wir uns jedoch nicht sicher sein können, dass sie von den Totaa verübt wurden. Fakt ist, dass wir auf der Hut sein müssen." Sie räusperte sich. „Gestalter Quirin, gehe ich recht in der Annahme, dass Eure Nachforschungen und die Erkundung des Erdlabyrinths erfolglos verlaufen sind?"

Ich schluckte. Nicht nur, dass Sinja in ihrer Rolle brillierte, auch wischte sie mir noch eins aus, indem sie Quirin unter Druck setzte. Sie musste sich sehr sicher fühlen, so wie sie es sagte.

„Die Totaa haben sämtliche Beweise zerstört und wir haben drei Leute bei der Sicherung der Höhle verloren, Gestalterin Sinja. Ihr geht also recht in der Annahme, dass wir keine positiven Ergebnisse erhalten haben", entgegnete er und zog seine kräftigen Augenbrauen missbilligend zusammen. „Wir wissen jedoch, dass die Totaa den Auserwählten ins Visier genommen haben, da vor Kurzem ein Anschlag auf ihn verübt wurde. Seither steht er unter unserer Beobachtung – sollten die Totaa sich ihm nähern, werden wir unsere Chance zu nutzen wissen."

Quirin hatte uns, seit er hier eingetroffen war, keines Blickes gewürdigt und ich versuchte, mir nichts von meiner Verachtung anmerken zu lassen. Immerhin stellte er sich bei Sinja vor uns und schob die Erfolglosigkeit der bisherigen Missionen nicht zwei unfähigen Wächtern zu – auch wenn ich annahm, dass er dies nur tat, um sich selbst keine Blöße zu geben. Er war der Minister der Wachsamkeit und ein Mann, der seiner eigenen Person am nächsten stand.

„Ich hatte gehofft, dass es mit Ruwen vorbei ist", meldete sich Panica zu Wort und strich sich nervös die dunklen Locken aus dem Gesicht.

„Es müssen doch viele Totaa gewesen sein, wenn man die Berichte liest. Wie konnten die so schnell verschwinden? Wie konnte Ruwen Euch täuschen?“, brummte Arkadius und bedachte Sinja und Quirin mit einem finsteren Blick – es war nicht genau ersichtlich, wen von beiden er ansprach.

„Ruwen hat die alte Kunst der Sandmalerei dazu benutzt, um die Gedanken und Gefühle seiner Feinde zu verändern“, sagte Sinja dreist. Am liebsten hätte ich ihnen allen die Wahrheit gesagt, aber die Wahrheit war wertlos, wenn sie nicht bewiesen werden konnte.

„Außerdem“, fuhr die Gestalterin der Wut unberührt fort, „liegt die Vermutung nahe, dass Ruwen Verbindungen zu mächtigen Sinnträgern hatte. Sinnträgern, die seinem radikalen Gedankengut positiv gesonnen waren und sind. Ruwen war mächtiger als wir dachten und er wird sich seine Verbündeten gesucht haben.“

„Erhebt Ihr etwa auch Anschuldigungen gegen die Macht der Acht?“, fragte Joost und rieb sich andächtig das Kinn.

„Zum jetzigen Zeitpunkt wissen wir zu wenig. Ich möchte nichts ausschließen, aber auch keine Beschuldigungen vornehmen.“

„Ihr glaubt, dass einer von uns ein Totaa sein könnte?“, fragte Philomena und ihre Stimme troff vor Unglaube. „Wie unerfreulich.“

„Dass sie es glauben oder dass es so sein könnte?“, entgegnete Coel amüsiert und strich sich über seine grüne Robe.

„Beides“, meinte Philomena und streckte ihre Beine aus.

„Glaubt Ihr, dass Gemma etwas damit zu tun gehabt

hat?“, wollte Panica vorsichtig wissen.

„Gemma als Tote oder ihr Tod?“, fragte Coel zurück.

„Ich wiederhole“, kam Sinja einer Antwort voraus. „Wir sollten keine voreiligen Schlüsse ziehen. Es ist nur eigenartig, dass uns die Totaa immer einen Schritt voraus zu sein scheinen“, fügte sie hinzu und ich konnte es nicht fassen. War sie wirklich so dreist oder hatte ich mich doch mit ihr geirrt? Mein Instinkt sagte mir klipp und klar, dass sie hinter allem steckte – also war sie entweder eine verdammt gute Schauspielerin oder ich hatte die falschen Schlüsse gezogen.

„Wir werden einige Untersuchungen durchführen, um die Gestalter vom Verdacht auszuschließen. Die Befragungen werden sehr diskret vorgenommen werden“, erklärte Quirin.

Arkadius verschränkte die Arme vor der Brust. Sein dunkler Bart und die schwarze Kleidung verstärkten den abweisenden Eindruck, den er machte, zusätzlich. „Wir brauchen nicht noch mehr Unruhe“, donnerte er. „Diese Untersuchung ist lächerlich. Glaubt ihr nicht, dass wir einen Verräter erkennen würden?“

„Wenn es unter uns keinen Verräter gibt, dann wird dies die Untersuchung zeigen“, meinte Quirin. „Oder wehrt Ihr Euch etwa gegen eine genauere Beschäftigung mit Eurer Person?“ Seine Stimme klang abwartend.

Arkadius mächtiger Körper spannte sich an. „Ihr könnt gerne mit mir beginnen“, sagte er abfällig. „Das wird Euch zeigen, dass Ihr mit Eurer Vermutung im Unrecht wart. Wieder einmal.“

„Und was ist mit Gestalterin Gemma?“, versuchte es Panica erneut. „Wird bei ihr auch eine Befragung durchgeführt?“

Philomena Körpers durchlief ein Zucken. „Schlagt

Ihr etwa ernsthaft vor, sie in der Halle der Ruhe aufzuwecken? Wollt Ihr wirklich diesen verborgenen Teil des Sternensaals aufsuchen?“

Ich stutzte. War das wirklich möglich? Konnten Tote in der Sinnlichen Welt für kurze Zeit wieder aufgeweckt werden? Konnte man die Toten befragen? Vorsichtig nahm ich die Signalkreide, die ich für den Notfall noch immer in der Hand hielt, und kritzelte die Information, die mich in meinem Fall weiterbringen konnte, heimlich auf meine Handinnenfläche.

Joost räusperte sich. „Das kann kein ernsthafter Vorschlag sein“, sagte er beinahe vorwurfsvoll. „Wir dürfen ihre Ruhe nicht stören. Eine letzte Ruhestörung, um sie vielleicht als Verräterin zu identifizieren, rechtfertigt nicht, den Schleier des Todes zu heben.“

„Ich stimme Joost ausnahmsweise zu“, sagte Arkadius grimmig. „Es widerstrebt unserem Kodex und es widerstrebt dem Respekt vor dem Ende des Lebens.“

„Was ist, wenn Gemma keines natürlichen Todes gestorben ist?“, fragte Panica. „Wenn schon ein Anschlag auf den Auserwählten durchgeführt wurde, vielleicht mussten die Totaa auch die Gestalterin der Trauer aus dem Weg räumen?“

Quirin fuhr sich mit der Hand über seinen kahlen Kopf. „Gestalterin Gemma starb eines natürlichen Todes“, erklärte er. „Es wussten nicht viele von uns, aber die Gestalterin der Trauer litt seit ihrer Erweckung unter einer Herzschwäche. Ich habe mit ihrem Kreis der Neuerweckten gesprochen. Gestalterin Gemma litt große Schmerzen, aber es war ihr ein Anliegen, die blauen Träger und ihre Themen zu vertreten.“ Er machte eine kurze Pause. „Ich würde daher von einer letzten Ruhestörung ebenfalls absehen.“

Sinja nickte. „Lasst uns abstimmen. Wer ist für eine letzte Ruhestörung?"

Gestalter Coel und Gestalterin Panica hoben die Hand.

„Wer ist dagegen?", fragte Sinja als Nächstes.

Alle anderen fünf Gestalter hoben die Hand.

„Von der Störung der letzten Ruhe unserer Gestalterin Gemma wird somit Abstand genommen", sagte Sinja im offiziellen Ton. „Kommen wir zum nächsten Punkt. Es sind einige Fälle von Rotfieber gemeldet worden."

„Schon wieder?", hauchte Philomena. „Diese Krankheit ist so derart widerlich."

Panicas Augen weiteten sich. „Laufen wir auf eine Epidemie zu?"

Joost schüttelte den Kopf. „Keine Sorge, wir haben die Situation unter Kontrolle. Wichtig ist, dass alle Fälle von Rotfieber gemeldet werden, dann können wir die Infizierten auch schnellstmöglich behandeln. Rotfieber ist unangenehm, stellt jedoch keine Bedrohung da, wenn wir ihm rechtzeitig Einhalt gebieten."

„Warum findet Ihr es denn so widerlich?", fragte Coel neugierig und lehnte sich zu Philomena.

Die Gestalterin der Freude verzog ihr gepudertes Gesicht. „Alle spucken und husten diesen roten Schleim und dann die Halluzinationen – wir hatten einmal einem Fall in unserem Ministerium, während eines … Festes. Der ganze Spaß verdorben – und auch die Lebensmittel, denn der Kranke hat auf unsere Köstlichkeiten gespuckt."

„Vielleicht lag es nicht nur am Fieber", sagte Coel laut genug, dass Philomena es hören musste, aber leise genug, dass sie nicht darauf reagierte.

Dann begannen die Gestalter, sich über die Fälle von Rotfieber in ihrem Land zu unterhalten, diskutierten über die medizinische Versorgung, und ob man Rotfieberkranke mit Erinnerungsvampiren in dieselben Quarantänestationen stecken dürfe – und als sie nach einer Grundsatzdiskussion, welches Land die schlimmsten Krankheiten hervorgebracht hatte, zu den nächsten Punkten wechselten, wurde ihre Redefreudigkeit nicht weniger.

Ich lockerte unauffällig meine Schultern. Konnte es sein, dass unsere Vorbesitzerin auch am Rotfieber erkrankt war? Und wenn ja, hatte Ben sich vielleicht angesteckt? So sehr mir der Gedanke gefiel, dass der Fieberwahn für seine Entscheidung, sich von mir zu trennen, verantwortlich war, so sehr wusste ich doch, dass Ben keine Anzeichen eines Fiebers gezeigt hatte, als ich ihn beim Ritual des gemeinschaftlichen Trauerns getroffen hatte.

Nach einer gefühlten Ewigkeit und einer Besprechung der magischen Portale, des gelben Untersuchungsausschusses und noch weiteren neunzehn Agendapunkten, gelangte die Macht der Acht endlich zum Schluss.

„Der letzte Punkt unserer Tagesordnung: die Neuwahlen", erklärte Sinja.

Panica straffte die Schultern. „Es gibt einige Bewerber aus dem Land der Trauer."

Joost atmete tief ein. „Wer hält sich denn für würdig?"

„Es gibt ungefähr achtundzwanzig ernst zu nehmende Bewerber, deren Lebenslauf sehr unterschiedlich ausfällt. Die Sängerin vom mutigen Mondlichtfest hat sich beworben, genauso wie eine langjährige Vertraute von Gestalterin Gemma, dazu Cleo, die Tränenleserin."

„Der Baum muss eine gute Wahl treffen", knurrte Arkadius, dessen Stimmung im Laufe der Sitzung noch schlechter geworden war. „Ich möchte nicht noch eine Heulsuse hier sitzen haben."

„Gestalterin Gemma war keine Heulsuse", entgegnete Panica entrüstet. „Sie war stark und es ist ein Verlust, dass sie nicht mehr unter uns weilt."

„Ich habe auch nicht Gestalterin Gemma gemeint", brummte Arkadius abfällig. Doch seine Augen blitzten und es machte ihm sichtlich Spaß, die anderen Gestalter zu beleidigen.

„Ist schon ein Termin für die Wahl festgesetzt?", fragte Quirin.

Panica nickte. „Ja, in acht Tagen wird sie stattfinden."

„Gibt es noch weitere Punkte, die wir besprechen sollten?", fragte Sinja, doch ihr Ton legte nahe, dass sie keine weiteren Themen zu diskutieren wünschte. Sie wirkte müde und sah erschöpft aus, genau wie die anderen Gestalter zeigte sie wenig Lust, noch mehr Zeit miteinander zu verbringen.

Sinja faltete die Hände. „Gut. Dann erkläre ich hiermit die Sitzung für beendet."

Ein Gestalter nach dem anderen stand vom Boden auf und verließ den Meditationsraum, wobei Philomena ein besonderes Theater machte und sich ächzend die beringte Hand ins Kreuz legte.

Marcus schritt von seinem Platz zu mir herüber und nickte mir zu. „Vielen Dank für deine Unterstützung."

„Keine Ursache", sagte ich und gab ihm die Signalkreide zurück, die ich noch immer in der Hand hielt. Dabei fiel mir auf, dass auf meinem linken Handteller etwas geschrieben stand. Rasch ließ ich den Arm sinken. Hatte ich mir während der Sitzung etwa eine Notiz mit der schwarzen Kreide gemacht?

„Auf ein Wort, Wächter“, schnitt Sinjas glasklare Stimme durch meine Gedanken. Rasch drehte ich mich zu ihr um und ließ meine Hand dabei so unauffällig wie möglich neben meiner Hüfte hängen.

„Gestalterin“, sagte Marcus und verbeugte sich leicht in ihre Richtung.

Sie nickte zurück und ihr langes blondes Haar fiel bei der Bewegung anmutig über ihre Schulter. „Ich habe gehört, ihr beiden wurdet von Quirin mit der Untersuchung der Diebstähle betraut“, sagte Sinja und sah uns forschend an.

„Das ist richtig, Gestalterin“, erwiderte Marcus und verschränkte die Hände hinter dem Rücken.

„Mit welchem Ergebnis?“, fragte Sinja weiter und musterte uns ungeduldig.

„Leider haben wir bisher nicht mehr als ein magisch verändertes Haar“, sagte Marcus ruhig. „Wächterin Lee hat es gefunden.“

Ich konnte nicht verhindern, dass meine Augen unwillkürlich zu Sinjas langer blonder Haarpracht wanderten.

„Ein Haar“, wiederholte die Gestalterin hart. „Das klingt nach einem sehr überschaubaren Ermittlungserfolg. Und was sagt uns dieses Haar?“ Sie zog fragend eine geschwungene Augenbraue hoch.

Ich wollte Marcus nicht die Überbringung der schlechten Nachrichten überlassen und ergriff das Wort. „Die Auswertung der Magiebegabten in den magischen Laboren hat ergeben, dass die Spur in eine Sackgasse führt.“

„Also habt ihr nichts“, fasste Sinja zusammen. „Vier von acht Artefakten sind verschwunden und wir wissen genauso viel wie am Anfang.“

„Man muss dazusagen, dass die Sicherheitsvorkehrungen in den jeweiligen Ministerien nicht besonders hoch waren“, merkte Marcus an.

„Das kann ich mir vorstellen.“ Sinjas glasblaue Augen bohrten sich in die Augen des Trauerwächters. „Und genau aus diesem Grund wollte ich mit euch sprechen. Folgt mir.“ Sie wandte den zarten Körper um und schritt durch das goldene doppelflügelige Tor. Ihre beiden Elfenbodyguards, die neben den Mönchsstatuen aus Rotbronze gewartet hatten, folgten ihr wie ein Schatten die Treppe hinunter. „Ich möchte, dass ihr die Sicherheitsvorkehrungen in meinem Ministerium überprüft“, sagte Sinja über die Schulter, während sie ihre rote Kutte raffte und die Stufen hinunterstieg. „Nach dem ersten Diebstahl habe ich einen Sicherheitsexperten mit dem Entwurf eines einbruchsicheren Raumes beauftragt. Er hat sich ein ausgeklügeltes System überlegt, das nur ihm und mir Zutritt gewährt. Wir werden ihn gleich treffen.“

„Und wofür braucht Ihr dann uns?“, fragte ich skeptisch, während wir den Sandplatz überquerten.

„Ich sichere mich lieber doppelt ab“, entgegnete Sinja kühl und trat durch die schlichte rote Tür in den Raum, aus dem Marcus und ich gekommen waren. Das von Lavasteinen eingefasste Becken, das wir für unsere Wasserreise benutzt hatten, war inzwischen ausgelassen worden. Offenbar wurde es nur mit Wasser befüllt, wenn Besuch von außerhalb erwartet wurde – eine sinnvolle Vorsichtsmaßnahme, wie ich fand.

Sinja durchquerte, gefolgt von ihren wunderschönen Leibwächterinnen, den kargen Raum bis ans andere Ende. Als sie sich der schmucklosen Wand näherte, dematerialisierten sich die Steine und gaben den

Durchgang ins Innere des Ministeriums frei.

„Ich habe übrigens von dem Verlust des Wächters Morris gehört", sprach die Gestalterin der Wut weiter. „Ich bedaure, dass er aus dem Wächterdienst ausgetreten ist. Seine Arbeit bei den Ratsversammlungen habe ich immer geschätzt."

Marcus blaue Linien begannen zu glimmen. „Ich werde ihm Euer Kompliment gerne ausrichten. Zurzeit steckt er leider in einer Vertrauenskrise."

Sinja hielt sich kerzengerade, während sie vor uns durch das Ministerium schritt. „Nun, an solchen Krisen kann man wachsen. Manchmal muss etwas Altes sterben, damit etwas Neues geboren werden kann."

Meine Augen verengten sich, als wir Sinja durch ein Gewirr verwinkelter Gänge folgten. Die blonden Elfenbodyguards warfen Marcus ständig interessierte Blicke zu, denen er konsequent auswich. Offensichtlich hatte er keine Lust, in den Bann ihres Blendzaubers zu geraten.

„Gibt es Anzeichen dafür, dass schon jemand versucht hat, Euer Artefakt der Wut zu stehlen?", fragte Marcus, wahrscheinlich, um sich von den wunderschönen Leibwächterinnen abzulenken.

Sinja schüttelte den Kopf. „Bisher noch nicht. Abgesehen davon ist mein Artefakt zwar wertvoll, aber es ist nicht das einzig Wertvolle, das beschützt werden soll."

„Darf ich fragen, was der Raum sonst noch beherbergt?", erkundigte ich mich und spürte, wie sich meine Linien erwärmten. Schnell drängte ich das Gefühl zurück, da ich nicht wollte, dass Sinja merkte, wie misstrauisch ich ihr gegenüber war.

„Natürlich darfst du fragen", entgegnete Sinja und gab ihren beiden Bodyguards einen Wink, eine dicke steinerne Tür zu öffnen, die von pulsierenden roten Adern durchzogen war. „Es würde mich sogar beunruhigen, wenn du es nicht tätest. Schließlich ist es als Wächterin deine Pflicht, den Dingen auf den Grund zu gehen."

Wir betraten einen stilvoll eingerichteten Raum in Rot und Weiß mit klaren Linien und ohne viel Schnickschnack, von dem mehrere Türen in weitere Gemächer führten.

„Um auf deine Frage zurückzukommen", sprach Sinja weiter. „Vor Kurzem ist das Rote Buch der Macht wieder aufgetaucht und durch eine glückliche Fügung des Schicksals in meinen Besitz gelangt."

Ich starrte sie an und schluckte. Ich hatte erwartet, dass sie den Besitz des Buches bestreiten, nicht aber so freimütig preisgeben würde. Hatte sie wirklich nichts zu verbergen oder war genau das ihre Strategie, um mich auf eine falsche Fährte zu locken?

„Gestalter Arkadius erwähnte, dass eines der Bücher wiedergefunden wurde", mischte sich Marcus mit seiner melodischen Stimme ein. „Wir wussten jedoch nicht, dass es bei Euch ist."

„Natürlich ist das Buch der Wut bei mir. Aber außer den Gestaltern und meinen engsten Vertrauten weiß natürlich niemand davon", entgegnete Sinja scharf. „Und so soll es auch bleiben. Das Buch gelangte durch Zufall in meine Hände, doch …" Sie stockte für einen Moment. „… wer weiß schon, an welcher Stelle der Zufall aufhört und das Schicksal beginnt."

Wir hatten das große, in Rot und Weiß gehaltene Gemach beinahe zur Gänze durchquert, als ich im Vorbeigehen in eine kreisrunde Kammer blickte, die mit alten Schriftzeichen bedeckt war. Mein Herz setzte für einen Schlag aus, als ich das Zimmer der Sandmalerin aus meiner Vision erkannte.

Unwillkürlich blieb ich stehen. Durch eine runde Öffnung in der Decke konnte man direkt in den Himmel sehen. Darunter stand auf einem Schreibtisch aus poliertem Schwarzholz eine goldene, mit Sand gefüllte Schale.

Sinja bemerkte meinen Blick und blieb ebenfalls stehen. „Bei der Räumung von Ruwens Privaträumen wurde auch diese goldene Schale gefunden“, erklärte sie mir und hob selbstbewusst das Kinn. „Du brauchst nicht so erschrocken dreinzusehen, Wächterin. Ich bin mir darüber im Klaren, dass die Sandmalerei zu den verbotenen Künsten gehört“, fügte sie gelassen hinzu.

„Und dennoch übt Ihr sie aus?“, fragte ich.

Sie straffte die Schultern. „Ja, als Gestalterin bin ich dazu befugt. Ich tue es nur, um unser Land zu schützen. Es ist eine alte Kunst, die sowohl zu guten wie auch zu schlechten Zwecken eingesetzt werden kann.“

„Wie kann die Manipulation fremder Gedanken das Land schützen?“, entgegnete ich und konnte nicht verhindern, dass sich ein skeptischer Ton in meine Stimme schlich.

Sinja maß mich mit einem kalten Blick. „Bedauerlicherweise ist nur diese eine Art der Anwendung bekannt.“ Sie ging weiter und ich schloss mich ihr an. „Doch die Sandmalerei ist so viel mehr. Sie erlaubt es, einen Blick in die Gedankenströme anderer Träger zu werfen und sie erlaubt es auch, Manipulationen von außen zu erkennen. Ich setze diese Kunst zum Schutz aller ein.“

Wir traten durch einen weiteren Durchgang in einen schmalen Gang mit vielen Gemälden an den Wänden. Dort wandte sich Sinja nach rechts und blieb nach wenigen Schritten vor einer unscheinbaren Tür stehen, die so aussah, als würde sie zu einer Besenkammer führen. „Da wären wir."

„Hier?", fragte Marcus und sah sich stirnrunzelnd um.

Sinja lächelte kühl. „Das Rote Buch der Macht war sehr lange verschollen und hat über die Jahre nichts von seiner Gefährlichkeit eingebüßt. Es darf unter keinen Umständen benutzt werden, deshalb ist mir sein Schutz besonders wichtig."

Ich starrte die Gestalterin an und bemühte mich, mein Misstrauen nicht offen zu zeigen. Ich wurde einfach nicht schlau aus ihr. Ging es ihr wirklich um die Sicherheit dieses Raumes? Oder verfolgte sie einen ganz anderen Plan?

„Ah, da kommt schon mein Sicherheitschef", sagte Sinja mit einem Blick über meine Schulter.

Ich hörte schwere Schritte hinter mir und schloss kurz die Augen. Diesen entschlossenen Rhythmus kannte ich nur zu gut. Unwillig wandte ich mich zu Sinjas Sicherheitschef um, der vor ihr stehen blieb.

„Gestalterin", sagte Jesper und senkte ehrerbietig den Kopf.

Sie blickte ihn aufmerksam an. „Ich habe gehört, du hast heute Morgen einen Schwächeanfall erlitten. Ich hoffe, es geht dir schon besser?"

Jespers Wangen färbten sich einen Hauch rosa und ich sah, wie die roten Blitze seiner Zeichnung ebenfalls zu funkeln begannen. „Es handelte sich dabei um die Nachwirkungen eines Zaubers und wird definitiv nicht wieder vorkommen", erwiderte er steif.

Sinja musterte ihn mit einem schmalen Lächeln. „Davon gehe ich aus. Nun, ich habe noch Einiges zu erledigen." Sie nickte uns knapp zu und verschwand mit ihren Bodyguards durch eine Tür am Ende des Ganges.

Jesper starrte Sinja für einen Moment sehnsüchtig hinterher, bevor er sich von ihr losriss und Marcus und mir zuwandte. Mich übersah er dabei völlig und mir wurde bewusst, dass ich mich in seiner Gegenwart noch immer unwohl fühlte.

„Mir wurde gesagt, ich soll euch mit den neuen Sicherheitsvorkehrungen für den Schutzraum vertraut machen“, sagte er kalt und sein Widerwille über diese Anweisung hallte aus jedem Wort.

Marcus nickte. „Die Gestalterin hat uns gebeten, einen Blick darauf zu werfen.“

„Nun, es liegt nicht an mir, die Entscheidungen der Gestalterin infrage zu stellen“, entgegnete Jesper mit hartem Ton. Er wies mit dem Daumen auf die unscheinbare Tür. „In die Festung kommt keiner rein. Ich selbst habe das 3-Stufen-Alarmsystem konzipiert.“ Er wandte sich einem Gemälde neben der Tür zu, das eine Szene aus dem Zweiten Sinnlichen Krieg zeigte, in der die Sinnträger aller Gefühle gegeneinander kämpften. Es war ein blutüberströmtes Schlachtfeld, das keinen Zweifel daran offen ließ, dass die Kämpfe grausam und brutal gewesen waren.

„Um den Mechanismus zu aktivieren, ist es notwendig, zuerst auf den Angstträger zu blicken, der sich hinter dem Baum versteckt.“

„Warum?“, fragte ich und sah mir den Angstträger genau an. Er war ziemlich unscheinbar und zog keine Aufmerksamkeit auf sich. Als Jesper nicht reagierte, versuchte es Marcus noch einmal. „Aus welchem Grund muss der Angstträger fixiert werden?“

„Weil dadurch ein Augenscan durchgeführt wird“, erwiderte Jesper mit tiefer Stimme und ich hörte den

Stolz in seinen Worten. Er ging, ohne mich anzusehen, an mir vorbei, um mit der Hand über die blutrote Wand neben der Tür zu streichen. „Nur wenn der Augenscan erfolgreich war, kann man das hier tun." Unter seiner Handbewegung leuchteten die Ziffern von null bis neun an der Wand auf.

„Ausgeklügelt", sagte Marcus anerkennend.

„Das ist es", stimmte Jesper zu und ich fand seine überheblich-ignorante Art einfach nur widerlich. Wie hatte ich mich jemals so in ihm täuschen können?

„Um sicherzustellen, dass die zweite Stufe nicht geknackt wird, wechselt der Zahlencode mehrmals täglich", erklärte er weiter und tippte mit ruhiger Hand eine dreistellige Zahl ein, deren Ziffern hell aufleuchteten, nachdem er fertig war.

„Und die dritte Stufe?", fragte Marcus.

„Für die dritte Stufe benötigt man eine frische Erinnerung", fuhr Jesper noch eine Spur selbstgefälliger fort und ich dachte, dass er die Idee von Yolander aus der Grenzstadt geklaut hatte.

„Eine frische Erinnerung woran?", fragte ich.

„Das wechselt ebenfalls täglich", antwortete er kühl. Zumindest ging er jetzt auf meine Frage ein. Jesper drückte die Klinke hinunter und die Tür schwang auf. Er trat hindurch und wartete, bis wir ihm folgten.

Die „Festung" sah überhaupt nicht wie eine Festung aus, sondern erinnerte mich an eine Bibliothek. Es war ein kreisrunder Raum, der bis zur Decke mit Büchern gefüllt war. Es waren zu viele, um sie zu zählen, aber ich schätzte, dass es sich um 3.650 handelte. In der Mitte des Raumes befand sich ein Steinsockel mit einer Glashaube, unter der das Artefakt der Wut ausgestellt war.

Fasziniert trat ich näher. Das Artefakt schwebte

über dem Sockel und erinnerte mich an eine lodernde Flamme, die sich leicht im Luftzug bewegte.

„War das alles?“, fragte Jesper kalt. „Ich hoffe, ihr konntet euch nun von der Sicherheit der Festung überzeugen. Ich habe nämlich noch wichtigere Pflichten zu erledigen.“

Marcus beendete widerwillig seinen Rundgang. „Das sind beeindruckende Sicherheitsvorkehrungen. Ich kann mir nicht vorstellen, dass das Artefakt – oder sonst etwas – aus diesem Raum gestohlen wird.“

„Ich auch nicht“, entgegnete Jesper und bedeutete uns, das Zimmer wieder zu verlassen. Dabei blieben seinen Augen für einen Moment an meiner linken Hand hängen und ich versteckte sie schnell hinter dem Rücken.

„Meine Assistentin wird euch nach draußen begleiten“, sagte Jesper und wies mit dem Kinn auf eine vollbusige Sinnträgerin mit einem dicken schwarzen Zopf, die in dem schmalen Gang aufgetaucht war und Jesper aus himmelblauen Augen anschmachtete. Er verschloss die Tür zu seiner „Festung“ hinter sich, wandte sich ab und marschierte grußlos davon. Ich blickte ihm kopfschüttelnd hinterher.

„Er hat es wohl sehr eilig“, sagte Marcus kühl.

„Aber natürlich. Der Kommandant hat bis heute immerhin bereits 786 Straftäter gefasst, das kommt nicht vom Nichtstun“, erwiderte die schwarzhaarige Beschützerin mit unverkennbarem Stolz in der Stimme, während sie ihm nachschaute.

Ich unterdrückte ein Augenrollen und folgte ihr mit Marcus aus dem Ministerium.

„Ich schätze, hier wird der Dieb nicht zuschlagen“, bemerkte Marcus, als wir schließlich die gezackte Straße des Wutlandes hinunter marschierten.

Ich nickte abgelenkt. Endlich konnte ich unauffällig auf meinen linken Handteller schielen. Darauf standen bloß zwei Wörter geschrieben: ‚Sternensaal‘ und ‚Halle der Ruhe‘.

Kapitel 11

„Was du von mir verlangst, ist unmöglich." Edomir fuhr sich durch seine roten Locken und seine Zeichnung, die sich verschlungen über seine Wange erstreckte, leuchtete violett auf.

„Du machst das schon", sagte ich zuversichtlich und sah mich in seiner Kammer um. Es war genau jener kleine Raum, den ich auch in seiner Erinnerung gesehen hatte. Ich erkannte den Tisch, auf dem sich die Bücher stapelten, den ovalen Spiegel und das Bett wieder. Es war leicht gewesen, Edomir ausfindig zu machen. Als Templeranwärter wohnte er auf dem Gelände des Sternensaals.

„Dieses Ritual des gemeinschaftlichen Trauerns … Ich wusste, dass es nichts Gutes bringen würde", sagte der hagere Angstträger verdrossen und ließ sich auf das Bett fallen. Er sah mich an und Panik flackerte in seinem Blick. „Glaubst du, dass es die anderen auch bemerkt haben?"

„Nein, ich denke, dass sie zu sehr mit sich selbst und ihren eigenen Erinnerungen beschäftigt waren", beruhigte ich ihn.

Er seufzte und strich sich über seine Anwärteruniform, die mich an eine Mönchskutte erinnerte. „Aber warum du nicht?" Er schluckte. „Wachsamkeit und Wächterin … Das ist keine gute Kombination."

„Hey, pass auf", sagte ich und hob eine Augenbraue. „Beleidigst du mich etwa?"

Er schüttelte den Kopf. „Nein, ich war nur so

erleichtert gewesen, dass meine Erinnerung nichts Verfängliches preisgegeben hatte. Aber wer konnte schon mit dir rechnen."

Ich atmete tief ein. „Edomir, ich habe nicht versucht, bei der Templerprüfung zu betrügen."

Er rieb sich die Augen. „Lee, du weißt nicht, was für ein Druck da auf mir lastet. Casimir führt ein strenges Regiment, er gibt uns eine riesige Menge an Büchern zu lesen und verlangt, dass wir alles wissen, er verlangt, dass wir sogar mehr wissen, als in den Büchern steht. Er ist unerbittlich." Er machte eine kurze Pause. „Wie genau hast du es herausgefunden?"

„Das blaue Pulver unter deinen Fingernägeln. Dein verändertes Selbstbewusstsein. Und der Blick, den du dir im Spiegel selbst zugeworfen hast, da lagen so viel Scham und Ablehnung darin. Es fällt dir nicht leicht, zu solchen Schritten zu greifen."

„Natürlich nicht! Wo denkst du hin?", fragte er und presste die Lippen zusammen. „Aber diese Prüfung ist für mich einfach am Schwierigsten von allen zu ertragen. Die anderen Anwärter haben es viel, viel leichter! Ich bin ein Angstträger, mein Sinn ist es, genau vor solchen Situationen zurückzuschrecken. Das ist keine einfache Prüfungsangst, die ich spüre, das ist eine tief sitzende Höllenangst, die ich erleide. Es macht mich wahnsinnig, dass ich nicht weiß, was mich erwartet, es bringt mich um den Verstand, nicht zu wissen, ob ich die Prüfung schaffen werde. Es ist ein Unding, einen violetten Träger durch so eine Prozedur zu schicken."

„Edomir, übertreibst du nicht ein wenig?"

Er schüttelte den Kopf. „Du hast Casimir nicht erlebt. Er ist ein fordernder, ein seelenloser Lehrer. Er duldet keine Fehler."

„Deine letzte Dosis ist wohl schon etwas her, oder?“, fragte ich, als ich das nervöse Zucken seiner Hand bemerkte.

Edomir nickte. „Das Pulver der Blauschlingpflanze hat eine lange Wirkung, aber irgendwann lässt auch die nach.“

„Woher hast du es?“

„Das Pulver?“ Edomir sah auf den Boden. „Bekomme ich jetzt Schwierigkeiten?“

„Selbstverständlich“, sagte ich kühl. „Außer du hilfst mir.“

„Das, was du verlangst, Lee, ist unmöglich.“

Ich sah ihn eindringlich an. „Wenn du solche Angst vor der Prüfung hast und keiner dir ein Sterbenswörtchen darüber verrät, du also nicht weißt, was dich erwartet – und dich dieses Nichtwissen beinahe wahnsinnig macht – liegt es da nicht auf der Hand, jemanden nach der Templerprüfung zu befragen, der sie schon mal gemacht hat? Und jemanden, der dein Geheimnis mit ins Grab nimmt, weil er sich genau dort schon befindet?“

Edomir knetete seine Finger. „Wenn Casimir das erfährt, wird er mich nicht nur aus dem Kreis der Templeranwärter verstoßen, er wird mich auch wegen Störung der letzten Ruhe anklagen.“

Ich lächelte verschwörerisch. „Casimir muss es nie erfahren.“

Ein Zucken der Erleichterung erfasste den Angstträger. „Aber ich kann dich nur für kurze Zeit da hinunterlassen. Sonst werden sie es bemerken.“

Ich nickte.

Edomir holte tief Luft. „Okay, ich mache es. Aber sie dürfen uns nicht erwischen.“

„Sie werden uns nicht erwischen“, sprach ich ihm

gut zu. „Wie oft bist du schon in die Halle der Ruhe gegangen?"

„Ein- bis zweimal", sagte er zögernd.

Ich hob eine Augenbraue.

„Gut, vielleicht waren es auch fünf Mal."

„Und hast du etwas herausgefunden, was dir für deine Prüfung hilft?"

Edomir ließ die Schultern fallen. „Es ist leider nicht so einfach, das mit den Toten. Sie sind etwas verwirrt und geben oftmals nur irres Zeug von sich. Einen Templer zu finden, ist nicht schwer, aber einen Templer zu finden, der etwas Hilfreiches über die Prüfung sagen kann, schon. Bislang hat mich meine Befragung nicht weitergebracht, es könnte sogar sein, dass die Templerprüfung wieder vollständig aus dem Gedächtnis gelöscht wird."

Ich nickte. Eine ähnliche Magie wurde bei den Sitzungen der Macht der Acht angewandt. Ich schluckte. Ich wusste, es war nicht viel, das ich hatte, es war nur einen Hinweis auf meine Hand gekritzelt. Aber der Hinweis war mir bei der Sitzung so wichtig erschienen, dass es sich gelohnt haben musste, ihn entgegen alle Regeln hinauszuschmuggeln. Auch wenn es nicht viel war, hatte ich die Hoffnung, hier mehr über das uralte weiße Haar, das wir am Tatort gefunden hatten, zu erfahren. Es fühlte sich an, als würde ich die Nadel im Heuhaufen suchen, aber einen besseren Hinweis hatte ich nicht. Außerdem sagte mir mein Wächterinstinkt, dass es richtig war, hierher zu kommen und dieser Instinkt hatte mich in der Vergangenheit nicht im Stich gelassen.

„Wie kommen wir jetzt zur Halle der Ruhe?"

„Zu Fuß", sagte Edomir und stand auf. „Versuche, dich unauffällig zu verhalten, denn du dürftest natürlich nicht in diesen Räumen und den Gängen dort unten sein. Die

Halle der Ruhe liegt unterhalb des Sternensaals." Er ging zu einem kleinen kreisrunden Fenster. „Jeden Augenblick müssten sich die Templer zu einer Mondzeremonie zusammenfinden. Die Gelegenheit ist günstig."

Nachdem ich mir ebenfalls eine Mönchskutte übergezogen hatte, folgte ich Edomir durch dunkle Gänge, die von schwebenden Kerzen gesäumt wurden. Die Tunnel, die immer tiefer in die Erde führten, erinnerten mich an meine Erweckung. Schnell schob ich die Gedanken daran zur Seite, doch die erste Begegnung mit Ben, und wie er mir von Anfang an mit seiner abfälligen Art auf die Nerven gegangen war, schlich sich immer wieder in meinen Kopf zurück. Ich atmete tief durch und versuchte, meine Erinnerungen abzuschütteln. Ich musste mich konzentrieren, ich musste mich auf meinen Fall konzentrieren. Auch wenn ich keine Ahnung hatte, wie ich das Haar jemandem zuordnen sollte. Immerhin würde es nicht nur einen toten Sinnträger mit weißen Haaren geben. War das, was ich vorhatte, vollkommen absurd? Nur weil das Haar unglaublich alt war, musste es nicht unbedingt von einem Toten stammen. Oder doch?

Ich biss mir auf die Lippe, und obwohl ich mein Unterfangen als ziemlich aussichtslos einstufte, musste ich es wenigstens probieren. Das war ich meinem Instinkt schuldig.

Edomirs Gesichtslinien leuchteten unentwegt, und da uns niemand entgegenkam und anscheinend alle Templer bei der Mondzeremonie waren, konnten wir uns leise unterhalten.

„Woher hast du die Blauschlingpflanze? Es ist nicht so leicht, an sie heranzukommen", begann ich eine Konversation, die Edomir sicher nicht führen wollte.

„Musst du das wirklich wissen?“, fragte er und sein Gesicht, das halb im Schatten lag, nahm einen gequälten Ausdruck an.

Ich nickte und wir stiegen eine Gewölbetreppe hinunter.

„Von einem Sinnträger namens Yolander. Er ist sehr eigen und macht mir Angst, aber er kann einem alles besorgen. Und er weiß Dinge … irgendwie wusste er sofort, was ich brauche.“

Ich nickte. Warum wunderte mich das nicht? Yolander handelte selbstverständlich mit illegalen Substanzen. „Was musstest du dafür tun?“, fragte ich und dachte an den Kuss mit Jesper. Yolander hätte Edomir das Pulver nicht gegeben, wenn er dafür nicht etwas im Gegenzug erhalten hätte.

„Ich musste ihm … Ich wollte nicht, aber sonst hätte ich das Pulver nicht erhalten … Ich musste ihm eines der Templerbücher anvertrauen“, druckste Edomir herum.

„Ich hoffe, das war es wert – was genau hat das blaue Pulver mit dir gemacht?“, fragte ich, als wir die letzte Stufe der Gewölbetreppe erreicht hatten. Wir folgten nun einer Art Haupttunnel, von dem unzählige weitere Gänge abzweigten. Die Wege hier waren sehr unübersichtlich und ich war froh, dass Edomir die Route genau zu kennen schien.

Der Angstträger fuhr sich unsicher durchs Haar, es war ihm sichtlich unangenehm, über seine illegalen Einsatz von magischen Hilfsmitteln zu sprechen. „Na ja“, begann er verhalten. „Ich konnte besser lernen, meine Angst hat mich nicht mehr so eingenommen. Ich wurde selbstbewusster und irgendwie ging alles leichter von der Hand. Selbst Casimir hat mich einmal fast gelobt.“

Ich nickte. „Könnte es nicht sein, dass das Pulver nur

etwas verstärkt, das sowieso in dir liegt?", fragte ich und blieb abrupt stehen. Mein Wachsamkeitslicht glomm auf und ich deutete Edomir still zu sein, während ich mit ihm in einen der abzweigenden Gänge huschte. Wir pressten uns an die Wände, als die Schritte von zwei Sinnträgern immer näher kamen. Sollten sie nicht alle bei der Mondlichtzeremonie sein?, dachte ich, als sich die Schritte wieder entfernten.

Edomir zitterte neben mir.

„Das war knapp", flüsterte ich.

„Ich, ich kann das nicht", sagte er schnaufend.

Ich drehte mich zu ihm um und sah ihm tief in die Augen. „Du packst das. Du bist stärker, als du denkst."

„Nein, bin ich nicht."

„Doch, Edomir, vertrau mir."

„Meine Angst verbietet es mir, selbst einem Vertrauensträger zu vertrauen. Ich kann ja nicht einmal mir selbst vertrauen."

„Wir werden auch ohne das blaue Pulver die Halle der Ruhe erreichen. Komm, lass uns weitergehen."

Edomir schien all seinen Mut zusammenzunehmen. Er atmete tief durch und wies uns dann durch die Gänge. Es war unheimlich ruhig hier unten. Die schwebenden Kerzen erhellten unseren Weg nur ein wenig und Edomirs violette Gesichtszeichnung warf einen zuckenden Lichtschein auf den erdigen Boden.

„Wie hast du die Halle der Ruhe denn beim ersten Mal gefunden?", fragte ich, um ihn ein wenig abzulenken.

„Ich habe mich einmal verlaufen", erklärte er leise. „So habe ich den Raum gefunden.

Ich runzelte die Stirn. „Du hast nicht danach gesucht?"

Er seufzte geschwächt. „Vielleicht habe ich mich auch verlaufen, als ich die Halle gesucht habe."

„Das kann ich mir schon eher vorstellen.“

Als wir eine kreisförmige graue Marmorplatte erreichten, die in einer Tunnelwand eingelassen war, blieb Edomir stehen.

„Wir sind da.“

„Gut.“

„Willst du das wirklich?“, frage er vorsichtig.

„Ja, das will ich.“

„Aber warum?“, fragte er und starrte auf seine Füße.

„Willst du das wirklich wissen?“

Edomir schüttelte den Kopf. „Nein, wahrscheinlich ist es besser, es gar nicht zu erfahren.“ Er hob seine Hand und das Zeichen der Unendlichkeit an der Innenseite seines Handgelenks glühte golden auf. Die graue Marmorplatte, die massiv und schwer wirkte, schob sich zu Seite.

„Nach dir“, sagte Edomir.

Wir traten durch das Loch in der Wand auf eine Art Plattform, von der aus eine schmale Eisentreppe nach unten zu einer gigantischen Grube führte, die sich tief in die Dunkelheit erstreckte.

Ich brauchte ein wenig, um den Anblick zu verarbeiten, der sich mir bot. Die Grube reichte weiter, als meine Augen sehen konnten, und es waren so viele Statuen, dass ich sie nicht zählen konnte. Unter uns standen Abertausende mannshohe Figuren, die mich an die Terrakotta-Armee aus der anderen Welt erinnerten. Sie waren aus dem gleichen Stein wie die Eingangsplatte gefertigt, und alle Statuen sahen absolut identisch aus.

Ihr Ausdruck hatte etwas Beängstigendes, denn die Augen aus grauem Stein starrten uns an, während ihr Mund leicht geöffnet und voller Entsetzen war.

„Es ist gruselig“, flüsterte mir Edomir zu. „Es sieht so aus, als könnten sie uns sehen.“

„Aber das können sie nicht … oder?“, frage ich und hatte ein mulmiges Gefühl im Magen.

Edomir schüttelte den Kopf. „Nein, es ist nur Magie. Sobald du eine Skulptur berührst, wirst du das wahre Aussehen des Toten erkennen.“

„Gut, dann lass uns anfangen.“

„Uns?“, wiederholte Edomir verängstigt. „Das war nicht der Deal, Wächterin. Ich bleibe hier stehen und du kannst machen, was immer du tun musst, aber lass dir bitte nicht zu viel Zeit. Vorsichtshalber werde ich die Augen schließen, um nicht in noch größere Schwierigkeiten zu geraten.“

Ich nickte und stieg die Eisentreppe hinab, die in einigen Windungen in die Grube führte. Unten angekommen wirkten die grauen Figuren noch beängstigender, denn ihre Augen folgten jedem meiner Schritte mit der Präzision einer Armee. Wie sollte ich hier einen Hinweis finden? Vorsichtig ging ich zwischen den Statuen hindurch und fasste mir ein Herz, um eine davon zu berühren. Der Stein unter meinen Händen fühlte sich kalt an und löste sich innerhalb weniger Sekunden auf.

Vor mir stand nicht mehr die Totenfigur, sondern eine blonde Vertrauensträgerin mit langen Haaren. Ihre Augen zuckten, und bevor sie sie öffnen konnte, zog ich meine Hand zurück. Das wiederholte ich mehrere Male, fand jedoch nicht, was ich suchte. Ich sah einen rothaarigen Erstaunensträger, eine blonde Wutträgerin, einen schwarzhaarigen Wachsamkeitsträger …

Elf Totenfiguren später stand ich weit hinten und legte meinen Kopf in den Nacken. Edomir saß mit angezogenen Beinen und geschlossenen Augen auf der

Plattform, irgendwie tat er mir leid. Ich wusste, dass ich nicht ewig so weitermachen konnte, als ich die nächste Totenfigur berührte.

Der Wutträger hatte weiße Haare, und als ich sein Gesicht sah, zuckte ich zusammen. War das … Konnte es sein …? War dies der Sinnträger, der mir in meinem Traum erschienen war, als ich unter dem Einfluss des Giftes stand? Ich schluckte und sah ihn mir genauer an. Die Bilder aus meinem Traum schossen zurück in meinen Kopf. Das Feld, das von blauem Nebel eingehüllt war, das bedrohliche Geräusch der Schüsse und Explosionen, die blutüberströmten Sinnträger in roten Uniformen und der Geruch von Leichen. Ich sah seinen dünnen Körper, der sich am Boden krümmte, ich sah seine weiß-grauen Haare, die ihm wüst vom Kopf abstanden, ich sah seinen hellblauen Augen, die voller Enttäuschung waren, und ich sah das Blut an seinen Schläfen und das tiefe Loch in seinem Rücken, das ihn verschluckt hatte.

Der Tote öffnete die Augen und seine hellblauen Augen starrten mich an. „Warum weckst du mich?“, fragte er mit sanfter Stimme. Er hatte so friedlich ausgesehen und ich bekam ein schlechtes Gewissen, da ich tatsächlich nicht wusste, warum ich ihn eigentlich geweckt hatte.

„Du bist mir in einem Traum erschienen“, sagte ich und plötzlich geriet der Diebstahl der Artefakte in den Hintergrund. Ich hatte das Gefühl, hier etwas weit Wichtigeres zu erfahren.

„Das ist schön, dass ich dir im Traum erschienen bin“, antwortete er und lächelte gutmütig.

„Wer bist du?“

„Ich bin niemand mehr“, entgegnete er, doch keine Wehmut schwang in seiner Stimme mit.

„Wer warst du?“, korrigierte ich meine Frage.

„Ich war Fabrizius, ein Beschützer der roten Garde."
Warum war Fabrizius mir im Traum erschienen? Oder war es nicht ein Traum, sondern eine Vision gewesen? Es musste einen Sinn ergeben, warum gerade er mir gezeigt worden war und warum ich gerade ihm jetzt gegenüberstand. „Was kannst du mir von dir erzählen, Fabrizius?", fragte ich schnell, um so viele Informationen wie nur möglich von ihm zu erhalten.
„Nun, ich war gerne ein Beschützer, bis der Zweite Sinnliche Krieg ausbrach. So vieler meiner Kameraden wurden ermordet, so viel Blut wurde vergossen."
„Weißt du etwas über die Bücher der Macht?"
Er schüttelte den Kopf. „Ich weiß das, was alle wissen. Dass sie benutzt wurden, um die hellen und die dunklen Gefühle zu einen."
Aus dem Augenwinkel sah ich, wie Edomir aufstand und mir hektisch zuwinkte. Mir blieb nicht mehr viel Zeit. „Was hast du vor dem Krieg gemacht? Gab es irgendwelche Besonderheiten oder Auffälligkeiten? Wer waren deine Freunde, wie war dein Leben?"
Er legte den Kopf leicht schief. „Welches Leben meinst du? Das in der Sinnlichen oder in der anderen Welt?"
„Du weißt, wer du in der anderen Welt warst?"
Er nickte. „Aber sicher doch, wir alle wussten es."
„Ihr alle? Wen meinst du?"
„Meine Freunde. Ich meine Just, Drachea, Fehdus und Sinja. Wir bildeten eine Sondereinheit bei den Beschützern. Und in unserer Freizeit …"
„Sinja?", unterbrach ich ihn forsch. Mein Puls schoss in die Höhe.
„Sinja war eine gute Freundin. Aber ihr Blick in die Welt der anderen war nicht gut."
„Was meinst du damit?", drängte ich zu wissen.

„Sie hatte eigentlich ein sanftes Gemüt. Aber in ihrem alten Leben war sie radikal. Sie hat sich damals zur Wehr gesetzt und gegen jene gekämpft, die Tiere zu Versuchen missbraucht haben. Sie gehörte einer Gruppe von extremen Tierschützern an, die vor keiner Gewalttat zurückschreckten. Sinja hat sich so viel mit ihrem alten Ich auseinandergesetzt, dass ihr neues Ich das nicht verkraftet hat." Er machte eine kurze Pause und endlich verstand ich den Idealismus, dem Sinja so sehr nachhing.

„Sinja war besessen von der Idee, das Leid in der Sinnlichen Welt nicht weiterführen zu lassen, sie glaubte, dass es ihre Aufgabe war, endlich für Gerechtigkeit zu sorgen. Sie veränderte sich, unternahm plötzlich alles, um an Macht zu gelangen. Dabei ging sie sehr systematisch vor und die Sinja, die ich kennengelernt hatte, die Sinja, die ich lieben gelernt hatte, verschwand." Ein trauriger Ausdruck machte sich in den Augen des Beschützers breit. „Ich hätte ihr helfen können, hätte sie mich doch nur gelassen. Ich wollte sie auf den rechten Weg führen …" Er machte eine kurze Pause. „Doch jetzt ist es zu spät."

„Lee!" Edomirs panisches Flüstern ließ mich zusammenzucken. „Wir müssen von hier verschwinden, ich höre etwas."

Rasch nahm ich die Hand von der Schulter des toten Beschützers und Fabrizius verwandelte sich zurück in Stein.

„Wenn Casimir mich hier erwischt, ist alles aus", hauchte Edomir und seine Gesichtslinien flammten violett auf. Er warf gehetzte Blicke in den Tunnel, durch den wir gekommen waren, und raufte sich die rotblonden Haare.

Ich rannte durch die Reihen der Statuen und hastete die gewundene Metalltreppe wieder hinauf zur Plattform.

Oben stand Edomir und blinzelte hektisch. „Beeil dich!“ Kaum hatte ich das obere Ende erreicht, packte er mich an der Hand und zog mich durch den runden Einlass zurück in das unterirdische Labyrinth. Nun konnte auch ich die Stimmen hören. Sie gehörten zu zwei Templern, die sich miteinander unterhielten – und offenbar in unsere Richtung liefen, denn sie wurden immer lauter.

Außer sich vor Angst hob Edomir den Arm. Das Symbol der Unendlichkeit auf seinem Handgelenk glühte hell auf und die schwere Marmorplatte verschloss sich mit einem dumpfen Geräusch.

„Es wäre besser gewesen, uns drinnen zu verstecken“, hauchte ich, was Edomir mit einem erschrockenen Blick aus seinen weit aufgerissenen Augen quittierte.

Hektisch schüttelte er den Kopf. „Ich darf mich nicht mal in diesem Sektor aufhalten“, zischte er mir zu. Die Stimmen und Schritte kamen indes immer näher.

„Komm mit!“ Gemeinsam rannten wir in die entgegengesetzte Richtung der näherkommenden Stimmen. Wir wollten eben um die Ecke in den nächsten Gang schlüpfen, als mein Instinkt mich zurückzucken ließ.

„Halt“, formte ich lautlos mit den Lippen und riss Edomir zurück. Verwirrt blickte mich der Angstträger an. Ich legte einen Finger auf den Mund und linste um die Ecke. Der Tunnel lag leer vor uns und dennoch hatte ich das Gefühl, dass es ein Fehler wäre, ihn zu beschreiten. In dem Moment tauchte die einsame Gestalt eines dürren Templers auf und ich erkannte ihn sofort. Es war Casimir.

Von der anderen Seite wurden die Stimmen immer lauter. Wir saßen in der Falle. Rasch griff ich unter meiner Kutte nach der Wasserflasche, die ich für den

Notfall mitgenommen hatte.

„Du hast doch jetzt nicht etwa Durst?“, stöhnte Edomir leise.

„Ich brauche Wasser, um uns von hier wegzubringen“, flüsterte ich zurück.

Die Schritte kamen immer näher. Ohne weitere Zeit zu verschwenden, öffnete ich die Flasche, schüttete den Inhalt auf den Boden und versuchte, die Magie in mir zu sammeln. Für eine Wasserreise musste ich mich beruhigen. Konzentriert griff ich nach Edomirs Hand, starrte auf die kleine Pfütze und sprang gemeinsam mit ihm ins Nass.

Die Pfütze war so eng, dass ich das Gefühl hatte, durch einen schmalen Schlauch gepresst zu werden. Mein Verstand sagte mir, dass es möglich war, zu zweit durch eine derart kleine Pfütze zu reisen, denn Marcus hatte dasselbe mit mir getan, als er mich damals aus der Grenzstadt zur Versammlung der Gestalter mitgenommen hatte – dennoch hatte ich das Gefühl zu ersticken, als ich durch die enge Strömung rauschte.

Edomir wehrte sich zappelnd gegen meinen Griff und ich hatte alle Hände damit zu tun, ihn ruhig zu halten. In meiner Hektik hatte ich zudem vergessen, mir ein genaues Bild meines Zielortes vorzustellen und nun peitschten jede Menge Schreckensszenarien durch meinen Kopf. Ich hatte schon von Wächtern gehört, die bei ihrer Wasserreise ertrunken waren, doch darüber wollte ich mir jetzt keine Gedanken machen.

Das kühle Nass presste uns durch einen schmalen Kanal und ich fühlte den unwiderstehlichen Drang zu atmen. Ich wollte einfach nur weg von hier, weit weg von den Templern und Casimir, weg von allen unterirdischen Tunneln und erdigen Labyrinthen, hoch ans Tageslicht.

Vor mir blitzte eine Flut an Bildern auf. Ich sah meinen Brunnen zu Hause, das kristallklare Wasser des kleinen Sees im Ekelland, die Pfütze, durch die ich das erste Mal mit Marcus gereist war … Ich spürte, wie der Strom plötzlich einen Knick machte und mich mit sich trug. Oh nein, brachte er mich jetzt etwa zurück in die Grenzstadt? Hektisch versuchte ich, mich an eine Wasserquelle dort zu erinnern, wobei mir nur ein halb verfallener Brunnen einfiel, in dem ich eigentlich nicht auftauchen wollte.

„Tu, was du willst“, flüsterte ich der Magie zu. „Aber tu es schnell.“ Im nächsten Augenblick fühlte ich einen Sog, der mich aus dem Wasser herauskatapultierte und ich schnellte mit Edomir aus einem bis zum Rand gefüllten Bottich. Dabei knallten wir beinahe gegen einen Träger mit dunklen Haaren, der zur Abkühlung seinen Kopf ins Wasser gesteckt hatte.

„Entschuldigung“, keuchte ich und schwang mich nach Luft schnappend über den Rand des wannenartigen Holzgefäßes. Dann half ich Edomir, der wie ein nasser Sack in meinen Armen hing und hustend nach Luft rang.

Der Sinnträger, den ich angerempelt hatte, erwiderte nichts, und als ich in sein fassungsloses Gesicht starrte, stockte mir der Atem. Es war Ben.

Kapitel 12

Er sah schrecklich aus. Sein schwarzes Oberteil war zerrissen, er blutete aus mehreren Wunden, und an seinem Hals, direkt neben seinen schwarzen Zacken, hatte er Kratzspuren wie von einem Wolf. Ben starrte mich wortlos an und ich starrte ebenso wortlos zurück, während in meinem Kopf tausend Gedanken gleichzeitig Pingpong spielten. Warum waren wir ausgerechnet hier gelandet? Was machte Ben hier? Hatte er wieder an einem Wutkampf teilgenommen?

Mein Blick glitt über seine zerrissene Kleidung und blieb an einem schwarzen Lederarmband an seiner linken Hand hängen, das ich noch nie an ihm gesehen hatte. War das etwa ein Geschenk von Tara? Bens Haare hingen ihm nass in die Stirn und sein Gesicht wirkte irgendwie schmaler und härter als sonst. Er sah aus wie ein Fremder und dennoch wünschte sich ein verräterischer Teil in mir, einfach die Hand auszustrecken und ihn zu berühren.

Er betrachtete wütend meine Templerkutte, die ich noch immer trug, und seine Augen verengten sich. „Was machst du hier?“, stieß er hervor.

„Was ich hier mache geht dich überhaupt nichts an“, gab ich genauso kalt zurück und wandte mich um, doch mein Herz klopfte mir bis zum Hals. Ich durfte es ihn nicht sehen lassen, durfte ihn die Schwäche nicht erkennen lassen, dass ich noch immer Gefühle für ihn hatte.

„Ekelträger, dein nächster Kampf beginnt in fünf Minuten“, erklang eine tiefe Stimme hinter uns.

Ich drehte mich nicht um, während ich mich durch das Gewimmel auf dem Platz kämpfte, einfach nur fort von ihm.

„Lee, so warte doch!“ Edomirs Stimme ließ mich innehalten. Den Templer hatte ich einen Moment lang völlig vergessen. Atemlos setzte er seine Ellbogen ein, um mir durch das Gedränge zu folgen.

Der ganze Platz war voller Sinnträger, die Luft war erfüllt von einer greifbaren Spannung. Ich betrachtete den dunkelroten Totempfahl in der Mitte des Platzes und fragte mich, was Ben dazu bewog, noch immer an den Wutkämpfen teilzunehmen. Schließlich hatte er ja nun seinen Job als Reisender, der Blätter wegen konnte es nicht sein. Oder gab er alles, was er verdiente, so schnell wieder aus, dass ihm sein Lohn nicht reichte?

Mein Blick schweifte über die aufgekratzte Menge und ein Stromschlag durchfuhr mich, als ich das helle Blond von Tara zwischen den Köpfen entdeckte. Also war sie mit ihm hier? Und offenbar billigte sie es, dass er sich hier vor allen zur Schau stellte und verletzte?

„Lee! Wieso hast du uns hierher gebracht?“, schnaufte Edomir und sein Ton zwang mich, ihm meine Aufmerksamkeit zu schenken.

Ich atmete tief aus. „Ich weiß es nicht. Es war ein Versehen … Ich bin noch nicht so geübt darin, mit einem Zweiten durchs Wasser zu reisen, und wollte einfach nur weg von dort“, sagte ich. „Ich wollte uns in Sicherheit bringen.“

„Ich will nicht hier sein.“ Der Angstträger blickte in alle Richtungen. „Es ist furchtbar hier.“

„Glaub mir, ich möchte auch nicht hier sein“, stimmte ich ihm zu.

Er strich sich die klatschnassen roten Locken aus der Stirn. „Weißt du denn nicht, wer hier lebt?“, fragte er nervös. „Er lebt hier.“

Ich hörte ihm nicht richtig zu, denn in diesem Moment bildete sich in der Mitte des Platzes ein Kreis und ein massiger Sinnträger mit muskelbepackten Armen trat hervor.

„Willkommen, Freunde!“, rief er in die Menge. Er hatte ein weißes Gesichtsmuster, das mich an eine Wolfskralle erinnerte, und ließ seine Blicke ruhig über die anwesenden Träger schweifen. Es dauerte nicht lange, bis das allgemeine Tuscheln zu einem erwartungsvollen Murmeln verebbte, das schließlich auch erstarb.

„Wir haben uns heute hier versammelt, um Wutkämpfe zu führen und Wutkämpfe führen wir!“, donnerte er mit tiefer Stimme über den Platz. „Der schwarze Träger Ben ist als Sieger des letzten Kampfes hervorgetreten und hat noch immer nicht genug. Gibt es einen neuen Herausforderer?“ Er ließ seinen glühenden Blick über die Menge gleiten.

Ben ging langsam und selbstbewusst auf die Mitte des Platzes und zog sich im Gehen sein zerrissenes T-Shirt vom Kopf. Darunter kamen seine harten Brustmuskeln zum Vorschein, die noch klarer definiert waren als zu der Zeit, in der wir zusammen gewesen waren, und ich verachtete mich selbst dafür, dass ich kurz den Atem anhielt. Es sah aus, als hätte er die letzten Wochen nichts anderes getan, als zu kämpfen. Ben schaute mit kaltem Blick über die Masse an Sinnträgern und ich fühlte einen Stich, als mich seine dunklen Augen ohne erkennbare Emotion streiften.

„Wir sollten schnell von hier weg, das sieht gefährlich aus“, wisperte Edomir. „Außerdem möchte ich nicht in der Nähe von ihm gesehen werden."

„Von wem sprichst du überhaupt?", fragte ich abgelenkt.

„Na, Yolander, diesem emotionslosen Typen", sagte Edomir mit einer Selbstverständlichkeit, als hätte ich ihn nach meinem Namen gefragt.

Ich schüttelte den Kopf und drehte mich zu dem Templer um. „Wenn du solche Angst vor ihm hast, warum hast du ihn damals überhaupt aufgesucht?"

Edomir sah mich eindringlich an. „Große Angst zwingt einen manchmal zu gefährlichen und unüberlegten Taten."

„Deine Prüfungsangst?", fragte ich und zog eine Augenbraue hoch.

Er nickte. „Ich muss jetzt aber auch unbedingt zurück in den Templerkomplex", wisperte er. „Wenn Casimir bemerkt, dass ich verschwunden bin, wird er mich fragen, wo ich war. Und wenn ich lüge, wird er es merken. Und wenn er es merkt …"

„Schon gut", unterbrach ich ihn. Ich zog die Templerkutte über den Kopf, faltete den Stoff und hielt ihm den Packen entgegen. „Danke für deine Hilfe, Edomir", sagte ich ernst.

„Ich würde ja mit ‚gern geschehen' antworten, aber das stimmt leider nicht", sagte er verdrossen und drehte sich zum Gehen um.

Irgendetwas in mir wollte ihn noch nicht gehen lassen, weshalb ich den Angstträger instinktiv am Arm festhielt.

„Edomir, welches Buch musstest du für Yolander besorgen?", fragte ich und spürte eine Spannung in mir.

„Darüber möchte ich lieber nicht reden", erwiderte er.

Ich kniff die Augen zusammen. „Möchtest du lieber mit Casimir darüber sprechen?"

„Es war ein altes Buch aus der Bibliothek. Auf den Spuren der acht Artefakte“, schoss es aus ihm heraus. Damit wandte er sich um und verschwand in Richtung des nächsten magischen Portals.

Die Gedanken rasten in meinem Kopf. Yolander? War Yolander der Dieb? Hatte er die Artefakte gestohlen? Und wenn ja, warum? Oder war er nur der Zwischenhändler, der die Symbole der Macht auf dem Schwarzmarkt verkaufte? Hatten ihn die Wächter mit ihrem Zungenlösezauber noch nicht befragt? Oder hatte er sie auch manipuliert?

„Ist denn keiner unter euch, der es wagt, gegen den schwarzen Träger anzutreten?“, rief der massige Vertrauensträger mit der Wolfskralle als Zeichnung laut und riss mich aus meinen Gedanken.

„ICH nehme die Herausforderung an“, erklang in diesem Moment eine dumpfe Stimme aus der Zuschauermenge und ein Sinnträger mit Knollennase, der den massigen Sprecher neben Ben noch um einen Kopf überragte, schob sich in die Mitte des Kampfplatzes. Er hatte ein blaues Gesichtsmuster, das ihn als Trauerträger auswies, und ich starrte wie gebannt auf die starken Muskeln, die sich unter seiner Haut bewegten.

Es war ein Riese. Und er würde gegen Ben antreten.

Die Menge schrie begeistert und mein Verstand befahl mir, mich umzudrehen und Yolander aufzusuchen, aber meine Beine gehorchten mir nicht.

„Nimmst du diesen Gegner an?“, fragte der Kampfrichter förmlich und ich sah, wie Ben die Fäuste ballte und knapp nickte.

„So sei es!“

Die Menge johlte und trampelte auf den Boden. Ein träger Trommelschlag dröhnte über den Platz und ich sah, wie der riesige Totempfahl aus dunkelrotem Feuerholz im Takt der Schläge erzitterte. Ben blickte seinen Gegner an und die eiskalte Wut in seinem Blick schnitt mir direkt ins Herz. Was war mit ihm geschehen? Was hatte ihn so verändert?

Der massige Trauerträger stampfte auf Ben zu und versuchte, ihn mit einer linkischen Bewegung in den Schwitzkasten zu nehmen. Ben tauchte unter den mächtigen Pranken hindurch, rammte seinen Fuß in den Bauch des Gegners und versetzte ihm ein paar schnelle Schläge in die Nieren, bevor er sich blitzschnell wieder zurückzog.

Der Trauerträger grunzte und ging zur nächsten Attacke über. Er war noch keinen Schritt gekommen, da begann das Feuerholz, hell aufzulodern und ein gewaltiger schwarzer Panther sprang daraus empor. Er hatte ein seidiges Fell, unter dem sich harte Muskeln abzeichneten. Mit geschmeidigen Bewegungen sprang die Raubkatze zu Ben und stellte sich schützend vor ihn. Dann fauchte sie den Gegner an und ich kam nicht umhin, das Tier bewundernd anzustarren.

Bens Wuttier war um so vieles schöner als die Wölfe, die ich bei meinem letzten Straßenkampf gesehen hatte. Er war pure Kraft und Eleganz – ich wäre am liebsten mit der Hand durch sein glänzendes Fell gefahren.

Mit einer kleinen Verzögerung sprang nun auch das Wuttier des Trauerträgers aus dem Totempfahl und bei seinem Anblick stockte mir der Atem. Es war ein gewaltiger Bär, der sich brüllend auf die Hinterfüße erhob. Ein gemeinschaftliches Keuchen ging durch die Menge und einige traten ehrfürchtig einen Schritt zurück.

Ben ballte die Fäuste und der Trauerträger starrte voller

Ingrimm zurück. Dann stürzten die Tiere wie durch ein unsichtbares Signal aufeinander los. Ich konnte kaum mit ansehen, wie sie begannen, sich vor den Augen der geifernden Zuschauer gegenseitig zu zerfleischen. Als der Panther den Bären ein Stück Fleisch aus der Seite riss und der Bär dem Panther im Gegenzug mit einem Prankenhieb gegen den Totempfahl schleuderte, keuchte ich auf. Der Schmerz der Verletzungen schien direkt auf die beiden Kämpfer überzugehen, und als sich der Bär brüllend auf die Hinterbeine erhob, drehte ich mich um. Ich konnte es nicht mehr aushalten, ich wollte mir diesen Anblick nicht länger antun. Außerdem hatte ich noch jemanden aufzusuchen.

Ich lenkte meine Schritte zum weißen Zelt von Yolander. Obwohl ich damit hauptsächlich negative Erinnerungen verband, sagte mir mein Instinkt, dass es richtig war, zu ihm zu gehen. Also straffte ich die Schultern und näherte mich mit selbstbewussten Schritten der Behausung.

Noch bevor ich den Eingang erreicht hatte, sah ich Schmotz aus dem Zelt kommen. Der kleine Angsthändler zerrte seinen gewohnten Handkarren hinter sich her und fluchte derb, als sich das Ding in der weißen Zeltplane verfing.

„Hallo Schmotz“, sprach ich ihn etwas irritiert an. So kannte ich den Träger gar nicht.

Der kleine Händler blickte angewidert hoch und grummelte etwas, bevor er noch einmal heftig an seinem Karren zog. Zu heftig. Der Handkarren polterte aus dem Zelt, rollte Schmotz über die Füße und kippte beinahe um.

Ich sprang nach vorn und fing das Gefährt auf, während Schmotz laut aufjaulte und sich den rechten

Fuß hielt. „AUA, Schmotz weh, Schmotz weh!“, brüllte er und gab dem Karren einen Tritt, was ihn zu neuen Schmerzensschreien animierte.

Ich runzelte besorgt die Stirn. „Vielleicht wird es besser, wenn du aufhörst, ihn zu treten“, sagte ich.

„Vielleicht wird es besser, wenn du Schmotz lässt in Ruhe!“, fauchte mich der Angsthändler an und stapfte von dannen. Dabei murmelte er etwas von „Schmotz hasst dämliche Tornado-Tacos, Schmotz hasst schwarzes Ding“ vor sich hin und verschwand um eine Ecke.

Verwundert schaute ich ihm nach, entschied mich dann aber, den Besuch bei Yolander so schnell wie möglich hinter mich zu bringen. Wenn er etwas zu verbergen hatte, würde ich es herausfinden. Langsam schob ich die schwere Plane des Eingangs zur Seite und trat ins Innere. Drinnen war es noch genauso chaotisch und vollgestellt wie das letzte Mal, als ich hier gewesen war, doch die Atmosphäre war eine andere. Vielleicht lag es daran, dass ich diesmal allein hier war, aber das ganze Zelt fühlte sich deutlich bedrohlicher an. Kurz spielte ich mit dem Gedanken, die Wächter zu rufen – aber um zu erklären, wie ich auf Yolander gekommen war, hätte ich auch Edomirs Geheimnis preisgeben müssen. Und das wollte ich nicht.

Konzentriert ließ ich meine Augen über die weißen Gegenstände streifen und verglich die Bücher, Vasen und Skulpturen mit dem Bild aus meiner Erinnerung. Vieles von dem, was ich sah, war neu – was bedeutete, dass Yolanders Geschäfte gut laufen mussten. Mein Blick fiel auf den weißen Teppich mit dem leicht erhöhten Stuhl in der Mitte des Zeltes und ich dachte unweigerlich an den Moment zurück, als ich nach dem Kuss mit Jesper auf die Straße getreten war und das seltsame Gefühl gehabt hatte, einen Teil meiner Lebenszeit da drin verloren zu haben.

Ein leises Kichern jagte mir einen Schauer über den Rücken und ich fuhr herum. Das Geräusch kam vom hinteren Teil des Zeltes, der durch einen blickdichten, weißen Vorhang vom Eingangsbereich abgetrennt wurde. Vorsichtig lenkte ich meine Schritte dorthin und fühlte, wie meine Wachsamkeitslinien zu brennen begannen. Sicherheitshalber legte ich meine Hand auf meinen Wächterstab.

Als ich mit den Fingern den schweren Vorhangstoff zur Seite schob, erblickte ich dahinter einen behaglich eingerichteten Bereich mit einem großen Ganzkörperspiegel, einer kunstvoll verzierten Anrichte und einem frei stehenden runden Bett voller weißer Kissen. Der hellblonde Sinnträger stand mit dem Rücken zu mir und schien etwas in seinen Armen zu wiegen. Dabei summte er leise vor sich hin.

Vorsichtig näherte ich mich ihm, um einen Blick über seine Schulter zu werfen, doch in dem Moment schob er das, was er im Arm gehalten hatte, unter ein weißes Kissen und drehte sich schwungvoll zu mir um. „Ah … Besuch!“, stieß Yolander hervor und seine Mundwinkel zuckten mehrfach nach oben. „Was für eine Freude.“

Ich lächelte knapp zurück und versuchte, nicht ganz so ertappt auszusehen, wie ich mich fühlte.

Yolander raffte seinen orangefarbenen Morgenmantel und trat elegant näher. Dabei streifte mich sein Geruch nach Apfelsinenpunsch. „Wenn ich dir einen Tipp geben darf, Chérie“, er hob eine gezupfte Augenbraue und betrachtete mich einmal von oben bis unten. „Wenn du dich das nächste Mal an jemanden anschleichst, dann achte besser darauf, dass kein Spiegel in der Nähe ist.“

Sein Mund lächelte mich an, doch seine weißen Augen durchbohrten mich mit der Kälte einer Eislanze. Dann lachte er unvermittelt. „Nachdem wir das geklärt hätten, sag mir: Was kann ich für dich tun?“

„Ich bin auf der Suche nach Informationen“, antwortete ich wahrheitsgemäß und hielt meinen Blick wachsam auf ihn gerichtet. Yolanders weiße Zeichnung, die auf seiner blassen Haut kaum zu sehen war, schien leicht orangefarben zu schimmern. Oder lag es an dem Licht der untergehenden Sonne, die durch die transparenten Zeltwände fiel?

„Informationen, natürlich“, erwiderte Yolander und grinste. Was hatte er unter seinem Kopfkissen versteckt?

Ich musste mich beherrschen, dass meine Linien nicht zu glühen begannen. „Du bist doch der richtige Ansprechpartner für Informationen, oder nicht?“, fragte ich und schlenderte noch ein Stück weiter in den Raum hinein.

„Aber natürlich. Ich bin der Richtige für all deine Wünsche, Schätzchen“, erwiderte Yolander und strich sich mit dem manikürten Zeigefinger über die Wange. Er trat an die Anrichte, auf der neben einer Schale mit rotem Sand eine gläserne Karaffe stand, und schenkte sich eine Tasse Tee ein. „Doch Informationen kosten natürlich etwas. Vor allem kostet es Zeit, sie zu beschaffen“, sagte er über die Schulter und sein seidener Mantel wechselte die Farbe zu einem leuchtenden Gelb. Der Geruch von Honigmelonen stieg in die Luft. „Also, worum geht’s?“ Er drehte sich zu mir um und blickte mich mit flackernden weißen Augen an.

„Ich interessiere mich für Sandmalerei“, sagte ich schnell, um ins Gespräch zu kommen. Langsam ließ ich meine Augen über die Schale mit dem roten Sand streifen. „Ist es möglich, jemanden durch Sandmalerei zu manipulieren? Und wenn ja, wie kann der Verantwortliche dafür identifiziert werden?“

„Ganz schön viele komplizierte Fragen für so eine junge Wächterin“, sagte Yolander und lächelte mich an. „Und noch dazu so explosive – beinahe so explosiv wie mein roter Sand hier.“ Er nickte auf die Schale neben sich und schob mich mit der Hand ein Stückchen von der Anrichte weg. „Vorsicht“, hauchte Yolander und sein Morgenmantel wechselte erneut die Farbe zu einem kräftigen Violett. „Dies ist kristallisiertes Lavagestein aus den tiefsten Tiefen der Wutgebirge. Ein sehr gefährliches Zeug. Es ist mir erst heute geliefert worden, ich suche noch einen sicheren Platz dafür.“

„Wofür wird es verwendet?“, fragte ich und nutzte die Gelegenheit, um mich näher an Yolanders Bett heranzuschieben.

„Es ist eine spezielle Mischung für eine außergewöhnliche Form der Sandmalerei“, erklärte Yolander. „Man muss sehr vorsichtig in der Dosierung sein, um die Gedanken von jemandem damit zu manipulieren. Der Sand ist nicht nur sehr explosiv, er ist auch sehr kostbar.“

„Und sehr illegal“, fügte ich hinzu.

„Natürlich. Aber wie bei so vielen Dingen ist nicht der Besitz, sondern die Verwendung des Sandes verboten.“

„Nach dem letzten Erlass der Angstministerin nicht mehr“, sagte ich.

„Ach, ist das so?“ Yolander hob eine gezupfte blonde Augenbraue. „Das war mir nicht bekannt. Nun. Die Angstleute sind ganz schöne … wie sagt man in der Menschenwelt? Schisser.“

Ich erwiderte nichts darauf und näherte mich noch ein Stückchen seinem Bett. „Gibt es nun eine Möglichkeit, herauszufinden, ob die Gedanken von Sandmalerei vernebelt wurden, oder nicht?“

„Natürlich gibt es die“, erwiderte Yolander. „Aber wie so vieles im Leben, kostet die Recherche Zeit. Viel Zeit.“ Er maß mich einmal von oben bis unten. „Ich fürchte, mehr Zeit, als du besitzt, ma Chérie.“ Er nippte an seinem Getränk und betrachtete mich stumm. „Auch einen Tee?“, wisperte er dann und sah mich über den Rand seiner Tasse hinweg eindringlich an. Dabei spielte ein heimtückisches Lächeln um seine Lippen.

Ich wollte im ersten Moment ablehnen, besann mich dann aber eines Besseren. „Sehr gerne“, nickte ich und hielt meine Hand noch immer in der Nähe meines Wächterstabs. Im Notfall würde ich ihn blitzschnell ziehen können.

„Wunderbar“, lächelte Yolander. „Es geht doch nichts über eine anständige Tasse Tee.“ Er zauberte eine zweite Tasse hervor und griff nach der gläsernen Karaffe. „Ich habe gehört, die Wächter sind derzeit mit einer Reihe von Diebstählen beschäftigt“, fuhr er fort, während er mir den Tee einschenkte.

Mich überraschte die direkte Frage. „Das ist vertraulich“, sagte ich, während ich mich wieder ein Stückchen näher an sein Bett heranschob. Unter dem weißen Kissen blitzte etwas Goldenes hervor, und wenn ich recht behielt, handelte es sich um nichts anderes als Philomenas Artefakt.

„Nun, das ist sicher sehr aufregend, so eine wichtige Aufgabe anvertraut zu bekommen, n’est-ce pas?“, fragte Yolander und drehte sich zu mir um. In der Hand hielt er die dampfende Tasse, die er mir nun entgegenstreckte.

Ich griff danach und fühlte schon während der Bewegung eine unerklärliche Müdigkeit über mich kommen. Als ich die Tasse in der Hand hielt, verschwamm der Tee vor meinen Augen und ich blinzelte.

„Nun, um auf das Geschäftliche zurückzukommen“, sagte Yolander und seine Stimme klang plötzlich ganz gedämpft, als ob ich Watte in den Ohren hätte. „Ich lasse mich gerne im Voraus bezahlen.“ Ich versuchte, nach meinem Wächterstab zu greifen, doch meine Hand zitterte so sehr, dass ich ihn nicht zu fassen bekam. Erschrocken stützte ich mich auf dem Bett ab. Dabei bemerkte ich eine Veränderung an meiner Haut. Sie fühlte sich papierdünn an und ich sah, wie sich an mehreren Stellen Altersflecken bildeten.

„Was … was passiert mit mir?“, krächzte ich und sackte hinunter auf den Boden.

„Hoppla! Aufpassen, sonst verschüttest du noch den guten Tee“, sagte Yolander und nahm mir die Tasse ab.

Keuchend warf ich einen Blick in den hohen Wandspiegel und schrie entsetzt auf. Die Frau, die mir entgegenstarrte, war uralt. Meine Augen waren trüb, meine Haare schneeweiß und meine Haut war von Falten und Runzeln durchzogen.

„Ich sagte doch, deine Anfrage wird eine Menge Zeit kosten.“ Yolander lachte.

Obwohl ich längst nicht mehr so gut sehen und hören konnte, drang mir sein Lachen durch Mark und Bein.

„Es wäre mir lieber gewesen, dich nicht zu töten“, fuhr der Vertrauensträger fort und trat an seine Bettstatt heran. Dort griff er unter das weiße Kissen und zog das Artefakt der Freude darunter hervor. Ein schimmerndes Kleeblatt schwebte über dem von Philomena vergoldeten Sockel. Sobald er die Blätter des Kleeblatts berührte, leuchtete die blasse Zeichnung auf seiner Wange orangefarben auf und ein begeisterter Laut entrann seiner Kehle. „Er hatte recht, es ist fantastisch, so viel zu fühlen!“, schrie er und tanzte durch das Zelt.

„Wer?“, krächzte ich und Yolander hielt abrupt inne.

„Das tut nichts zur Sache. Denn obwohl er mich auf die Idee gebracht hat – durchgezogen habe ich es ganz allein. Meine Zeitendiebstähle haben nämlich leider auch ihre Nebenwirkungen“, erklärte er.

Ich rang nach Luft, während ich erneut versuchte, meinen Wächterstab zu ziehen. Doch ich war so schwach, dass ich nicht einmal das zustande brachte.

Yolander hockte sich wie ein guter Freund neben mich und strich mir beruhigend über mein schneeweißes Haar.

„Schhhh … Kämpf nicht dagegen an, ma Chérie. Du hättest deine Nase eben nicht in meinen Privatbereich stecken sollen. Dafür nehme ich mir jetzt deine Lebenskraft. Der eine gewinnt, der andere verliert, so ist es eben.“ Er summte glücklich vor sich hin und ich versuchte, mich keuchend hochzustemmen.

„Nein, tu das nicht. Tu das nicht“, murmelte Yolander und drückte mich sanft zurück auf den Boden. „Kämpfe nicht dagegen an, es bringt nichts. Du willst noch nicht sterben, ich weiß, denn deine Gefühle sind stark. Aber du bist schwach.“ Er machte eine kurze Pause und senkte die Lider mit den hellblonden Wimpern. „Bei mir ist es umgekehrt. Mein Körper ist jung und voller Kraft, aber meine Gefühle … meine Gefühle sind schwach. Doch dafür habe ich ja nun diese Schätzchen.“ Er küsste das schwebende Kleeblatt und ein fast kindliches Lächeln legte sich auf sein Gesicht.

Ich schloss für einen Moment die Augen. Während Yolander mir weiter über den Kopf streichelte, dachte ich daran, wie dumm ich gewesen war, ihm hier ganz allein gegenüberzutreten. Ich hatte die Bedrohung schon bei meinem Eintritt in das Zelt gefühlt, aber ich war so erpicht darauf gewesen, der Welt und mir selbst zu beweisen, dass ich auch allein klarkam, dass ich wieder einmal unvorsichtig gehandelt hatte. Und während mein Leben mit jedem Atemzug aus mir herausströmte, verstand ich es. Ich verstand Yolanders Wunsch, mehr zu fühlen, weil ihn die Zeitendiebstähle unempfindlich hatten werden lassen – und ich verstand, dass das abgefallene Haar von ihm stammte, dass es weiß war, weil es all die gestohlene Lebenszeit in sich gespeichert hatte. Die Diebstähle der Artefakte hatten also überhaupt nichts mit den Büchern der Macht zu tun gehabt.

Nun lag ich hier und würde sterben, ohne Ben noch ein einziges Mal gesehen zu haben … Todesangst überkam mich. Ich wollte noch nicht sterben, es war nicht richtig, es war zu früh, es war verdammt noch mal viel zu früh! Das Adrenalin peitschte durch meinen Körper und verlieh mir genug Energie, um meinen Wächterstab zu ziehen. Mit letzter Kraft richtete ich ihn auf Yolander und eine summende Wächterkugel schloss sich um den Vertrauensträger.

Er sah mich einen Augenblick lang erstaunt an und dann lachte er. Er lachte nicht nur, er schüttete sich aus vor Lachen und hielt sich den Bauch dabei. Schließlich wischte er sich die Tränen seiner Erheiterung von den Wangen. „Ma Chérie, was soll denn das? Du weißt doch, dass du sterben wirst. Das wirst du, denn ich habe dir deine Lebenszeit genommen und es ist nicht mehr viel übrig. Du hast vielleicht noch zwei Minuten, möglicherweise drei, wenn es hochkommt." Yolander machte es sich in der Kugel bequem und betrachtete entspannt seine manikürten Nägel. „Fühlst du dein Herz? Fühlst du, wie es immer langsamer und schwerfälliger klopft? Fühlst du, wie es darum kämpft, dich am Leben zu erhalten und das bisschen Blut durch deine Adern zu pumpen? Bald ist es vorbei, meine Liebe. Lass los. Dies ist der Rat, den ich dir gebe. Glaub mir, du wirst dich besser fühlen."

Ich hätte ihn gern darauf hingewiesen, dass er seinen eigenen Rat beherzigen und loslassen hätte sollen, statt sich durch die Lebenszeit anderer künstlich jung zu halten, doch meine Kraft reichte dafür nicht aus. Denn alles, was Yolander sagte, stimmte. Ich fühlte das Leben aus mir herausrinnen wie den Sand aus einer gesprungenen Sanduhr. Ich fühlte, dass meine Zeit erbarmungslos ablief und ich wusste, dass ich nur eine einzige Chance hatte, um die Wächter zu rufen.

„Ich weiß genau, was du denkst", sagte Yolander und seine Stimme klang fröhlich. „Du möchtest deine Freunde rufen, damit sie mich an deiner Stelle gefangen nehmen, doch leider gibt es einige Schutzzauber, die das zu verhindern wissen. Es war nicht sehr klug von dir, allein hierherzukommen, Chérie. Warum hast du das bloß getan? War es Egoismus, Zufall oder einfach dein Instinkt?" Er zuckte mit den Schultern und machte eine wegwerfende Handbewegung. „Ach, ich weiß es nicht. Aber eines weiß ich ganz gewiss: Es ist dein Tod."

Seine Stimme wurde immer leiser und das Zittern in meiner Hand so stark, dass ich es nicht mehr kontrollieren konnte. Yolander schwebte in seiner Wächterkugel hoch über mir und lächelte mich abwartend an, während ich spürte, dass mein Ende gekommen war. Meine Hand fiel herunter, der Wächterstab entglitt meinen kraftlosen Fingern und die Wächterkugel zersprang zwei Meter vor mir in der Luft. Yolander stürzte hinunter auf die Anrichte mit der gläsernen Karaffe und der roten Sandschale. Ich sah, wie das Lächeln aus seinem Gesicht verschwand und sich in einen Ausdruck puren Entsetzens verwandelte.

Und dann sah ich, wie die Schale unter seinem Gewicht zerbrach und der hochexplosive rote Sand Yolander vor meinen Augen in mehrere Stücke zerriss.

Kapitel 13

Meine Ohren dröhnten von der Explosion, der Rauch drängte sich in meine Lunge und zwang mich zu husten. Gleichzeitig strömte heiße Lebenskraft durch meine Adern. Yolanders magisch gestohlene Zeit schnalzte zurück in meinen Körper, glättete meine Falten und gab mir meine verlorenen Jahre zurück. Ich bäumte mich auf und schnappte nach Luft wie eine Ertrinkende. Dabei zuckte ein brennender Schmerz durch mich hindurch, so als wäre ich von innen zerrissen worden. Spitze Steine bohrten sich in meinen Rücken und Blut rann in dünnen Rinnsalen über meine Augen. Das, was ich unter mir spürte, fühlte sich nach einem Haufen Schutt an. Die Druckwelle hatte mich offensichtlich nach hinten geschleudert. Ich fasste mit zittrigen Händen an meine Stirn, nur um mich zu vergewissern, dass mein Kopf noch ganz war.

Ich hörte dumpfe Stimmen, sie klangen hektisch und weit entfernt. Vorsichtig versuchte ich, meine Augen zu öffnen, alles wirkte verschwommen, als hätte man die Welt in Zeitlupe gesetzt. Brennende Aschewölkchen schwebten auf mich nieder.

„Lee!“, schrie eine Stimme nach mir, „Lee!“

Die Stimme kam immer näher und wurde immer lauter und deutlicher, und als ich sie erkannte, zuckte ich noch einmal zusammen. Ich fühlte, wie kräftige Arme unter mich griffen, ich fühlte, wie er mich mit Leichtigkeit hochhob und wegtrug, weg von den aufgeregten Stimmen, weg von dem Rauch und den tanzenden Aschewölkchen.

Sein Herzschlag ging schnell. Mein Kopf lag auf seiner Schulter und diese Schulter fühlte sich so unglaublich gut an, obwohl sich nichts in mir gut anfühlte. Ich schloss meine Augen und roch seinen Duft. Es kam mir wie eine Ewigkeit vor, dass ich ihn das letzte Mal gerochen hatte. Bens Schritte waren bestimmt und von einer wilden Entschlossenheit geprägt, und als ich versuchte, mich zu bewegen, festigte er seinen Griff.

„Lass mich los", hauchte ich.

„Kannst du vergessen", sagte er.

„Lass mich los", hauchte ich noch einmal.

„Du bist verletzt."

Ich schnaubte. Ich war verletzt, tatsächlich das war ich. Ich war verletzt, weil mich Yolander beinahe getötet hatte, ich war verletzt, weil ich mich gewehrt hatte, aber diese Verletzung war nichts im Vergleich zu der, die Ben mir zugefügt hatte.

„Lass mich runter", zischte ich und versuchte, meine Beine zu bewegen, die mir nicht gehorchen wollten.

„Ich bringe dich zu einem Heiler, dann kannst du runter", sagte er streng.

So sehr ich auch widersprechen wollte, so sehr ich ihn treten und von mir stoßen wollte … Ich war zu schwach, um auch nur irgendetwas zu entgegnen, und als ich meinen Mund vorsichtig öffnete, fielen mir die Augen zu.

Als ich wieder erwachte, lag ich auf einer Pritsche in einem Zelt, ähnlich dem, das Yolander gehört hatte. Nur war es viel kleiner.

Ein hagerer Typ mit weißem Zopf beugte sich

über mich und sah mich vertrauensvoll an. „Es sieht schlimmer aus, als es ist“, sagte er zuversichtlich und reichte mir eine weiß leuchtende Ampulle. Seine weiße Gesichtszeichnung glomm auf. „Trink das und es wird dir gleich besser gehen.“

Ich nahm einen Schluck und fühlte, wie die Lebensenergie in mich zurückkroch, es war eine warme Kraft, die durch meine Beine und Arme kribbelte. Dann legte der Vertrauensträger seine Hände auf meine Wunden und ich spürte unmittelbar, wie meine Prellungen zu heilen begannen.

„Ich hole jetzt deinen Begleiter – sonst verprügelt er mich noch. Bitte sag ihm, dass ich meinen Dienst gut erledigt habe“, bat der dünne Heiler und verschwand aus dem Zelt.

Nur einen Herzschlag später trat Ben ein. Ich drehte meinen Kopf zur Seite, um ihn nicht ansehen zu müssen.

„Wie geht es dir?“, fragte er kühl.

Ich kräuselte die Stirn. „Du willst wissen, wie es mir geht? Jetzt auf einmal?“, schnaubte ich und wandte mich ihm wieder zu, weil ich ihm keine Schwäche zeigen wollte. Behutsam richtete ich mich auf und war froh, dass ich zumindest körperlich wieder fit war. Ich funkelte Ben an, sah in seine dunklen, geheimnisvollen Augen und in sein vom Wutkampf zerschürftes Gesicht, ohne an Haltung zu verlieren. „Es geht dich absolut nichts mehr an, wie es mir geht“, zischte ich und schwang mich mit einer fließenden Bewegung von der Pritsche, um zu gehen.

Ben hielt mich am Arm fest. „Du musst besser auf dich aufpassen.“

Ich riss mich los. „Fass mich nicht an.“

Seine Augen funkelten. „Du bist in Gefahr.“

Ungläubig sah ich ihn an und versuchte seinen Duft

zu ignorieren. „Ich bin in Gefahr?“, fragte ich spöttisch. „Was hat dich das zu interessieren?“ Mit diesen Worten stürmte ich an ihm vorbei aus dem Zelt. Mein Herz schlug wild gegen meine Brust und die Explosion vorhin war nicht vergleichbar mit dem, was sich jetzt in mir abspielte. Ich lief, so schnell ich konnte, lief zur Trümmerstelle, lief, als würde es um mein Leben gehen, und als ich da war, als ich vor dem Haufen glühenden Schutts stand, den von Yolander und dem meines Lebens, rang ich nach Luft.

Es tat so weh. Es tat so weh, ihn zu sehen, es tat weh, ihn noch immer zu lieben.

Ich musste mich konzentrieren, ich musste mich auf den Fall konzentrieren, sagte mir mein Kopf und ich rief die Wächter. Wir mussten die Artefakte sicherstellen. Irgendwo in diesem Schutthaufen mussten auch die anderen zu finden sein. Schmotz hatte von einem schwarzen Ding gesprochen und im Nachhinein war ich mir sicher, dass er das Artefakt des Ekels angefasst hatte. Ich sah mich in dem Berg an Überresten um, sah die zerbrochenen Antiquitäten, die wild verstreut auf dem Platz lagen, auf dem vor kurzer Zeit noch Yolanders Zelt gestanden hatte. Es roch noch stark nach Rauch und einige Sinnträger machten sich daran, die Überreste nach nützlichem Zeug zu durchforsten.

„Das ist ein Tatort“, rief ich. „Ich möchte, dass ihr die Unfallstelle nicht betretet.“ Der Rauch brannte in meinen Lungen und ich richtete meinen Blick nach vorne, nicht nach hinten. Aber auch ohne mich umzudrehen, wusste ich, dass er mir gefolgt war. „Was willst du?“, fuhr ich ihn an und kniete mich nieder, um ein schwarzes Teil unter einem zerstörten Tisch hervorzuziehen. Meine Hände zitterten.

Ben hob ebenfalls einen Gegenstand vom Boden auf,

es war verstaubt, aber ich erkannte den goldenen Sockel und das Kleeblatt sofort.

„Gib das her", verlangte ich hart. „Das ist ein Tatort. Und das ist ein Beweismittel."

„Ich gebe es dir, wenn du endlich aufhörst, eine Heldin zu sein, und beginnst, dich zurückzuhalten", herrschte er mich an.

Ich stand auf und ging ein paar Schritte, bis ich ihm direkt gegenüberstand. „Das geht dich nichts mehr an", sagte ich schroff und spürte, wie mein Herz quälend gegen meine Brust sprang.

„Du musst dich zurückhalten", wiederholte er und seine Augen funkelten drohend.

Es machte mich unglaublich wütend. Es machte mich wütend, dass er hier war, dass er mich hier hilflos liegen gesehen hatte, dass er mich zum Heiler gebracht hatte und vor allem, dass er jetzt hier stand und glaubte, mir befehlen zu können, was ich zu tun hatte. „Ich kann tun und lassen was ich will", fuhr ich ihn an.

„Nein, kannst du nicht", zischte er zurück. Erst jetzt fiel mir auf, wie müde und zerstört er aussah.

„Das kann ich nicht? Was fällt dir überhaupt ein?!", schnauzte ich ihn an. „Es geht dich überhaupt nichts an, in welche Gefahr ich mich begebe!"

„Natürlich geht es mich etwas an!", brüllte er zurück.

„Nein, tut es nicht!", kreischte ich. „Du bist gegangen, du hast kein Anrecht mehr, mir irgendetwas zu sagen. Du hast mich sitzen gelassen, du hast mich allein gelassen", sagte ich und schluckte schwer. „Also hau jetzt einfach wieder ab, das kannst du doch so gut!" Es kam einfach aus mir heraus und ich konnte es nicht mehr halten. Der Stein war ins Rollen gekommen und hatte eine Lawine ausgelöst, eine Lawine, die mir in Tränen über die Wangen lief. Ich hasste es, vor ihm zu weinen, ich hasste es, derart schwach zu sein, aber ich hatte es nicht mehr unter Kontrolle.

„Glaubst du, dass ich das wollte? Glaubst du wirklich, dass ich von dir getrennt sein wollte?", knurrte er und in seinen Augen schwang eine unbändige Wut, die ich noch nie zuvor bei ihm gesehen hatte.

„Du hast mich stehen gelassen!", brüllte ich.

„Um dich zu schützen!", brüllte er zurück und machte einen Schritt auf mich zu, sodass er ganz nah vor mir stand und ich seinen unwiderstehlichen Duft riechen konnte.

„Zu schützen? Du glaubst, mich beschützen zu müssen? Ich kann auf mich allein aufpassen!", fauchte ich, obwohl ich wusste, dass es nicht stimmte.

„Sieht das danach aus?", schnaubte er und deutete mit einer zornigen Bewegung auf den Trümmerhaufen. „Verdammt noch mal, sieht das danach aus, als ob du allein auf dich aufpassen könntest?!"

„DAS GEHT DICH NICHTS MEHR AN!", schrie ich ihm direkt ins Gesicht, in seine dunklen Augen und seinen verwegenen Dreitagebart, ich schrie es so laut, dass mir meine Stimme wehtat. Es war mir egal, was die Leute um uns herum dachten.

„Natürlich geht es mich etwas an!", donnerte er.

„Warum bei allen Sinnträgern sollte es dich noch etwas angehen, warum, Ben?!", brüllte ich ihm meinen Schmerz entgegen.

„WEIL …", schrie er zurück und sein Atem ging schnell. „WEIL ICH DICH VERDAMMT NOCH MAL LIEBE!"

Dann packte er meine Hüften und zog mich zu sich heran, er presste seine Lippen auf meine und küsste mich stürmisch. Mein Kopf schrie nein, aber mein Körper hörte nicht zu und gab sich dem Kuss hin. Ein prickelnd warmes Gefühl durchfuhr mich. Es war wunderschön, Ben wieder zu spüren. Seine Lippen waren sanft und wild, es war einzigartig und fühlte sich fantastisch an, dieser stürmische Kuss, der aufregend und vertraut zugleich war, doch irgendwann beschloss mein Kopf einzugreifen.

Ich riss mich von ihm los und machte hektisch einen Schritt zurück. Mein Puls ging schnell, meine Gedanken rasten und ich war atemlos. „Glaubst du, dass es damit getan ist? Dass du mich küsst und ich vergesse, dass du mich stehen gelassen hast?“, fauchte ich.

Bens Mundwinkel zuckte. Dieser Mistkerl wusste natürlich, was ich für ihn empfand.

„Hör auf, so blöd zu grinsen!“, befahl ich schroff. „Warum bist du gegangen? Warum hast du mich allein gelassen?!“

„Es hat dir gefallen.“

„Dass du mich allein gelassen hast?“

„Der Kuss. Du stehst einfach auf mich.“

„Hörst du mir überhaupt zu?“, fragte ich fassungslos.

Ben vergrub seine Hände in der Hosentasche. „Was hätte ich denn tun sollen?“, fragte er. „Dich noch mehr der Gefahr aussetzen?“ Er schluckte. „Du wärst wegen mir fast gestorben, du hättest das Gift beinahe nicht überlebt! Und zu dem Zeitpunkt wussten sie noch nicht einmal, dass du …“

Mein Puls raste noch mehr. „Dass ich was?“

Seine Stimme wurde ganz leise, war beinahe ein Flüstern, als er es aussprach. „… dass du die wahre Auserwählte bist.“

Ich hörte die Worte, die Ben gesprochen hatte, in

meinem Kopf nachhallen, ich hörte das Geräusch des Wassers, ich hörte, wie Marcus mit drei Wächtern in forschem Schritt zu mir stürmte, ich hörte, wie ich ihnen erzählte, was passiert war, hörte, wie sie die Trümmer nach den restlichen Artefakten durchsuchten, und ich hörte, wie Ben sich langsam entfernte. Sobald die Gelegenheit günstig war, eilte ich ihm nach. Als ich um eine Ecke bog, wartete er lässig an eine weiße Häuserfassade gelehnt und spielte mit Philomenas Artefakt.

„Dachtest du etwa, dass ich schon wieder weglaufe?", fragte er.

„Was heißt das? Ich bin die Auserwählte?", drängte ich zu wissen.

Ben rieb sich über seinen Dreitagebart, zögerte nun aber nicht mehr, mir alles zu erzählen. „Ich habe damals gespürt, dass etwas mit mir nicht in Ordnung ist, die Wut, die in mir herrschte, hatte nichts mehr mit dem neuen Haus zu tun. Es war eine viel tiefer sitzende Wut, die begann, mich einzunehmen. Aber ich hatte keine Ahnung, warum. Deshalb musste ich nach Antworten suchen. Und als du beinahe in meinen Armen gestorben wärst", er stockte und ich spürte, wie große Angst er gehabt haben musste, „wusste ich, dass ich sofort handeln musste. Als der Dunkle Ort vor mir erschien, war es fast wie ein Geschenk. Ein Geschenk, das mir Erklärungen liefern konnte … und danach war mir klar, dass ich mich von dir fernhalten musste."

Mein Atem ging schnell. War das etwa Bens Erinnerung gewesen? War ihm der Dunkle Ort im Garten erschienen? Hatte ich den Dunklen Ort nicht auch während meiner Genesung genau dort gesehen?

„Wie lautet deine Prophezeiung?", fragte ich mit einem mulmigen Gefühl im Magen.

Ben senkte den Blick und strich den Staub vom goldenen Sockel des Artefakts. „Ben, Träger des Ekels“, wiederholte er die Worte des Dunklen Ortes bitter. „Dein Schicksal ist es, die Auserwählte zu beschützen, in der Nähe und in der Ferne, dein Herz schlägt für sie“.

Ich lehnte mich neben ihm gegen die Häuserfassade und ließ mich langsam Richtung Boden rutschen. „Ich? Die Auserwählte?“, stammelte ich und versuchte, alles zu verdauen, was nun auf mich niederprasselte. „Aber das ergibt doch überhaupt keinen Sinn.“

„Für wen schlägt mein Herz denn sonst noch?“, fragte Ben müde und setzte sich neben mich. „Und es ergibt durchaus Sinn. Wenn du damals nicht gewesen wärst, hätte ich Ruwen niemals aufgehalten … In der Nähe und in der Ferne, dein Herz schlägt für sie … Du warst immer die treibende Kraft, du wolltest die Totaa bekämpfen, du wolltest Simeons Tod aufklären. Ich habe dir nur geholfen.“

„Aber wieso hast du mich dann verlassen?“

„Verstehst du es nicht?“, fragte er und nahm meine Hand.

Ein warmes Kribbeln sauste durch mich hindurch und ich war mir nicht sicher, ob ich meine Hand nicht lieber wegziehen sollte, aber ich konnte es einfach nicht.

„Die Totaa sind hinter mir her, weil sie glauben, dass ich der Auserwählte bin. Was würde passieren, wenn sie herausfänden, dass ich das falsche Ziel bin?“

„Sie wären hinter mir her.“

Er nickte. „Das konnte ich nicht zulassen. Ich wusste, dass ich gehen musste … und in der Ferne, dein Herz schlägt für sie.“

„Aber sie kannten doch deine Prophezeiung nicht“, hauchte ich.

Ben sah mich eindringlich an. „Sinja ist mächtig, Lee, wie lange, glaubst du, braucht sie, um auch das herauszufinden? Ich musste ihren Blick von dir weglocken. Ich musste sie ablenken."

„Aber warum hast du mir nichts gesagt?", hauchte ich.

„Sie haben die Torte vergiftet, das heißt, sie wussten von Simeons Überraschungsparty. Wie konnte ich sicher sein, dass sie unser Haus nicht verwanzt hatten und die Wahrheit durch mich noch schneller herausfinden würden? Dass sie erkennen würden, dass sie das falsche Ziel anvisierten? Wie konnte ich sicher sein, dass nicht irgendeiner von unseren Bekannten ein Totaa ist? Und vor dir verheimlichen … Ich wusste einfach, dass du es herausfinden würdest. Ich wusste, dass ich es vor dir niemals geheim halten konnte, wenn ich geblieben wäre. Du hättest es gespürt und nicht aufgehört, bis du die Wahrheit erfahren hättest. Außerdem wollte ich Sinja mit meinem plötzlichen Verschwinden aus dem Konzept bringen und einen Weg finden, sie dingfest zu machen. Ich wollte einen Beweis für ihre Schuld finden. Ich wollte mehr über ihren Plan erfahren." Er senkte die Stimme. „Es tut mir leid, Lee, es tut mir unendlich leid, was du von mir gedacht haben musst und was du wegen mir durchmachen musstest, aber glaube mir, hätte ich einen anderen Weg gesehen, hätte ich ihn eingeschlagen." Er strich mir sanft über die Wange.

„Die Zeit war schrecklich", sagte ich leise.

„Ich weiß, das war sie auch für mich."

„Ich dachte, dass du dich in Tara verliebt hast."

„In Tara?", er sah mich ungläubig an. „Wie bist du nur auf den absurden Gedanken gekommen?"

Ich zuckte mit den Achseln. „Absurd? Sie ist schön und trägt auch den Sinn des Ekels in sich, da dachte ich …"

„Du bist süß.“ Er lächelte mich an.

„Sag das nicht so“, sagte ich und kam mir unheimlich blöd vor. Ich war eine Wächterin, ich trug den Sinn der Wachsamkeit in mir, aber wenn es um Ben ging, versagte sowohl mein Instinkt als auch mein Sinn.

„Okay, du bist sehr süß“, sagte er und grinste. „Du bist unglaublich süß.“

Ich versetzte ihm einen Klaps auf die Schulter. „Hör auf.“

„Häusliche Gewalt?“

„Nicht witzig“, sagte ich. „Der Gedanke war schrecklich, dass du dich in eine andere verliebt hast. Es war schrecklich, ohne dich zu sein.“

Er legte den Arm um mich. „Lee, es hat mein Herz zerrissen, von dir getrennt zu sein … Aber heute habe ich erkannt, dass du dich auch ganz allein in Gefahr bringst und ich weiß nicht, wie viel Zeit mir noch bleibt.“

„Wie viel Zeit dir noch bleibt? Was meinst du damit?“

Er senkte den Kopf. „Am Anfang dachte ich, dass die Wut von unserem Haus oder vom Rotfieber kommt“, sagte er und lachte hart auf. „Aber es ist nicht so. Ich habe mich im Weißen Sanatorium testen lassen. Sinja muss mich mit einem alten und sehr starken Zauber infiziert haben. Dazu hat sie das Rote Buch der Macht verwendet, jenes, das du in deiner Vision gesehen hast. Ich bin nicht der Einzige, den sie infiziert hat. Auch andere Reisende und Beschützer scheinen befallen zu sein, das ist mir beim Wutkampf, den du vorhin gesehen hast, klar geworden – denn ich bin gegen einen Reisenden mit dem Sinn der Trauer angetreten. Bei mir ist die Metamorphose schon weit fortgeschritten, deswegen hatte ich auch solche Probleme mit der Reisendenprüfung. Nur die Wutkämpfe helfen mir ein wenig, meine Wut abzubauen. Aber ich spüre, wie der rote Sinn meinen eigenen verdrängt und ich nicht mehr ich selber bin …"

„Das ist ihr Plan?", fragte ich entsetzt. „Sie infiziert all jene, die in die andere Welt reisen, mit Wut?"

Ben nickte. „Alle Menschverbundenen. Wenn nur noch Wut in der anderen Welt bei den Menschen ausgelöst werden kann, führt das unweigerlich zum dritten Weltkrieg. Und der hat selbstverständlich eine Rückwirkung auf die Sinnliche Welt – und so würde es für die Totaa ein Leichtes sein, ihren Kampf gegen die Menschverbundenen im allgemeinen Chaos wieder aufzunehmen. Außerdem würden immer weniger Menschverbundene erweckt werden, wenn sich die Menschen in der anderen Welt gegenseitig ausrotteten …"

„Aber wir müssen sie doch aufhalten."

„Ich habe versucht, an das Rote Buch der Macht zu gelangen. Ich bin mir mittlerweile sicher, dass Sinja es im Ministerium der Wut versteckt … Leider ist es nicht einfach, an den Beschützern vorbeizukommen."

„Ich weiß, wo es ist", sagte ich schnell. „Ich habe den Raum gesehen, in dem sie es aufbewahrt. Aber es ist fast unmöglich, da hineinzukommen. Vielleicht wenn wir mit Quirin sprechen …"

Ben schüttelte den Kopf. „Das hat keinen Sinn. Der Typ würde uns nicht glauben. Außerdem ist er sauer auf mich, weil ich immer wieder seine Bodyguards abgehängt habe." Er machte eine Pause und sah mich eindringlich an. „Lee, ich weiß nicht, was noch mit mir passieren wird. Verzeih mir bitte, dass ich dich allein gelassen habe und so ein Arsch war – ich hätte trotz allem einen Weg finden müssen, mit dir zu sprechen."

Ich nickte, aber ich verstand, warum Ben so gehandelt hatte, und es war ein Trost, dass er es aus Liebe getan hatte.

„Du bist wahrscheinlich immer noch ein Arsch“, seufzte ich.

„Wahrscheinlich“, sagte er ernst und sein Mundwinkel zuckte.

„Lass mich nie mehr allein“, verlangte ich.

„Nie mehr“, wiederholte er und fuhr mir sanft über die Wange und dann zog ich ihn zu mir heran und küsste ihn zärtlich.

„Wir müssen deine Wut-Infektion aufhalten, wir müssen Sinja das Buch wegnehmen“, sagte ich entschlossen und stand auf.

„Und was ist mit deinem Fall?“, fragte Ben und deutete Richtung Trümmerhaufen. Ich hatte ihm die Kurzfassung meines Auftrages wiedergegeben und erklärt, wie es zur Explosion gekommen war.

„Der Fall ist doch jetzt egal“, antwortete ich. „Außerdem ist er eigentlich schon abgeschlossen.“

„Okay, dann lass uns einen Weg finden, um ins Wutministerium einzubrechen“, schlug Ben vor, als würde es ein Spaziergang werden, obwohl wir beide wussten, dass es alles andere als das sein würde. Er richtete sich ebenfalls auf, während er Philomenas Artefakt noch immer in der Hand hielt.

„Das müssen wir noch zu Marcus bringen“, sagte ich. „Philomena vermisst es bereits, weil sie es für ihr Museum braucht.“

„Philomena braucht anscheinend alles für ihr Museum“, sagte Ben trocken und drehte den Sockel auf seinem Finger. Ein Geräusch erklang.

„Hast du das gehört?“, fragte ich.

„Was?“

Ich nahm das Artefakt in die Hand. „Es klang, als wäre eine Art Mechanismus ausgelöst worden", erklärte ich und drehte den Sockel um. Dabei achtete ich darauf, die schimmernden Kleeblätter nicht zu berühren, da ich keinerlei Lust verspürte, denselben Trip zu erleben, auf dem Yolander gewesen war. Der goldene Sockel wirkte so hart und glatt wie immer.

„Mach das noch mal", sagte ich und gab Ben das Artefakt zurück.

„Was?"

„Das mit dem Finger, das Drehen", sagte ich ungeduldig und ärgerte mich ein wenig, dass ich es nicht konnte.

Er fuhr sich durch seine dunklen Haare und grinste. „Hab ich dir schon mal gesagt, dass ich es mag, wenn du so dominant bist?"

„Ben", schnaufte ich.

Noch immer grinsend nahm er das Artefakt wieder in die Hand und drehte den Sockel ein zweites Mal auf seinem Finger. Wieder erklang dieses Geräusch.

„Und noch einmal", flüsterte ich.

Beim dritten Mal ertönte ein leises Klacken und auf der Seite des Sockels sprang ein Geheimfach auf.

Ich wechselte einen kurzen Blick mit Ben und griff hinein. Dann zog ich mit angehaltenem Atem einen handtellergroßen Kompass daraus hervor. Er wirkte sehr alt; sein Glas war in der Mitte gesprungen und das Metallgehäuse dunkel angelaufen.

„Das Ding sieht aus, als wäre es verflucht", sagte Ben abfällig, während ich den Kompass mit klopfendem Herzen umdrehte.

„Folgt mir und ich weise euch den Weg zu den mächtigen Seiten", stand da in zierlicher Schrift. Ich strich mit zitternden Fingern über die filigrane Gravur.

„Glaubst du das, was ich denke?“, fragte Ben und sah mich eindringlich an.

Ich nickte und ein kalter Schauer rann mir über den Rücken. „Ja, das ist ein Hinweis zu einem weiteren Buch der Macht.“

Kapitel 14

„Oh Mann, es tut so gut, euch wieder vereint zu sehen“, schwärmte Simeon und betrachtete uns glücklich. Wir saßen in seinem weitläufigen Loft, das wie das Labor eines verrückten Wissenschaftlers aussah, und versanken beinahe vollständig in einem weichen grünen Sitzsack. Ben hatte seinen Arm um mich gelegt und strich mir zärtlich über das Schlüsselbein.

Ich nickte und versuchte zu verdrängen, dass Ben von einem Zauber zerfressen wurde, der ihn immer wieder dazu zwang, die unbändige Wut abzureagieren, die sich unaufhörlich in ihm aufstaute.

„Es tut auch gut, dich wiederzusehen“, sagte ich, da mir bewusst war, wie haarscharf ich am Tod vorbeigeschrammt war. Ben hatte recht. Ich musste in Zukunft wirklich besser auf mich achtgeben.

Simeon strahlte mich aus seinen hellgrünen Augen an und richtete seinen Blick auf Ben. „Du solltest jetzt auch sagen, dass du froh bist, mich wiederzusehen, Kumpel.“

Ben starrte ihn ungläubig an.

„Vielleicht hilft es dir, wenn ich den Anfang mache.“ Simeon räusperte sich. „Ben, du bist mein Freund und ich habe dich vermisst. Es ist schön, dass wir wieder zusammen sind.“

„Simeon“, setzte Ben mit Grabesstimme an und ich stieß ihm unauffällig den Ellbogen in die Rippen, da ich mir gut vorstellen konnte, dass nichts allzu Nettes darauf folgte. Ben seufzte. „Schon gut. Es ist nett, dass du uns hilfst. Aber wenn ich dich noch einmal sagen höre, dass wir beide zusammen sind …“ Er warf ihm einen unmissverständlichen Blick zu.

Simeon gluckste und ich verdrehte die Augen, während ich spürte, dass Ben mich noch ein bisschen näher an sich heranzog.

„Gut, das heißt, wir brauchen einen Plan, wie wir Sinja das Handwerk legen können“, sagte Simeon und rieb sich die Hände, aus denen knisternde grüne Funken emporstoben. „Jammerschade, dass das kristallisierte Lavagestein von Yolander bei der Explosion zerstört wurde. Daraus hätte ich sicher etwas Cooles basteln können.“

„Wäre es dir lieber gewesen, der rote Sand wäre heil geblieben und Lee dafür tot?“, fauchte Ben aggressiv.

Ich legte ihm beruhigend die Hand auf den Arm und erinnerte mich für einen Moment wieder an Yolander und die Explosion. Ich hatte den Wächtern Philomenas Skulptur samt dem Kompass übergeben, denn wir hatten im Moment Wichtigeres zu tun, als ein weiteres Buch der Macht ausfindig zu machen. Glücklicherweise konnten auch die anderen drei Artefakte relativ unversehrt geborgen werden.

„Schon gut“, murmelte ich. „Ich bin sicher, Simeon hat es nicht so gemeint. Simeon möchte mich sicher nicht tot sehen.“

„Na-natürlich nicht“, stotterte der Magiebegabte.

„Wir müssen das Rote Buch finden. Nur so lässt sich Sinjas Zauber rückgängig machen“, sagte ich und sah ihn eindringlich an.

Ben schnaubte und Simeon legte seinen weißblonden Wuschelkopf schief. „Ja. Wir müssen das Buch finden, bevor Bens Zeichnung rot geworden ist. Denn wir wissen nicht, ob der fremde Sinn ihn letztendlich umbringen wird oder er für immer zum Wutträger mutiert – beides keine großartigen Aussichten." Er stockte. „Also, wenn sich der Sinn einmal geändert hat, lässt sich die Magie nicht mehr rückgängig machen. Das Buch ist dafür zu mächtig." Er schluckte und lenkte erfreulicherweise das Thema auf das Wutministerium. „Wenn ich richtig deute, was du mir von diesem 3-Phasen-Sicherheitssystem erzählt hast, wird es nicht gerade einfach werden, in den einbruchssicheren Raum einzubrechen. Zum Glück für euch", er lächelte uns verschwörerisch an, „habt ihr einen überaus talentierten Magiebegabten zum Freund, der die letzten Wochen nichts anderes getan hat, als sich auf den Kampf mit Sinja vorzubereiten."

* * *

„Okay", sagte ich vier Tage später und hielt Ben eine von Simeons blauen Pillen unter die Nase. „Am besten, wir machen es schnell und schmerzlos. Du denkst einfach an Jesper und ich denke an die schwarzhaarige Beschützerin, die ihn so angehimmelt hat." Ich atmete tief durch und starrte auf die kleine Pille. Es fühlte sich nicht gut an, illegale Verwandlungsmagie zu benutzen, aber verzweifelte Umstände erforderten nun mal verzweifelte Maßnahmen.

„Wenn du mir vor einem Mondlauf gesagt hättest, dass ich das mal tun würde, hätte ich dich für verrückt erklärt", murrte Ben.

„Es ist ja auch verrückt", stimmte ich zu und hielt ihm die blaue Pille hin. „Aber das ist unsere beste Chance, um das durchzuziehen."

Heute fand die Ernennung der neuen Trauergestalterin statt, was bedeutete, dass die meisten Beschützer im

Trauerland waren, um der Zeremonie der Macht der Acht beizuwohnen. Und natürlich war auch Jesper dort, um Sinjas Sicherheit zu gewährleisten. Dass er heute nicht im Wutministerium Dienst schob, half uns zwar, trotzdem gab es bei unserem Plan noch zu viele Unbekannten. Leider hatten wir keine andere Wahl. Wenn es uns nicht gelang, Sinjas Zauber rückgängig zu machen, wusste ich nicht, wie es weitergehen sollte. Ich wusste nicht, ob Ben die Transformation überleben würde. So gut ich konnte, versuchte ich, diesen drückenden Gedanken wegzuschieben, genau wie die Wut, die ich darüber empfand, dass Sinja Ben und andere Reisende als Wut-Versuchskaninchen missbrauchte, bevor sie sämtliche Reisende und Beschützer mit ihrem Sinn infizierte.

„Komm, schluck die Pille“, sagte ich liebevoll. „Und denk dabei an Jesper. Denn wenn du dich stattdessen in die hübsche schwarzhaarige Beschützerin verwandelst, muss ich mich in Jesper verwandeln, und dann musst du ihn die ganze Zeit ansehen.“

„Das kommt nicht infrage“, knurrte Ben und würgte die Pille hinunter.

Rasch stellte ich mich auf die Zehenspitzen, umfasste sein Gesicht mit beiden Händen, und küsste ihn, bevor er sich veränderte.

Ben sah mir tief in die Augen und dann setzte die Verwandlung ein. Seine dunklen Haare bekamen einen blauschwarzen Schimmer und legten sich glatt um seinen Kopf. Seine zerrissenen schwarzen Linien verblassten und wurden zu drei gezackten Blitzen auf seiner rechten Wange. Sein Körper wurde muskulöser und wuchs in die Höhe. Binnen eines Herzschlags stand Jesper in seiner vollen Pracht vor mir und betrachtete seine rote Uniform mit angewidertem Gesicht.

„Arbeite an deiner Mimik“, empfahl ich ihm. „Wer Jesper kennt, sieht sofort, dass mit ihm etwas nicht stimmt.“ Mit diesen Worten schluckte ich meine Pille, die ausgesprochen bitter schmeckte, hinunter und dachte an die vollbusige Beschützerin mit den himmelblauen Augen und dem schwarzen Zopf. Augenblicklich fühlte ich ein leichtes Kribbeln am ganzen Körper, und als ich an mir herunterblickte, konnte ich meine Füße nicht mehr sehen.

„Gar nicht übel“, grinste Jesper-Ben und betrachtete meinen neuen Vorbau.

Ich gab ihm einen spielerischen Klaps und er legte lächelnd seine großen Pranken auf meine drallen Hüften. „Was jetzt?“

„Jetzt musst du hundert Liegestütze machen. Für den Anfang.“

„Ich hasse diesen Typen“, schnaufte Ben, während ihm der Schweiß von der Stirn rann. Ich stand neben ihm in Jespers Vorgarten und observierte aufmerksam die Umgebung. Eigentlich war es kein richtiger Garten, sondern eine rote Sandfläche, in der einige mannshohe Kakteen herumstanden. Dadurch sah es auch viel mehr nach einem Trainingsgebiet aus als nach einem Ort der Entspannung.

„Noch sechsundzwanzig. Denk daran, es ist für einen guten Zweck“, sagte ich und spähte auf die verlassene Straße vor Jespers Haus. „Um in Sinjas supergeheimen Sicherheitsraum hineinzukommen, brauchen wir dieselbe frische Erinnerung, die auch er hat. Was bedeutet, dass wir uns keinen Fehler erlauben dürfen.“

„Schon klar“, knurrte Ben, während die Muskeln seiner Arme weiter pumpten. „Hundert.“ Er legte sich für einen Augenblick keuchend in den roten Sand. „Was jetzt?“

„Klimmzüge“, erwiderte ich knapp und wies auf einen Baum, dessen dicker Ast von Jespers Fingern schon ganz glatt poliert worden war. „Fünfzig Stück. Simeons Schatten hat berichtet, dass Jesper irgendetwas gesagt hat, während er die Übung absolviert hat.“

„Ich kann mir schon vorstellen, was der Arsch gesagt hat“, murrte Ben und strich sich mit einer angewiderten Bewegung die verschwitzten Haare aus der Stirn. Er trat zu dem Baum, blickte nach oben, atmete noch zweimal tief durch und sprang dann aus dem Stand in die Höhe.

„Seht nur meine dicken Muckis“, knurrte Ben und zog sich kräftig mit dem Kinn über den Ast.

„Eins“, sagte ich.

„Ich bin so ein toller Beschützer“, sagte Ben und zog sich erneut nach oben.

„Zwei“, kommentierte ich.

„Ich seh so wahnsinnig gut aus.“

„Drei. Ich kann mir nicht vorstellen, dass Jesper so etwas sagen würde“, meinte ich stirnrunzelnd.

„Ich wünschte, ich hätte diesen Orden bekommen und wäre nicht stattdessen umgekippt“, ätzte er und spielte damit auf Jespers Erinnerung aus dem Trauerritual an.

„Komm schon, Ben. Versuch es doch wenigstens mal.“

„Ich hab das hässlichste Haus in der Straße, aber ich steh drauf“, sagte er und bedachte den rohen Verbau aus Feuerholz mit einem verächtlichen Blick.

Ich seufzte und hoffte inständig, dass die frische Erinnerung nicht mit etwas zusammenhing, das Jesper IM Haus getan hatte, denn darüber hatte uns der Schatten keine Informationen liefern können. Schon draußen war es schwer genug gewesen, Jesper unauffällig zu observieren.

„Sehr gut, nur noch zweiundvierzig“, kommentierte ich, als Ben schnaufte.

„Ich hasse diesen Typen“, knurrte er zum wiederholten Mal, führte seine Übungen jedoch unbeirrt fort.

Nachdem Ben mit den Klimmzügen fertig war, sprang er vom Baum herunter und wirkte total erledigt.

„Gut“, sagte ich. „Jetzt musst du nur noch den Saft einer Feuerdornpflanze trinken, dann können wir uns auf den Weg machen.“

„Feuerdornpflanze?“, wiederholte Ben angeekelt.

Ich wies mit dem Kinn auf einige purpurrote Blumen, die zwischen den Wurzeln des Baumes in Jespers Garten wuchsen.

„Es hat dieselbe Funktion wie Lavagesöff“, erklärte ich und ging in die Hocke, um die scharfzackigen Blütenblätter zu betrachten. „Leider schmeckt es nicht so lecker.“

„Was hat der Typ nur für einen beschissenen Tagesablauf“, murrte Ben, pflückte eine der Blumen und presste ihre dunkle Flüssigkeit aus den purpurroten Blüten direkt in seinen Mund. Dann verzog er angewidert das Gesicht und ich sah, dass er den ekelhaften Saft am liebsten sofort wieder in den Sand gespuckt hätte.

„Angeblich gewöhnt man sich an den Geschmack“, sagte ich aufmunternd, obwohl ich das selbst nicht glaubte. Ich hatte bei meiner ersten Reise durch das Wutland ein einziges Mal davon gekostet und würde es freiwillig niemals wieder tun.

„Furchtbar“, schnaubte Ben und wischte sich seine Finger, die von der Blume eine dunkelrote Färbung angenommen hatten, mit einer heftigen Bewegung an seiner Beschützeruniform ab. „War’s das?“

Ich nickte. „Jetzt müssen wir zum Wutministerium."

„Na dann los", knurrte Ben und wir schwangen uns über die scharfkantigen roten Kristalle, die Jespers Garten umzäunten. Der Schatten hatte berichtet, dass der Beschützer nie die Tür nahm, sondern immer mit einem Sprung über den Zaun setzte.

„Hier lang", sagte ich und deutete über die Straße zu einem dornigen Wald, dessen Äste gierig nach jedem griffen, der ihnen zu nahe kam. „Er läuft immer da durch."

„War ja klar", brummte Ben und joggte über die Straße.

„Ich fürchte, wir müssen schneller rennen", merkte ich vorsichtig an und sah, wie Bens Kiefer mahlte, während er sein Tempo erhöhte.

Zwanzig Minuten später hatten wir den Dornenwald hinter uns gelassen und erreichten nach einer kurzen Strecke querfeldein die gezackte Straße, die zum Wutministerium führte. Das Ministerium sah aus wie ein riesiger rechteckiger Kasten und weckte bei mir Assoziationen zu einem gestrandeten Tanker, der in der Mittagssonne lag.

„Ich hoffe, es ist kein Teil seiner frischen Erinnerung, dass er kurz nach dem Morgengrauen hier ankommt", sagte Ben griesgrämig, während wir die Straße zum Eingang hinaufmarschierten.

„Ich glaube nicht, dass die Erinnerung so speziell sein muss, zumindest hoffe ich es", murmelte ich und blieb kurz stehen. „Also … Gleich geht's los. Stürmisch und schnell oder langsam und vorsichtig?"

Ben lächelte kurz. „Probieren wir es heute mal mit stürmisch und vorsichtig." Er bewegte den Hals knackend einmal von links nach rechts und ging mit forschen Schritten auf den Eingang zu. Ich wartete ein wenig, bevor ich hinter ihm herlief und ihn von links überholte. Simeons Schatten hatte uns die Situation aus einiger Entfernung mittels Bildübertragung gezeigt und wir konnten nur versuchen, sie so gut wie möglich nachzuspielen. Leider war der Schatten nicht nahe genug herangekommen, um die Unterhaltung der beiden aufzuzeichnen.

„Kommandant", sagte ich ehrerbietig.

Jesper-Ben blieb stehen und nickte mir knapp zu. „Beschützerin."

„Die Vorbereitungen für die Ernennung der Trauergestalterin sind so gut wie abgeschlossen", plapperte ich einfach irgendetwas drauf los.

„So gut wie?", wiederholte Ben und ahmte Jespers strengen Tonfall nach. „Was heißt das?"

Ich bemühte mich nach Kräften zu erröten, was mir nicht ganz gelang. „Wir warten nur noch auf Euren Abschlusscheck", sagte ich und versuchte, den demütigen Tonfall der Beschützerin nachzuahmen.

„Gut", sagte Jesper-Ben. „Ich verlasse mich auf dich. Das Wohl der Gestalterin steht über allem. Es ist notwendig, dass sich immer mindestens vierzig Beschützer auf ihr Wohlergehen konzentrieren."

„Vierzig?", flüsterte ich Ben zu.

„Okay, vier – besser?", fragte er zurück.

„Natürlich, Kommandant", sagte ich und senkte die Lider.

Jesper-Ben nickte zufrieden und schritt mit stolzgeschwellter Brust zum Eingang des Ministeriums.

„Aufmachen", befahl Ben mit autoritätsgewohnter Stimme und die beiden Wachen warfen sich einen irritierten Blick zu.

„Sir … Wir haben Befehl, niemanden hineinzulassen."

„Und wer hat euch den Befehl gegeben?", schnarrte Ben, während ich den Kopf zur Seite drehte, weil ich das Gefühl hatte, eine Bewegung aus dem Augenwinkel wahrgenommen zu haben. Und tatsächlich sah ich eine schwarze schemenhafte Gestalt rasch zwischen den Zweigen eines Dornenbaums verschwinden.

„Das waren Sie, Sir", gab die Wache kleinlaut zu und zog den Kopf ein.

„Die Gestalterin selbst hat uns zurückgeschickt, um das Gedicht, das sie bei der Ernennungszeremonie verlesen muss, aus ihren Gemächern zu holen", sagte ich schnell und versuchte das ungute Gefühl wegen des Schattens zur Seite zu schieben. Die diensthabende Wache starrte in meine himmelblauen Augen und biss sich auf die Lippe.

„Ruhe, Kadettin", schnitt mir Jesper-Ben das Wort ab. „Diese Information ist vertraulich und geht die beiden hier nichts an. Macht ihr mir nun auf oder wollt ihr den Säufern und Betrügern in den Ausnüchterungszellen Gesellschaft leisten?", fragte Ben streng und die beiden öffneten ihm verschüchtert die Tür. Mit entschlossenen Schritten trat er als Erster ins Ministerium und ich folgte ihm mit niedergeschlagenen Augen, genau wie es die Beschützerin zu tun pflegte.

„Gib es zu, du genießt es, den Macho zu spielen", flüsterte ich Ben zu, als die Wachen außer Hörweite waren, und warf einen kurzen Blick zu ihm hoch. Ein arrogantes Lächeln spielte um seine Lippen.

Ein roter Träger kam uns mit einem Stapel Akten entgegen und blickte verschüchtert zu Boden, als er Jesper-Ben sah. Der warf ihm einen bösen Blick zu und grinste.

„Ich hätte nicht gedacht, das mal zu sagen, aber ich finde es beinahe amüsant, in seiner Haut zu stecken. Wie sie alle Angst vor ihm haben."

„Ich hätte wirklich nicht geglaubt, dass du das mal sagst", erwiderte ich und blickte mich um. Wir durchschritten gerade die gigantische Eingangshalle, in der die alten Waffen der Beschützer aus den Sinnlichen Kriegen ausgestellt waren, und erreichten acht nebeneinanderliegende schmucklose Gänge, die tiefer ins Ministerium führten.

„Und jetzt?", fragte Ben leise.

„Ich habe keine Ahnung, die Korridore verändern täglich ihren Verlauf. Lass uns hier lang gehen", sagte ich und wählte den zweiten Gang von rechts.

„Woher weißt du das?"

„Ich weiß es nicht", murmelte ich. „Ich folge einfach meinem Instinkt."

So selbstverständlich wie möglich schritten wir durch das in Rottönen gehaltene Ministerium, und obwohl ich nur meinem Gefühl folgte, erreichten wir tatsächlich irgendwann den schmalen Gang mit den vielen Gemälden, durch den wir mit Sinja gelaufen waren. Ohne weitere Zwischenfälle kamen wir zu der unscheinbaren Tür, die dem Eingang einer Besenkammer glich. Ich persönlich fand, dass es bisher schon fast zu einfach ging, wollte Ben aber nicht mit meinen Zweifeln beunruhigen. Und dazu gehörte auch, dass ich ihm nichts von dem Schatten erzählte, der uns draußen beobachtet hatte.

„Jetzt brauchen wir Jespers Auge", flüsterte ich und blickte angespannt einmal rechts und links den Gang hinunter.

„Das Auge? Das hast doch du eingesteckt?", flüsterte

er zurück.

„Ich?“ Ich schüttelte den Kopf. „Nein, das hast du eingesteckt. Ich weiß noch genau, wie du gesagt hast, dass es besser ist, du hast es, weil wir nicht wissen können, ob wir vielleicht getrennt …“

„War nur ein Witz, es ist hier“, sagte Ben und zog eine grüne Schatulle aus seiner Tasche. Die blauen Pillen gaben Ben zwar das Aussehen von Jesper, doch ihre Magie war zu ungenau, um einen Augenscan zu täuschen, wie uns Simeon erklärt hatte.

Ben öffnete die Schatulle und griff angewidert hinein, um Jespers stahlblaues Auge daraus hervorzuziehen. Simeon hatte es für uns angefertigt und dabei mehrmals betont, wie froh wir sein konnten, dass er die Kunst des Augäpfel-Personalisierens beherrschte.

„Halte es vor dein eigenes Auge und visiere den kleinen Angstträger hinter dem Baum an“, sagte ich und warf einen unruhigen Blick den Gang hinunter. Ich hörte aufgeregte Stimmen und Fußgetrappel – anscheinend hatten die Wachen am Eingang bemerkt, dass mit uns etwas nicht stimmte.

„Beeil dich“, flüsterte ich, während ich in meiner Tasche nach den Spiegelbomben suchte, die Simeon uns mitgegeben hatte. Wir hatten insgesamt nur drei Stück davon und ich hoffte, dass das reichen würde. Rasch warf ich eine der spiegelnden Glaskugeln in den Korridor. Mit einem charakteristischen „Plopp“ entfaltete sich die Spiegelmagie und ließ den Gang für jeden, der vorbeikam, völlig leer erscheinen. Kaum hatte ich die Spiegelbombe geworfen, hetzte auch schon eine Gruppe Beschützer am Ende des Korridors vorbei. Sie warfen einen kurzen Blick in unsere Richtung, konnten uns aber nicht sehen und liefen weiter. Ich atmete auf.

„Das ist so widerlich", murmelte Ben, während er Jespers Auge an sein eigenes drückte und den kleinen Angstträger auf dem Gemälde anvisierte. Sobald das erledigt war, ließ er das blaue Auge angewidert zurück in die Schatulle fallen.

„Und jetzt?"

„Jetzt sollten wir hier einen Code eingeben können", flüsterte ich und strich mit der Hand einmal quer über die blutrote Wand. Als ich sah, wie die schimmernden Leuchtzahlen darauf erschienen, ließ ich erleichtert den Atem aus. „Das letzte Mal hat Jesper die Zahl 786 eingegeben", flüsterte ich Ben zu. „Dabei handelte es sich um die Anzahl der Leute, die er schon ins Gefängnis gebracht hat."

„Sympathisch", kommentierte Ben und zog eine Augenbraue hoch. „Und wie viele sind es bisher?"

„Gestern Abend waren es 837, berichtete Simeons Schatten", sagte ich und tippte die Zahl ein. Sie leuchtete hell auf. Jetzt brauchten wir nur noch die richtige Erinnerung, um in den Raum zu gelangen.

Ben und ich wechselten einen kurzen Blick, dann legte er die Hand auf die Klinke und drückte sie hinunter.

Nichts geschah.

„Verdammt", entfuhr es mir.

„Okay, der Augenscan und der Code stimmen, also liegt es an der Erinnerung", fasste er zusammen.

„Kommandant Jesper?", ertönte in dem Moment eine unsichere Stimme und ich sah an Bens Schulter vorbei zu einem schlaksigen jungen Beschützer, der nervös hinter uns im Korridor aufgetaucht war. Offenbar hatte die Spiegelbombe ihre Wirkung verloren und ich hätte mich selbst dafür ohrfeigen können, das nicht bemerkt zu haben.

„Was willst du?“, schnappte Ben, ohne den Typen anzusehen. Mit seinem Körper schirmte er mich vor seinen Blicken ab und ich wich rasch an die Wand zurück, um die Leuchtzahlen abzudecken.

„Es … es wird nach Euch gesucht“, stammelte der schlaksige Beschützer unsicher, während er in einiger Entfernung stehen blieb und offenbar nicht wusste, wie er weiter vorgehen sollte. „Die diensthabende Wache möchte mit Euch sprechen.“

„Ich will jetzt aber nicht gefunden werden“, knurrte Ben über die Schulter, machte einen Schritt auf mich zu und legte seine Hand um meinen Nacken. Überrascht schnappte ich nach Luft, als er seine Lippen auf meine senkte und mich vor den Augen des geschockten Beschützers leidenschaftlich küsste. Sein Körper drängte gegen meinen und ich konnte den roten Kopf des jungen Mannes bis hierher leuchten sehen.

„Ich … äh … ich habe aber den Befehl …“

„Verschwinde! Du siehst doch, dass ich beschäftigt bin“, fauchte Jesper-Ben zwischen zwei Küssen und endlich gab der junge Beschützer klein bei und trat den Rückzug an. Ben ließ mich los und ich versuchte, das seltsame Gefühl loszuwerden, von Jesper geküsst worden zu sein, obwohl es sich wie Ben anfühlte.

„Das war riskant“, flüsterte ich. „Jesper ist wahrscheinlich nicht der Typ, der am helllichten Tag über seine Kadettin herfällt.“

„Aber es hat funktioniert“, sagte Ben.

„Dennoch war es riskant.“

„Und trotzdem hat es funktioniert.“

Ich verdrehte die Augen. „Wir wissen noch immer nicht, welche Erinnerung uns diese Tür öffnet“, murmelte ich nervös.

In dem Moment leuchtete der Kommunikationskristall auf, den Simeon uns gegeben hatte, und die aufgeregte Stimme des Magiebegabten, der sich bei der Trauerzeremonie aufhielt, drang an unser Ohr. „Wie weit seid ihr?"

„Wir stehen noch immer vor dieser verdammten Tür und kommen nicht rein", erwiderte Ben und ich hörte Simeon unterdrückt fluchen.

„Ihr müsst euch beeilen, Jespers roter Brustpanzer hat gerade aufgeleuchtet. Es scheint, als ob er eine Nachricht bekommen hätte. Nicht, dass die Typen aus dem Wutministerium ihn informiert haben, dass eine zweite Ausgabe seiner Selbst hier herumläuft", wisperte er drängend.

„Ist gut", sagte ich und deaktivierte den Kristall mit einem Knopfdruck. Von der anderen Seite des Korridors näherten sich wieder Stimmen. Diese klangen jedoch wesentlich tiefer und selbstsicherer als die von dem jungen Beschützer. Rasch warf ich die zweite Spiegelbombe, um uns etwas Zeit zu verschaffen.

„Okay. Es muss etwas sein, das Simeons Schatten nicht beobachtet hat. Welche Gesten von ihm kennst du denn?"

Ben schüttelte den Kopf. „So gut kenne ich ihn nicht."

„Gel", flüsterte ich. „Du hast kein Gel in die Haare getan! Tu mal so, als würdest du es dir in die Haare schmieren."

Bens Gesicht war eine einzige Ablehnung, doch er befolgte meinen Rat und strich sich selbst durch die Haare.

Mein Herz hämmerte vor Aufregung gegen meine Brust, weil ich wusste, dass uns nicht mehr viel Zeit blieb. Ich hörte, wie eine tiefe Stimme in einiger Entfernung aufgeregt mit dem jungen Kadetten sprach und sich anschließend schnell schwere Schritte näherten.

Ben die Türklinke hinunter und ich fühlte die Erleichterung, als sie einen Herzschlag später aufsprang.

„Wetten, dass es der Kuss war?“, fragte Ben, als wir in das kreisrunde Zimmer traten, das bis zur Decke mit Büchern gefüllt war.

„Blödsinn. Es war das Gel“, widersprach ich.

„Ben schüttelte den Kopf. „Es war der Kuss. Einfallslos, wie er ist, hat er das Passwort zum mystischen Markt kopiert.“

„Wir müssen das Buch finden“, sagte ich drängend. „Es ist rosa und der Titel lautet: Schminktipps aus der anderen Welt.“

„Ich kann mich noch erinnern“, murmelte Ben und umrundete den Steinsockel in der Mitte des Raumes, unter dessen Glashaube das Artefakt der Wut stand. Kurz überlegte ich, ob darin auch ein Hinweis zu den Büchern der Macht versteckt war, aber da die anderen Artefakte, die Yolander geklaut hatte, keine Geheimfächer aufgewiesen hatten, war nicht davon auszugehen.

„Mist“, murmelte Ben, der vor dem Bücherregal stand. „Sieh mal die Lücke hier.“

Ich lief zu ihm und erschauerte. Tatsächlich. Da war eine Lücke zwischen den Büchern und ich aktivierte meinen Wachsamkeitssinn, um nach dem rosafarbenen Einband zu suchen. In Windeseile überflog ich alle Buchrücken, doch das Buch, um das es ging, das, nach dem wir suchten und das wir unbedingt brauchten, um Bens Verzauberung wieder rückgängig zu machen – genau dieses Buch war verschwunden.

Ich schüttelte den Kopf und ließ meine Augen ein

zweites Mal über die Reihen wandern. Es konnte nicht sein. Es durfte nicht wahr sein, nicht, nachdem wir schon so nah ans Ziel gekommen waren. Mein Brustkorb wurde immer enger, es fühlte sich an, als hätte sich ein Eisenband darum gelegt, und ich bekam keine Luft. Wie sollten wir Ben jetzt retten? Wie konnte ich ihn retten?

Wieder leuchtete Simeons Kommunikationskristall auf.

„Leute, ihr müsst verschwinden", ertönte seine Stimme. „Jesper hat sich eben mit seiner schwarzhaarigen Assistentin unterhalten und sie ist mit einem besorgten Gesichtsausdruck verschwunden. Ich fürchte, in Kürze ist das ganze Wutministerium hinter euch her."

„Okay", murmelte Ben emotionslos und griff nach meiner Hand. In seinem Gesicht konnte ich dieselbe bodenlose Enttäuschung erkennen, die auch mich getroffen hatte, doch während ich weiterkämpfen wollte, schien er zu resignieren.

„Nein", erwiderte ich. „Lass uns …" Doch noch bevor ich den Satz zu Ende sprechen konnte, spürte ich, wie mir die Beine wegsackten und mich eine bodenlose Schwärze umfing.

Ich erwachte auf einem Schlachtfeld. Blauer Nebel wallte über den Boden und die Schreie der Kämpfenden schallten durch die Luft. Hustend richtete ich mich auf und versuchte, in all dem Rauch etwas zu erkennen.

Überall um mich herum lagen gefallene Wutträger, die aus gebrochenen Augen ins Leere starrten, und ich spürte eine Welle des Grauens über mich hinwegrollen. Ich war wieder mitten im Zweiten Sinnlichen Krieg gelandet und es war genauso schrecklich wie in meinem Traum. Ich hörte erschöpfte Stimmen und folgte ihnen bis zu einem Graben.

Darin lag Fabrizius mit einer jüngeren Ausgabe von Sinja und drei weiteren Beschützern.

„Wir müssen es schaffen, hinter die feindlichen Linien zu gelangen", sprach er eindringlich auf die anderen ein. „Es ist überlebensnotwendig für unsere Welt. Wir müssen den Frieden wiederherstellen. Wir brauchen ihn so dringend wie die Luft zum Atmen. Vertraut mir, Freunde. Dies wird unser letzter Kampf. Wenn die Sinne sich nicht mehr gegeneinander wenden, können wir in Einigkeit unsere Bestimmung erfüllen. Nur gemeinsam sind wir stark, ob nun Mensch- oder Tierverbundener, ob nun blauer oder roter Träger. Ich verlasse mich auf euch, meine Freunde."

Die anderen drei nickten und Fabrizius umarmte herzlich jeden von ihnen. „Drachea", murmelte er leise zum Abschied. „Fehdus, Just … ich wünsche euch Glück. Wir werden uns auf der anderen Seite wiedersehen."

Die beiden nickten und rannten gemeinsam hinter Drachea los. Ich sah, wie sie eine Fahne schwenkten und vom blauen Nebel verschluckt wurden.

„Warte hier noch, Sinja", sagte Fabrizius und drückte ihre Hand. Seine weißgrauen Locken standen ihm wüst vom Kopf ab. „Ich prüfe, ob die Luft rein ist. Warte auf mein Zeichen."

Ich blieb bei Sinja im Graben und beobachtete, wie sie nervös über ihre goldblonden Haare strich. Ihre glasblauen Augen leuchteten im magischen Geschützfeuer und ihr starrer Ausdruck jagte mir eine Gänsehaut über den Rücken. Fabrizius rannte geduckt aufs Schlachtfeld, das von dumpfen Explosionen und Schüssen erschüttert wurde. Als er verschwunden war, sah ich, wie Sinja einen schwarzen Dolch aus den Falten ihres Gewandes zog und fest die Hand darum schloss. Dann stand sie ruckartig auf. Ohne auf Fabrizius' Zeichen zu warten, rannte sie hinter ihm aufs Schlachtfeld. Ich folgte ihr und versuchte, meinen Herzschlag zu beruhigen. Was hatte sie vor?

Sinjas Gesicht war eine ausdruckslose Maske. Fabrizius lief nur wenige Schritte vor ihr und sie hob den Dolch und schleuderte ihn mit voller Wucht in den Rücken des Beschützers. Mit einem Schrei sank Fabrizius zu Boden. Die Waffe löste sich in schwarzem Rauch auf und hinterließ ein großes klaffendes Loch in seinem Rücken. Ich sah, wie Fabrizius sich mit seinem langen dünnen Körper auf dem Boden krümmte. Sinja blieb stehen und blickte emotionslos auf ihren ehemaligen Gefährten hinab. Dann drehte sie sich um und lief in eine andere Richtung davon.

Fabrizius streckte die Hand gen Himmel und ich sah, wie das Licht in seinen Augen erlosch. Dann wurde es auch um mich herum dunkel.

Als ich wieder zu mir kam, hörte ich Jespers keuchenden Atem und fühlte seine starken Arme um mich. Jede Zelle meines Körpers tat weh. Offenbar waren meine Visionen zurückgekehrt. Doch woher kamen sie und warum zeigten sie mir nach meinem Komatraum ausgerechnet wieder Fabrizius' Tod? Sollte ich erkennen, wie heimtückisch Sinja war und zu welchen Taten sie fähig sein konnte? Gequält öffnete ich die Augen und blickte direkt in Jespers grimmiges Gesicht. Seine rote Zeichnung pulsierte und er trug mich mit schnellen Schritten durch die Gänge des Wutministeriums.

„Ben", hauchte ich und Jespers blaue Augen blitzten mich an.

„Du hattest wieder eine Vision", presste er hervor. „Dann hörte ich die Wachen kommen. Ich habe die letzte Spiegelbombe geworfen und dich so schnell ich konnte, hinausgetragen. Allerdings habe ich mich auf dem Weg nach draußen verlaufen.“ Der Zorn auf sich selbst und der Hass in seiner Stimme waren unverkennbar.

„Lass mich runter“, hauchte ich, obwohl ich nicht wusste, ob ich stehen konnte.

Ben schüttelte den Kopf und drückte mich nah an sich, als wir wütende Stimmen hörten. Mein Ohr lag direkt auf seiner Brust und ich konnte hören, wie schnell sein Herz schlug. Rasch schlüpfte er mit mir in eine offenstehende Kammer und schloss die Tür mit dem Fuß hinter sich. Die Männer, zu denen die Stimmen gehörten, kamen immer näher und wir hielten beide die Luft an, während die Wachen draußen an uns vorbeiliefen.

Als die unmittelbare Gefahr vorüber war, entspannte sich sein Griff um meinen Körper ein wenig und ich blickte mich um. „Schau nur“, flüsterte ich. „Da ist ein Fenster.“

Das Fenster zeigte in einen verwilderten Garten, der auf der Rückseite des Ministeriums lag, und ich war unendlich dankbar, dass es sich öffnen ließ. Nacheinander schwangen wir uns durch die Luke hinaus ins Freie. Da wir uns im ersten Stock befanden, konnten wir hinausspringen, ohne eine Verletzung zu riskieren. Ben wollte mich danach wieder tragen, aber mir ging es bereits besser und ich bestand darauf, selbst zu laufen.

Geduckt hetzten wir durch den Garten und dann weiter durch einen Wald, wo die Äste der Bäume wie Finger nach uns griffen und an unseren Haaren zerrten. Die Rufe der Wachen waren auch rund um das Ministerium zu hören gewesen, wurden aber mit jedem Schritt, den wir zurücklegten, leiser.

Irgendwann konnte ich einfach nicht mehr weiter und sackte keuchend neben einem kleinen Weiher zusammen. Am Ufer stand die mannshohe Skulptur eines weißen

Wolfes mit roten Augen, der Wasser spuckte.

Ben ließ sich neben mich fallen und rang ebenfalls nach Atem. Es dauerte eine Weile, bis sich unser Herzschlag beruhigte, und ich fühlte, wie die schlimmste Anspannung nachließ.

„Hier.“ Ich griff in meine Tasche und hielt ihm eine rote Pille hin. „Nimm sie. Das neutralisiert die Wirkung der blauen Kapseln.“

Ohne ein Wort zu sagen, nahm Ben die Tablette und schluckte sie hinunter. Ich tat es ihm gleich und fühlte wieder den bitteren Geschmack und dieses Kribbeln im ganzen Körper, bevor ich mich in meinen eigenen Klamotten, mit meinen eigenen Haaren und meiner eigenen Oberweite neben ihm vorfand.

„Was hast du in deiner Vision gesehen?“, fragte Ben und es tat so gut, wieder seine Stimme zu hören.

„Ich habe gesehen, dass Sinja noch skrupelloser ist, als wir vermutet hatten“, hauchte ich. „Sie hat ...“ Meine Stimme versagte. „Sie hat ihren eigenen Freund ermordet, weil er ihren Wahn nicht teilte. Es war der, mit dem ich in der Halle der Ruhe gesprochen habe.“ Bei dem Gedanken an Fabrizius’ Tod schnürte sich mir die Kehle zu.

„Das heißt, sie ist noch verrückter, als wir dachten, und wir haben nach wie vor nichts gegen sie in der Hand“, fasste Ben zusammen. „Es war alles umsonst.“ Er richtete sich auf und starrte über den Weiher. „Das Buch ist weg.“

Seine Stimme hatte einen Klang, der mir Angst machte. Es war eine fatalistische Mischung aus Resignation und Wut, die mir das Gefühl gab, dass er keinen Ausweg mehr sah. „Ben, wir dürfen jetzt nicht aufgeb...“

„DAS BUCH IST WEG!“, brüllte er mich an, holte aus und gab der Wolfsstatue einen so festen Schlag, dass der Stein einen Riss bekam. Ich schnappte erschrocken nach Luft und sah, wie seine zerrissenen schwarzen Linien zu bluten begannen. Doch dann merkte ich, dass es kein Blut war …

„Was ist?“, fragte Ben.

„Deine Linien“, stammelte ich. „Sie sind rot geworden.“

Ben fuhr sich unwillkürlich zur Wange und hechtete zum Weiher. Er warf einen Blick hinein und keuchte. „Dieser verdammte Zauber. Dieser verdammte …“ Er verbarg das Gesicht in den Händen und krümmte sich zusammen. Ich hatte ihn noch nie so gesehen. „Das bin nicht ich, Lee. Das ist nicht mein Sinn. Er frisst mich auf, ich kann so nicht leben.“

Ich stürzte zu ihm. „Doch, das kannst du“, entgegnete ich und hielt seine blutende Hand fest. „Wir werden es rückgängig machen, wir werden einen Weg finden. Es wird alles gut.“ Ich schlang meine Arme um ihn. „Alles wird gut werden. Du hast den schwarzen Sinn und du wirst ihn nicht verlieren“, flüsterte ich ihm zu.

„Es ist zu spät“, erwiderte Ben mit Grabesstimme.

„Nein!“, widersprach ich heftig. „Es ist noch nicht zu spät! Sinja ist bei der Ernennungszeremonie im Land der Trauer. Wir gehen zu ihr und dann …“

„Und dann was?“, brüllte mich Ben an. „Was tun wir dann? Wir haben nichts in der Hand, nichts, Lee! Das Rote Buch der Macht ist verschwunden. Wir haben keinen Beweis, dass Sinja es jemals benutzt hat. Und die Gestalter denken doch sowieso alle, dass es sich um Fälle von Rotfieber handelt!“

Simeons Kommunikationskristall leuchtete hell auf und ich griff unwillig danach. „Was ist?“, fauchte ich hinein.

„Jesper ist jetzt auch verschwunden“, flüsterte er.

„Habt ihr es hinausgeschafft?“

Ich nickte, obwohl er das nicht sehen konnte. „Ben hat uns rausgebracht. Wir sind an einem Weiher.“

„Ich kann dir eine Pfütze machen, wenn ihr zu mir kommen wollt“, bot Simeon an.

„Ich will nicht durch Simeons Pfütze reisen“, knurrte Ben neben mir.

„Aber ich meine doch nicht so eine Pfütze, ich habe eine Flasche mit Wasser …“

„Seine Linien sind rot geworden“, unterbrach ich Simeon. „Und das Buch … Es war nicht mehr da.“

Der Magiebegabte verstummte und ich fühlte die Stille wie eine Last auf uns niederdrücken.

„Ich … ich weiß nicht, was ich sagen soll. Es tut mir so leid“, hauchte er schließlich.

„Mach die Pfütze und wir kommen zu dir“, sagte ich. Ben stand neben mir, als hätte er längst aufgegeben. Ihn nur anzusehen, tat mir bereits weh. Ich griff nach seiner Hand, sammelte meine ganze Konzentration und stellte mir Simeon neben einer großen Wasserpfütze vor. Dann tauchte ich mit Ben in den Weiher und spürte den Sog, der uns direkt ins Trauerland brachte.

Wir landeten auf einer grasbewachsenen Anhöhe, die in sanftem Schwung in einen Talkessel führte, in dem unter den Zweigen einer gigantischen Trauerweide die Ernennungszeremonie stattfand. Viele Tausend Sinnträger hatten sich unten im Tal auf der weitläufigen Wiese rund um den Baum versammelt, um der Wahl des neuen Gestalters oder der neuen Gestalterin beizuwohnen. Die Trauerweide stand etwas erhoben im Zentrum des Tals und das Gras, dessen Spitzen im Sonnenlicht bläulich funkelten, bildete im Zentrum der

Grünfläche eine Art Podium, auf dem die Gestalter ihre Reden hielten.

Simeon hatte mit der Hügelkuppe einen Platz gewählt, an dem wir ganz unter uns waren, dafür konnte man von hier oben aber auch nicht viel von dem sehen oder hören, was unten vor sich ging.

„Was war das denn?", fauchte Ben direkt nach unserer Ankunft und spuckte etwas von der blauen Flüssigkeit aus, durch die wir angereist waren.

„Sorry, ich musste improvisieren", meinte Simeon zerknirscht. „Ich hatte doch nicht genug Wasser dabei, also hab ich etwas Tränensaft beigemischt."

„Großartig. Jetzt rieche ich noch nach Trauerpipi", murrte Ben.

Ich sah ihn an und mir war klar, dass es nicht um den Tränensaft in Simeons Pfütze ging, sondern darum, dass er einfach an irgendetwas – oder irgendjemandem – seine Wut abreagieren musste.

„Tut mir leid", wiederholte Simeon und blickte unsicher zu mir, während er sich das riesige Brillenmonstrum, das er auf der Nase trug, zurechtschob. „Hier, für euch beide habe ich auch welche dabei", sagte er schnell und griff in seinen grünen Kapuzenumhang. Er drückte Ben und mir je eine Fassung mit den dicken großen Gläsern in die Hand. „Damit habe ich die Zeremonie bisher verfolgt."

Ich nahm das Gestell entgegen, setzte es auf die Nase und sog überrascht die Luft ein. Durch die Brille konnte ich so gut sehen, dass ich das Gefühl hatte, direkt neben den Gestaltern zu stehen.

„Die Dinger haben auch eine Audio-Funktion", erklärte Simeon und klappte nach einem wütenden Blick von Ben den Mund zu.

Ich sah, wie Ben die Fäuste ballte und voller Zorn auf

Sinja starrte, die mit den anderen Gestaltern unter der Trauerweide stand. Vorsichtig trat ich neben ihn und legte ihm sanft die Hand auf die Schulter. Das türkisblaue Gras unter unseren Füßen war so weich, dass wir bis zu den Knöcheln darin versanken. „Verzweifle nicht. Wir werden einen Weg finden“, flüsterte ich in sein Ohr.

Ben schüttelte nur stumm den Kopf. Äußerlich wirkte er zwar ruhig, aber seine hellrot leuchtenden zerrissenen Linien zeigten, wie es wirklich um ihn stand.

„Es muss doch eine Lösung geben“, sagte ich hilflos und blickte den Magiebegabten an. „Simeon? Du hast so viel gelesen, dir fällt doch sicher irgendetwas ein?“

Der blonde Träger sah mich unglücklich an. „Wenn das Buch weg ist, weiß ich nicht … Die Einzige, die es vielleicht noch rückgängig machen kann, ist Sinja, aber ich kann mir nicht vorstellen, dass sie das freiwillig tun wird oder dass sie jetzt einfach spontan für uns sterben wird …“

Kaum hatte Simeon das gesagt, ging durch Bens Körper ein Ruck und er lief los. Einen Moment lang war ich zu überrumpelt, um zu reagieren, doch als ich sah, mit welcher Entschlossenheit er den Hügel hinunterrannte, bekam ich es mit der Angst zu tun.

„Was hat er jetzt vor?“, fragte Simeon fassungslos neben mir, und obwohl ich die Antwort nicht wusste, löste das endlich meine Erstarrung und ich raste hinter ihm her.

Ben lief unglaublich schnell. Ich schrie seinen Namen, ich bat ihn, dass er anhalten sollte, aber er rannte einfach weiter, als ob er mich nicht gehört hätte. Seine Bewegungen waren so präzise wie die einer Maschine und sein Verhalten erinnerte mich an Jesper, als er unter dem Einfluss der Berserkerbeeren gestanden hatte.

Ben hatte nun das untere Ende des Hügels erreicht und ich sah, wie Sinja aus dem Kreis der Gestalter unter dem riesigen blauen Ernennungsbaum hervortrat und das zarte Kinn in die Höhe reckte. Sie trug ein blutrotes schulterfreies Kleid, das so aussah, als ob Tausende dicker Blutstropfen ihren Körper hinabperlten. Eine passende Wahl, in Anbetracht der Tatsache, dass sie ihren eigenen Freund ermordet hatte.

„Gemma war eine ganz besondere Gestalterin", hob Sinja zu sprechen an und ihre Stimme drang so deutlich und klar zu mir, als ob ich direkt neben ihr stünde. „Wie in uns allen lebte auch in ihr der Wunsch, das Beste für die Sinnliche Welt zu erreichen."

Ben hatte nun den äußeren Kreis der Zuschauer erreicht, die gebannt der Gestalterin der Wut lauschten. Ich hoffte, dass ihn die schiere Masse an Leuten bremste, während ich weiter so schnell wie möglich hinter ihm herrannte. Simeon hatte sich mir angeschlossen, und als ich einen kurzen Blick über die Schulter warf, sah ich, wie er seine grüne Magierrobe gerafft hatte, um mit uns Schritt halten zu können.

„Es heißt, das Leben sei der beste Lehrmeister", sprach Sinja weiter. „Doch wenn man es genau betrachtet, entspricht das nur der halben Wahrheit. Ist es doch der Tod, der uns die Augen öffnet und uns lehrt, Abschied zu nehmen, um uns mit Mut und Stärke neuen Herausforderungen zu stellen." Ein Nachrichtenwürfel schwirrte zu ihr und umkreiste die rote Gestalterin.

Ben hatte nun begonnen, sich rücksichtslos durch die Zuschauermenge zu drängen. Meine Angst wuchs, als ich sah, mit welcher Geschwindigkeit er sich zu der riesigen Trauerweide vorarbeitete, die noch etwa fünfhundert

Schritte von uns entfernt war.

Während Sinja weitersprach, und ich mich weiter hinter Ben durch die Menge kämpfte, ließ ich meinen Blick über die anwesenden Beschützer gleiten. Jesper war, so wie Simeon es gesagt hatte, nirgends zu entdecken, und ich fragte mich, ob er gerade das Wutministerium nach Spuren von uns auf den Kopf stellte. Neben dem Kreis der Macht der Acht standen eine größere Zahl Anwärter, die sich für die Position des nächsten Trauergestalters beworben hatten.

Unter ihnen erkannte ich Cleo, die Tränenleserin, die sich für diesen Auftritt wieder in die schöne junge Frau verwandelt hatte, die nichts mit der zahnlosen Alten aus der Höhle des Selbstmitleids gemein hatte. Neben ihr stand Thaya, deren zartes Gesicht ungewöhnlich entschlossen wirkte, und ich erkannte, wie sie immer wieder einen herabhängenden Zweig der Trauerweide wegschob, der unablässig an ihrem Kleid zupfte.

„So wäre es auch falsch, den Tod uneingeschränkt negativ zu betrachten“, fuhr Sinja fort. „Ist er doch nichts anderes als eine Form der Veränderung, und der Mut zur Veränderung ist eines der wichtigsten Dinge, die unsere Welt braucht.“

Ich hatte trotz des Murrens und der bösen Blicke der Sinnträger, die ich anrempeln musste, um vorwärtszukommen, Ben beinahe erreicht und hörte, wie ein leises Knurren aus seiner Kehle stieg. Das Licht seiner roten Linien brannte in seinen Augen und ich erkannte, dass er sich am liebsten direkt auf Sinja gestürzt hätte.

Der Nachrichtenwürfel schwebte nun ganz nah an ihren Kopf heran und verharrte neben ihrem Ohr. Sinja stockte kurz und ich erahnte einen Anflug von Panik, der über ihre Züge glitt.

„Hast du das gesehen?“, fragte ich Simeon, der sich unter dem Einsatz aller seiner magischen und nichtmagischen Fähigkeiten bis zu mir vorgekämpft hatte. „Hat sie etwa Angst?“

„Quatsch“, keuchte der Magiebegabte. „Sie ist die Superböse, die in diesem Moment den Wiederaufbau der Totaa und die Umwandlung aller Reisenden zu Wutträgern plant. Würde mich sehr wundern, wenn sie Angst hätte.“

Ich wollte gerade entgegnen, dass er das vielleicht nicht so laut hinausposaunen sollte, als sich Sinja wieder fing und nun auf die Zweige des Ernennungsbaumes starrte.

„Die Trauerweide gibt nun das Ergebnis der Wahl des blauen Landes bekannt“, presste sie wie unter Schmerzen hervor und streckte die zarte Hand aus.

Der Baum ließ eines seiner dunkelblau glitzernden Blätter fallen und ich bemerkte die feine Schweißschicht auf Sinjas Gesicht. Die Gestalterin war kalkweiß und starrte mit weit aufgerissenen Augen in die Menge. Ihr Blick huschte unstet von einem Sinnträger zum nächsten und blieb schließlich an einer Person hängen. Sinja begann, am ganzen Körper zu zittern. Ihre beiden Elfenbodyguards eilten alarmiert an ihre Seite, doch sie konnten nichts tun. Noch immer starrte Sinja wie gebannt in die Menge und ich verrenkte mir den Hals, um zu sehen, vor wem sie solch eine Angst hatte.

Vor mir taumelte Ben und fiel auf die Knie. „Es verbrennt mich … Der rote Sinn verbrennt mich innerlich“, stöhnte er.

Ich stürzte zu ihm und legte meine Hand auf seine Stirn. Sie war glühend heiß und sein Herzschlag glich einem Trommelwirbel. „Simeon! Wir müssen irgendwas tun!“, rief ich verzweifelt.

Der Magiebegabte stolperte zu uns und durchsuchte hektisch die Taschen seiner grünen Robe. „Ich weiß aber nicht, was!“

Plötzlich schrien die Zuschauer auf, aber ihr Schreien galt nicht Bens Zustand, sondern Sinja. Ich blickte hoch. Ein blutroter Riss hatte sich an Sinjas Kehle gebildet und ein dicker Blutstropfen quoll daraus empor. Ihre beiden Bodyguards wurden vor Entsetzen bleich und pressten ihre Hände auf die Wunde. Die Gestalterin schnappte mit schreckensgeweiteten Augen nach Luft und taumelte einen Schritt zurück. Danach ging alles ganz schnell.

Eine Gruppe von sieben Beschützern stürmte nach vorne und legte einen magischen Schutzschild um die Gestalterin, während Quirin aufsprang und seine Augen wie ein Falke über die Reihen des Publikums gleiten ließ. Trotz des flimmernden Schildes tropfte das Blut immer weiter aus der schrecklichen Halswunde, die sich langsam Stück für Stück verbreiterte. Sinja fiel auf die Knie und in diesem Moment brach heilloses Chaos unter den Zuschauern aus. Sinnträger aller Farben schrien durcheinander und rannten davon. Inzwischen quoll so viel Blut aus der Wunde an Sinjas Hals, dass sich die Ströme mit den dunkelroten Tropfen ihres Kleides vermengten. Ein letztes Mal japste sie verzweifelt nach Luft, dann schloss sie die Augen und brach tot zusammen.

Mein Puls raste. Wer hatte das getan? Wer hatte Sinja vor aller Augen getötet? Ich blickte mich um, während ich Ben in meinen Armen hielt. Sinnträger liefen panisch an uns vorbei und nur ein paar Gestalten blieben regungslos stehen und befanden sich im Schockzustand. Weit entfernt erkannte ich einen Träger, dessen grauer Umhang tief ins Gesicht gezogen war. Irgendetwas an ihm war anders, er schien weder panisch noch schockiert zu sein …

Im selben Moment begann Ben zu schreien. Er schrie, wie ich ihn noch nie hatte schreien hören, und dieser Ton ließ mein Herz stehen bleiben. Ben brüllte seine Wut heraus, seine roten Linien brannten wie Feuer und das rote Feuer brannte überall in ihm. Ich sah es in seinen rot leuchtenden Augen und ich hörte es in seinem unmenschlichen Schrei. Plötzlich stimmten auch andere Sinnträger mit ein. Überall in der Menge brachen sie vereinzelt zusammen und begannen, mit roten Augen ihre Wut hinauszubrüllen. Die Wut, die Sinja ihnen mit dem Roten Buch der Macht eingepflanzt hatte, und die nun keinen Anker mehr bei ihrer Meisterin fand, da die schreckliche Gestalterin soeben selbst ermordet worden war.

Der Tod ist auch immer ein Neuanfang.
Gemma, ehemalige Gestalterin der Trauer

Voller Wehmut gibt das Ministerium der Trauer bekannt, dass Gestalterin Agatha ihr Amt angetreten hat. Mit einem knappen Vorsprung konnte sie vor Trägerin Cleo die blaue Wahl für sich entscheiden.

Nach dem tragischen Tod unserer geliebten Gestalterin Gemma,
die sich in unseren leisen Tränen verewigt hat,
schließen wir Agatha in unsere trauernden Arme.

Agathas erste Amtshandlung wird es sein, im Kreise der Macht der Acht Abschied von Gestalterin Sinja zu nehmen, deren ungeklärter Tod nicht nur den blauen, sondern auch den roten Sinn wie eine Welle über die Sinnliche Welt schwappen ließ.

Während die Wächter noch immer ergebnislos nach dem Täter fahnden, schreien die Wutträger ihren Zorn offen hinaus. Wir hoffen inständig, dass der geräuschintensive Ausdruck ihnen hilft, den Schmerz zu verarbeiten – und dass Sinjas ungewolltes Abschiednehmen das Ende der Neuanfänge bedeutet.

Kapitel 15

„Ben, lass das“, sagte ich und kicherte, als mich seine sanfte Berührung im Nacken kitzelte.

„Was soll ich lassen?“, fragte er von der Tür unseres Schlafzimmers aus und ich schreckte hoch.

„Hey, Finger weg“, drohte ich der grün-roten Liane, die sich ihren Weg durch unser Haus bis zu mir ins Bett gesucht hatte.

„Wenn ich gewusst hätte, dass ich dich nicht einmal zwei Minuten allein lassen darf, ohne dass du dir sofort einen neuen Bettgefährten suchst, hätte ich nicht Frühstück gemacht“, grinste Ben. Ich nahm ein Kissen und warf es nach ihm, woraufhin er mit einem Lachen auswich.

„Komm her“, schnurrte ich und schnupperte in der Luft. Es roch nach frischgebackenen Croissants und meinem geliebten Gelbtee.

Ben kam mit einem voll beladenen Frühstückstablett ans Bett, stellte es neben mir auf dem Nachttisch ab, und beugte sich über mich. Sein frischer, männlicher Geruch drang in meine Nase und ich schloss genießerisch die Augen, während ich automatisch ganz tief einatmete.

Er legte seine Lippen auf meine und küsste mich sanft. Dabei kratzte sein Dreitagebart ganz herrlich über meine Haut und ich schlang meine Arme mit einem Seufzen um seinen Nacken. Als er mich auf seinen Schoß zog und seine Hände in meinem Haar vergrub, schmiegte ich mich an ihn.

„Es tut so gut, dass du wieder bei mir bist“, flüsterte ich

in einer Atempause zwischen unseren Küssen und Ben drückte mich einfach nur an sich, was sich unglaublich gut anfühlte. Und obwohl ich diesen Moment mit jeder Faser meines Körpers genoss, obwohl mich das Glück und die Dankbarkeit wie ein strahlend helles Licht von innen erfüllten, blieb da doch ein Schatten zurück. Ein leiser Zweifel, der immer wieder an mir nagte, und dazu führte, dass ich mir die Frage stellte, ob es jetzt wirklich vorbei war.

„Woran denkst du?", fragte Ben und strich mir sanft eine Haarsträhne hinters Ohr.

„Ich … ich habe mich gefragt, wer mächtig genug ist, Sinja vor aller Augen und trotz der Schutzmechanismen zu töten", sagte ich aufrichtig und sah Ben ernst an.

Seit Sinjas Tod waren einige Wochen vergangen. Wochen, in denen die allgemeine Unruhe verebbt und der Alltag wieder eingezogen war. Doch mich ließ das, was passiert war, nicht los. Wer hatte Sinja vor aller Augen ermordet?

Bens Gesicht war nur Zentimeter von meinen entfernt und in seinen dunklen Augen konnte ich genau dieselbe Sorge erkennen, die auch mich beschäftigte.

„Vielleicht steht der, wer immer es auch war, auf unserer Seite. Vielleicht haben wir auch mal Glück", erwiderte Ben nach einer merklichen Pause.

„Du glaubst an Glück?", fragte ich und legte den Kopf leicht schief.

„Nun, ich glaube zumindest an uns", sagte Ben. „Und dass wir zusammenbleiben, da du deine Finger einfach nicht von mir lassen kannst." Er lächelte, als ich empört schnaubte. „Weil du einfach verrückt nach mir bist."

„Das stimmt. Ich muss verrückt sein", sagte ich und sah Ben einige Sekunden lang einfach nur an. Er war der Mann, bei dem ich sein wollte, er war der Mann, mit dem ich mir vorstellen konnte, mich noch tausend weiteren Gegnern zu stellen, was auch immer kommen mochte – er war der Mann, den ich liebte.

„Knuspercroissant?“, fragte Ben.

Ich nahm mir ein Stück vom Teller und biss voller Genuss in das noch warme Gebäck.

Als wir unser Frühstück beendet hatten, seufzte ich. „Heute eröffnet das Magische Museum für Sinnliche Geschichte“, sagte ich, während ich mich suchend nach meinen Wasserperlen umsah, sie auf einem Häufchen neben der Tür entdeckte und mit dem Finger zu mir lockte.

„Oh nein, muss das sein?“, fragte Ben gequält und vergrub sein Gesicht in meinem Haar. „Ich würde viel lieber hierbleiben.“

„Du kannst ja hierbleiben“, erwiderte ich, während die Perlen über meine Haut krochen und mich umhüllten. Ich saß noch immer auf Bens Schoß und da, wo seine Hände meine Haut berührten, quetschten sich die flinken Wasserkugeln unter seinen Fingern hindurch.

Bens Mundwinkel zuckte. „Du quälst mich.“

„Indem ich mich anziehe?“

„Ganz genau“, raunte er und seine tiefe Stimme klang so sexy, dass es in meinem Bauch zu flattern anfing.

„Ich muss mich aber anziehen, oder willst du, dass ich nackt zur Eröffnung des Magischen Museums gehe?“

„Mir wäre lieber, du würdest nackt hier bei mir bleiben“, murmelte er und bedeckte meine Haut mit sanften Küssen.

„Du weißt doch, dass das nicht geht“, seufzte ich und stand auf, um eine Haarbürste zu suchen. „Quirin erwartet von mir, dass ich zu der Eröffnung komme.“

„Ich kann Quirin nicht leiden.“

„Ich glaube, niemand kann Quirin leiden“, erwiderte ich. „Aber die Ziele, die die Macht der Acht beim Bau des Magischen Museums verfolgt haben, sind gut. Sie wollen damit die Toleranz zwischen Mensch- und Tierverbundenen stärken, weil sie hoffen, dass ein Blick in die Vergangenheit dabei hilft, ähnliche Fehler in der Zukunft zu vermeiden.“

Ben lachte abfällig auf. „Niemals.“

Ich hatte meine Bürste entdeckt und strich mir damit durch die Haare. „Du bist ein Pessimist.“

Er schüttelte den Kopf. „Ich bin Realist. Solange die Bevölkerung nicht weiß, wie knapp wir vor der Katastrophe gestanden haben, wird sich zwischen den Tier- und Menschverbundenen auch nichts ändern. Leute reagieren nun mal nur dann auf Bedrohungen, wenn es sie persönlich betrifft. Und aus Sicht der sinnlichen Bevölkerung ist in den letzten Sonnen- und Mondläufen nichts Außergewöhnliches vorgefallen, das irgendeinen von ihnen etwas angeht.“ Er strich sich mit der Hand durch seine zerzausten dunklen Haare. „Glaub mir, Lee. Die Leute fürchten sich einfach nicht genug, um sich zu ändern.“

Ich legte die Bürste beiseite und starrte aus dem Fenster. „Vielleicht hast du recht“, sagte ich. „Aber was sollen wir tun? Ihnen wissentlich Angst einjagen?“

Ben zuckte mit den Schultern. „Wieso nicht? Wenn ich Gestalter wäre, würde ich es zumindest mal versuchen. Ich habe das ewige Unter-den-Teppich-Kehren so satt.“

Ich verstand Ben und dennoch war ich mir nicht sicher, ob eine Massenpanik wirklich die beste Lösung war. „Wir sollten uns das Museum jedenfalls einmal ansehen“, sagte ich entschieden. „Wer weiß, vielleicht erfahren wir dort etwas über den alten Kompass oder die Bücher der Macht.“

„Du denkst also, dass es noch nicht vorbei ist“, sagte Ben ruhig.

Ich fing seinen Blick auf und fühlte mich ertappt. „Ich glaube, dass noch jemand hinter den Büchern der Macht her ist“, sagte ich. „Jemand, der das Rote Buch vor uns aus dem Wutministerium gestohlen hat und noch viel mächtiger ist als Sinja. Jemand, der Yolander für die Diebstähle benutzt hat. Und leider glaube ich nicht, dass dieser Jemand ein netter Kerl ist, der die Bücher nur beschaffen möchte, um sie vor bösen Gestalterinnen wie Sinja zu beschützen.“

Ben nickte. „Na dann, auf zum Magischen Museum der Sinnlichen Geschichte“, sagte er und stand von unserem Bett auf. „Wäre doch gelacht, wenn ein Museumsbesuch uns nicht helfen würde, wieder in Schwierigkeiten zu kommen. Also wieder einmal stürmisch und schnell, Wächterin?“

Ich nickte, und obwohl in seinen Worte der für ihn so typische Sarkasmus mitschwang und ich fühlte, dass er das alles hier nur für mich tat, war ich froh, dass er mich nicht mehr allein ließ.

Wir reisten gemeinsam durch unseren Brunnen zu einem langen, schmalen Becken mit knöcheltiefem Wasser, das sich direkt vor dem neu erbauten Museum für Sinnliche Geschichte befand. Inzwischen klappte das Reisen zu zweit ganz gut, aber das lag vermutlich auch daran, dass ich mich einfach gerne an Ben schmiegte.

Das Museum hatte das Aussehen einer gewaltigen Waage mit einer schwarzen und einer weißen Schale, und ich legte staunend den Kopf in den Nacken, weil es so riesig war, dass es die meisten anderen Gebäude der Schwarzweißen Stadt überragte. Die Sonne spiegelte sich auf den Waagschalen, die augenscheinlich voll funktionstüchtig waren; sobald die weiße Schale nach unten schwang, erhob sich die schwarze – und umgekehrt – offenbar, um den Wert des Gleichgewichts in der Sinnlichen Welt zu symbolisieren.

Das große Eingangstor war in die Mitte des goldenen Sockels eingelassen worden und ich konnte mir auf den ersten Blick nicht vorstellen, wie das Innere des Museums sein würde. Waren die Ausstellungsräume in den Waagschalen? Und wenn ja, wie gelangte man dorthin?

„Wächterin Lee, wie schön dich wiederzusehen", ertönte eine angenehme Stimme zu meiner Linken und ich drehte mich um. Neben uns stand der vornehme Angstträger Alfonsus, der von vier Nachrichtenwürfeln umschwirrt wurde. Seine grauen Augen waren von vielen kleinen Lachfältchen umgeben und er lächelte mich und Ben entspannt an.

„Die Freudegestalterin hat sich bei diesem Projekt selbst übertroffen, findet ihr nicht?", fragte er uns und blickte hoch zu den beiden Waagschalen, die ständig in Bewegung waren.

„Es ist wirklich faszinierend", stimmte ich ihm zu, während wir uns in den Strom der Sinnträger einreihten, die der Eröffnung des neuen Museums entgegenfieberten – oder es schon im Vorfeld verurteilten.

„Nun, die Magie, die während des Baus in die Materialien eingearbeitet worden ist, sorgt angeblich dafür, dass man in den Räumlichkeiten der Schalen nicht das Gleichgewicht verliert, während sie auf und ab schwingen", erklärte uns Alfonsus und rieb sich über die aristokratische Nase. „Ich bin ja gespannt, ob das stimmt. Besser gesagt, hoffe ich es, denn unglücklicherweise leide ich unter einer ausgeprägten Form der Höhenangst." Die Zeichnung auf seiner Wange, die an einen violetten Würfel erinnerte, begann bei diesem Geständnis leicht zu glimmen.

„Ich hoffe, die Magie sorgt auch dafür, dass mich die vielen Besucher nicht nerven", ätzte Ben und ich lächelte, weil er wieder ganz der Alte war.

Gemeinsam traten wir durch die hohe Eingangspforte in einen großen Empfangssaal. Die Wände bestanden aus Tausenden Glaskugeln in allen acht Farben und eine prunkvolle golden schimmernde Tafel mit Philomenas Konterfei hing gegenüber vom Eingangstor.

„Willkommen im Raum der Erinnerungen", sagte die Freudeministerin auf der Goldtafel und lächelte jeden Besucher herzlich an.

„Wieso der Erinnerungen?", fragte Ben und Alfonsus richtete seine grauen Augen auf ihn.

„Weil diese bunten Kugeln sogenannte Erinnerungskugeln aus den Archiven der Zeit sind", erklärte er und spazierte mit uns zu einer der Wände. „Bevor es die Nachrichtenwürfel gab, haben die Leute ihre Erinnerungen in diesen Kugeln gespeichert. Wenn man sie berührt, kann man sie abrufen."

„Interessant", murmelte ich und streckte neugierig meine Hand aus. Sobald ich meine Fingerspitzen auf eine grüne Kugel gelegt hatte, tauchte ich in die Erinnerung eines grünen Trägers ein. Es war so ähnlich wie bei dem Trauerritual und doch ganz anders. Ich sah ein Bild vor meinem inneren Auge, fühlte aber gleichzeitig die dazugehörigen Emotionen. Die grüne Erinnerungskugel zeigte mir einen chaotischen Raum, der mich an Simeons

Loft denken ließ. Und tatsächlich schien der junge Erstaunensträger darin ebenfalls ein Magiebegabter zu sein, der voller Elan an einem magischen Experiment arbeitete.

„Sobald sich mehrere Sinnträger berühren, kann man auch gemeinsam an einer Erinnerung teilhaben“, sagte Alfonsus und ich griff schnell nach Bens Hand, um ihm auch die Erinnerung zu zeigen. Es war nur eine kurze Sequenz; der Erstaunensträger arbeitete eifrig an einem Tisch in seinem Labor, bis er völlig überrascht das Ergebnis seines Schaffens betrachtete, das für mich wie ein Ei aussah.

„Ich kapier die Erinnerung nicht“, sagte Ben.

„Darf ich?“ Alfonsus berührte die grüne Kugel nun ebenfalls und erlebte die Erinnerung auf diese Weise auch.

„Oh, das ist ein echter Glücksgriff“, schwärmte er eine Sekunde später. „Die Erinnerung stammt von Ernesto, dem ersten Urgestalter des Erstaunens.“

„Wow“, kommentierte Ben gelangweilt und zog die Hand weg.

Ich sah mir die Sequenz der Erinnerung bereits zum dritten Mal an und hatte das Gefühl, dass sie mir irgendetwas sagen wollte. „Was ist das für ein Ei, das er da erschaffen hat?“, fragte ich und Alfonsus gluckste vor Amüsement.

„Du siehst ein Ei? Ich sehe eine Schneekugel.“ Sein Lächeln vertiefte sich. „Bei diesem Ding handelt es sich um das Artefakt des Erstaunens. Ernesto war offenbar selbst überrascht, als er es erschaffen hat. Jeder Sinnträger sieht darin etwas anderes und es hat die Fähigkeit, dich alle Arten des Erstaunens empfinden zu lassen: Überraschung, Verblüffung, Verwunderung, Irritation,

Befremden, Fassungslosigkeit – und wahrscheinlich noch ein Dutzend mehr."

Alfonsus sagte noch etwas, aber das hörte ich nicht, denn endlich sah ich, was mir an der Erinnerung so besonders vorgekommen war. Mein Herz machte einen Sprung und klopfte dann umso schneller weiter. Auf Ernestos Arbeitstisch lag, halb unter einem Stapel Papiere verborgen, ein Kompass. Seine Glasabdeckung war unversehrt und das Metallgehäuse schimmerte bronzefarben, aber es war unverkennbar derselbe Kompass, den Ben und ich aus dem Artefakt der Freude gezogen hatten. Was bedeutete … dass er uns wahrscheinlich tatsächlich zum Grünen Buch der Macht führen konnte.

„Die Urgestalter waren allesamt sehr exzentrische Träger mit großen Fähigkeiten", sagte Alfonsus in dem Moment. „Wenn ihr euch für ihre Arbeit interessiert, solltet ihr in den Raum der Sicherheit gehen. Dort sind alle acht Artefakte ausgestellt, und damit keines gestohlen wird, wirkt in diesem Raum auch keine Magie."

Ich hörte ihm nur mit halbem Ohr zu und nickte abgelenkt. Am liebsten hätte ich Ben sofort von dem Kompass erzählt, aber hier war weder die richtige Zeit noch der richtige Ort dafür.

„Wenigstens das Transportsystem ist mal was Neues", sagte Ben und deutete auf den Boden. Dort leuchteten Wegweiser zu den Ausstellungsräumen auf, und wer auf die Schrift trat, verschwand einfach.

„Ich wollte mir unbedingt den Raum der Malerei ansehen. Begleitet ihr mich?", fragte Alfonsus und ging auf den entsprechenden Wegweiser zu.

Ich nickte und bemerkte, dass einer der Nachrichtenwürfel, die um seinen Kopf zischten, im

Raum der Erinnerungen verblieb, während die anderen drei dem groß gewachsenen Angstträger mit dem distinguierten Auftreten folgten. Gemeinsam stiegen wir auf die leuchtenden Buchstaben und fanden uns im nächsten Moment in einem ovalen Raum voller Gemälde wieder. Die prunkvolle goldene Tafel mit Philomenas Gesicht hing auch in diesem Zimmer.

„Willkommen im Raum der Malerei", sagte die Freudeministerin und zwinkerte uns zu.

Hunderte Gemälde hingen hier und verbreiteten eine ehrwürdige, nahezu feierliche Atmosphäre. Auf fast allen Bildern waren Szenen aus dem Ersten und Zweiten Sinnlichen Krieg zu sehen und die verschiedenen Schauplätze des Tötens, des Hasses und der Gewalt drückten mir auf die Stimmung.

Alfonsus blieb vor einem großen Wandgemälde stehen, das laut der Beschriftung darunter das größte Schlachtfeld des Zweiten sinnlichen Krieges zeigte. Es war ein grauenhaftes Bild. Der Boden war mit Leichen bedeckt und der Himmel von Rauchwolken verhangen, die sich langsam bewegten. Ich konnte die Schreie jener hören, die darauf getötet worden waren.

„Eine schreckliche Zeit", sagte Alfonsus leise. „Jeder kämpfte gegen jeden, ehemalige Freunde wandten sich gegeneinander und es ging nur noch um das nackte Überleben. Dieser Krieg hat viele Leben gefordert, er hat zu viele gefordert." Trauer schwang in seiner Stimme mit.

Ben sah ihn überrascht von der Seite an. „Ihr habt zu der Zeit schon gelebt?"

„Ja, ich war damals selbst noch ein ganz junger Sinnträger, frisch erweckt. Ihn hier kannte ich. Sein Name war Tom." Er deutete auf einen schlaksigen rothaarigen Angstträger, der mit schreckensgeweiteten

Augen am Rande des Schlachtfeldes stand und das Chaos überblickte.

„Was ist mit ihm passiert?", fragte ich.

Alfonsus' Augen wurden dunkel. „Er ist gestorben und liegt jetzt in einem namenlosen Grab. Viele sind damals für immer verschwunden, es war eine schreckliche Zeit. Ich bin froh, dass sie vorbei ist." Der Angstträger wandte sich abrupt von dem Bild ab, als wollte er die Erinnerung an diese Zeit ebenso tief in sich begraben.

Kurze Zeit später verabschiedete sich Alfonsus von uns und Ben und ich schlenderten allein weiter. Der Raum der Malerei mit den düsteren Bildern war in den Räumlichkeiten der schwarzen Waagschale untergebracht, jetzt ließen wir uns von den leuchtenden Wegweisern zu den Hallen der weißen Schale teleportieren.

Der Raum, den wir nun betraten, war deutlich voller als die Halle der Malerei. Philomenas Gesicht strahlte uns von der goldenen Tafel an und flötete: „Willkommen im Raum der Begegnung."

Dieser Ausstellungsraum war den Gestaltern meines Wissens nach besonders wichtig, um die Vorurteile zwischen Mensch- und Tierverbundenen abzubauen. Dominiert wurde er von der großen Goldstatue eines Sinnträgers bzw. einer Sinnträgerin, die sowohl weibliche als auch männliche Geschlechtsmerkmale hatte und sowohl auf der rechten als auch auf der linken Wange eine Gesichtszeichnung trug. Diese Art der herausfordernden Kunst kam nicht bei allen Besuchern gut an und ich sah, wie einige einfach nur den Kopf schüttelten, während ein Ekelträger kurzerhand auf den Boden spuckte.

„Ganz schön gewagt", sagte Ben und ich war mir nicht sicher, ob er die Statue oder die Spuckaktion meinte.

„Erinnert euch an den Ersten Sinnlichen Krieg", erklang eine melodische Stimme, bei der ich mir nicht sicher war, ob sie zu einem Mann oder einer Frau gehörte. „Erinnert euch an den Rassismus, der in unserer Welt regiert hat. Erinnert euch an die Gräuel zwischen positiven und negativen Sinnträgern. Erinnert euch. Ob jung oder alt, ob mensch- oder tierverbunden, wir sind alle im Herzen gleich."

„Etwas übertrieben, oder?", sagte Ben.

Ich war vor einem kitschigen Hologramm stehen geblieben, das eine Reisende in der Menschenwelt zeigte. Eine Hand hatte die Sinnträgerin auf die Schulter eines Menschen gelegt, die andere Hand auf die Schulter eines Pferdes. „Hm. Sie haben es vielleicht tatsächlich etwas zu gut gemeint", stimmte ich Ben zu.

„Pah! Menschen- und Tierverbundene sollen gleich sein", erregte sich ein Sinnträger mit lauter Stimme hinter uns. „Dass ich nicht lache. Wenn es so wäre, wieso gewinnen dann eigentlich immer nur Menschverbundene das Zaubern mit allen vier Elementen bei den Magischen Magiespielen?"

„Nun, dafür gewinnen bei Magie & Nahkampf immer nur Tierverbundene die Magischen Magiespiele", bemerkte eine athletische Tierverbundene spitz. „Schon seltsam, wo die Menschverbundenen doch der Meinung sind, bei allem so viel besser zu sein, nicht wahr?"

Ich beobachtete die Auseinandersetzung – beziehungsweise die Begegnung der beiden – und machte mich innerlich dafür bereit einzugreifen, falls es sich weiter hochschaukelte. Doch das war zum Glück nicht nötig. Die beiden Parteien ließen noch ein paar giftige Kommentare fallen, dann trennten sie sich.

„Ganz schön beschissene Begegnung im Raum der

Begegnung“, bemerkte Ben.

„Stimmt“, murmelte ich und sah ein paar Schritte entfernt Thaya vor einem Schaukasten stehen. Noch bevor ich mir selbst die Frage stellen konnte, ob ich ihr heute begegnen wollte oder nicht, hatte sie uns ebenfalls entdeckt und kam auf uns zu.

„Hallo“, begrüßte sie uns und lächelte. „Was macht ihr denn hier?“

„Wir sehen uns die Ausstellung an“, erklärte ich das Offensichtliche. „Wie geht es dir, Thaya?“

Thayas große blaue Augen verdunkelten sich. „Nun, ich habe beschlossen, meine Kandidatur für den Posten der Trauergestalterin zurückziehen. Wie es aussieht, ist es zurzeit sehr gefährlich, eine Gestalterin zu sein. Gerade erst ist Gemma verstorben und jetzt Sinja.“

Ich schaute Thaya verwundert an. Obwohl sie den blauen Sinn trug, war bei ihr von Trauer keine Spur zu erkennen.

„Ich kann verstehen, dass du jetzt erst mal vorsichtig bist“, sagte ich und Thaya nickte.

„Ich habe das Gefühl, dass hier seltsame Dinge vorgehen. Nachdem Sinja … ihr wisst schon … die Kehle aufgeschlitzt wurde, haben alle so geschrien. Und ich hatte das Gefühl, einen Schatten zu sehen.“

Bens Augen verengten sich und ich erinnerte mich, dass ich mit ihm noch gar nicht über die Schatten geredet hatte, die auch ich in letzter Zeit immer wieder wahrnahm. Ich überlegte noch, wie ich mich am besten höflich von Thaya verabschieden konnte, um mit Ben allein sprechen zu können, als die Trauerträgerin die Augen aufriss. „Habt ihr das gesehen?“

„Was?“, fragte Ben desinteressiert.

„Hier ist auch einer“, flüsterte sie. „Hier ist schon

wieder ein Schatten."

„Wo?", fragten Ben und ich gleichzeitig.

„Na da!", sagte Thaya mit Nachdruck und im selben Moment spürte ich einen gewaltigen Sog, der mich aus dem Museum fortriss.

Kapitel 16

Ich öffnete die Augen. Es war stockdunkel und ich konnte die unregelmäßigen Schläge von acht Herzen und das dumpfe Gemurmel bekannter Stimmen ausmachen, das eine Mischung aus Verwirrung und Verärgerung preisgab.

„Ben? Alles okay?", flüsterte ich.

„Ich bin hier", sagte er zu meiner Erleichterung. Ich war froh, seinen kräftigen Herzschlag neben mir zu hören.

Vorsichtig griff ich durch die Finsternis nach seiner Hand. Sie fühlte sich warm und beruhigend an, doch das Gefühl, dass in der Dunkelheit, in der wir uns jetzt befanden, eine Gefahr auf uns lauerte, blieb. Was machten wir hier? Wer hatte uns hierher gebracht? Meine Wachsamkeitslinien begannen zu glimmen.

„Mir geht es übrigens auch gut", erklärte Simeon und ließ ein grünes Feuer in seiner Handfläche aufflammen. Der Lichtschein beleuchtete nicht nur das irritierte Gesicht des Magiebegabten, sondern auch die kleine Kammer, in der wir mit den anderen Neuerweckten gelandet waren. Während Jaron und Edomir sich in der Mitte des Raumes befanden, standen Caprice und Jesper in jeweils gegenüberliegenden Ecken. Thaya lehnte verdrossen an einer freien Wand aus grauem Sandstein.

Die Kammer erinnerte mich an den Ort, an dem wir das gemeinschaftliche Trauerritual abgehalten hatten, nur waren hier keine Sitzpolster oder irgendein Trauerfeuer anzufinden. Vielleicht lag es auch einfach an der unfreiwilligen Zusammenkunft der acht Neuerweckten, dass ich unwillkürlich an das Ritual denken musste – und anscheinend war ich damit nicht allein.

„Scheint, dass wir nun wieder komplett sind", sagte Caprice und fuhr sich über ihre weißen Haare. Sie trug einen eng anliegenden weißen Catsuit, der ihre Figur betonte.

„Was soll das hier?", zischte Jesper. „Ist das wieder so eine unnötige Trauerzeremonie?" Der Beschützer taxierte Ben und mich mit wütenden Blicken, so als wären wir dafür verantwortlich, hier festzusitzen. Wusste er, dass wir seine Gestalt dazu benutzt hatten, um ins Ministerium der Wut zu gelangen? Die drei roten Blitze seiner Gesichtszeichnung leuchteten rot auf und sein Kinn spannte sich an. Jesper verschränkte die Arme hinter den Rücken und machte ein paar Schritte durch den Raum, dabei rempelte er Jaron an, der etwas verloren in der Gegend herumstand.

„Entschuldigung", sagte Jaron müde und stellte sich an die Wand neben Thaya, die ihre Arme um ihren Körper geschlungen hatte.

„Du musst dich doch nicht entschuldigen, wenn der Beschützer in dich hineinrennt", meinte Ben und bedachte Jesper mit einem verachtungsvollen Seitenblick.

„Er stand im Weg rum. Er steht immer im Weg rum", knurrte Jesper und fixierte Ben. „Hier stehen viele im Weg rum."

„Ich, ich bin nur etwas verwirrt, dass wir hier sind. Ich war gerade mit den Arbeiten an einer Skulptur beschäftigt, die Arbeiten sind sehr intensiv", erklärte Jaron und zeigte auf seine tonbeschmutzten Hände. Er trug noch immer seinen orangefarbenen Bildhauerkittel, der mit grauen Flecken übersät war. „Was machen wir hier? Sind wir wirklich wegen eines neuen Trauerrituals hier?“

Thaya strich sich über ihr dunkelblaues Spitzenkleid und schüttelte den Kopf. „Das hier hat nichts mit dem Land der Trauer zu tun“, seufzte sie.

Ich kniff die Augen zusammen und fuhr mit der Hand über die graue Wand hinter mir. Durch die Berührung nahm ich leichte Vibrationen wahr. Feiner Sand blieb an meinen Fingern haften.

„Wir müssen hier raus“, presste Edomir hervor und fuhr sich durch seine roten Locken. „Dieser Raum ist so eng, so unglaublich eng.“

„Jetzt krieg dich mal wieder ein. Die Sandsteinkammer ist groß genug für uns alle“, antwortete Caprice streng. „Und sie hat auch genügend Luftvorrat. Oder leidest du etwa auch noch an Klaustrophobie? Außerdem wollen wir alle hier raus. Die Frage ist nur wie.“ Sie machte eine kurze Pause und musterte jeden Einzelnen von uns, als würde sie dessen Fähigkeiten und Nützlichkeit abwägen. „Simeon, kannst du ein Portal erzeugen?“

„Das ist eine sehr, sehr alte und fortgeschrittene Kunst, die nur von einer Handvoll Sinnträger beherrscht wird.“

Caprice sah ihn ausdruckslos an. „Also nicht.“

„Kannst du es etwa?“, gab Simeon rotzig zurück und die grüne Flamme in seiner Hand zuckte hell auf.

„Lee, was ist mit Wasserreisen?“, verlangte Caprice von mir zu wissen und mir gefiel ihr herrischer Tonfall nicht. Doch bevor ich etwas erwidern konnte, mischte sich Ben ein.

„Hast du etwa Wasser dabei?“ Er hob eine Augenbraue.

„Hat irgendjemand Wasser dabei?“, fragte Caprice, die sich anscheinend zur Führerin der Gruppe berufen fühlte – doch niemand meldete sich. Wahrscheinlich hätte uns

Wasser auch nicht weitergeholfen.

„Wer auch immer uns acht hierhergebracht hat, hat eine mächtige Magie angewandt“, sagte ich. „Daher wird auch der Raum mit einem Schutzzauber belegt sein. Wenn es einen Weg hier rausgibt, dann wird er wahrscheinlich nicht magisch sein.“

Jesper baute sich vor mir auf. „Und was schlägst du dann vor, Wächterin?“, fragte er herausfordernd. Es war das erste Mal, dass er wieder direkt mit mir sprach, und ich wusste nicht, ob ich mich darüber freuen sollte. Anscheinend suchte er die Konfrontation.

Ben machte einen bedrohlichen Schritt auf Jesper zu, doch das, was zwischen uns allen hier lag, musste warten, jetzt gab es Dringenderes zu tun, das fühlte ich.

„Spürt ihr das?“, fragte ich drängend. Mein Puls beschleunigte sich und mein ganzer Körper konnte die Bewegungen wahrnehmen.

Caprice sah mich herausfordernd an. „Was?“

„Ich spüre es. Die Wände …“, sagte Edomir und sein Blick flackerte. „Ich spüre es schon die ganze Zeit. Sie vibrieren.“

Ich schluckte und sah mich nach allen Seiten um. „Sie vibrieren nicht nur, sie kommen näher.“

Anfangs war es kaum wahrnehmbar. Die Wände schoben sich langsam und lautlos von allen vier Seiten auf uns zu, zuerst waren es nur Mikrometer, doch dann wurde ihre Bewegung schneller und schneller.

Aufregung machte sich unter den Trägern breit. Thaya begann zu schluchzen und sämtliche Versuche Jarons, sie zu beruhigen, scheiterten. Edomir schrie panisch auf und Simeon warf mir einen gehetzten Blick zu, so als erwartete er, dass ich uns hier rausbringen müsste.

„Wir müssen die Bewegung stoppen“, sagte Caprice.

„Oder zumindest verlangsamen“, ergänzte ich.

Jesper sah mich argwöhnisch an und stemmte sich gegen die Wand. „Leider bin ich der Einzige“, begann er zu murren, „der so viel Kraft besitzt, um die Wand …“

„Halt einfach die Klappe, Wutpfosten“, fiel ihm Ben ins Wort, der seine Arme ebenfalls mit aller Kraft gegen den grauen Sandstein presste. „Jeder hier muss anpacken“.

Auf Jespers Stirn bildete sich eine Zornesfalte und er ballte die Faust.

„Dafür haben wir jetzt keine Zeit“, herrschte ich sie an, um ein Gerangel zwischen den beiden gleich im Keim zu ersticken.

„Los Leute, alle drücken gegen die Sandsteinmauern!“, befahl Caprice. „Sonst werden wir zerquetscht!“

Mit vollem Gewicht stemmten wir uns gegen die Wände, wobei Ben und Jesper sichtlich den größten Erfolg hatten, sodass wir uns nach kurzer Zeit systematisch aufteilten. Edomir, Thaya und Simeon arbeiteten zusammen, Caprice, Jaron und ich drückten gegen die nächste Wand und Ben und Jesper übernahmen die verbleibenden Wände.

Und tatsächlich wurde die Bewegung der dunklen Mauern langsamer, aber mir war klar, dass wir sie nicht zum Stillstand bringen konnten. Früher oder später würden wir allesamt eingequetscht werden. Wir mussten einen anderen Weg hier rausfinden. Während ich meine Hände gegen den grauen Stein drückte und meine Arme zu zittern begannen, suchte ich jede Unebenheit der Wand ab, um irgendeinen Anhaltspunkt nach draußen zu finden.

Plötzlich begann feiner grauer Sand, von oben auf uns herabzurieseln.

„Nicht das auch noch!", rief Ben und spuckte Sand aus. Immer mehr und mehr Sand strömte von oben auf uns nieder und ich hustete, als die feinen Körnchen auch in meine Lungen eindrangen.

So schnell ich konnte verband ich mich mit meiner Fähigkeit und ein Gelbschleier legte sich über den Raum. Ich versuchte, den Sand oben zu halten, ließ meine gesamte Energie und Willenskraft in die Beherrschung der Körner fließen, doch die Masse war zu gewaltig, um sie in Schach zu halten. Mit einem tosenden Geräusch strömte der Sand auf uns hinab und es dauerte nicht lange, bis wir knöchelhoch darin standen und unsere Füße kaum noch bewegen konnten.

Thaya und Edomir begannen zu kreischen, als die Wände immer näher und näher kamen. Wir waren eingekesselt.

Während Ben und Jesper mit aller Kraft die Wände abstützen und ihnen der Schweiß die Stirn entlanglief, versuchte Caprice an dem rauen Sandstein hinaufzuklettern, um sich in Sicherheit zu bringen.

Es muss einen anderen Weg hier raus geben, irgendwo hier liegt die Lösung, wahrscheinlich direkt vor meinen Füßen, hallte es durch meinen Kopf, als ich neben Simeons Bein eine kreisende Bewegung im Sand wahrnahm. „Simeon!", brüllte ich über die Schreie der anderen hinweg. „Neben dir, da muss irgendetwas sein, greif hinunter!"

„Etwas soll bei mir sein?!", kreischte Simeon und blieb wie erstarrt stehen.

„Greif nach unten!", schrie ich noch einmal und verfluchte die Tatasche, dass ich zu weit wegstand, um es selbst zu tun.

Simeon fiel es nicht leicht, aber er gehorchte.

Zwischen den Vorhängen aus Sand, die unerbittlich auf uns niederfielen, sah ich, wie seine Arme nach unten schnellten und sich durch die dunkelgraue Sandmasse schaufelten. „Kommst du an den Boden?", rief ich und versuchte, meine Füße zu befreien, als die Wand mich langsam ins Zentrum des Raumes drängte.

„Ich kann etwas fühlen", rief Simeon zurück.

Ich presste mich gegen den grauen Stein, doch er stieß mich unbarmherzig weiter. Die Wände beschleunigten ihr Tempo erneut. Wahrscheinlich blieben uns noch etwa zwei Minuten, bevor wir zwischen den Mauern zu Tode gequetscht wurden.

„Es ist aus Stein, eine Art Symbol … Es fühlt sich an, wie …", schrie Simeon zurück und begann zu husten, als er Sandkörner in die Nase bekam. „… wie ein Paar Augen, glaube ich!"

Jesper und Ben befreiten ihre Beine aus dem Sand und begannen, sich waagrecht mit Händen und Füßen gegen die Wände zu drücken, die von rechts und links immer näher kamen. Ich konnte nicht umhin zu denken, dass sie das hier auch als eine Art Wettkampf betrachteten.

„Es könnte ein Mechanismus sein, die Templer nutzen öfters Bodensymbole dafür", schrie Edomir.

„So möchte ich nicht sterben!", kreischte Jaron.

„Lee, wir haben kaum noch Zeit", brüllte Ben und ich wusste, dass er recht hatte. Aber es durfte hier nicht zu Ende sein. Nicht jetzt. Nicht hier. Nicht so. Nicht nach allem, was wir durchgemacht hatten. Ich wollte so nicht sterben. In einem fremden Raum, unsere Eingeweide zerquetscht und ohne zu wissen, wofür.

„Mach irgendetwas, Simeon! Stich mit den Fingern in die Augen!", rief ich und dachte an Simeons Glubschaugentür – denn etwas Besseres fiel mir im

Moment tatsächlich nicht ein. War dieses Symbol im Stein schon von Anfang an da gewesen oder war es gerade erst erschienen? War es unsere Rettung?

Simeon nickte, schnappte nach Luft und tauchte mit seinem ganzen Oberkörper in den Sand, um bis zum Boden zu gelangen. Mein Herz hämmerte gegen meine Brust und ich hoffte inständig, dass das Augenstechen etwas bewirken würde. Ich wollte nicht, dass Ben starb, ich wollte nicht, dass auch nur einer von uns sterben musste. Wer tat uns so etwas an? War es der Unbekannte, der Sinja getötet hatte?

Die Sekunden dehnten sich. Caprice hatte sich wie eine Katze am Sandstein festgekrallt und kümmerte sich nur noch um einen aus der Gruppe, nämlich um sich selbst. Jaron und Edomir starrten entsetzt auf die Stelle, wo Simeon in den Sand getaucht war, während Thaya die Hände vors Gesicht hielt und hyperventilierte. Ben und Jesper taten alles, was in ihrer Macht stand, um die Bewegung des Steines zu verlangsamen, aber es war zwecklos. Die Wände schoben sich unerbittlich zusammen.

„Ich hab's … getan!", schnaufte Simeon, als er endlich wieder auftauchte und nach Luft schnappte. Ich spürte, wie die Wände zum Stillstand kamen und der Sand aufhörte, auf uns herabzurieseln. Erleichterung machte sich breit, ich atmete mehrmals die freie Luft ein und die anderen taten es mir gleich. Die Erschöpfung stand ihnen ins Gesicht geschrieben. Ein Moment der Stille und Entspannung herrschte zwischen uns, es war ein Moment der Ruhe – doch er dauerte nicht lange.

Plötzlich bewegten sich die noch verbliebenen Körner zu unseren Füßen und flossen zu einem Strudel zusammen, der vom Zentrum des Raumes aufgesogen wurde, von der Stelle, die Simeon berührt haben musste. Das kopfgroße Sandsteinzeichen sah tatsächlich aus wie ein Augenpaar, dessen dreieckige Augäpfel gefährlich aufblitzten und mich an eine Schlange erinnerten, bevor der Sandstrudel ähnlich einem Tornado wild aufwehte und uns davontrug.

Ein langsames abfälliges Klatschen war das erste Geräusch, das ich wahrnahm, als ich unsanft auf dem kalten Marmorboden landete. Weit über mir wölbte sich eine Glaskuppel, die den Blick auf einen dunklen Nachthimmel freigab. Die dort funkelnden Sterne formierten sich mit glühenden Bewegungen zu dem Symbol der bedrohlichen Schlangenaugen, deren Augäpfel wie unheilvolle Pyramiden wirkten.

Neben mir rappelten sich auch die anderen Sinnträger auf und ich war erleichtert, dass es Ben gut ging. Er sah etwas abgekämpft aus, aber sein Herzschlag ging ruhig und gleichmäßig.

Sofort kam er auf mich zu und umarmte mich. „Alles okay?“, fragte er und in seinen Augen spiegelte sich Besorgnis wieder.

Ich nickte und fuhr ihm liebevoll über den Arm. Es tat gut, ihn zu berühren. „Weißt du, was wir hier sollen?“

Er zuckte mit den Schultern. „Ich habe keine Ahnung.“

„Ich übrigens auch nicht. Und danke, es geht mir auch gut“, erklärte Simeon vorwurfsvoll. „Immerhin habe ich uns gerettet.“

„Wenn ich die Wände nicht aufgehalten hätte, hättest du keine Zeit gehabt, deine Finger in dieses Ding zu stecken“, knurrte Jesper, der sich den Sand von seiner Uniform klopfte.

„Was sollen wir hier?“, fragte Caprice und sah sich

beunruhigt um. „Wo sind wir?“

Ich drehte mich einmal um meine eigene Achse. Der graue Sandsturm hatte uns in eine imposante achteckige Halle getragen, deren Steinwände mit fremden Inschriften und Zeichen versehen waren. Acht dunkle dreieckige Durchgänge führten von jeder Wandseite in acht pechschwarze Tunnel.

Aus einem der finsteren Tore schälte sich eine Gestalt, die wieder abfällig zu klatschen begann. „Endlich“, zischte der hagere Mann und schlurfte aus der Dunkelheit. Seine Stimme klang so unfreundlich wie immer. Ich hätte sein faltiges Gesicht und seine dunkle Mönchskutte nicht sehen müssen, um zu erkennen, wer uns hier empfing. „Ihr habt überlebt“, seufzte Casimir verdrossen und seine stechenden Augen bedachten uns mit einem vor Verachtung triefenden Blick. Seine zwei zerrissenen schwarzen Linien leuchteten schwach.

„Ihr habt uns in diese Situation gebracht?“, fragte ich aufgebracht.

Casimir hob die Hand, als würde er mir gebieten zu schweigen. „Ein kleiner Test“, zischte er.

Das Geräusch nahender Schritte kam auf uns zu. „Templer Casimir bestand darauf. Eine Vorsichtsmaßnahme und Prüfung eurer Teamfähigkeit“, erklärte eine andere Stimme und eine hochgewachsene Gestalt kam aus einem der anderen Durchgänge.

„Gestalter Quirin“, sagte Jesper und straffte die Schultern. Dann nickte er Quirin respektvoll zu.

Der kahlköpfige Gestalter stellte sich neben den Templer, sodass uns beide gegenüberstanden.

„Das sind sie also“, sagte Quirin und musterte uns mit seinen dunklen Augen von oben bis unten. Dabei zog er missbilligend die Augenbrauen zusammen.

„Ich kann es selbst nicht verstehen“, erklärte Casimir. „Aber die gesammelten Prophezeiungen sind die gesammelten Prophezeiungen.“

„Was für Prophezeiungen?“, fragte Simeon interessiert, der mit der Hand über das Symbol der Schlangenaugen strich, das immer wieder in den Felswänden auftauchte.

„Habe ich erlaubt, Fragen zu stellen?“, fauchte Casimir.

„Wir haben ein Recht auf Antworten“, mischte sich Caprice harsch ein. „Was ist hier los?“

Casimir atmete tief ein, als könne er uns mit einem Atemzug einfach verschwinden lassen.

Quirin lächelte verschwörerisch. „Alter Freund, lass uns die Prophezeiung teilen, sie wird dem Kreis einiges erklären.“

Ich schluckte. Was ging hier vor? Warum hatten uns die beiden hierher gebracht? Welche Prophezeiung würden wir gleich sehen? Und was hatte sie mit uns acht Neuerweckten zu tun? Stechende Fragen kreisten in meinem Kopf und drängten darauf, beantwortet zu werden.

Casimir nickte Quirin zu, blickte nach oben und hob die Hand. Über unseren Köpfen formierten sich die Sterne zu Buchstaben, die zu funkelnden Worten und Sätzen zusammenflossen:

Die Prophezeiung des Großen:
In einer Linie werden sie stehen
acht Monde am Nachthimmel gesehen
die Dunkelheit sie durchbrechen
und die Auserwählten versprechen
das Schicksal in Woge zu halten
die Seiten der Welt zu entfalten
auf Leben und Tod es wird kommen

Vernichtung und Leid genommen

„Die Prophezeiungen, die sich im Besitz der Templer befinden, haben nicht nur eine enorme Macht, sie tragen auch den Fluch der Interpretation in sich", erklärte Casimir mit monotoner Stimme. „Es gibt Überlieferungen, die kaum verständlich sind, die sich im Nachhinein jedoch alle erfüllt haben. Die Prophezeiungen werden seit jeher von den Templern gehütet und es ist ein besonderes Privileg, dass ihr überhaupt einen Blick darauf werfen dürft." Abermals hob er die Hand und das Sternenbild der Schlangenaugen formierte sich wieder.

„Dunkle Zeiten sind angebrochen", ergriff Quirin das Wort und seine Stimme klang finster. „Und dunkle Zeiten erfordern dunkle Maßnahmen. Die Prophezeiung spricht von Auserwählten und wir haben Hinweise in anderen Überlieferungen gefunden, dass es sich nicht nur um einen Auserwählten handelt, sondern dass es bei der Neuerweckung in der Konstellation der acht linear verlaufenden Monde mehrere Auserwählte gab. Ob es", er machte ein paar Schritte nach vorne und begann, uns zu umkreisen, „sich um zwei, drei oder gar acht Auserwählte handelt, vermag zum jetzigen Zeitpunkt keiner zu sagen, aber wir wissen, dass mindestens zwei von euch auserwählt worden sind, um das Schicksal der Welt zu beeinflussen."

Er machte eine kurze Pause und die Stille drückte auf uns nieder. Mir wurde ein wenig schlecht. War es wahr? Konnte es sein, dass unser Neuerwecktenkreis dazu auserkoren war, die Zukunft der Sinnlichen Welt zu lenken?

Ich sah mir die anderen Sinnträger an. Edomir starrte unter Casimirs finsterem Blick nur auf den Boden, Jesper stand kerzengerade und pflichtbewusst da, Thayas Augen nahmen einen merkwürdigen Ausdruck an, während Jaron sich über die Wange rieb und ich glaubte, auf Caprice' Lippen ein kleines Lächeln zu entdecken. Was wusste ich denn schon über die anderen, mit denen ich erweckt worden war?

Ben drückte meine Hand und ich war dankbar, ihn so nah bei mir zu wissen. Zumindest bei ihm ergab es Sinn, dass er ein Auserwählter war, und nicht ich allein dazu bestimmt war, das Schicksal der Welt zu verändern.

Quirin bedachte Ben mit einem strafenden Blick. „Es mag sein, dass manche von euch die Worte der Prophezeiung nicht ernst nehmen, doch dieses Verhalten ist nichts anderes als töricht und dumm. Als Sinnträger der Sinnlichen Welt seid ihr verpflichtet, eurer Bestimmung nachzukommen und der Bruderschaft zu dienen." Er hob seine Hand und das Schlangenzeichen am Firmament über unseren Köpfen flammte auf. Ich schluckte. Die Bruderschaft. Erst jetzt erkannte ich, was das Zeichen wirklich war. Es war eine Kombination aus dem Symbol der Templer, dem Unendlichkeitszeichen und zwei Pyramiden, dem Symbol der Wächter.

„Die Bruderschaft", zischte Casimir und ließ seine dünnen Finger über die alten Inschriften der Wände streichen, „existiert seit Jahrhunderten, weit über eure jämmerliche Existenz hinaus. Sie hat sich seit jeher dem Schutz der Prophezeiungen verschrieben." Er fletschte die Zähne und seine Augen verengten sich. Seine zerrissenen schwarzen Linien glommen auf. „Die Prophezeiung zum Zweiten Sinnlichen Krieg wurde missachtet. Hätten die verantwortlichen Sinnträger damals die Kraft und die Weitsicht der Prophezeiungen verstanden, wäre es niemals zu den Gräueltaten des Krieges gekommen. Ein

Vergehen, das Generationen nach ihnen gutzumachen haben. Es formte sich der Bund der Bruderschaft und auserwählte Templer und Wächter schworen, die Prophezeiungen und die Sinnliche Welt mit ihrem Leben zu schützen. Nur die talentiertesten und fähigsten Sinnträger können Teil der Bruderschaft werden." Sein verachtungsvoller Blick glitt über unserer Gruppe. „Aber", er nickte Quirin zu, „wie der Gestalter schon sagte: Dunkle Zeiten erfordern dunkle Maßnahmen."

„Aber wie sollen wir das anstellen?", brach es aus Jaron heraus. „Ich meine, wenn ich euch richtig verstehe, dann kann es sein, dass ich ein Auserwählter bin?"

Casimir zog scharf die Luft ein. „Ich weiß, es ist schwer zu verstehen."

„Wir werden nicht noch einmal den Fehler begehen, eine Prophezeiung zu missachten", schaltete sich Quirin ein und schürzte die Lippen. „Eine Gestalterin wurde ermordet und obwohl eine Sondereinheit meiner Wächter mit Hochdruck nach dem Täter fahndet, fehlt uns bislang jede Spur. Ein Buch der Macht ist verschwunden, das Buch der roten Wut. Es sind unbändige Kräfte im Gange und wir wissen nicht, aus welcher Richtung die Bedrohung kommt. Sind es die Totaa? Gibt es jemand anderen? Es gibt Feinde, die unseren Blick trüben, es gibt Feinde, die sich formieren, und wir müssen diesen Feinden zuvorkommen." Er hob seine Hand und in der Glaskuppel über uns erschienen Bilder der Zerstörung und Verwüstung des Krieges. Brennende Häuser, dunkle Rauchwolken, schreiende Sinnträger und verstümmelte Leichen. „Ich bin nicht gewillt, sehenden Auges auf einen Dritten Sinnlichen Krieg zuzusteuern. Die Bücher der Macht waren lange Zeit verschollen und nun tauchen plötzlich Hinweise zu ihnen auf, sodass wir bereits zwei finden konnten – wobei das Rote Buch nun verschwunden ist. Ich glaube weder an Zufälle noch an eine gute Energie, die dahinter steckt, denn die Zeichen des Chaos und der Vernichtung häufen sich. Sinjas Tod wird in diesem Moment untersucht, auch ihre Verbindung zu den Totaa und ihr Missbrauch des Roten Buches; wir werden euch jene Informationen zukommen lassen, die ihr braucht. Nicht mehr und nicht weniger."

Ich atmete tief ein. Sinjas fehlende Sandmalerei musste Quirins Blick wieder geklärt haben, sodass er ihre Beziehung zu den Totaa endlich erkannt hatte. Aber wer hatte Sinja getötet? War es ein neuer Anführer der Totaa oder jemand, der ganz andere Motive verfolgte? Und warum jetzt? Wenn sie noch ein weiteres Buch gefunden hatten, dann musste es mit dem Auftauchen der Bücher zu tun haben, da gab ich Quirin recht. Das konnte kein Zufall sein.

„Wir müssen vorbereitet sein", hallte Quirins Stimme durch den Raum. Er hob erneut die Hand. Auf der Glaskuppel über uns erschien eine vergrößerte Abbildung des Kompasses, den Ben und ich in dem Artefakt der Freude gefunden hatten. „Es ist unsere Pflicht, die Bücher der Macht zu finden, die auch als Seiten der Welt bezeichnet werden. Ihr müsst die Bücher aufspüren, denn so steht es in der Prophezeiung geschrieben: *Die Seiten der Welt zu entfalten … auf Leben und Tod es wird kommen … Vernichtung und Leid genommen.* Ihr werdet Teil unserer langjährigen und edlen Bruderschaft, denn ihr seid der Kreis der Auserwählten. Ihr seid der Bruderschaft verpflichtet, auf Leben und Tod."

Ein Raunen ging durch die Gruppe. „Auf Leben und Tod?", wiederholte Jaron und ich sah, wie Simeon schwer schluckte.

„Natürlich haben euch meine Schattenspäher beobachtet“, murrte Casimir. „Glaubt nicht, dass wir nicht Vorsichtsmaßnahmen getroffen haben. Auch wenn es sich meiner Vorstellungskraft entzieht, dass es sich bei euch, auch nur bei zweien von euch, um Auserwählte handelt“, er bedachte Ben und mich mit einem missbilligenden Blick, „und der ein oder andere Vorfall im Zentralen Raum der Macht der Acht nur dem Zufall geschuldet war, so ist es meine Pflicht als Mitglied der Bruderschaft, der Prophezeiung zu folgen.“

Ich drückte Bens Hand. Simeon hatte sich die Schatten also doch nicht eingebildet und auch mein Gefühl hatte mich nicht getrogen. Casimirs Späher hatten uns beobachtet und er wusste nun mehr über uns, als uns lieb war.

„Genauso ist es meine Pflicht, eure Vertrauenswürdigkeit zu testen.“ Er schritt neben uns auf und ab. „Jeder von euch mag das eine oder andere schmutzige Geheimnis besitzen“, sein Blick verweilte auf Thaya, Jesper und dann auf Caprice, „aber ihr werdet von nun an die Ausgeburt an Redlichkeit darstellen. Das hier ist kein Spiel. Hier geht es um die Bücher der Macht und eure Vorstellungskraft reicht bei Weitem nicht, um euch auszumalen, was diese Bücher verbrechen können, wie viel Leid sie über unsere Welt bringen können.“ Er blieb vor Edomir stehen. „Ihr werdet die Informationen, die mit euch geteilt werden, für euch behalten und mit ins Grab nehmen – der eine früher, der andere später. Ihr werdet den Schwur der Bruderschaft leisten, der euch an ein höheres Ziel bindet als euer Leben. Ich werde es nur einmal sagen: Ihr werdet es nicht wagen, uns zu hintergehen. Uns entgeht keine eurer Verfehlungen.“ Seine stechenden Augen verengten sich zu Schlitzen, die mich unweigerlich an das Symbol der Schlangenaugen erinnerten. Es war offensichtlich. Casimir wusste von Edomirs Einnahme des blauen Pulvers, er wusste von unserem Besuch in der Halle der Ruhe und er wusste wahrscheinlich auch von Bens und meinem Besuch im Ministerium der Wut. Entweder bluffte Casimir verdammt gut, oder er kannte auch die Geheimnisse der anderen Sinnträger, zumindest einige davon.

„Der Kompass, den ihr hier oben vergrößert seht", setzte Quirin fort und deutete Richtung Projektion, „ist einer der Hinweise, die in unsere Hände gelangt sind. Ihr werdet als Team der Auserwählten jedem Hinweis nachgehen und die Bücher der Macht in Sicherheit bringen, selbst wenn euch das in die andere Welt führt oder in größte Gefahren bringt. Die Suche nach den Büchern ist wahrscheinlich eine der größten Herausforderungen, die die Sinnliche Welt zu bieten hat."

„Aber was ist, wenn wir uns der Herausforderung nicht stellen können? Was ist, wenn wir unwürdig sind?", schaltete sich Edomir dazwischen. Mir war bewusst, dass es ihn viel Kraft kosten musste, diese Frage zu stellen.

Casimirs Blick war voller Abscheu und seine Gesichtsmusterung flammte auf. „Dass ihr unwürdig seid, steht außer Frage. Aber dennoch werdet ihr euch stellen", sagte er höhnisch. „Es ist eure Pflicht. Ich werde dies nicht noch einmal wiederholen. Wer seine Zeit jedoch lieber in den Gefängnissen des Schreckens verbringen möchte, dem steht es frei", er machte eine ausladende Handbewegung, „jederzeit zu gehen."

„Wo sollen wir anfangen? Wo befinden sich die Hinweise?", fragte Jesper motiviert.

Ben schnaufte und lehnte sich zu mir. „Sammelt wieder Streberpunkte", flüsterte er mir ins Ohr.

Ich lächelte kurz, wusste jedoch selbst nicht, was ich von dem Auftrag der Bruderschaft halten sollte. Einerseits war ich erleichtert, nicht mehr auf mich allein gestellt zu sein und die Unterstützung eines Gestalters zu wissen, andererseits war ich mir nicht sicher, wie viel Hilfe wir von Quirin und Casimir tatsächlich erhalten würden. Und es fühlte sich seltsam an, mit der Truppe an Neuerweckten zusammenzuarbeiten. Was wusste ich schon über sie? Konnte ich mein Leben in ihre Hände legen?

„Casimir wird euch mit den Räumlichkeiten hier vertraut machen", erklärte Quirin. „Es versteht sich von selbst, dass eure Mission der strengsten Geheimhaltung unterliegt. Euren bisherigen Tätigkeiten werdet ihr nicht mehr nachkommen können, aber darum kümmern wir uns."

„Acht Kammern erstrecken sich von diesem Quartier der Bruderschaft", zischte Casimir. „Die Waffenkammer, die Bibliothek, die Hinweiskammer, eine Schlafkammer, die Trainingshalle, das Labor, der Kommunikationsraum sowie der achte Raum."

„Der achte Raum?", fragte Caprice.

„Der achte Raum."

„Was ist im achten Raum?", drängte Caprice zu wissen.

„Das geht dich nichts an", murrte Casimir. „Und nun folgt mir."

„Er ist wahrscheinlich sauer, dass er kein Auserwählter ist", flüsterte Ben in mein Ohr und gab mir einen Kuss auf den Hals.

„Ich weiß nicht, was ich davon halten soll", sagte ich leise und blickte die anderen Sinnträger an, die Casimir wenig enthusiastisch in den dunklen Durchgang folgten. Bis auf Jesper, der mit stolzgeschwellter Brust nur das gehört hatte, was er hören wollte: dass er auserwählt war.

„Ich bin mir sicher, dass sie zumindest bei Jesper einen Fehler gemacht haben“, sagte Ben und sein Mundwinkel zuckte. „Er ist vielleicht ein auserwählter Arsch, aber mehr nicht.“

Ich drückte seine Hand. „Ich habe ein ungutes Gefühl Ben“, sagte ich. „Das hier wird uns in Schwierigkeiten bringen.“

Ben nickte und blieb stehen. Er sah mir tief in die Augen und strich mir eine dunkle Haarsträhne aus dem Gesicht. „Ich weiß, Lee. Aber es scheint unser Schicksal zu sein, das habe ich durch unsere Trennung gelernt. Ich kann dich nicht davon abhalten, dich in Gefahr zu bringen, auch das habe ich verstanden – aber was ich kann, ist, bei dir zu bleiben. Und gehört es bei uns nicht langsam irgendwie dazu, uns in Schwierigkeiten zu bringen?“

Ich atmete tief ein und war froh, Ben bei mir zu haben. Er gab mir Sicherheit. Und wenn er so vor mir stand, mit seinen zerstrubbelten Haaren und seiner zerrissenen schwarzen Gesichtszeichnung, konnte ich nicht anders, als glücklich zu sein. „Du hast recht“, sagte ich. „Irgendwie gehört das schon zu uns.“

Ben grinste. „Also, Wächterin. Lass uns den anderen folgen. Langsam und vorsichtig oder schnell und stürmisch?“

Ich küsste ihn zärtlich auf den Mund. Sein Herzschlag beschleunigte sich und ich lächelte, bevor ich sagte: „Schnell und stürmisch, was sonst?“

Letzte Worte

Lieber Leser,

mit dem Kreis der Auserwählten fängt das
Abenteuer nun erst richtig an.
Denn die Suche nach den Büchern
ist nicht nur gefährlich, sie führt unsere
Sinnträger auch in die Menschenwelt.
Und schon bald stehen Lee und Ben vor einer
Herausforderung, die ihre Liebe
auf eine harte Probe stellt ...

Wenn Du informiert werden möchtest, sobald ein
neuer Band erscheint,
melde Dich gerne für unseren Newsletter an:
www.rosesnow.de/newsletter

Wir freuen uns auf Deine Nachricht und wünschen
Dir bis dahin eine gefühlvolle Zeit!

Deine Rose Snow

Und so geht es weiter ...

„Ich hasse dieses Land“, knurrte Ben und stieß das schmiedeeiserne Tor mit den scharfkantigen Zaunspitzen auf.

Seine zerrissene Gesichtszeichnung begann schwarz zu glimmen und ich sah, wie sich seine Muskeln, die sich unter der schwarzen Kutte der Bruderschaft abzeichneten, anspannten.

Mit einer fließenden Bewegung legte er seine Kapuze ab, während sich seine dunklen Augen auf das konzentrierten, was beinahe zu friedlich hinter dem Eingang lag.

Mir war bewusst, dass Bens Ekel die unterschwellige Furcht, die uns seit der Ankunft am violetten Portal nicht von der Seite gewichen war, übermannt hatte.

Ich atmete auf, als auch mein gelbes Wachsamkeitslicht durch die Dunkelheit schnitt und ich nicht mehr damit beschäftigt war, mir auszumalen, was jetzt alles passieren könnte. Thaya hingegen schien den Sinn der Angst noch immer zu fühlen, denn ihr dünner Körper zitterte lautlos neben mir.

Ich blickte nach vorne. Das zweiflügelige Eisentor wurde von zwei grauen, mannshohen Mauersäulen flankiert, auf denen kopfgroße Lichtkugeln lagen. Ihr kalter violetter Schein erhellte die wolkenverhangene Nacht und gab den Blick auf den weitläufigen Park frei, der hinter dem Eingang und der dichten Hecke ruhte.

„Wir sind gerade erst im Park der Besorgnis angekommen", sagte Thaya seufzend und ich bewunderte, wie sie sich trotz des fremden Sinnes unter Kontrolle hielt. „Wie kannst du das Land jetzt schon hassen?"

„Er kann es, glaub mir", sagte ich und hoffte, dass uns unsere heutige Mission endlich zu dem Grünen Buch der Macht führen würde. Auch wenn es unwahrscheinlich war.

„Ist das Blut auf den Blättern der Hecke?", fragte Thaya mit geweiteten Augen und zuckte zurück. Ich betrachtete die verdorrten violetten Blätter, die träge an den Zweigen hingen. Tatsächlich funkelten sie an manchen Stellen leicht rötlich.

„Wir sollten uns davon nicht irritieren lassen", sagte ich ruhig. „Das violette Land ist sicher für einige furchtbare Überraschungen gut."

„Das ist es garantiert", stimmte Ben trocken zu.

„Bevor wir diesen Park betreten habe ich noch eine Frage", flüsterte Thaya und strich sich nervös über ihre schwarze Kutte. „Sind wir sicher, dass es der richtige Weg ist? Wir hätten doch auch direkt ins Erstaunensland reisen können."

„Laut Simeon ist es der einzige Weg", antwortete ich. „Zumindest der einzige, bei dem wir nicht getötet oder gefangen genommen werden. Die Minen der Edelgrünsteine werden gut bewacht."

„Aber warum müssen wir dafür ausgerechnet durchs Angstland?", murrte Ben und betrat lustlos die Anlage, deren Grünflächen von verschiedenen Laubbäumen gesäumt wurden, sodass man stellenweise den Eindruck hatte, sich durch einen Wald zu bewegen. Violette, herzförmige Blätter segelten langsam vor uns auf den Boden, so als würden sich ihre Bäume gemächlich entkleiden.

„Laut Kompass müssen wir in die Minen der Edelgrünsteine, die jedoch über hohe Sicherheitsvorkehrungen verfügen und deren Aufenthaltsort sich regelmäßig ändert. Von Simeons Quellen wissen wir, dass sich die Minen aktuell an der Grenze zum Angstland befinden. Von hier aus sollten wir leichteren Zutritt erhalten", erklärte ich.

„Von Simeons Quellen?", fragte Ben und zog eine Augenbraue hoch. „Findest du es nicht seltsam, dass er Quellen hat, uns aber nie auf eine Mission begleitet?" Der missbilligende Unterton in seiner Stimme verriet, dass er dem Magiebegabten noch immer nicht vertraute.

Aber Simeon hatte sich verändert. Er hatte sich weiterentwickelt. Als Mitglied des Kreises der Auserwählten hatte er nicht nur an neuen Erfindungen getüftelt, er hatte auch die Schriftrollen, die uns Casimir und Quirin überlassen hatten, studiert. Ich hatte sogar den Eindruck gewonnen, dass zwischen ihm und Edomir ein stiller Konkurrenzkampf darüber ausgebrochen war, wer mehr Wissen über die Bücher und ihren letzten Aufenthaltsort ansammeln konnte und wer das Team besser unterstützte.

Denn während sich alle anderen auf die Suche nach den Büchern der Macht in die acht Länder begaben und jedem noch so kleinen Hinweis folgten, zogen es Simeon und Edomir vor, in den Räumlichkeiten der Bruderschaft zu verweilen. Und eigentlich war ich mir nicht sicher, ob es so nicht auch besser für alle Beteiligten war.

„Simeon konzentriert sich auf seine Erfindungen – und du musst zugeben, dass er sehr engagiert ist", beantwortete ich Bens Frage und dachte an die Gegenstände, die Simeon uns übergeben hatte. Thaya hatte eine goldene Münze, Ben ein daumengroßes schwarzes Messer und ich eine weiße Lichtmurmel erhalten. Gut, es war nicht viel und ich wusste auch nicht, ob wir die Dinge benutzen würden - aber tief in seinem Herzen versuchte Simeon, uns zu helfen und von Nutzen zu sein.

Ben sah mich ungläubig an. „Glaubst du wirklich, dass ich mein kleines Messer zu unserem Schutz einsetzen kann?“ Er strich mir sanft über die Schulter. „Es ist für meine Verhältnisse doch wirklich sehr, sehr klein“, sagte er mit rauer Stimme und lächelte. „Aber es ist süß, wie du Simeon in Schutz nimmst.“

„Mache ich gar nicht“, sagte ich, weil ich mich von Ben ertappt fühlte und nicht als süß bezeichnet werden wollte. „Ich bin nur objektiv.“

„Ah, objektiv … So nennt man das heute“, bemerkte Ben amüsiert und drehte sich zu Thaya um. „Verrät uns der Kompass, wo wir hinmüssen?“

Thaya wog das Instrument in ihrer Hand. „Er ändert schon wieder seine Inschrift“, sagte sie, während ich das zweiflügelige Tor hinter uns schloss.

„Ihr nähert euch eurem Ziel“, las sie vor. Ich atmete tief ein. Das war ein Satz, den wir die letzten Wochen schon oft gehört hatten.

Als wir den Kompass gefunden hatten, sah er alt und abgenutzt aus. Sein Glas war in der Mitte gesprungen und das Metallgehäuse war dunkel angelaufen; aber seit wir seinen Anweisungen folgten, hatte er begonnen, sich zu regenerieren. Der Glassprung heilte wie von Zauberhand und das Gehäuse des Instruments begann wieder zu glänzen. Und damit nicht genug: Der Kompass veränderte seine schnörkelige Inschrift nach Belieben und gab uns zusätzliche Hinweise. Ich war beeindruckt von der Magie, die ihm innewohnte, aber auch genervt.

Denn der Kompass, der uns die letzten Wochen quer durch die Länder geschickt hatte, hatte uns bislang nicht zu dem Grünen Buch der Macht geführt. Wir hatten uns durch tiefe Täler und Kluften, über Berge und durch Wasserfälle gekämpft, nur um insgesamt fünf silberne Schatullen sicherzustellen. Fünf Schatullen, von denen wir keine Ahnung hatten, was man mit ihnen anstellen konnte. Selbst Simeon und Edomir verzweifelten an dem Rätsel. Und der Kompass schickte uns immer weiter.

„Wir müssen da lang“, sagte Thaya und steckte den Kompass in ihre Kutte. Aus irgendeinem Grund reagierte das Instrument am stärksten auf die Trauerträgerin; es war, als hätten sie eine Verbindung zueinander aufgebaut.

Ich betrachtete die zierliche Thaya mit ihren dunkelblauen Augen und den langen Haaren für einen Moment. Seit Gründung des Kreises der Auserwählten kam ich nicht umhin, mich zu fragen, was es mit ihrer Erinnerung aus dem gemeinschaftlichen Trauerritual auf sich hatte. Obwohl sie eine Naturverbundene war, hatten die schwarzen Lianen einer Pflanze nach ihr geschnappt. Ihre Reaktion darauf war mehr als seltsam gewesen, und wenn ich ehrlich war, traute ich Thaya seitdem nicht mehr ganz. Deshalb war ich auch froh, dass die Bruderschaft darauf bestand, immer zumindest drei Auserwählte auf eine Mission zu schicken, aus Gründen der Sicherheit. Die kühle Nachtluft strich über mein Gesicht, während wir durch den Park schritten. Das violette Laub raschelte unter unseren Füßen und ein seltsames Gefühl beschlich mich. Was erwartete uns hier? Der Park der Besorgnis wirkte auf den ersten Moment verlassen und düster, aber nicht besonders furchterregend.

Thaya deutete auf eine schmale Waldallee, die leicht vom Weg abzweigte. „Das hier sollte die richtige Richtung sein“, flüsterte sie und knetete ihre Finger. „Es sieht gar nicht so schlimm aus.“

„Das kommt noch“, meinte Ben und ich schlug ihm auf die Schulter.

„Mach ihr keine Angst“, sagte ich.

„Ich habe seltsamerweise keine Angst“, meinte Thaya. „Ich friere zwar etwas und wäre gerne an einem schöneren Ort, aber wir sind nun mal ein Teil der Bruderschaft geworden. Wir haben keine andere Wahl. Ich will es nur so schnell wie möglich hinter mich bringen.“

„Das wollen wir alle“, erwiderte Ben und ließ seine dunklen Augen über den Waldweg schweifen. Er sah wie immer einfach umwerfend aus mit seinen verstrubbelten Haaren, die ihm wild in die Stirn hingen, und diesem Ausdruck von Widerwillen in seinem Gesicht. Er lächelte mich an. „Also – los geht's.“ Er machte eine kurze Pause. „Wieder stürmisch und schnell, Wächterin?“, fragte er herausfordernd.

„Lieber langsam und vorsichtig“, antwortete ich und legte meine Hand automatisch auf meinen Wächterstab. Still und wachsam schritten wir die Waldallee entlang, während die einzigen Geräusche vom Rascheln der Blätter unter unseren Füßen rührten. Es war ruhig. Es war eindeutig zu ruhig.

Eine Bewegung am Boden ließ mich zusammenzucken. War da etwas unter dem Laub?

„Da ist etwas!“, schrie Thaya. „Da, am Boden! Es hat meinen Fuß berührt!“

Ich fixierte den Untergrund, der jetzt wieder ganz still vor uns lag.

„Das Land spielt dir wahrscheinlich einen Streich“, meinte Ben beruhigend.

Ich nickte. „Seid trotzdem vorsichtig“, erwiderte ich. „Wir wissen nicht, was –“

In dem Moment schrie Thaya durchdringend und ich

erkannte aus den Augenwinkeln, wie ihr Körper nach unten gezogen wurde.

„Wo ist sie hin?“, rief Ben und stockte, als er das Erdloch erblickte, das an der Stelle klaffte, an der Thaya eben noch gestanden hatte. Ich sah Thayas zarte Finger, die sich am Erdrand festkrallten, und stürzte zu ihr. Die Trauerträgerin baumelte mit schreckgeweiteten Augen über einem schwarzen Abgrund und war so bleich wie der Tod. Ben und ich griffen nach ihren Armen und zogen sie zu uns hinauf.

Thayas Atem ging schnell und heftig.

„Alles okay?“, fragte ich.

„Ich glaube schon“, flüsterte sie mit bebender Stimme.

„Was war das denn?“, fragte ich und sah mich um. War die Bewegung im Laub dafür verantwortlich gewesen?

„Es ist das Land“, erklärte Ben. „Es möchte uns Angst machen. Und es ist dieser beschissene Park, der mit uns spielt.“

Bevor er die Worte zu Ende gesprochen hatte, wurde es schlagartig so hell, dass ich nichts mehr sehen konnte. Ein tiefer, markerschütternder Schrei schallte durch den Park und ließ die Erde erzittern.

„Ben!“, schrie ich, während mir das gleißende Licht in die Augen stach. Ich hob schützend die Arme.

„Ich bin hier, alles okay!“, schrie Ben zurück.

„Thaya?“

„Ich sehe nichts“, rief Thaya. „Ich kann nichts mehr sehen!“

Einen Herzschlag später war die Helligkeit auch schon wieder verschwunden und meine Augen brauchten etwas Zeit, um sich wieder an die Dunkelheit der Nacht zu gewöhnen. Wir standen noch immer an derselben Stelle, doch das Erdloch war verschwunden – dafür huschten violette Schemen durch mein Sichtfeld.

„Seht ihr das auch?“, fragte Thaya und versuchte, mit ihrer Hand nach etwas zu greifen.

„Das sind die Auswirkungen des blendenden Lichts“, sagte ich. „Es ist nicht real. Aber es soll uns wahrscheinlich verwirren.“

„Habe ich schon erwähnt, dass ich dieses Land hasse?“, ätzte Ben und rieb sich über die Augen.

„Kommt, lasst uns weitergehen“, sagte ich und versuchte, meinen Puls zu beruhigen. „Je schneller wir im grünen Land sind, desto besser.“

„Da bin ich mir nicht so sicher“, erwiderte Ben. „Aber wir müssen definitiv raus aus diesem verdammten Park.“

Mit forschem Schritt folgten wir einem Weg, der von hohen Laubbäumen gesäumt wurde. Die Blätter fielen sanft auf unsere Schultern und eine unnatürliche Stille schlug uns entgegen. Nicht einmal das Laub unter unseren Füßen raschelte mehr. Ich stockte. Die violetten Schemen verschwanden langsam, doch als ich die Augen zusammenkniff, konnte ich am Ende der Allee die dunklen Umrisse einer Person wahrnehmen.

„Seht ihr das auch?“, fragte ich. Die schattenhafte Gestalt stand mindestens achtzehn Meter entfernt mitten auf unserem Weg.

Ben nickte.

„Den Schatten?“, fragte Thaya zögerlich.

„Es ist kein Schatten“, sagte ich. „Es hat einen Körper.“

Mit einer Geschwindigkeit, der ich mit den Augen nicht folgen konnte, war die dunkle Gestalt auf einmal bei uns und der begleitende Luftzug wirbelte meine Haare in die Höhe.

„Er hat nicht irgendeinen Körper“, sagte der Sinnträger,

der vor uns aus dem Nichts aufgetaucht war, mit tiefer Stimme. „Er hat den besten Körper." Dabei machte er eine tiefe Verbeugung und ich fragte mich, wieso mir seine Stimme so bekannt vorkam.

Meine Hand lag ruhig auf meinem Wächterstab, während ich den Typen vor uns musterte. Es war ein junger Träger des violetten Sinnes mit blonden Haaren, die wie Gold glänzten. Seine Gesichtszüge waren ebenmäßig, seine Haut war blass und bildete einen starken Kontrast zu seinen blutroten Lippen. Der Sinnträger trug eine enganliegende violette Hose aus einem samtähnlichen Material und kein Oberteil. Sein Oberkörper war außerordentlich gut trainiert und bei jeder seiner Bewegungen spannten sich seine Bauchmuskeln an. Thaya seufzte leise.

„Ich bin Viktor, der Parkwächter", stellte er sich galant vor. „Willkommen in meinem Park, dem Park der Besorgnis. Er sorgt garantiert für eine schöne Erinnerung in euren adretten Köpfen." Ein Lächeln umspielte seinen Mund. „Was wollt ihr zu so später Stunde in meinem Park?"

„In deinem Park?", fragte ich.

„Nun ja, seit man ihn mir anvertraut hat, ist es mein Park, obwohl er auch lichten Schabernack mit mir treibt. Aber alles, was du hier siehst", er lächelte sanft, „und alles, was du hier nicht siehst, gehört mir."

Ich betrachtete Viktor skeptisch, als ich das Krächzen von Vögeln vernahm. Sie kreisten über unseren Köpfen im dunklen Nachthimmel, dessen Wolken sich zurückgezogen hatten und den Blick auf den blauen Mond freigaben. Das Gefieder der Tiere schimmerte im Licht des Mondes bläulich, und obwohl sie nicht besonders groß waren, jagten mir ihre Schreie und der Anblick ihrer hakenförmigen Schnäbel einen Schauer über den Rücken.

„Was sind das für Kreaturen?“, fragte Thaya, die den Kopf in den Nacken gelegt hatte.

„Das sind Angstgeier“, erklärte Viktor zuvorkommend und zog die Luft ein. „Anmutig, nicht wahr?“

„Was wollen sie?“, stieß Thaya aus und schlang ihre zitternden Hände um ihren Körper.

„Sich an unserer Angst nähren“, sagte Ben, der nicht nach oben sah, sondern Viktor abfällig betrachtete. Ich wusste nicht, ob es an dem fehlenden Oberteil oder seiner allgemeinen Skepsis lag, aber Bens dunkle, zerrissene Linien glommen schwarz auf. Und ich konnte es ihm nicht verübeln, denn auch ich wusste nicht, was ich von dem Parkwächter halten sollte.

„Sie nähren sich nicht von Angst“, sagte Viktor und zog einen kleinen silbernen Klappspiegel heraus. „Es sind Aasfresser. Sie ernähren sich von den Leichen.“ Die Selbstverständlichkeit, mit der er dies sagte, war irritierend.

„Von den Leichen? Von welchen Leichen?“

Viktor zupfte seine Augenbraue zurecht und lehnte sich an den breiten Stamm eines Baumes. „Na, an den Leichen des Parks. Die Angstgeier gibt es doch überall im violetten Land. Es sind so erhabene, wunderschöne Tiere.“

Ich konnte mir nicht vorstellen, dass irgendjemand die aasfressenden Vögel schön finden konnte, und warf einen skeptischen Blick nach oben. Dabei bemerkte ich, dass sich ihre Zahl mehr als verdoppelt hatte.

Auch Ben wurde etwas unruhig. „Leichen?“, wiederholte er hart. „Was willst du uns damit sagen, Schönling?“

„Du hast es bemerkt!“, antwortete Viktor mit verzücktem Gesichtsausdruck. „Ich bin schön, oder? Ich meine, sieh dir mal meinen Körper an. Er strotzt vor Jugendlichkeit und Elan. Nicht wahr?“

Er machte einen Schritt auf Thaya zu und fuhr ihr mit

den Fingern zärtlich über die Wange. Thaya starrte den Parkwächter mit leicht verklärtem Ausdruck an.

„Du hast schöne Lippen, Trauerträgerin“, murmelte Viktor.

„Du auch“, erwiderte Thaya und ihre Stimme vibrierte.

„Die Leichen, was ist mit den Leichen?“, fragte Ben kalt. Sein ganzer Körper war angespannt und spiegelte sein Misstrauen wider.

Viktor machte eine tänzelnde Bewegung und drehte sich einmal um sich selbst.

„Die Leichen, du willst mehr über die Leichen wissen?“, fragte er und rollte mit den Augen. „Sie sind tot, was gibt es über sie schon zu erfahren? Ihr wisst anscheinend noch nicht viel über das violette Land. Das Land der Angst ist ein ganz besonderes. Ich weiß, das behauptet jedes Land von sich – doch hier ist es einmal die Wahrheit. Habt ihr es denn nicht bemerkt? Der Sinn des Landes überfällt einen nicht einfach, wie es die anderen Länder tun. Diese plumpe, widerwärtige Art, sich über einen zu stülpen.“ Er machte eine zitternde Bewegung und seine tiefe Stimme erklang erneut. „Nein, die Angst ist klug, sie schleicht sich an, sie heißt dich willkommen. Ihr Auftritt ist nicht derb, im Gegensatz zu den anderen Sinnen.

Das Land testet dich und macht dich stark. Denn nur wer sich seinen Ängsten stellt, kann über sich hinauswachsen. Welcher andere Sinn kann das schon von sich behaupten?“, fragte Viktor und warf Thaya einen verführerischen Blick zu. „Nur die Starken überleben im Angstland. Es ist eine Art der natürlichen Auslese. Selbstverständlich gibt es ein paar jämmerliche Gestalten, die sich in den Höhlen des Schreckens verkriechen, um dort ihr klägliches Dasein zu fristen. Aber die wahren Angstträger stellen sich der Herausforderung. Und die, die versagen“, er machte eine wegwerfende Handbewegung, „die sterben einfach.“

„Sterben einfach?“, wiederholte ich ungläubig.

„Der Ausdruck ‚vor Angst sterben‘ kommt doch nicht von ungefähr“, entgegnete der Torwächter und strich sich über seine Fingerspitzen. Er schien sich langsam mit uns zu langweilen. „Aber nun habt ihr genug von mir erfahren und ich habe euch ein wahrhaft schönes Geschenk gemacht: eine Erinnerung an mich. Ich wünsche euch viel Glück, vor allem dir, meine zerbrechliche Hübsche. Denn ich mag das Dunkle an dir, ich mag deine langen dunklen Haare.“ Er machte eine kurze Pause. „Wenn du möchtest, kannst du auch mit mir mitkommen und ich zeige dir, was wahre Angst ist, und lege über schmerzhaft traurige Erinnerungen bessere, neue und wunderschöne“, hauchte er und machte einen Schritt auf Thaya zu. Seine Augen funkelten gefährlich, als er eine von Thayas Haarsträhnen um seinen Finger zwirbelte und sie dabei wie eine Raubkatze umkreiste. Ein nagendes Gefühl machte sich in mir breit. Viktor erinnerte mich an jemanden, aber an wen? War er es auch gewesen, der vorhin geschrien hatte?

Thaya starrte Viktor an und Ben zog sie ein Stück zur Seite.

„Nein danke, sie verzichtet“, sagte er schroff.

Viktor ließ die Schultern fallen. „Wie schade“, entgegnete er und sah mich an. „Du wärst natürlich auch eingeladen, aber mit Trägerinnen der Wachsamkeit habe ich weniger gute Erfahrungen gemacht. Sie sind immer so wachsam und anstrengend …“ Er deutete eine kurze Verbeugung an.

„Ich wünsche euch noch einen furchtbaren Aufenthalt in meinem Park. Wenn ihr etwas wünscht, schreit einfach.“ Er blinzelte und entfernte sich dann so schnell, wie er gekommen war. Ich spürte nur noch den Lufthauch auf meiner Wange, den sein plötzliches Verschwinden hinterlassen hatte.

„Was war das denn?“, meine Thaya, die sich langsam wieder sammelte. „Ich fühlte mich total angezogen von ihm, auch wenn ich Angst hatte. Er hat so etwas Gefährliches an sich.“

„Ja, das hat er“, sagte ich.

„Wir müssen hier schnell raus“, meinte Ben. „Der Typ ist mir nicht geheuer.“

Ich nickte und hatte plötzlich das Gefühl, soeben etwas Wichtiges vergessen zu haben. „Der Kompass, Thaya, hast du den Kompass noch?“

Sie griff in ihre Kutte und zog das Instrument heraus. „Er zeigt noch immer geradeaus.“

Wir folgten den Anweisungen des Kompasses und passierten einige verlassene Wiesen, die von rostigen Standlaternen schlecht beleuchtet wurden.

„Die Inschrift“, keuchte Thaya irgendwann und ihre Augen weiteten sich.

„Was ist damit?“, drängte Ben zu wissen.

„Sie hat sich verändert.“ Thayas Gesicht nahm einen verängstigten Ausdruck an und sie starrte geschockt auf den Kompass, ohne etwas zu sagen.

Ben, der nicht länger auf eine Antwort warten wollte, riss ihr das Instrument aus der Hand.

„Wie reizend“, sagte er und stieß genervt die Luft aus, bevor er vorlas: „*Sogleich wird euer Blut fließen.*“

Personenverzeichnis

Menschverbundene:

Lee, Wachsamkeit (gelb), Wächterin
Ben, Ekel (schwarz), Reisender
Jesper, Wut (rot), Beschützer
Simeon, Erstaunen (grün), Magiebegabter
Mariola, Freude (orange), Templerin
Otto, Freude (orange), Magiebegabter
Marcus, Trauer (blau), Wächter
Yolander, Vertrauen (weiß), Magiebegabter
Tara, Ekel (schwarz), Reisende
Jack, Erstaunen (grün), Reisender

Tierverbundene:

Thaya, Trauer (blau), Naturverbundene
Jaron, Freude (orange), Künstler
Edomir, Angst (violett), Templer
Caprice, Vertrauen (weiß), Heilerin
Casimir, Ekel (schwarz), Templer
Schmotz, Angst (violett), Reisender
Morris, Vertrauen (weiß), Wächter
Alfonsus, Angst (violett), Reisender
Sirina und Serena, Wut (rot), Beschützer
Tränenleserin Cleo, Trauer (blau), Magiebegabte
Gabriel, Vertrauen (weiß), Wächter
Nihan, Freude (orange), Heilerin

Die Macht der Acht:

Panica, Angst (violett), Tierverbundene

Philomena, Freude (orange), Menschverbundene

Arkadius, Ekel (schwarz), Tierverbundener

Gemma, Trauer (blau), Menschverbundene

Sinja, Wut (rot), Tierverbundene

Coel, Erstaunen (grün), Menschverbundener

Quirin, Wachsamkeit (gelb), Tierverbundener

Joost, Vertrauen (weiß), Menschverbundener

25510891R10207

Printed in Poland
by Amazon Fulfillment
Poland Sp. z o.o., Wrocław